강준長篇小說

붓다, 유혹하다

조선 불교 중흥의 순교자 보우대사

"지금 내가 없다면 앞으로 불법(佛法)은
영원히 끊어질 것이다."

불교가 쇠퇴하기 이 해보다 더 할손가
피눈물 주룩주룩 베수건에 가득하구나.
구름 속에 산이 있지만 발 부칠 데 없고
티끌세상 어느 곳에 이 몸을 용납하리.
넓은 하늘 아래 모두가 요순 임금의 땅이며
땅 끝까지 누가 요순시대 신하 아닌 이 있나
부끄럽도다 우리 무리는 유독 복이 적어서.

작가의 말

내가 보우 대사를 만나게 된 건 참으로 우연한 기회였다. 몇 년 전 문인들과의 술자리 대화 중에 보우 대사의 얘기가 나왔다. 고려 말엽의 태고 보우 대사를 얘기하는 줄 알았는데 처음 듣는 다른 인물이었다. 그것도 제주에 귀양 와서 순교한 인물이라는 점에 호기심이 동했다.

자료를 찾아보니 보우 대사의 격정 세월을 한 편의 희곡으로 담기에는 내용이 방대했다. 망설인 이유는 또 있다. 30여 년을 희곡만 써 온 사람이 또한 불자도 아니고 불가에 문외한인 사람이 과연 소설을 쓴다는 게 가능할까?

희곡은 소설과 양식은 다르지만 서사 구조를 가진 다는 점에서 공통점이 있고 오히려 압축미를 살릴 수 있겠다는 생각에 도전을 감행했다.

보우 대사의 흔적을 따라서 서울·경기·강원 일대의 사찰을 기행 했고 많은 불교 관련서적을 뒤적였다. 그 중에 불사리탑사에서 펴낸 『허응당보우 대사연구』 와 『신역허응당집』 이 많은 참고가 됐다.

조선 건국의 토대는 성리학이어서 박해가 심하여 불교는 고사 직전이었다. 역대 임금들의 훼불 사례는 말로 다 표현치 못할 정도다. 그 거대한 유림에 맞서 불가의 길을 낸 사람이 보우 대사다. "지금 내가 없다면 앞으로 불법은 영원히 끊어질 것이다"라는 사명감으로 조선 명종 3년부터 17년 간을 불문의 재건과 부흥을 위해 헌신하다가 비참한 최후로 순교한 사람이다.

특히 그가 남긴 600여 수의 시와 산문들은 그의 자연관과 당대 선사들의 시대 정신을 이해하는 데 귀중한 자료가 된다. 그는 많은 국가적 역사를 이루었지만 그 중에서도 도첩제를 부활해서 승려의 사회적 신분을 보장했고 승과제를 도입해 서산 대사, 사명당 같은 대선사들을 발굴해 낸 게 큰 업적이다.

오늘의 한국 불교가 이만큼 성장하는데 보우 대사가 없었으면 가능했을까? 그런데 불교 신자들도 그에 대해선 잘 모른 사람이 많다. 이 소설이 불교와 보우 대사를 이해하는데 조금이라도 도움이 됐으면 한다.

이 작품은 백담사 만해마을에서 구상을 했고, 이천 부악 문원에서 2년에 걸쳐 초고를 쓰고 퇴고까지 했다. 현장 답사에 동행하면서 작품에 대해 조언을 준 입주 작가들, 그 밖에 도움을 준 많은 분들과 불자들에게 감사드린다.

2014년 11월 이천 부악 문원에서

강준 장편소설 붓다, 유혹하다

목 차

작가의 말 ❋ 4

1. 광풍의 뒤끝 ❋ 9
　2. 성긴 지붕에 빗물 새듯이 ❋ 16
3. 구름 언덕에 오르다 ❋ 28
　4. 보우를 만나다 ❋ 44
5. 바람을 거슬러 흐르는 향기 ❋ 52
　6. 용문사에서의 하루 ❋ 81
7. 사랑하는 사람 가지지 마라 ❋ 95
　8. 인생은 끝나지 않는 여정 ❋ 122
9. 태고 보우 ❋ 137
　10. 석가모니에 말을 걸다 ❋ 162
11. 옴마니반메훔 ❋ 174
　12. 정글 속에서의 화두 ❋ 198
13. 청산에 살리라 ❋ 219
　14. 청평사 가는 길 ❋ 241
15. 회암사에서의 마지막 꿈 ❋ 260
　16. 운명을 사랑하라 ❋ 283
17. 허깨비의 춤 ❋ 297
　18. 봉은사에 내리는 눈 ❋ 305

광풍의 뒤끝

내가 보우 대사를 만난 건 운명이었다. 선택의 여지없이 어떤 길을 가야한다는 것, 그걸 필연이라 한다면 그건 운명의 다른 말이다. 만약에 김 교수를 만나지 않았더라면, 내 논문이 아무 문제없이 통과되었더라면, 그리고 지안과 헤어지는 일이 없었다면 그와 만날 이유가 없었다. 난 불교신자도 아니었고 종교 따위에는 흥미도 없었으니까. 하나 그와의 만남은 내 인생을 송두리째 바꿔놓았다.

❋

한바탕 태풍이 섬 전체를 휩쓸고 지나간 후. 간밤 아랫마을 어느 집 외양간에서 밤을 지새운 보우는 날이 밝자 거처로 돌아왔다. 마당 한 쪽에 심심풀이 삼아 가꾸던 텃밭은 물에 잠겼고 지줏대로 세워놓은 고추 줄기도 부러져 물 위를 유영하고 있었다. 무너진 초가지붕에서 흘러내린 새 [띠]들은 돌담 울타리를 빠져 나가지 못하고 이리저리 꼬꾸라지고 나자빠져 엉켜 있었다. 두 평쯤 됨직한 방바닥에는 아직도 물이 흥건해서 틈틈이 소화를 적어놓았던 한지 쪼가리들이 둥둥 떠 물놀이를 하고 있었다.

어디부터 손을 보아야 할지 한숨부터 나왔다. 불현듯 천지개벽 뒤의 세상이 보고 싶었다.

보우는 도노미 오름을 향해 발길을 옮겼다. 가끔 쑥이며 산나물을 채취하기 위해, 갑갑함을 느낄 때면 운동 삼아 오르던 야트막한 산길이다. 산길은 간밤에 그 많은 양의 물을 실어 나르느라 패어 곳곳에 웅덩이가 생기고, 커다란 돌덩이와 뿌리 째 뽑힌 나뭇가지로 막히어 이미 길의 가치를 상실하고 있었다. 타고 넘고 미끄러지고 기면서 앞으로 나아갔다. 야트막한 오름이지만 막힌 길을 타고 넘으면서 오르자니 실거리나무 가시가 옷소매를 붙들고 넘어진 청미래 덩굴들이 발목을 잡았다. 받은 숨을 길게 내쉬고 가슴 가득 공기를 들이마시니 비온 뒤 물기 머금은 청랑한 숲 내음이 진하게 폐부를 자극했다.

산 위에 오르니 언제 태풍이 불었냐는 듯 하늘은 시침 떼고 푸르렀고, 바다 위에 떠 있는 비양도가 손에 잡힐 듯 세상은 환히 개 있었다.

태어나 그런 태풍은 처음이었다. 정신없이 몰아친 바람은 주체할 수 없이 솟구치는 힘을 발산하듯 아름드리 나무를 부러뜨려 놓거나 뿌리마저 뽑아 저만치 내동댕이쳐 놓았다.

오름 자락에 마련된 보우의 적거지라고 무사할 리 없었다. 낮부터 몰아치기 시작한 태풍은 웬만한 바람에는 끄떡없는 올레 돌담 울타리까지 무너뜨렸다. 천지를 뒤흔들며 거침없이 내달리는 바람은 수천 만 병사의 말발굽 소리보다 용맹스러웠고, 기괴한 귀신의 울음소리까지 흉내 내며 오금을 펴지 못하게 호통치고 있었다. 초가지붕을 바둑판처럼 촘촘히 묶어 길게 땅에 늘어뜨려 매단 돌멩이도 어디론가 날아가고 없었다. 지붕을 올린 지 오래되어 삭아서 끊어지고 풀리면서 지붕 귀퉁이 한 쪽이 날아갔다. 천장에서 빗물이 여기저기 떨어지더니, 바람을 못이긴 창문이 넘어지면서 화로에 부딪친 창틀이 산산조각 났다.

비는 방 안까지 쳐들어 왔고, 이부자리마저 서서히 먹어들어 갔다. 보우는 방 안에 가만히 앉아 있을 수만 없었다. 맨발로 집을 나왔다. 태풍의 모습을 직접 눈으로 확인하고 싶었다. 세찬 바람에 몸을 겨우 가누면서 바닷가로 내달렸다. 억수같이 퍼붓는 비바람에 눈을 뜨는 둥 감는 둥 산간 마을을 지났지만 거리엔 찢기어 나뒹구는 나뭇가지뿐이었다. 사람들은 문을 꽁꽁 닫고 두려움에 떨고 있을 어린 자식들을 품에 안고 달래며 태풍이 무사히 지나가기만을 기다리고 있으리라.

그러나 바다에 이르기 전부터 파도에서 튕겨져 나온 포말들이 온 동네를 외계인처럼 떠다니고 있었다. 워낙 파도의 기세가 등등하여 바다 근처엔 갈 수 없었다. 바닷가 가까이 높은 동산이 생각났다. 동산 위에 팽나무가 있고 그 주변엔 돌을 쌓아 쉼터로 만든 곳이다. 평소엔 마을 사람들이 나무 그늘 밑에서 시원한 바닷바람을 맞으며 낮잠도 자고 장기도 두던 곳이다. 보우는 그 곳으로 내달렸다. 팽나무는 온몸으로 저항하며 울고 있었다. 팽나무 기둥에 몸을 바짝 붙이고 비바람을 피하며 얼굴만 바다 쪽으로 내밀었다. 바다 정경이 한눈에 들어왔다.

장관도 그런 장관은 처음이었다. 바다는 잔뜩 부어서 산채만한 파도가 두꺼운 포말을 등에 지고 공중을 떠다니고 있었다. 포악한 짐승의 울부짖음이 마을을 공포의 구렁텅이로 몰아넣었다. 아직 해 떨어지기 전인데도 하늘은 잿빛구름으로 뒤덮여 세상은 신비스러운 기운으로 차 있었다. 마치 우주의 다른 생명체로 부터 침략을 당한 바다는 정신을 잃고 독이

잔뜩 오른 괴물로 변하였다. 파도는 우르릉 쿵쿵 소리를 내며 기세 좋게 달리다가 바위를 만나면 부술 듯이 커다랗게 솟구치며 쏟아져 마을 쪽으로 밀려 왔다.

깊은 바다 속마저 뒤집혔는지 이름 모를 해초로 뒤범벅이 된, 인간의 힘으로는 도저히 움직이지 못할 커다란 바위들이 마을로 밀려와 마치 점령군의 위세로 주변을 경계하고 있었다. 포구에 묶여 있어야 할 어선들은 곤두박질치다가 부딪쳐 바수어지고 찢겨나가고, 바위틈에 처박히거나, 인가 지붕 위로, 돌담을 넘어 밭 한가운데로 올라앉았다. 성한 배라곤 한 척도 없었다. 다만 그 조각만이 여기저기 부스러기가 되어 나뒹굴 뿐이었다.

보우의 입에선 절로 탄식이 흘러 나왔다. 아 이런 자연의 힘 앞에 인간이란 얼마나 왜소한 존재인가? 일세를 풍미하고 호령했던 자신의 존재가 저 파도에 비견하면 너무나 보잘 것 없지 않은가? 유림의 기세도 저 광풍과 다르지 않았다. 그 거센 광풍 앞에 자신이 맞서 싸웠다는 게 대견스럽게 생각됐다.

그러다 밭 돌담 사이에 처박혀 박살이 나 이물만 남은 어선에 시선이 멈추는 순간 몸서리가 쳐졌다. 옛날 용문사에서 마주 친 어느 사미의 목 잘린 얼굴이 떠오른 것이다.

보우는 열다섯에 용문사 지행 스님을 따라 금강산 마하연에 가서 삭발 수계하고 다시 용문사로 돌아와 불경과 유서(儒書)를 섭렵했다. 스물 세 살 나던 해 다시 마하연으로 가서 6년 동안 수행정진 하다가 산 아래 풍물이 궁금하여 동행 수학하는 도반들의 만류를 뿌리치고 하산하였다. 통구, 양평을 거쳐 용문사에 왔을 때 난을 만났다.

시작은 이랬다. 경상도 유생 30여 명이 과거를 보기 위해 나룻배를 타고 한강을 거슬러 상경하다가 날이 저물 무렵 여주 봉미산 신륵사 앞에 도착했다. 그들은 신륵사에서 하룻밤 유숙하기로 했다. 당시 유생들은 출가한 중들을 부모와 의절한 배은망덕자로 규탄하면서 불교를 배척하였는데 화려한 불당을 보니 내심 배알이 뒤틀렸다. 신륵사 주지는 애초에 이들의 유숙을 허락하면서 사찰은 수행정진의 도량이므로 정숙해 줄 것을 신신당부했다. 그러나 유생들은 저녁 공양예불 시간에 목탁소리와 함께 독경이 흘러나오자 짐짓 술을 마시고 고성방가를 일삼으며 훼방을 놓았다. 그러다 밤이 이슥해 지자 유생 몇 명이 법당에 들어가 시주함을 뒤지고 금 촛대 등을 훔치는 일이 생겼다. 새벽에 예불을 준비하기 위해 법당에 들어온 사미가 이를 발견하고 상좌승에게 알렸다. 상좌는 유생들이 자고 있는 요사채로 가서 절도한 물건의 반환을 요청했다. 그러자 유생들은 과거를 앞둔 몸인데 웬 부정 탈 해코지냐며 자신들을 도둑으로 내모는 상좌승의 멱살을 잡고 땅바닥에 내동이 쳤다.

이를 지켜보던 사미는 곧바로 달려가 화주에게 알렸고, 급기야 중들이 몽둥이를 들고 유생들을 구타했다. 유생들이 가만있을 리 만무했다. 유생들은 자신들이 한 행실은 숨긴 채 절에서 폭행당한 사실만을 사헌부에 알렸고, 곧바로 신륵사 주지와 신륵사를 관장하는 용문사 주지까지 잡아 가두었다. 사건은 여기서 끝난 게 아니었다. 중들에게 폭행당했다는 사실이 유림들의 입소문을 통하여 경향 각지에 알려지면서 전국의 유생들이 벌떼처럼 일어나 지방 곳곳의 사찰에 불을 지르고 중들을 보이는 대로 구타하고 살생하는 일까지 벌어졌다. 이를 역사에서는 무술법난(戊戌法難)이라 기록하고 있다.

보우는 이런 아비규환의 현장을 목격했다. 보우가 용문사에 왔을 때 주지 스님은 잡혀가고 없었다. 점심 공양을 마치고 속이 안 좋아 해우소를 들러 막 나오는 참이었다. 갑자기 함성이 들리더니 일단의 무리가 칼과 몽둥이를 들고 절 안으로 들어서는 모습을 보았다. 그때 순간 뒤에서 밀리는 힘에 보우는 언덕 밑으로 굴러 떨어졌다. 뒤이어 구르며 온 것은 원주 스님이었다. 독기를 품은 유생들은 이미 인간이 아니었다. 햇빛이 닿으면 쨍하고 소리가 날 것 같은 예리한 칼을 든 그들의 눈은 살기가 넘쳐 섬쩍지근했다. 그들이 흘리는 미소는 산 짐승의 내장을 파먹은 이리의 입가에 묻은 핏물을 연상하게 했다. 그들은 석장이나 농기구 들고 저항하는 승려들을 닥치는 대로 베어냈고, 사찰에 불을 지르고 숨어있는 사미승을 찾아 목을 동강냈다. 언덕 밑에 숨어 있는 보우 앞에 사미의 머리가 데그르르 굴러 떨어졌다. 신체에서 떨어져 나온 머리는 눈을 부릅뜬 채 보우를 응시하며 호통치고 있었다. 비록 사미의 몸이지만 목숨 바쳐 불가를 지키는데 불제자인 넌 무엇하고 있느냐는 소리를 들었다. 중들도 같은 임금의 백성인데 어찌 은혜 입음이 이렇게 다를 수가 있는가? 불에 타고 아수라장이 된 가람을 보며 보우는 통탄했다.

불교가 쇠퇴하기 이 해보다 더 할손가
피눈물 주룩주룩 베수건에 가득하구나.
구름 속에 산이 있지만 발 부칠 데 없고
티끌세상 어느 곳에 이 몸을 용납하리.
넓은 하늘 아래 모두가 요순 임금의 땅이며
땅 끝까지 누가 요순시대 신하 아닌 이 있나
부끄럽도다 우리 무리는 유독 복이 적어서
태평시대에 오히려 불평스러운 사람 되었구나.

이 난리를 목격하고 난 후 보우는 반드시 불법을 중흥시켜서 부처의 자비로 평화로운 세상을 만들겠다는 굳은 결의를 다지며 다시 금강산으로 들어갔다.

도대체 넌 무엇이냐? 마음 깊숙한 곳에서 울려 나오는 그 사미승의 묵언 한 마디가 생각나자 온몸에 소름이 돋았다. 돌담 위에 걸쳐진 배 쪼가리가 무엇인데 갑자기 그런 생각이 들었을까? 아 부처님이 아직도 나를 버리지 않았구나. 부서진 나무쪼가리를 통해서 계시를 내리시는구나. 보우는 합장을 하며 '나무아미타불 관세음보살'을 염송했다.

적거지로 한정된 처소로 돌아오니 반갑지 않은 손님들이 기다리고 있었다. 귀양 생활을 정기적으로 감찰하는 관원들이었다. 헌데 며칠 전 다녀갔는데 다시 나타난 게 직감적으로 불길한 생각이 스쳤다. 신임 사또가 부임했으니 인사를 올려야 한다며 같이 동행하자는 것이다.

"혹시 신임 사또 함자가 어찌되오?"

"그건 알아서 뭐에 쓰게?"

"혹시 아는 양반인가 해서요."

"변가에 협자를 쓰오. 어때 잘 아시는 분이오?"

"변협?"

이름을 듣는 순간 보우의 머릿속이 하얘져 갔다. 시야가 흐려지며 현기증까지 났다.

'아 올 것이 오고야 마는 구나.' 보우는 눈을 감았다. 15세에 출가하여 지낸 40여 년 세월이 밀려드는 파도에 한순간에 부서지는 것 같았다. 보우의 입에서 긴 탄식과 함께 음송이 저절로 흘러 나왔다.

"나무아미타불 관세음보살."

성긴 지붕에 빗물 새듯이

커튼 사이로 스며드는 햇살이 간지러워 눈을 떴다. 얼마를 잤을까? 간밤에 마신 술로 아직도 머리가 찌근거리고 속이 메스꺼웠다. 그러나 더 속이 아픈 건 지안과의 이별이었다. 지안을 떠올리니 갑자기 눈물샘이 자극을 받아 액체를 토해냈다. 난 베개로 떨어지는 눈물을 닦고자 벌떡 몸을 일으켰다. 손등으로 눈물을 훔치는데 갑자기 무릎이 시큰거렸다. 이불을 걷어채니 오른쪽 바짓가랑이 무릎 부분이 헤어져 구멍이 숭숭 뚫렸다. '아 이게 왜 이렇게 됐지? 하나밖에 없는 신사복 바진데……'

갑자기 머리가 핑 돌면서 구역질이 올라왔다. 현기증을 참으며 비틀비틀 화장실로 가 걱걱대며 구토를 하는데 토사물은 나오지 않고 쓸개 물만이 변기에 퍼렇게 번졌다. 퉁퉁 부은 눈을 살며시 떠 변기 속을 보니 사방에 토사물 파편이 닥지닥지 달라붙어 있다. 어제 밤 화장실 출입을 했었나? 변기에서 풍겨 나오는 냄새가 더 역겨워 머리가 칭칭 거렸다. 세면대를 붙잡고 일어서서 거울을 보니 흡사 흉물스런 괴물이 나를 응시하고 있었다. 수도꼭지를 비틀어 쏟아지는 물을 손으로 받아 얼굴에 붓는데 다리가 후들거렸다. 수도꼭지에 입을 갖다 대고 입을 몇 번 헹구어 낸 후 목구멍으로 물을 넘기는데 찬물 탓인지 속이 따끔거리며 다시 구역질이 올라왔다. 제대로 위가 상했나 보다. 제길 이대로 그냥 죽어버렸으면 좋겠다.

나는 엉금엉금 기다시피 방으로 돌아와 눈을 질끈 감은 채 와이셔츠와 바지를 벗어 내팽개치고 이불 속으로 몸을 들이미는데 무릎에 생채기 난 것이 보였다.

'아, 내가 무슨 짓을 했지?' 누워 눈 감으니 윙윙거리는 머릿속에서 끊긴 필름이 조금씩 재생되기 시작했다.

그 전날은 살아온 날 중 최악이었다. 나쁜 일은 한꺼번에 닥친다고 했던가? 일 년여 심혈을 기울여 쓴 학위 논문이 보기 좋게 퇴짜를 당하고 거기다 지안에게서 이별 통보까지 받았으니 어찌 맨 정신으로 버틸 수 있었겠는가?

이른 점심에 김 교수와 마신 복분자 술부터 은근히 취했다. 김 교수는 논문 심사에서 탈락한 제자를 위로할 생각이었는지 평소 단골로 드나드는 만물장어 집으로 나를 불렀다.

전화를 받는 순간 난 대뜸 심사를 통과하지 못했다는 걸 직감했다. 김 교수는 예전에도 좋지 못한 일, 부탁할 일이 있으면 먼저 불러내어 밥이나 술을 샀다.

식당에 들어서자 향긋한 냄새가 후각 중추를 자극했다. 김 교수가 손수 기름비알을 들고 노릇거리며 익고 있는 장어 등쪽에 양념 소스를 바르며 안주를 장만하고 있었다. 자리에 앉자마자 김 교수는 하얀 복분자 술병을 들고 권했다.

"장어에 복분자가 궁합 맞다는 걸 체험적으로 알았지. 이걸 먹은 다음 날은 오줌발부터가 다르다니까. 헛헛"

어색한 분위기를 바꾸려했는지 아니면 내 기분을 살짝 업 시켜 놓고 본론으로 들어갈 심산인지 내 얼굴을 살짝 훔치고는 썰렁한 농담을 던졌다.

"너무 섭섭하게 생각지 마라. 자네 고집 때문 그리 된 거야. 내가 뭐라 그랬나? 남들이 다 해쳐 먹었는데 친일문학에서 더 이상 나올 게 뭐 있다구?"

'왜 없어? 자라보고 놀란 가슴 솥뚜껑보고 놀란다고 속이 구리니까 지레 불가 판정 내린 거잖아?' 속으로 열불이 났지만 난 애써 태연을 가장했다.

"죄송합니다. 시간에 쫓기어 제대로 분석을 못 했습니다. 기대에 어긋나게 해서 정말 면목 없습니다."

'이게 뭐야? 마음에도 없는 말이 튀어나오다니, 이런.' 입술을 깨물며 고개를 숙였다.

그러자 김 교수는 커다란 봉투에 담긴 두툼한 책 한 권을 내밀었다.

"이거 참고로 해서 다음 학기에 다시 써 봐."

난 예의상 《허응당집(虛應堂集)》이라는 제목만 확인하고 책을 다시 봉투 속으로 구겨 넣었다.

"그 스님, 참 어려운 일을 했는데 제주에서 일생을 마쳤어. 그것도 맞아 죽었단 말이야. 헌데 600수가 넘는 시문을 남겼다니 대단한 분이지?"

위로하느라 하는 소리로 건성 들으며 난 술잔을 거푸 비워 냈다. 김 교수도 낮부터 정량 오버를 했고, 둘이서 다섯 병을 비운 후에야 점심이 끝났다.

내 박사학위 논문을 떨어뜨리는 데 앞장선 것이 김 교수라는 걸 모르지 않았다. 논문 계획서를 작성할 때부터 주제를 바꾸라고 종용한 것도 그였다. 친일이라는 용어에 민감한 것은 그의 집안 내력과도 연관이 있었다. 그의 증조부는 조선 시대 지금의 차관급에 해당하는 높은 벼슬을 했다는 걸 자랑스럽게 말했고, 조부는 대한제국 시절 돈 많은 부자와 고급 관리들이 출입하는 한의원을 개원하여 부를 축적했다.

그런데 그의 부친이 문제였다. 동경 유학까지 보냈는데 공부는 않고 주색에 빠져 지냈다. 그리고 문학하는 친구들과 어울려 요리집으로 기생집으로 다니면서 물주 노릇을 했다. 그런 그가 일본어로 시를 십여 편 발표했다는 것을 우연히 학위 논문 자료를 수집하면서 발견했다. 김 교수는 모르는 사람이라고 부인했지만 정황이나 여러 경로를 통하여 확인한 바 가네야마겐[金山原]이 김 교수의 부친인 김원식(金原植)과 동일 인물이라는 걸 확신했다.

그런 그가 자기 부친이 친일파로 낙인찍히는 논문을 통과시켜 줄 리 만무하다는 걸 미리 짐작하고는 있었다. 하지만 난 결코 김 교수를 비난하거나 난처하게 만들 생각은 애초에 없었다. 김 교수의 만류에도 학자적인 양심을 믿었었지만 역시 학문보다도 핏줄이 먼저라는 걸 확인하는 꼴이 됐다.

그간 난 김 교수에게 최선을 다했다. 논문 지도교수여서가 아니라 그는 아버지와 같은 존재였다. 학과의 조교 자리를 마련해 줬고 보따리 장사지만 이웃 학교 교양학과 시간을 마련해 준 것도, 그리고 시인으로 등단하게 추천해 준 것도 김준학 교수였기 때문이다.

헌데 나중에 생각해 보니 자신의 부친은 일본 제국주의의 우산 밑에서 호강을 한 사람이고, 그가 추천한 보우 대사는 조선의 유림이라는 거대한 숲 속에 고군분투하며 길을 낸 사람 아닌가? 헌데 그가 내게 보우를 소개했다. 세상은 참 아이러니컬한 일들이 많다.

그렇게 취한 상태로 지안에게 전화를 건 게 또 하나의 사단을 만든 계기가 되었다. 사랑하는 사람에게 위로를 받고 싶었는데 그것이 이별을 통보 받는 자리가 될 줄이야.

낮 근무라 병원이 끝나는 시간은 여덟시였다. 난 도저히 슬픔인지, 아픔인지, 분노인지 모를 묘한 감정에 쌓인 채 그런 기분을 감당할 수 없어서 술에 의지하고 싶었다. 단골로 다니는 막걸리 집은 아직 영업시간이 멀었고, 하릴없이 부둣가의 허름한 식당을 찾아 순대국을 안주 삼아 소주를 깠다. 술이 얼근해지니 지안의 요즘 행동에 대한 불만이 쏟아져 나왔다.

직장을 핑계로, 피곤하다는 구실로 만남을 자꾸 회피하는 이유가 마음이 변한 게 분명했다. '빌어먹을 년, 내가 그간 얼마나 정성을 바쳤는데…….'

누군가 흔들어 깨우는 소리에 눈을 떴다. 지안이 서 있었다.

"대낮부터 무슨 술을 그리 마셨어요?"

난 논문이 심사에 떨어졌다는 말을 차마 할 수가 없었다.

"응 종강도 하고 교수님과 학생들이랑 어쩔 수 없이…… 앉아. 한잔 안 할래?"

"지금 술 마실 형편 아니에요. 나가요. 할 말도 있구……."

시간은 아홉시밖에 안 되었지만 거리는 한산한데 찬바람만이 유랑하고 있었다.

나는 취한 모습을 보이지 않으려고 걸음에 주의하며 앞장 서 걸었다. 한 발짝 뒤에서 따라오는 지안도 말이 없었다. 부둣가를 돌아 나와 사라봉 산책길로 들어섰다. 시멘트 계단 길을 몇 계단 안 올랐는데 다리가 후들거리고 숨이 찼다.

"좀 쉬었다 가."

지안은 어느새 저만큼 추월해서 성큼성큼 계단을 오르고 있었다.

"조금만 더 올라와요, 저쪽에 벤치가 있어요."

"기다려. 볼 일 보고 갈게."

지안은 대답도 않고 기역자로 꺾인 계단 길로 사라졌다.

평소 주민들의 산책길인데도 올라가다 마주친 초로의 부부 말고는 오늘 따라 인적이 뜸했다. 주변을 살펴 바지의 지퍼를 내리고 물건을 꺼내 오른손으로 잡았다. 장어에 복분자 궁합이 좋다는 김 교수의 말이 떠올랐다. 내려다보니 아닌게 아니라 평상시 이상으로 커져 있었다. 지안의 얼굴을 떠올리자 성기는 더욱 팽팽해졌다. 아랫배에 힘을 주자 방광에 갇혔던 오줌들이 서로 먼저 빠져 나가려 아우성이었다.

"야 너희들 오늘 운수 좋은 줄 알아, 복분자에 힘 좋은 장어 영양분이 담긴 비료다. 자 받아라."

시원하게 요도를 빠져나간 오줌 줄기가 갑자기 찬 공기를 만나 놀란 듯 김을 내뿜으며 힘차게 뻗어나갔다.

벤치에 앉은 지안은 내가 다가가는 인기척을 느끼면서도 돌아보지도 않

고 멍하니 바다만 바라보고 있었다. 수평선엔 집어등을 켠 어선들이 줄
지어서서 졸고 있는 듯 정겨웠다.

"무슨 배가 저리 많지? 아! 요즘 방어 철이구나?"

"……."

"아이 추워. 더운 물을 비워냈더니 체온이 내려갔나 봐."

지안의 손을 잡아 깍지 끼며 농을 했지만 지안은 심각한 표정을 지을
뿐 수평선에서 눈을 떼지 않았다. 찬바람만이 그녀의 머리칼을 헤집으며
장미꽃 향그러운 냄새를 핥아냈다.

"할 말이라는 게 뭔데?"

"저 오늘 병원에 사표 냈어요."

갑자기 머릿속에서 나사 하나가 빠져 튕겨나갔다.

"아니 그런 일을 사전에 의논 한 마디 없이……?"

"의논한다면 오빠가 순순히 그러라 하겠어요?"

"무슨 다른 계획 있는 거야?"

"출가하려구요."

난 그때 취중이어서 그랬는지 출가의 의미를 잘못 이해했다.

"왜 직장에서 뭐라 그래? 직장 나와서 어쩔 건데?"

"농담 아니에요. 중이 되기로 작정했다구요."

누군가 머리통을 휘어갈긴 듯 순간 정신이 멍했다. 전부터 지안은 모든
일을 불가에 의존했다. 어머니가 교통사고로 돌아갔을 때도 절에서 49재
를 지내고 위패를 절간에 모셨다.

언젠가 한 번 그녀를 따라 절간에 가서 백팔배 드리는 걸 지켜 본 일이
있었다. 그때가 여름 초입 무렵이긴 했지만, 백팔배를 하고 나온 그녀의

몸은 온통 땀에 젖어 쳐다보기가 민망할 정도였다. 몸에 열이 많기도 했지만 언제나 그녀는 흥건히 젖었다. 그만큼 그녀는 매사에 정성을 다하는 성격이었다.

힘들고 괴로운 일이 있을 때마다 심지어 나하고 언쟁을 심하게 한 날도 절간에 들렀고, 다녀오면 평정심을 되찾곤 했었다. 절간에 행사가 있는 날엔 물론이고 보광사에서 하는 노인 돌봄이 봉사에도 빠지는 일이 없었다.

절간 일로 다툰 일이 한두 번이 아니었다. 내가 시인으로 등단한 것을 축하하기 위한 모임에도 갑자기 잡힌 절간 행사를 이유로 불참했고, 첫 시집 출판기념회 때도 신도 회장이 돌아갔다고 문자 하나 덜렁 남기고는 전화도 받지 않았다. 그녀에겐 무엇보다 부처가 우선이요 불사가 먼저였다. 그런 그녀가 이젠 속세를 등지고 아예 절에 살겠다니?

"그런 중요한 일을 혼자서 결정하고 처리했단 말이야? 도대체 나란 존재는 뭐야?"

"어차피 우린 혼자예요. 가는 길도, 가야할 길도 다르고 모든 게 헛되다는 걸 알았어요."

"그럼 난 뭐야? 난 어떻게 하라고? 같이 여행하다가 혼자서 사라지면……. 그러지 말고 우리 결혼하자."

지안은 문학 동아리에서 만났다. 그녀는 추자도에서 태어나 제주시에서 고등학교와 대학을 다녔다. 그녀는 책을 좋아하고 문학을 애호하며 간호사를 꿈꾸는 학생이었고, 난 국문과를 다니면서 비록 지역 신문이지만 신춘문예공모에 당선한, 장래가 촉망되는 문학청년이었다. 한 달에 두 번 정기적으로 만나는 동아리 모임에서 서로 친해졌지만 사랑하는 사이로 발전한 건 지안의 어머니가 돌아가신 후다. 적수공권이 된 그녀가 안타까워서 난 일부러 시간을 내어 그녀의 주변을 지켰고, 지안은 나에게 의지했다.

그러다 5년 전 내 생일날, 하필이면 학생들 시험 성적 마감일에 쫓겨서 채점을 하고 있었는데 그녀가 안주와 술을 사들고 학회실로 찾아왔다. 술이 어느 정도 되었을 때, 내 어깨에 얼굴을 기대며 그녀가 말했다.

"오빠 우리 딱 육 개월만 사귈래요?"

"왜 육 개월?"

"그 정도면 상대가 어떤지 알 수 있을 거 아니에요? 그때 가서 계속할 건지 말 건지, 계약 갱신을 하는 거예요. 지겹거나 아니다 싶으면 쿨하게 헤어지는 거죠."

난 대답 대신 그녀의 턱을 당겨 입술을 마주했다. 그녀는 혀를 내 입 속으로 넣으며 적극적으로 화답했다. 난 입술을 가만히 떼어내 그녀의 희디흰 목 줄기로 가져갔다. 그녀는 희열을 참을 수 없었는지 신음을 뱉어내며 내 머리카락을 움켜쥐었다. 난 스커트 밑으로 손을 집어넣고 허벅지를 부드럽게 쓰다듬었다. 지안의 다리가 부르르 떨리더니 갑자기 '불, 불.' 하는 소리가 들렸다. 의아해서 얼굴을 들었는데 지안은 눈을 감은 채로 불 좀 꺼 달라고 했다.

그렇게 세월이 흘러 5년이나 지났지만 결혼에 대해선 누구도 말을 꺼내지 않았다.

난 이 대학 저 대학을 돌아다니는 보따리 장사 신세여서 박사학위 받고 정식으로 전임강사가 되면 결혼하려고 마음먹고 있는 터였다.

"자신 없어요. 나 혼자도 힘겨운데 가정을 갖고 자식을 키운다는 게

……."

"내가 잘 하면 되잖아? 박사 따고 전강 되면 정식으로 프러포즈하려고
했어."

"오랜 시간 여러 가지 생각을 해서 내린 결론이에요. 나를 진정 사랑
한다면 내 결정을 존중해 줘요."

"날 알기를 개떡으로 안 거야? 안 돼. 난 도저히 용납할 수 없어."

"미안해요. 내가 살아야겠다구요."

"미친 년. 네가 날 떠난다고? 절대 그러지 못해. 네가 가는 곳 어디든
지 따라 갈 거야. 너 혹시 다른 남자 생긴 것 아냐?"

내 말에 눈이 휘둥그레진 지안이 한동안 날 바라보더니 실망했다는 표
정을 지었다.

"오빠, 무슨 말을 그렇게 해요. 난 절실하게 말하는데?"

지안이 눈물을 흘리는 것 같았지만 그때의 기분으론 그것이 연극처럼 생
각됐다.

"요즘 네가 날 피하는 것도 다 그 중놈 때문 아냐? 그 놈이랑 도망가
서 산 속에 살려는 거 아니냐구?"

그녀가 출퇴근용으로 마티즈를 산 날 저녁. 퇴근 시간에 맞춰 그녀 집
앞에 이르렀는데 지안의 집에서 어떤 젊은 중놈이 나오더니 지안의 차를
끌고 사라지는 게 아닌가?

'나도 사슴 못해 본 차를 몰고 나가다니.' 눈에서 불화살이 마구 날아갔다.

"대체 차를 끌고 간 중놈과 어떤 사이야?"

방방 뜨는 나에게 지안은 태연스럽게 말했다.

"종무를 맡아보는 스님이에요. 내일 아침 일찍 성산포에서 행사가 있

는데 난 갈 수 없고 사람을 데리고 가야 한다고 사정하는데 어떻게 거절해요? 절간 차는 고장 나 수리 들어갔고 버스가 없는 새벽에 떠나야 한다고 해서 빌려 줬어요. 이제 됐어요?"

그래 그 때는 지안의 마음이 너그러워서 아니 부처님의 뜻이니까, 내 차도 아닌데……

난 더 이상 할 말을 잃었다.

그녀는 한참 말없이 나를 바라보더니 눈가의 눈물을 훔치며 벌떡 일어섰다.

"아무리 취중이라도…… 정말 실망이에요."

난 그녀의 팔을 붙잡으며 앉으라고 소리쳤다.

"나를 이렇게 무시해도 되는 거야? 네가 그렇게 잘 났어?"

"제발 이러지 말아요."

지안은 손아귀에서 벗어나려 발버둥 쳤지만 난 완력으로 그녀를 바닥에 눕혔다. 순간 무릎이 돌에 닿아 아팠지만 제정신이 아니었다. 그녀를 제압하는 데는 그리 오랜 시간이 걸리지 않았다. 그녀의 치마를 들춰 팬티를 끌어내리자 더 이상 그녀는 반항하지 않고 속울음을 터뜨렸다. 혁대를 끌러 바지를 내리고는 그녀 위에 몸을 포갰다. 하지만 아 이거 어찌된 일인가? 내 그 녀석은 전의를 상실한 채 고개를 들지 못한다. 그래도 하체를 밀착시키고 그녀의 몸 위에 마찰 시켜보았지만 요지부동이었다.

'정력에 좋다는 걸 먹었는데…….' 더 이상 진전할 수 없었다. 하필이면 이런 때 열등감, 수치심 같은 것들이 밀려와 내 몸을 더욱 위축시켰다. 가느다랗게 흔들리는 그녀의 몸에서 내려왔다. 그녀의 하얀 허벅지에 푸른 달빛이 부서지자 소름이 돋았다. 손바닥으로 살며시 쓰다듬자

소름이 파르르 소리 내며 떨었다. 갑자기 새 한 마리가 '찌직' 소리를 내며 날아갔다. 그 소리에 고갤 들어 하늘을 보니 달이 구름 속으로 숨으며 슬프게 젖고 있었다.

'달님이여 나보고 어쩌란 말입니까?'

구름 언덕에 오르다

  오늘따라 아침을 깨우는 새소리가 유난히 요란스럽다. 눈을 떠 들창문을 보니 햇살이 창을 두들기고 있었다. 몇 달을 몸져누워 신열로 끓던 몸이 오늘따라 가뿐했다. 손을 들어 이마를 만져보니 끊임없이 물기를 쏟아내던 땀샘도 닫힌 모양인지 버석거렸다. 기침을 할 때마다 아프던 가슴과 아랫배도 잠잠해졌다. 헛기침을 해보았으나 예전처럼 목을 막는 천식도 가래도 나오지 않았다. 이불을 걷고 배잠방이를 만져보니 퀴퀴한 땀 냄새만 풍겨날 뿐 바짝 말라 있었다. 보우는 벌떡 일어나 앉았다. 여느 때 앉아 있기도 힘들 만큼 어지럽던 머리가 비 온 뒤의 숲에서 우러나오는 향기처럼 말끔했다.

  일어나 장지문을 여니 오래 기다렸다는 듯이 맑은 햇살과 싱그러운 기운이 쏟아져 들어왔다. 햇살에 잠시 눈이 간지러웠으나 보우는 두 팔을 들어 기지개를 켜며 그들을 맞이했다. 이 얼마 만에 맛보는 활력인가? 주체할 수 없는 새로운 기운이 속으로부터 용솟음쳐 나왔다.

확실히 주지 스님의 처방이 효험 있었다. 혜광 스님은 보우의 발병 원인을 옹저(癰疽)라고 했다. 폐부분에 혈기가 막히어 찬 기운과 뜨거운 기운이 흩어지지 못해서 종기가 생겼다는 것이다. 스님의 처방대로 약초를 구해다 사미가 부지런히 약을 달여 날랐다. 3개월 동안 이 약초 저 약초를 달여 먹어도 차도가 없더니, 사흘 만에 기침이 멎고 열이 잦아들었다.

처음 고열이 나고 천식처럼 기침이 쏟아지고 가래 속에서 피가 섞여 나왔을 때, 주어진 이승에서의 시간은 끝나는 줄 알았다. 그래서 누워서 의식이 몽롱한 가운데서도 참회진언과 '아제아제 바라아제 바라승아제 모지사바하'(가자 가자 어서 가자 피안의 세계로 어서 가자)를 수없이 음송했었다.

보우는 석 달 동안 육신을 받쳐 준 이부자리를 개어 한 쪽 구석에 밀어 넣고, 동경을 당겨 몰골을 살폈다. 그간 깎지 못한 머리와 수염 속에 희끗희끗한 새치가 청보리 속 웃자란 깜부기처럼 빛나고 있었다. 윤기를 잃은 얼굴은 각질이 일어나 꺼풀지고 주름도 많아져 꺙꺙했다.

밖으로 나왔다. 삽상한 공기가 온몸 구석구석 잠자고 있던 세포를 깨웠다. 새로운 세상에 온 것 같았다. 절 앞을 흐르는 개울에 몸을 씻고, 사미를 불러 머리와 수염을 깎았다. 방안으로 돌아와 옷 보따리를 찾아 풀었다. 함흥 가까이 백운산 국계암에 있을 때, 화주 보살이 만들어 시주 공양한 승복이었다. 보따리에는 격을 맞춰 승가리(상의: 왕궁이나 마을 나들이 시 입는 옷), 울다라승(중의: 부처님 예불, 참선, 청강, 대중 모임 시 입는 옷), 안타회(하의: 노동, 여행, 잠옷) 등 삼의와 풀을 잘 먹인 장삼도 가지런히 놓여 있었다.

승복으로 갈아입는데 밖이 시끄러웠다. 아직 아침 공양도 하기 전인데 일단의 사람들이 도착한 모양이다.

오늘은 조선의 윗대 임금인 태종의 기일이다. 회암사는 태종의 능침사(陵寢寺)이기 때문에 왕궁의 많은 왕족들과 나인들, 문무백관들이 재를 지내기 위해 회암사에 모여드는 날이다.

옷고름을 매는데 밖에서 행자의 말소리가 났다.

"스님, 손님이 찾아오셨습니다."

'손님이라니? 내가 여기 있다는 걸 알 사람이 누구지? 국계암을 떠나 전라도로 향하던 중 병을 얻어 이 곳 회암사에서 3개월을 누워 지냈는데…….' 보우는 필시 사람을 잘못 봤을 거라 생각했다.

"사람 잘못 찾은 게 아닌지, 다시 알아 보거라."

말이 끝나기도 전에 문밖에서 익숙한 목소리가 들렸다.

"원택(圓澤) 대사님 저이옵니다."

'이 목소리는 조계(曺溪)가 아닌가?' 문을 열어젖히니 마루아래 정만종(鄭萬種)이 허리를 굽혀 인사를 했다. 보우도 합장을 하고 예를 갖췄다.

"아니 상공, 경상도 관찰사로 부임 받아 간 줄 알았는데 여긴 어쩐 일 이십니까?"

"먼 길을 돌아 벗을 찾아 왔는데 손님을 이렇게 밖에 세워놓을 실 작 정이십니까?"

"보다시피 누추한 곳이라 안으로 드시라기 황송 하옵니다."

정만종은 말이 끝나기도 전에 신을 벗고 마루로 올라섰다.

"스님이 어디에 있건 거기가 서방정토일진데 무슨 상관있습니까? 어디 숨겨두고 혼자 마시는 차나 한 잔 주시지요."

보우는 행자를 시켜 차 그릇을 닦아오게 하곤 정만종을 안으로 맞아 들였다.

"소승이 여기 있는 걸 어찌 아셨소?"

"손오공이 제 아무리 재주 부리고, 근두운을 타고 날아다녀봤자 부처님 손바닥 안이지 않습니까?"

정만종은 보우의 상태를 살피며 환하게 미소 지었다.

"하이고 그럼 여기 부처님이 왕림하셨군요. 나무관세음보살."

"헛헛 말이 그렇게 됩니까? 헌데 투병 중이시라 들었는데, 꾀병에 엄살을 하셨나 봅니다. 이렇게 정신이 또렷하고 생기가 넘치시니 말입니다."

"염라대왕을 여러 번 면담했었지요. 헌데 조계 합하께서 공자님께 열심히 빌어주신 덕분으로 오늘 아침 멀쩡하게 쾌차를 보았습니다."

"별말씀을요. 스님께서는 덕을 많이 쌓으셨고, 아직도 중생구제를 위해서 하실 일이 많이 남으셨는데……. 어련히 부처님이 알아서 조화를 부리신 게지요."

보우는 금강산 미하연에서 4년을 수행을 하다 서른세 살이 나던 해 하산에 앞서 수륙대재(水陸大齋)를 동해 낙산사에서 봉행하였다. 물과 뭍에서 죽은 고혼을 위무하기 위해서였다. 그때 이미 보우는 당대를 풍미하던 유가와 불가에 능통하여 불자들 사이에서 생불이라 불리었다. 이 수륙대재에 보우의 명성을 듣고 전국에서 사람들이 구름처럼 모여 들었고 재화가 산더미처럼 쌓였다. 이런 사실이 궁중에는 물론 경향 각지에 알려졌다.

당시는 조선 중종 말년으로 중종의 계비인 문정왕후도 내수사로 하여금 이 설재에 큰 시주를 하였다. 이때 함흥 감사 정만종도 신분을 숨기고 몰래 참석하여 이 광경을 직접 목격했다. 정만종은 유학을 신봉하는 재상인(宰相人)이지만 불가에 대한 관심이 많았다.

그는 예전부터 보우의 명성을 익히 듣고 알고 있었다. 보우는 인품이

고결하고 불경뿐 아니라 유가의 많은 책에 능통하였지만 유학자들에게는 눈엣가시 같은 존재였다. 그런 그가 보우와 인연을 맺게 된 것은 우연한 기회였다.

 마하연에 있을 때, 하루는 법당에 들어와 난동을 피우는 술 취한 유생을 만났다. 그는 작정을 하고 몽둥이를 들고 와 절간 기물을 때려 부쉈다. 아무리 수행을 많이 한 보우였지만 참을 수 없었다. 보우는 제지하는 과정에서 싸움이 붙어 끝내 몽둥이를 빼앗아 유생을 두들겨 팼다. 결국 유생이 목적하던 대로 보우는 관에 갇히는 신세가 됐다. 이런 사실을 전해 듣게 된 함흥감사 정만종은 관에 서찰을 보내 대사를 구출했고, 보우는 정만종에게 감사의 뜻을 전했다. 이에 정만종은 교유를 원하는 한 편의 시를 적어 보우에게 보냈고 보우도 화답하여 시를 보냈다.

유가(儒家) 불가(佛家) 나뉘어도 도는 다르지 않아
예부터 스님 친구는 참으로 이름난 선비들일세
조계(曹溪)1의 끊임없이 사람 놀래는 시구(詩句)를
원택(圓澤)2은 항상 야광주(夜光珠)로 받들어 모시네
지둔(支遁)3과 허순(許洵)3의 같은 자리 어찌 따지려 해
경덕순(景德順)과 소식(蘇軾)4도 서로 좋아 은근히 친해
상공께서 손꼽는 자연 속의 친구 중에
소탈하고 담담하기 나와 같은 이 또 있는가?

주1. 조계(曹溪): 정만종의 호, 취선이란 호도 있다.
주2. 원택(圓澤): 보우의 호.
주3. 지둔(支遁): 동진(東晉)시대 노장사상까지 섭렵한 스님, 허순(許洵)은 당대 명사
주4. 경덕순과 소식: 경덕순은 송나라 때 스님, 소식(소동파)과 친분이 두터웠다.

유교와 불교는 비록 나뉘어져 있지만 인간 교화를 위한 진리의 방향은 다르지 않다는 것을 전제로, 유가와 승려의 친분이 있었던 역사적 사실을 열거하고, 지속적으로 시를 보내는 정만종을 야광주와 같은 존재라 치켜세우며 감사의 뜻을 표하였다. 그리고 자신은 자연 속에 숨어 사는 사람인데 친구가 될 수 있는가를 물은 것이다.

이들은 서찰을 통하여 교유하였다. 보우 대사가 정만종에게 남긴 시만도 13편이나 된다.

수륙대재를 성공적으로 치른 보우는 하산하여 함경도 안변 석왕사 부근 은선암에 거처를 정했다. 한 여름을 지낼 때 정만종이 찾아와 하룻밤을 같이 지내며 우의를 확인하고 우정을 도탑게 쌓았다. 이후 정만종의 배려로 함흥 인근 백운산에 국계암을 짓고 3년을 기거했다.

이러한 사실이 궁중에 까지 알려지게 되자 예조에서는 재상인(宰相人)인 정만종이 일개 요승에 미혹되어 그를 빈례(賓禮)로 대우하며 한 베개를 베고 자며 침식을 같이한다고 계를 올려 비판하였으니, 정만종이 보우를 존중함이 어느 정도였는가 짐작할 수 있다.

보우가 따라 준 차의 향기를 음미하며 목으로 넘긴 정만종은 조심스럽게 찻잔을 내려놓으며 좀 전과는 사뭇 달리 정색을 하며 조심스럽게 화두를 꺼냈다.

"오늘 소인이 여기에 온 것은 대왕 폐하 제례 참례를 빌미로 대사님께 긴히 당부 드리고 싶은 말씀이 있어섭니다."

정만종이 찾아왔을 때부터 짐작은 하고 있었다. 그간 쌓았던 도타운 친분을 생각한다면 내 투병 사실을 전해 듣고 경상감영에서 회암사까지 그 먼 길을 병문안 올 기회를 엿보고 있었을 것이고, 그것을 태종의 제례에 맞추었을 것이다.

"소승께 당부라니요?"

"기실은 대비마마께서 독실한 불신자라는 것 알고 계시지요?"

"알다마다요. 6년 전 낙산사 수륙대재를 지낼 때, 어찌 소식을 들으셨는지 설재 보시까지 하셨습니다."

"그 대비마마가 삼 년 전 등극하신 어린 임금의 모친이지 않습니까? 마마께서는 상감을 도와 섭정하면서 적극적으로 흥불(興佛)을 도모하고 있습니다. 헌데 봉은사 주지이신 명곡 대사(明谷大使)께서 노환으로 인하여 주지 직을 사임하셨습니다. 봉은사는 성종 임금, 즉 대비의 시부를 모신 능침사 아닙니까? 한 시도 비어 둘 수 없지요. 그래서 마마께서 며칠 전 팔도 도백들에게 양종을 재건하고 불사를 중흥할 일을 주간할 승재를 널리 구한다는 내용의 밀지를 보내왔습니다."

"그거 불행 중 아주 다행한 일입니다. 그럼요. 부처님은 중생들을 사랑하시니까요. 이제 부처님 자비가 중생들에게 제대로 전파되어 불교가 중흥할 수 있는 때가 온 것 같습니다. 사실 오늘 제를 모시는 태종 임금부터 얼마나 불교를 박해했습니까?"

조선이 건국되면서 불교 탄압은 형언할 수 없을 정도로 극심하였다. 물론 이와 같은 조짐은 고려 시대에 타락한 불교 문화를 배척하는 성균관 유림들과 건국공신인 신흥사대부들이 국가의 정치 이념을 숭유억불(崇儒抑佛)에 두면서 빚어진 결과였다.

태종은 불교를 혁거하여 11종이던 종파를 7종으로 묶었다. 그리고 절간에 내려졌던 사사전(寺賜田)을 몰수하고, 승려들을 환속시켜 부역의 의무를 지게 했다. 승려의 신분을 취할 수 있는 도첩제(度牒制)를 엄격하게 시행함은 물론 왕사, 국사 제도를 폐지하고 절에 딸린 노비를 관에서 거두어 가버렸다.

세종 조에 와서는 절에서의 기도 및 예불, 독경 등 경행(經行)을 금지시켰고, 7종을 선교(禪敎) 양종으로 통합하였으나, 말년에는 궁내에 내불당을 건립하는 유화책도 보였다. 소헌 왕후 심씨가 승하하자 수양대군(세조)에게 명복을 빌기 위하여 석가모니의 일대기인 《석보상절》을 국문으로 만들게 했고, 이를 시의 형식으로 옮긴 《월인천강지곡》을 직접 짓기도 했다.

이런 영향인지 세조는 독실한 불교 신자였다. 원각사, 월정사, 상원사, 회암사 등의 사찰에 대해 중수를 하거나 복수(復修)하는 정책을 썼으며 궁 안에 내경청을 두었다. 불경을 번역 간행하는 간경도감을 설치하여 법화경, 화엄경 등의 불경을 국역하고 월인천강지곡과 석보상절을 묶은 《월인석보》를 간행했다. 또한 승려가 범죄를 저질러 구속할 때에는 왕의 윤허를 받게 하였고, 경국대전에 도승(度僧)조항을 편입하여 승려의 신분을 보장하였다. 배불정책에 의해 쓰러져 가는 불교가 다시 재건될 기운이 보이던 때였다.

그러나 성종 조에는 절을 새로 짓는 일을 엄중히 금했다. 또한 승려의 도성 출입을 엄격히 단속했으며, 도승(度僧 : 승려가 될 수 있는 자격시험)을 엄격히 단속하다가 나중에는 도승법을 정지시켰다.

연산군 때 와서는 무자비한 배불정책으로 불문이 심대한 위기를 맞았다. 독실한 불자인 인수대비 생전에는 함부로 하지 못했지만, 사후에는 원각사의 승려를 내쫓고, 왜구들의 침입에 대비하기 위해 불상과 향로와종 등으로 병기를 만들도록 했으며, 절을 기방(妓坊)으로 만들었다. 또한 교종 본사인 흥덕사(興德寺)와 선종 본사인 흥천사(興天寺)의 불상을 광주(廣州) 청계사(淸溪寺)로 철거하여 절을 유흥 장소로 이용하였고, 삼각산 사찰의 승려를 모두 축출하여 궁에서 사냥 나갈 때 사찰을 마굿간으로 사용하도록 했다. 성내의 바구니 절을 헐고, 여승들은 관방의 노비로 삼았으며, 승려는 환속시켜 취처(娶妻)하게 하였다. 절의 토지는 모두 몰수하였고, 유능한 승려를 선발하던 식년시(式年試)도 시행할 장소가 없어 정지시켰다.

문정왕후의 부군인 중종도 재위 39년 동안 철저한 척불(斥佛)을 단행했다. 승과를 완전히 폐지하는가 하면, 원각사를 헐어 민가에 분배했고, 불상을 녹여 병기를 만드는 만행을 자행했다. 경국대전에 실려 있는 도승법도 완전히 삭제했으며, 일반 승려의 사회적 지위는 하락되어 국가의 토목공사에 징발되었고, 하급 승려는 천민 취급을 받았다. 이런 사회적 분위기는 유생들이 승도를 학대하고 심지어 사찰을 불지르거나 노략질까지 하는 무술법난으로 이어졌다.

"그래서 이제 때가 온 겁니다. 경륜 높으신 대사님이 나서야 합니다. 소신이 대사님을 천거했습니다."

"소승을 천거하셨다니 천부당만부당 하신 처사입니다. 천하에는 명산 고찰에서 오랫동안 수행하며 깨우침을 얻으신 일선이나 영관 같은 고승들이 많은데 어찌 소승이 그런 자리에 나갈 수 있겠습니까?"

"대사님은 불경뿐 아니라 유학에도 능통해서 불자들은 물론 뜻 있는 유학자들에게도 명망이 높지 않습니까?"

보우는 비어 있는 정만종의 찻잔에 재탕한 차를 따르며 완곡하게 사양의 뜻을 전했다.

"명망이라는 게 한낱 구름 조각에 불과한 걸요, 다 헛된 것입니다."

"그래도 이런 중차대한 국사를 담당할 수 있는 분은 대사님 밖에 없습
니다. 근자에 내수사에서 사람이 찾아올 것입니다. 부디 거절하지 마시
고, 혼신진력으로 대비마마를 도와서 불교중흥이라는 필원을 이루시길
바랍니다."

"워낙 황망히 닥친 일이라, 생각 좀 해봐야겠습니다."

"이미 주상께서도 윤허를 내리셨습니다. 자전께옵서도 익히 대사님의
경륜과 인품과 평판을 들어 알고 계십니다."

"아니 당부의 말씀이라고 하시더니, 지금 통보하시는 거 아닙니까?"

"당부는 지금부터지요. 대사님이 불문을 대표하는 자리에 오르시면 조
정의 생리도 잘 아셔야 합니다. 조정에는 불교를 배척하는 유신들로 득
시글거리고, 자전 마마의 흥불 정책에도 대놓고 반대의 계를 올리는 지
역 관리들도 많습니다. 특히 성균관 유생들의 반대는 과격합니다. 게다가
조정은 틈만 나면 권력 다툼으로 바람 잘 날 없는 곳입니다. 작년에 일
어난 정미사화 사건 알고 계시지요?"

"정미사화? 산 속에서 경이나 읽으며 목탁만 두드리는 땡초가 세상일
에 대해 뭘 알겠습니까? 더구나 구중궁궐 안에서 일어나는 일은 더더욱
알 수가 없지요."

정만종은 따라 놓은 찻잔을 들어 목을 축이며 말을 이었다.

"지금 조정에는 자전 외척간의 대립이 극에 달하고 있습니다. 그 과정
에서 문정왕후의 오라비인 윤형원이 장경왕후 오라비 윤임을 몰아내려고
꾸민 사건이 양재역 벽서사건입니다. 윤임 쪽의 많은 명현들을 죽이고

귀양 보낸 사건이 바로 정미사화지요."

중종에게 계비가 세 명 있었는데 그 중 장경왕후와 문정왕후가 임금을 배출하였다. 이들은 각각 아들 하나씩을 낳았는데, 장경왕후 윤씨 소생인 호(岵)가 세자가 되자 이를 폐위시키고 문정왕후의 아들인 환(峘)을 세자로 책봉하려는 움직임이 두 세력 외척간의 갈등을 빚어냈다. 이러한 갈등 상황은 왕자들의 이름에서도 암시되고 있었다. 호(岵)는 '산'이라는 뜻인데, 환(峘)은 '작은 산이 큰 산보다 높다'라는 뜻이다. 결국 거사가 실패로 돌아가자 장경왕후 윤씨의 오라비인 윤임(대윤)은 윤원형(소윤) 일파를 몰아냈다. 그러나 왕위에 오른 지 8개월 만에 인종이 병으로 승하하자 문정왕후의 아들 환(峘)이 왕위를 계승하게 됐다. 인종의 즉위 기간이 길어졌으면 왕위는 꿈꿔 보지도 못할 일인데 마른하늘에서 복 벼락이 내린 것이다. 문정왕후는 아들이 왕위에 오른 것을 부처님 덕으로 생각했고, 그래서 불교에 더 애정을 갖고 심취했다.

명종이 즉위하자 문정왕후 윤씨의 오라비인 윤원로, 윤원형 일파가 다시 권력의 중심에 서고 대윤 일파를 숙청하기위해 이기(李芑)·정순붕(鄭順朋)·임백령(林百齡) 등과 함께 윤임을 제거하는 동시에 유관·유인숙(柳仁淑) 등에게까지 화가 미치도록 음모를 꾸몄다. 임금(인종)의 병환이 위중할 때에 윤임이 장차 제 몸을 보전하지 못할 것을 알고, 임금의 아우(명종) 대신 계림군 유(桂林君 留)를 세우려고 하였다. 여기에 유관과 유인숙도 협력하였다는 것이었다. 이에 문정왕후는 예조 참의로 있던 윤원형에게 윤임·유관·유인숙 등을 처치하라는 밀지를 내렸다. 그러나 처벌을 반대하는 공론이 일기도 하였지만 결국 궁중에서 의금부에 전지를 내려 이들을 사사하였다. 이것이 을사사화(乙巳士禍)다.

그러나 이 사화에도 대윤에 줄을 댔던 신하들이 일부 조정에 살아남아 있어서, 이들을 소탕하기 위하여 사건을 꾸며냈다. 이것이 이른바 '양재역 벽서사건'이다.

 홍문관 부제학으로 있던 정언각은 윤원형의 교사를 받아 반대파 일당을 숙청하기 위해 일을 꾸몄다. 정언각 딸이 남편을 따라 전라도로 시집가는데 부친이 이들을 전송하고자 한강을 건너 양재역까지 갔다. 그런데 그 역사에 벽서가 붙어 있어 떼어 가지고 왔는데 그 내용이 왕후를 비방하는 역모의 불온 문서였다.

 '여자 임금이 위에서 정권을 잡고 간신 이기 등이 아래에서 권력을 농락하고 있으니 나라가 망할 것을 기다리는 격이다. 어찌 한심스럽지 않은가'라는 내용이었다. 이기는 좌의정이었다. 이 벽서 사건으로 대윤파의 송인수, 이약빙은 사약을 받고, 이언적, 정자는 극변에 안치되고, 백인걸 등은 귀양을 가게 된다. 이것이 정미년에 일어난 사화(丁未士禍)다.

 사건의 개략을 설명하고 난 정만종은 주전자를 들어 손수 차를 따라 마셨다.

 "지금 조정은 윤원형 대감이 친형 윤원로 대감을 귀양 보내 죽이고 실권을 잡고 있습니다. 어쩌면 이들이 자전을 대신하여 이번 재례에 참가할지도 모릅니다. 그는 이미 이조 판서의 자리에 올라 있고 자전의 뒤에 숨어서 사람 죽이고 살리는 일을 예사로 하는 자입니다. 그의 눈 밖에 나지 않도록 조심하십시오. 특히 그의 부인 정난정은……."

 이때 밖에서 인기척이 들리고, 잠시 후 사동의 목소리가 대화를 중지시켰다.

 "스님, 궁중에서 오신 손님께서 뵙고자 하십니다."

보우가 일어서서 문을 여니 거기엔 내수사 환관 박한종이 서 있었다.

"아니 박 제조 아니시오?"

"손님을 맞고 계시군요?"

목소리를 알아듣고 정만종이 밖으로 나와 인사를 했다.

"여, 이거 누군가 했더니 내수사 제조 아니십니까?"

"아니, 관찰사 영감께서 여기까지 어인 일이십니까?"

"나라에 녹을 먹는 신하가 선대 임금의 능침을 돌아보는 일은 당연한 의무 아닙니까?"

"왜 아니겠습니까? 당연한 제상인의 도리지요."

"자, 여기서 이럴 게 아니라, 아직 제를 올리려면 시간이 조금 남았으니 들어와 함께 차나 한잔하시지요."

이에 정만종은 손사래를 치며 마루 밑으로 내려섰다

"소인은 그만 물러가겠습니다. 소인이 시간을 너무 많이 뺐나 봅니다. 제조께서 좋은 선물을 가지고 온 모양인데 두 분이서 정담을 나누시지요. 아마도 제조님이 대사님을 많이 도와주실 겁니다. 소인이 당부 드렸던 말 꼭 명심 하십시오."

보우도 말리지 않고 합장을 하며 배웅했다.

"나무관세음보살. 먼 길 오셨는데 제 끝나고 가지 마시고 다시 뵙지요."

"좋은 선물 나눠 주시겠다면, 하루 묵어 갈 수도 있습니다. 헛헛"

그렇게 사람 좋은 웃음을 날리고 정만종은 총총히 사라졌다.

박한종은 전명내환(傳命內宦)으로 궁중에서 왕명을 전달하는 환관이다. 중종 때부터 세 임금을 섬기면서 을사사화 때, 문정왕후(文定王后) 편에 가담하여 궁중의 기밀을 탐지하여 알려 주었다. 그 공로로 추성정난위사공신(推誠定難衛社功臣) 3등에 책록 되었고, 이후 1등급까지 승진하여 나중에 밀성군(密城君)에 봉해졌다.

보우와는 지난 번 낙산사 수륙대재 때 문정왕후의 명을 받고 큰 수레 아홉 개에 쌀과 식재료를 가득 싣고 왕림해 준 인연으로 각별한 처지가 됐다.

화로에서 목 쉰 소리 내며 끓고 있는 주전자를 들어 다관에 붓고 찻잔을 씻어 차를 우려내는데 박한종이 말을 꺼낸다.

"사실 지난 번 낙산사에서 대사님을 처음 뵙고 참으로 대단하신 분인 걸 알았습니다. 대재라지만 그렇게 많이 모인 관중은 세상 머리털 나고 처음 보았고, 산처럼 모인 재물 또한 놀라웠습니다. 수행을 많이 하고 덕을 높이 쌓으신 인과겠지요. 물론 그런 사실을 자전 마마께도 상세히 보고 드렸습니다."

"미욱한 소승에게 과찬의 말씀이십니다. 절기도 좋았고 그만큼 억울하게 죽은 무주고혼들이 많은 증좌 아니겠습니까?"

"대사님은 이제야 뜻을 펴시려나 봅니다."

보우는 무슨 소린지 몰라서 의아해 하는데 박한종이 가지고 온 보따리를 끌러 함에 담긴 교지를 꺼내 놓는다.

"이게 뭡니까?"

"주상께서 보내신 교지이옵니다. 예를 갖추신 후 펴 보시기 바랍니다."

보우는 교지를 함 위에 놓고 합장하여 절을 한 후, 꿇어앉아 두루마리 끈을 풀었다.

봉은사 주지로 임명한다는 사령장이었다. 봉은사는 당시 선종을 대표하는 사찰이지만 조선 불교를 관장하는 총 본산이었다.

보우는 순간 마음 속 깊은 곳에서 짧은 탄식이 흘러나왔다. 잠시 눈을 감고 생각에 잠겼다. 무술법난을 만났던 장면이 떠올랐다. 그것은 아직도 아물지 않은 상처로 남아 있었다. 그리고 금강산으로 돌아가 한동안 아픔을 이기려고 불도에 수행 정진하던 일이며, 결국 유학자를 이기기 위해선 유학을 알아야 한다는 신념을 가지게 되었다. 그래서 유가의 책들을 섭렵하며 불가의 이론과 비교해 보던 장면들이 주마등처럼 이어졌다.

석가모니가 중생을 제도하기 위해 왕족의 혈통도 버리고 산야에서 그 숱한 유혹과 고통을 이겨내고 깨달음을 얻었던 장면들이 머리를 스치고 지나갔다.

'내가 그 막중한 임무를 감당할 수 있을까? 유학자들의 집요한 공격을 막아내며 말할 수 없이 피폐된 불가를 일으켜 세울 힘이 나한테 있을까?' 보우는 선뜻 나서기가 두려웠다.

"며칠 생각할 말미를 주시지요. 소승이 계획하고 있는 많은 일들도 있고, 소승이 감당할 수 있는 일인지 생각도 해봐야 할 것 같고 마음의 준비도 필요해서요."

"촌음을 다투는 중차대한 불사가 산더미처럼 밀려 있어서, 자전께옵서는 오늘 밤 안으로 당장 모셔오라는 분부시옵니다."

보우는 박 환관의 재촉에서 자신에 대한 자전의 신의가 짙게 깔려 있음을 직감하고 거부할 상황이 아님을 알았다.

'부처님이 나를 도구로 쓰기 위해 병환도 낫게 하셨구나. 이게 나에게 주어진 운명인가 보다. 불교의 중흥을 위해 이 몸이 필요하다면 어떤 간난과 장애가 막아서더라도 부딪쳐 보자. 부처님이 알아서 나를 움직이겠지.' 보우는 앞으로 펼쳐질 자신의 앞길에 대한 기대감과 막중한 책임감을 생각하며 눈을 지그시 감은 채 합장을 하고 일어섰다.

봉은사의 주지 직을 하명 받고 보우는 술회의 글과 시 한 수를 썼다.

내가 본래 타고난 본성이 게으르고 또 병들어 생각하기를 바위에 숨어 사람 앞에 나서지 않는다 하다가 금년 이달 보름(무신12월)에 왕후의 뜻을 얻어 봉은사로 징발 부임 하게 되다. 이름난 절이 사실은 뜻밖이라 처음은 넘볼까 하다가도 또 사양하려 하여 백천 가지 계획으로 주저하고 결정하지 못했다. 급히 사신이 재촉하여 사양이 끝내 받아들여지지 않아 욕되이 선원에 드는 예를 거행하게 되었으니 어찌 위 현인에게 부끄러움이 없겠는가. 애오라지 계송 한 수 읊는다.

병 뒤라 겨우 머리 들 수 있음 익혔는데
군왕 명령에 구름 언덕으로 들라 함에 놀라다
담을 넘어 넘보려니 공손치 못한 꾸중 두렵고
귀 씻어 사양함 세상 피한 허물될까 부끄럽다
사신은 한밤 오경에 부임을 재촉하니
북풍의 잔인한 눈발에 양주 땅을 지나다
석양에 청담 못 물의 얼음을 건너서
선원에 드니 윗분들께 부끄러움 감내 어려워

보우를 만나다

꿈속인 듯 몽롱한 상태에서 전화벨 울리는 소리를 들었다. 지안인가 싶어서 얼른 핸드폰을 집어 들었는데 모르는 번호가 떴다. 며칠 전 놓고 나간 책을 보관하고 있으니 찾아가라는 것이었다. 부둣가 식당 전화였다. 잃어버린 줄도 모르고 있었는데 어떻게 내 번호를 알았는지 신기했다. 방학 중이어서 봉투에 쓰인 학과 사무실로 연락해도 전화도 안 받고, 어쩌다 술 마시러 온 대학생들을 거치고 거쳐 통문한 결과 겨우 전화번호를 알아냈다고 털털한 주인 아저씨는 은근히 자신의 센스를 자랑했다. 전화를 끊고 나서야 그때의 악몽 같은 일들이 다시 생각났다. 난 진저리를 느끼며 잠자리를 박차고 일어났다.

창 밖이 갑자기 요란스러워 커튼을 젖히니 비가 내리고 있었다. 겨울에 내리는 비는 음산하기도 하지만 살갗에 닿는 빗방울의 촉감이 콧대 높은 여인의 쌀쌀맞은 인상을 연상케 해 싫었다.

그 날 이후로 난 지안을 보지 못했다. 화가 나기도 했지만 내가 저지른 행동에 미안함이 겹쳐 연락을 하지 못한 것이다. 그 사이 지안에게서 먼저 전화 오기를 기다렸다. 전화벨이 울릴 때마다 혹시나 했으나 '허니'라는 지안의 번호는 끝내 뜨지 않았다.

잠시 망설이다 용기를 내어 지안에게 전화를 걸었다. 연결음이 울리는가 했더니 없는 전화번호라는 소리가 들렸다. 잘못 걸렸나 하고 번호를 확인했는데 틀림없는 '허니'라고 저장된 지안의 번호다. 통화한 날짜를 찾아보니 정확히 5일하고도 여섯 시간 만이었다. '그 사이에 전화번호를 바꿨나?' 정신이 번쩍 들면서 머리카락이 쭈뼛 서는 것을 느꼈다. '무슨 일이지? 정말 나와 헤어지기로 결심한 건가?' 지안이 일하는 병원으로 전화를 걸었다. 헌데 들려오는 대답은 눈앞을 희뿌옇게 만들었다. 병원을 그만뒀다는 것이다.

'그게 엄포 아니고 사실이었어? 도대체 어떻게 된 거야?'

사각거리는 입안의 감촉에 칫솔을 꺼내보니 치약 없이 이를 닦고 있었다. 왜 이러지 하면서도 정신을 차릴 수 없었다. 옷장을 열어 목이 긴 터틀넥 스웨터와 검은색 오리털 파커를 찾아 입었다. 책을 찾으러 나가려다 책 제목이 헷갈렸다. 허명당집? 아니, 보우 대사란 건 확실히 기억나는데······.

나가려다 말고 의자에 앉아 컴퓨터 전원을 켰다. 포털 검색창에 보우 대사를 치니 웹문서에 [보우 대사와 문정왕후], [개산대재1216주년 보우 대사 행화지 순례], [허응당보우 대사], [허응당 보우 대사연구] 등이 떴다. 카페 글에 [한국역대고승전-보우 대사]란 제목의 글이 있어 클릭하니 다음과 같은 일대기가 적혀 있었다.

보우 대사(普雨大師) (1509~1565)

조선 중기의 고승. 호는 허응(虛應) 또는 나암(懶庵), 보우는 법명이다.

가계 등은 미상이며, 15세에 출가하여 승려가 되었고, 그 뒤 금강산 일대의 장안사(長安寺)·표훈사(表訓寺) 등지에서 수련을 쌓고 학문을 닦았다. 6년 동안의 정진(精進) 끝에 마음을 자유롭게 할 수 있는 법력(法力)을 얻었고, 그 밖에도 대장경을 모두 섭렵하는 한편 《주역》도 공부하였다.

당시 재상이었던 정만종(鄭萬鍾)과의 특별한 사귐으로 인해 문정대비(文定大妃)와도 깊은 인연을 맺게 되었다. 1548년(명종3) 12월 봉은사(奉恩寺) 주지에 취임하여 제일 먼저 문정대비로 하여금 〈경국대전〉의 금유생상사지법(禁儒生上寺之法)을 적용하여, 봉은사와 봉선사(奉先寺)에는 방(榜)을 붙여 잡된 사람들의 출입을 금지시킴으로써 유생들의 횡포를 막게 하였다. 이러한 일은 조선 시대 와서 처음 있는 일로서 유생들의 심한 반발을 사게 되었고 끝내는 이 문제가 조정에까지 비화되었다.

이후 문정대비로 하여금 선교(禪敎) 양종을 다시 부활시키는 비망기(備忘記)를 내리게 함으로써 1551년 5월에는 선종과 교종이 다시 부활되었다. 선교 양종을 부활하라는 문정대비의 비망기가 내려진 뒤 6개월 사이에 상소문이 무려 423건이나 되었고, 역적 보우를 죽이라는 것이 75계(啓)나 되었다. 그러나 보우는 "지금 내가 없으면 후세에 불법(佛法)이 영원히 끊어질 것이다"라는 사명감과 신념을 가지고 불법을 보호하고 종단을 소생시키는 일에 목숨을 걸었다.

1565년 4월 7일에 문정대비가 죽고, 대비의 장례를 마친 유생들은 곧바로 보우의 배척과 불교탄압을 주장하는 상소문을 올렸다. 그 가운데 이이(李珥)가 〈논요승보우소 (論妖僧普雨疏)〉를 올려 그를 귀양 보낼 것을 주장함에 따라 명종은 보우를 제주도로 귀양 보낼 것을 허락하였다. 보우는 1565년 6월 12일에서 7월 28일 사이에 붙잡혀 제주도에 유배되었고, 제주목사에 의하여 장살 당하였다.

글을 읽는 내내 눈이 휘둥그레졌다. 시문집을 남길 정도로 그 많은 시를 쓴 스님이 유학이 국가지배 이념인 조선 시대에 불교의 중흥을 위하다 제주에 유배 와서 그것도 매를 맞아 죽다니? 불교 신자는 아니었지만 흥미가 당겼다. 서둘러 시문집이 보고 싶었다.

내리던 비는 멈추었지만 스웨터를 파고드는 싸늘한 바람이 몸을 움츠러들게 했다. 밤새 노숙한 차 안에도 냉기가 가득했다. 파카의 지퍼를 잠가 올리고 시동을 켰다.

점심시간이 한창 지난 부둣가 식당엔 손님은커녕 주인도 없었다. 새벽 밥장사를 하는 집은 보통 서너 시가 낮잠 시간이다.

대학을 졸업하고서 시골에 내려가지 않고 시내에서 좀 벗어난 주택가에서 밥집을 하는 초등학교 동창 가게에 며칠 기숙한 적이 있다. 취직도 안 되고 밥집이나 해볼까 해서 견습생을 자처하며 식당 일을 배우던 터였다. 동창은 식당은 몸으로 때우는 게 남는 거라고 했다. 보통 밤 10시까지 장사를 하지만 술손님이 늦게까지 술병을 붙들고 있으면 하품을 하면서 자정을 넘기는 게 보통이다. 설거지에 청소하고 돌아오면 파김치가 되어 쓰러졌다. 늦게 자건 일찍 자건 새벽 다섯 시면 어김없이 일어나 시장 통에 가서 시래기국에 쓸 무청을 주워 와서 다듬는 일부터 하루 일과가 시작했다. 아침에는 운동을 하는 손님, 새벽 일출 사진 촬영을 하는 사람들, 택시기사들, 밤새 술을 켠 아가씨들이나 취객들이 단골이고,

간혹 가족 여행을 온 관광객들도 찾아든다. 그리고 점심에 쓸 밑반찬 준비하고 시장에 가 식재료를 사다가 손질하고 점심 식사 손님을 치르고 나면 저절로 눈이 감겼다. 사흘을 겪고 나니 온몸이 쑤시고 고된 것도 있지만, 가끔 술 주정부리는 손님을 다루기 힘들어 한 달도 채우지 못하고 포기하고 말았다.

아침에 받은 번호로 전화를 했더니 잠시 후, 집 안에서 하품을 하며 주인이 나타나 계산대 위에 있는 봉투를 집어 건넸다.

"잠을 깨워서 미안해요."

"아니야, 다 먹고살자고 하는 일인데 뭐."

책을 건네받고 그냥 가기 멋쩍어서 뒷주머니 지갑에서 만 원짜리 지폐 한 장을 집어내 건넸다.

"점심은 먹고 나와서……."

"그러지 마, 다음에 와서 밥이나 팔아주면 되지. 돈 받으려고 한 일도 아닌데 뭐."

난 고맙다는 인사치레를 하며 얼른 지갑을 뒷주머니에 감추며 식당을 빠져나왔다. 차 안에서 봉투 껍질을 까고 책을 꺼냈다. 《신역 허응당집(新譯 虛應堂集)》이란 제목 밑에 자그만 활자체로 '보우 대사시문집'이라고 쓰인 표지를 넘기자 '보우 스님발자취'란 사진이 나온다. 금강산 마하연사부터 용문사 대웅전, 봉은사, 청평사까지 보고 나니 어디서 많이 본 듯한 사진이 나온다. 조천에 있는 연북정과 동쪽을 오가는 길가에서 늘 보았던 '평화통일불사리탑사'이다. 제법 두꺼운 책장을 대충 넘기니 한역된 시 아래 한자 원문이 실려 있다. 그리고 뒷부분에는 축소 영인한 《허응당집》 원본이 실려 있다.

목차를 찬찬히 살펴보았다. 《허응당집》 상권에는 금강산 시절부터 여러 암자를 돌아다니며 머물던 곳의 정취와 감상을 그린 듯한 시들이 있었고, 산사의 생활을 알 수 있는 제목들, 몇 장을 넘기니 《나암잡저(懶菴雜著)》란 굵은 제목 아래 청평사 중창기, 화엄경 후발, 일정(一正) 등의 제목이 보인다. 그리고 차례 맨 마지막장 《관념요록(觀念要錄)》엔 고등학교 문학 시간에 배웠던 '왕랑반혼전'이 실려 있었다. '왕랑반혼전'이 보우 대사의 작품이었던가? 생각이 가물가물했다.

문집을 조수석에다 던져놓고 시동을 걸어 평화통일불사리탑사로 향했다. 시내에서 20여 분을 달렸을까 높은 언덕 위로 불사리탑의 둥근 천정 위에 세운 탑신이 반짝였다. 불사리탑사는 특이하게 원형 돔으로 만들어져 지금까지 보아왔던 절의 구조와는 영판 다른 모습이다. 마당에 들어서니 커다란 불상이 서 있고, 주변엔 절 신축을 위해 거액을 시주한 신도들의 이름이 박힌 비석들이 놓여 있었다. 겨울이라서 그런지 아니면 평일이라서 그런지 절 안에 신도들은 보이지 않고, 차디찬 시멘트 바닥을 바람이 바삭하게 마른 낙엽을 희롱하며 노닐고 있었다. 둥그런 건물을 동쪽으로 돌아가니 거기 커다란 비석이 둘 있는데 그 하나에 보우 스님의 행적이 실린 비가 서 있었다.

스님 한 분이 비문을 읽다가 내가 다가서자 슬쩍 한 번 쳐다보고는 합장을 하고 반대 편 건물 안으로 사라졌다. 비문은 깨알 같은 글씨로 쓰여 있고 햇빛이 반사되어서 읽기가 힘들었다. 글자를 더듬어 의미를 찾아가는데 인기척이 들렸다. 고개를 돌려 소리 나는 곳을 찾으니 둥근 돔 허리 중간에 어린 아이를 데린 한 여인이 높은 곳에서 탑돌이를 하듯 탑사 돔 둘레를 돌고 있었다.

여인을 보는 순간 지안이 생각났다. 혹시 약을 먹고 쓰러져 있는 걸 모르고 있나? 모친의 갑작스러운 횡사 이후 지안은 우울증 치료를 받고 있는 터였다.

지안의 마음을 달래줄 겸 둘이서 우도로 여행을 간 적이 있었다. 둘이서 기분 좋게 술을 마시고 예약해 놓은 민박집에 들어가 잠을 자는데 밤중에 지안이 갑자기 헛소리를 해댔다.

처음엔 지안이 장난을 치나 생각하고 있었는데 가만히 들어보니 그건 무슨 주문과도 같았다. 눈을 비비고 일어나 보니 지안이 구석에 웅크리고 앉아 마치 눈앞에 다른 사람이 있는 것처럼 알아듣지 못할 말을 중얼거리는 것이었다. 신열이 나는지 얼굴은 발갰고 땀으로 온몸이 젖어 있었으나 신경질적인 반응을 보이며 몸에 손도 못 대게 했다.

나는 하는 수 없이 같이 쭈그리고 앉아 그 모습을 바라보다가 깜빡 잠이 들었다. 일어나 보니 해는 중천에 떠 있었고 지안도 벽에 몸을 기댄 채 잠이 들어 있었다. 그리고 지안은 하루 종일 잠만 잤고 저녁이 되어서야 아무렇지도 않은 듯 깨어났다.

"나 병이 들었나봐. 아무래도 직장 좀 쉬고 요양해야 할 것 같아."

"무슨 쓸데없는 소리야? 몸이 허약해서 그런 거야."

그 즈음에 비싼 한우, 삼계탕, 장어구이 식당에 드나드느라 시골 어머니한테 자주 손을 벌려야 했다.

불안한 생각이 엄습해 와서 견딜 수가 없었다. 급히 차를 몰아 지안의 집으로 갔다. 병원 가까운 외곽지에 방을 얻어 자취하고 있던 지안은 거기도 없었다.

열리지 않는 지안의 방문을 두드리고 있는데 주인 할머니가 나왔다.

"아무도 없는 방을 왜 두드려? 혹시 방 보러 왔수?"

"할머니 저 모르시겠어요? 지안이 친구?"

"어 박사 공부한다던 그 총각이구만? 헌데 벌써 떠난 사람을 왜 이제 와서 찾아?"

"예? 떠나요? 언제요?"

"보증금 돌려 준 지 사나흘 되었지. 참 들리면 전해 달라고 남기고 간 게 있는데, 잠시 기다려 봐."

할머니는 집안으로 들어가더니 종이 상자를 들고 나왔다.

"혹시 어디로 간다는 말 없었어요?"

상자를 받으며 묻자 할머니는 고개를 갸웃거리며 확실치 않은 기억을 더듬어 갔다.

"고향 간다고 했던가, 육지로 간다고 했던가? 그래 갔다 오면 되지 왜 짐을 싸느냐고 했더니, 오래 걸릴 것 같다고 보증금 빼달라고 했어. 하도 급하다기에 적금 든 거 깨고 줬지. 혹시 육지에 사귀던 신랑한테 시집간 거 아녀?"

쓸데없는 소리라 대꾸도 않고 상자의 뚜껑을 열어본 순간 덜컥 가슴이 내려앉았다. 지금까지 선물했던 옷가지며 책 따위가 고스란히 놓여 있었다. 눈앞이 캄캄했다.

'제기랄 내 인생이 왜 이리 꼬이는 거지?'

바람을 거슬러 흐르는 향기

보우는 봉은사에 도착하여 종무를 보고 있는 벽운 스님으로부터 개략적인 설명을 듣고 전국 사찰의 운영 상황과 형편을 파악하였다. 조선이 개국한 이래 불가에 대한 억압과 유생들의 적극적 방해와 훼손으로 인해 승려가 없어 관리 안 되는 절이 많았고, 그나마 승려들도 패배 의식과 황폐감에 휩싸여 있었다.

보우는 승려의 지위를 향상시키는 게 급선무임을 알았다. 그리고 전국 사찰의 승려들에게 제 몸을 청정하게 하듯이 부처님 안식처를 관리하도록 하명했다.

만약을 대비해 승려들에게 체력 단련과 호신술을 겸한 무술 연마를 권장했고, 봉은사 내부에는 무술을 익힌 승려를 뽑아 외부의 침입에 방비하도록 했다.

며칠 후 자전으로부터 뵙자는 전갈이 왔다. 봉은사 주지가 되기 이전부터 진심으로 한 번 알현하고 싶은 분이었다. 중종 임금 생존 시에 원각사를 허물고 승과를 없애는 등 불교에 대한 훼철이 극도에 달했으나, 그 가운데서도 문정왕후는 내수사를 통해 여러 사찰에 밀사를 보내어 불사를 도왔다. 그리고 중종이 돌아가고, 12세 난 어린 아들 환(峘)이 임금이 되면서 불교계의 분위기가 많이 달라졌다. 정업원(淨業院) 옛터에 인수사(仁壽寺)를 짓고, 태종 임금의 어용을 모신 화장사(華藏寺)를 비롯하여, 후궁들을 위해 여러 산사의 내원당(內願堂)에 능관에 준하여 홍문을 세우는 것을 허용하는 등 유신들의 반대에도 불구하고 불교의 중흥 시책을 노골적으로 시행한 것이 다 자전의 의지 덕이었다.

환관 박한종의 안내를 받아 자전이 거처하는 소덕당(昭德堂)으로 가니 이조 판서 윤원형이 먼저 와서 문정왕후와 이야기를 나누고 있었다.

나인이 보우가 대기 중임을 알리자, 바로 입실하도록 명했다.

"그럼 소신은 이만 물러가겠습니다."

"대사가 왔다는데 서로 수인사는 하고 가게."

보우가 들어가 예를 갖추어 인사를 올리기를 마치자 윤원형이 합장을 하며 아는 체했다.

"대사님의 명성은 익히 들어 알고 있사옵니다. 자전께옵서 선택하신 분이신데 이렇게 만나 뵙게 되어 영광입니다."

보우는 합장하며 허리를 숙여 예를 표하였다.

"대사님 어서 오세요. 이판 대감인데 앞으로 대사님이 하시는 일을 적극 도와드릴 겁니다."

"그럼 좋은 말씀 나누시기 바랍니다. 소신은 이만⋯⋯."

윤원형이 나가자 보우는 비로소 자전의 얼굴을 마주 볼 수 있었다. 풍문에 듣는 바와 같이 자전의 용모는 날카롭거나 억세게 보이지는 않았

다. 다만 신장이 커서 남들에게 위압감을 느끼게 하여서 그런 소문이 나
돈 모양이다. 지천명을 바라보는 나이지만 자색이 수려하고 위엄이 있어
서 감히 범접하지 못할 위용을 지니고 있었다.

나인들이 다과상을 내오고 차를 한 잔 따르고 물러간 후 자전은 나직한
목소리로 대사를 바라보며 말했다.

"대사님의 고결한 인품과 경륜과 학문이 높다는 것은 익히 들어 알고
있습니다."

"황송하옵니다. 보잘것없는 소승에게 과분한 직책을 맡기시고, 과찬의
말씀을 해주시니 몸 둘 바를 모르겠습니다. 일찍이 대비마마께서 불가에
남다른 애정을 가지시고 여러모로 은덕을 베푸심에 탄복 하고 있습니다.
더욱이 여러 해 전 낙산사 수륙재에 설재품을 보내주셨는데, 황망 중이
라 보은에 화답하지 못한 비례를 용서하십시오."

자전은 흐뭇한 미소를 지으며 보우를 찬찬히 살피면서 말했다.

"무슨 말씀이십니까? 대사님의 화답은 기대 이상으로 차고 넘치게 받
았습니다. 그 많은 사람들을 모이게 하고 부처님의 가르침을 설하신 것
그 이상의 화답이 어디 있겠습니까? 이제 저는 한시름 놓게 됐습니다.
흥불 사업을 혼자 결정하고 시행하자니 방향은 옳게 가는 것인지, 다른
방법은 없는 것인지 참으로 힘들었습니다. 대사님도 아시다시피 봉은사
는 성종 임금의 능침사이옵니다. 그리고 온 나라의 사찰을 관장하고 불
승들을 관리하는 곳이라는 걸 잘 아시리라 생각합니다. 그래서 여러 스
님들이 봉은사 주지 직을 탐하고 있으나 욕심만 갖고 아무나 할 수 있는
직책은 아닙니다. 경륜과 덕망과 불자들을 통령할 능력 있는 스님을 구
하던 중 대사님을 천거 받게 됐습니다."

"불민한 소승을 그리 봐주시니 황송하옵니다만 소승은 그런 그릇이 되지 못하옵니다. 산중에서 정진하고 계신 대덕명현들이 많으신데 소승을 낙점하심에 몸 둘 바 모르겠습니다."

"이건 부처님의 뜻이옵니다. 모두들 그 자리가 탐나서 안달인데……. 박 환관을 통하여서도 고사의 뜻을 전해 듣긴 하였습니다만, 저와 일을 도모하실 분은 대사님밖에 없습니다. 부디 거절 마시고 능침을 온전히 수호하여 주시고 부처님 나라 건설을 위해서 신명 받쳐주시길 간곡히 청합니다. 그게 불제자의 도리요, 대사님께 내리신 소명 아니겠습니까? 내 장담하건대 지금 대사님이 없다면 앞으로 영원히 불법이 끊어질 지도 모릅니다. 후세에 영영 선을 전할 기회가 없어진단 말이지요."

보우는 흥불에의 굳건한 신념과 자신에 대한 신의를 알고는 자전의 마음을 떠본 자신이 무안해졌다.

"성은이 망극하옵니다. 마마의 뜻이 정 그렇다면 이 한 목숨 내놓겠습니다. 다만 이것 한 가지만은 약조해 주십시오. 소승이 직에서 물러나고자 할 때는 언제든지 윤허하여 주시옵고, 마마께옵서도 내치고자 할 때는 언제든지 그리하여 주십시오."

"약조하리다. 대사님을 믿고 하시고자 하는 일은 적극적으로 후원하겠습니다. 부디 개국 이래로 훼파(毁破)된 불교를 일으켜 세워 주십시오. 다만 일을 도모함에 있어 대사님의 식견을 먼저 듣고자 몇 가지 묻겠으니, 괘념치 마시고 대사님의 평소의 심회를 보여주시기 바랍니다."

조선 건국 이래 핍박을 받고 피폐화된 불교를 되살리는데 아무리 명망 있는 생불이라 하더라도 조건 없이 믿고 막중한 임무를 맡길 수는 없는 일이다. 보우가 어떤 생각을 가지고 있는지, 고구려 때부터 많은 고초를 겪으며 명맥을 이어온 불교가 지금 바람 앞에 등불의 신세가 되었는데, 과연 절벽과도 같은 유학이라는 난관을 뚫고 중생을 부처님께로 인도할 횃불을 들 깜냥은 되는지 확인하고 싶은 것이리라. 보우는 왕후가 유가, 불가, 도가의 책까지 섭렵했다는 사실을 정만종에게 익히 들어 알고 있었다.

"작금에 유신들은 스님들을 무부무군(無父無君)하는 금수만도 못한 자라고 배척하고 있습니다. 유도(儒道)와 불도(佛道)에 대한 대사님의 생각은 어떠하십니까?"

유가와 불가가 무엇이 어떻게 다른지 이는 보우가 유학을 공부하면서 맨 처음 맞닥뜨린 화두였다.

"임금과 어버이의 은혜를 헤아릴 수 없기는 하늘 위의 하늘인데, 빈부귀천과 남녀의 겉모양은 다르더라도 승속(僧俗)의 충정효열(忠情孝烈) 속마음이 어찌 다르겠습니까? 유도의 일상적 윤리를 잘 이행하여 이것을 확충하면 그것이 바로 불도의 본성이 되고, 불교의 이상인 보살도와도 하나가 됩니다. 그리하여 종국에서는 유교 윤리와 불교의 수행은 같은 것이지요. 또한 지극한 도에는 경계가 있을 수 없습니다. 공자는 상도(常道-인의예지신)를 말하고 부처는 권도(權道)를 말했으니, 이는 한 손을 펴면 손바닥이요, 쥐면 주먹이 되는 것과 같습니다. 집에 거처함에 예가 있어 남녀가 친히 교류하지 않으나, 사람이 물에 빠졌을 때에 무심함이 어찌 본연의 마음이겠습니까? 바름으로 사됨을 제거함은 금으로 만든 그릇이지만, 허공을 타고 망령됨을 좇음은 잎으로 된 돈입니다. 두 성인이 모두 옳아 같이 도우니 처지를 바꾸어 어찌 앞뒤를 따질 수 있겠습니까? 이러한 의미에서 상도와 권도는 상호보완 관계에 있습니다. 그래서 옛날부터 스님의 친구는 명유(名儒)였습니다. 또한 원리적인 면에서도 불도와 유도는 일치합니다. 유도의 성(性)과 기(氣)는 불도의 진여(眞如)와 무명(無明)과 같고, 유도의 사단(四端) 및 오륜은 근본에서는 불성(佛性)과 합치하는 것입니다."

보우가 평소 자신의 지론을 담담하게 펼치자 문정왕후가 맞장구를 치며 화답했다.

"옳습니다, 공감되는 말씀이온데 유신들은 마치 불도가 성하면 유도가 망하는 것처럼 생각하니 문제 아닙니까?"

"큰 안목으로 보면 사람의 형상과 의복도 서로 다른 것이 아니거늘 마구 떠들어대며 서로를 배격하는 것이 더 문젭니다. 유도(儒道)가 성하면 불도(佛道)가 성하는 것은 그림자가 형체를 따르는 것과 같습니다. 유교가 흥하면 불교가 망한다는 천리는 없으며 이는 서쪽은 밝은데 동쪽이 어두울 수 없는 이치와 같습니다. 부처님의 말씀을 다룬 중아함경에 '연기'에 관한 유명한 구절이 있습니다. 이것이 있으므로 저것이 있고, 이것이 생하므로 저것이 생한다. 불도가 있으므로 유도가 있고, 불도와 유도가 세상의 흥망을 따라 함께 흥하고 쇠하는 것은 부처님의 가르침에서도 알 수 있는 일입니다."

보우의 정연하면서도 일관된 논리에 문정왕후는 흡족해 했다. 그러면서 선종과 교종이 서로 우월하다고 싸우는 것을 나무랐다.

"대사님의 말씀이 유신들에게 고루 전파되어 불도를 이해하고 공감을 얻었으면 좋겠습니다. 헌데 지금 불자들이 하나로 뭉쳐도 될까 말까 한데 선종과 교종으로 나누어져 교천선심(敎淺禪深)을 논하며 다투고 있습니다. 지경이 이런데 대사님 생각은 어떠하십니까?"

"고려 때 보조국사 지눌(知訥) 선사님은 부처님의 뜻을 전하는 것이 선(禪)이요, 부처님의 말씀을 깨닫는 것이 교(教)라고 믿었기 때문에 선과 교는 떨어질 수 없는 사이라고 주장하였습니다. 이는 대각국사 의천의 교관병수(教觀并修) 사상과 그 맥을 같이 한다고 볼 수 있습니다. 다시 말해 선시불심(禪是佛心－선은 부처님 마음)이요 교시불어(教是佛語－교는 부처님 말씀)라는 말입니다. 이것은 원래부터 교선(教禪)은 일체불이(一體不二)라는 의미입니다. 말(教)이란 마음(禪)의 표현입니다. 마음을 떠난 말이 어디서 나오고 무엇을 의미하겠으며 또 마음은 말을 빌리지 않고서야 어찌 표현할 수 있겠습니까? 일찍이 선승 벽공 지엄이나 부용 영관도 그러하였고, 경성 일선도 교(教)를 배척하지 않았습니다. 지도(至道)는 종래로 피아(彼我)가 없는데 교천선심(教淺禪深)을 논하다니 말이 안 나옵니다. 선교 양사(봉은사, 봉선사)는 세종 임금의 덕화로 만들어진 이래 부처의 제자로 한 가지로 배워 왔습니다. 얼음은 원래 물이요 물도 원래 얼음이듯 교가 곧 선이요 선이 곧 교입니다. 가섭(迦葉)의 미소는 선(禪)의 등명(燈明)이요, 아난(阿難)의 다문(多聞－教)은 교해(教每)를 빛내지 않았습니까? 선교가 동근일체이기 때문 한 스승인 부처님의 일대시교를 분별하여 선교가 심천이 있고 없음을 논한다는 것은 망단입니다. 앞으로 시정하도록 노력하겠습니다."

고려의 불교종파는 신라의 종파가 계승되었다가 말기에 다소 분화되어 조계종(曹溪宗)·천태법사종(天台法師宗)·천태소자종(天台疏子宗)·화엄종·총남종(摠南宗)·자은종(慈恩宗)·신인종(神印宗)·남산종(南山宗)·도문종(道門宗)·중신종(中神宗)·시흥종(始興宗)의 11종이 성립되었으며 그 중 화엄·자은·총남·중신·시흥의 5종을 5교(教), 조계·천태의 2종을 양종(兩宗)이라 하여 5교 양종의 종파를 이루었다.

그러나 조선 시대에 억불숭유(抑佛崇儒) 정책이 강화되면서 마침내 세종 때에는 5교 양종이 선교 양종(禪敎兩宗)으로 바뀌게 되었다. 이것은 왕명에 의한 것으로 조계종·천태종·총남종(摠南宗)을 선종으로, 화엄종·자은종·중신종·시흥종을 합하여 교종으로 폐합하고, 흥천사(興天寺)를 선종도회소(禪宗都會所)로, 흥덕사(興德寺)를 교종도회소(敎宗都會所)로 삼았다.

보우가 명쾌한 논리로 질문에 화답하자 문정왕후는 편안함을 느끼며 말을 이었다.

"역시 듣던 바와 같이 유·불·도에 통달하시어 막힘없이 명쾌하게 설파하시는군요. 이제야 마음이 놓입니다. 헌데 대사님은 일정론(一正論)을 말씀하셨다 들었는데 그 실체가 무엇입니까? 이건 가르침을 받고자 드리는 질문입니다."

"황공하옵니다. 왕후마마께옵서 어찌 소승의 일정론까지 들으셨습니까? 질문하셨으니 말씀 올리겠습니다. 일(一)이란 성실하여 허망하지 않은 것으로서 '하늘의 이치'(天理)를 말한 것입니다. 그 이치는 깊고 아득하여 아무 조짐이 없으나 만상을 벌여놓아 갖추지 않은 물건이 없는 것이지요. 그러므로 일기(一氣)가 활동하면 봄에는 만물이 나고 여름에는 자라며 가을에는 열매 맺고 겨울에는 거두어 간직합니다. 그래서 낮은 밝고 밤이 어두운 것은 고금을 통하여 어긋남이 없습니다. 그리하여 이 천하에 크고 작은 것이나 높고 낮은 것이나 하늘에 나는 것이나 물속에 잠기는 것이나 동물, 식물이나, 모나고 둥글며 깊고 짧은 것 등도 그 일(一)을 얻어 사는 것으로 털끝만큼의 어긋남도 없는 것입니다. 이것이 이른바 천리(天理)는 상일(常一)하고 성실하여 허망함이 없는 까닭입니다.

한편 정(正)이란 불편불사(不偏不邪)하여 순수무잡(純粹無雜)한 것으로서 곧 '사람의 마음'을 말한 것입니다. 그 마음은 고요하여 생각이 없으면서 천지만물의 이치를 모두 갖추었고, 원래 한 생각이나마 사심으로 치우치거나 사(邪)된 일이 없는 것입니다. 그리하여 일성(一性)이 움직이면 가엾이 여기고(惻隱), 부끄러워하며(羞惡), 사양(辭讓)하고 시비(是非)하거나 나아가서는 기뻐하고 즐거워함으로써 만사를 따라 응하되 물건을 비추는 거울과 같아서 한 가지의 일과 어긋남도 없는 것입니다. 이것이 이른바 사람의 마음은 본래 바르고 순수하여 섞임이 없기 때문입니다.

이치라 하고 마음이라 하여, 그 이름과 말은 다르지만 하늘과 사람의 이치나 일(一)과 정(正)의 뜻은 다르지 않은 것이요. 그러므로 하늘이 곧 사람이요 사람이 곧 하늘이며, 일이 곧 정이요, 정이 곧 일인 것으로서 사람의 몸은 천지의 몸이요, 사람의 마음은 천지의 마음이며 사람의 기운은 천지의 기운입니다."

보우는 성리학에서 말하는 천인합일사상을 불교 입장의 논리로 말한 것이다. 문정왕후는 보우의 막힘없는 논리에 경탄하면서 신임하는 마음을 밝혔다.

"대단하십니다. 놀랍습니다. 성리학에서 이(理)는 인성을 이루는 근원이요, 기(氣)는 인간의 형체를 이루는 근원이라 하지 않았습니까. 나아가 그 이(理)는 사물의 물리 즉 자연법칙임과 동시에 인간의 도리 즉 도덕규범이기도 하지요. 대사님은 우주의 원리로서의 일(一)과 도덕의 원리로서의 정(正)으로 성리학의 천인합일과 이기(理氣)를 종합하고 인간의 마음(心)을 일정으로 개념화하여 불교의 불성(佛性)을 밝히시다니 과연 불가의 수령으로 손색이 없으십니다."

"과찬의 말씀이옵니다. 소승이 과문하여 마마님의 천지만물의 이치를 꿰뚫어보는 혜안을 가지신 것을 모르고 함부로 날뛰었던 것을 해량 하시옵소서."

문정왕후는 듣던 대로 박학다식했다. 어린 임금을 섭정하고 있는 그녀는 하고자 하면 못 이룰 것 없는 무소불위의 힘을 가졌다. 그녀는 아들 환(峘)을 왕위에 앉히고 반대파를 숙청하기 위해 두 번의 사화를 만들어 무수한 학자들과 신하들을 죽이고 귀양 보내 피바람을 일으킨 여인이다. 그러나 그녀의 얼굴 어느 곳에서도 그런 살벌한 피 냄새를 연상할 수 없는, 지식과 덕망을 갖춘 지극히 인자로운 여인의 풍모만 보일 뿐이었다. 이런 힘 있고 추진력 강한 여인이 후원자라면 세상을 얻는 게 아닌가? 보우는 갑자기 마음이 부자가 된 듯했다.

"대사님께 한 가지 부탁드릴게 있습니다."

"하교하십시오."

"봉은사는 잘 알다시피 이 나라 불가의 본산 아닙니까?"

"그러하옵니다."

"그런데 연산군 때에 중창하였다고는 하나 불교의 산문으로는 규모가 너무 작고 협소하옵지요. 그리고 선왕이 돌아가실 때 경황이 없어 정릉에 모셨지만 언젠가는 풍수에 아주 좋은 혈을 지닌 선릉 옆으로 천릉해야 한다고 생각합니다. 그래서 그 인근에 다시 터를 잡고 봉은사를 중수했으면 합니다. 그 일을 대사님께 맡기니 최우선 사업으로 부탁드립니다."

중종은 일찍 돌아간 인종의 모친 장경왕후 옆에 묻혔다. 문경왕후는 그게 항시 못마땅했다. 자신이 죽으면 중종의 옆에 나란히 묻히고 싶어서 이런 계획을 세운 것이다. 보우는 이런 사실을 단번에 꿰뚫고 짐작했다. 그러니 어느 분부라고 토를 달겠는가? 보우가 흔쾌히 받아들이자 왕후는 고마움을 전하면서 다시 말을 이었다.

"대사께서는 대중들에게 설법을 잘 하신다고 들었습니다, 혹시 불교를 부흥시키기 위해서 무엇부터 해야 할지 생각은 해보셨습까?"

그렇지 않아도 회암사에서 올라오면서 보우는 자신이 해야 할 일에 대해 찬찬히 생각했었다.

"뜻하지 않게 입은 영은이라 깊은 생각할 겨를이 없었습니다만 불자라면 누구나 바라는 바를 말씀 올리겠습니다. 왕후 마마께옵서도 알다시피 불자는 많으나 상대적으로 이들을 인도할 승려가 부족한 실정이옵니다. 연산군 때에 비구승들은 환속시켜 버렸고, 비구니승들은 관노로 삼는 학정의 폐해 때문 승려가 없는 절도 부지기수입니다. 그래서 우선 선교 양종을 부활시키고, 식년시로 거행되던 승과도 부활시켜 유능한 스님들을 발굴해야 합니다. 그리고 천민 취급 받는 승려들에게 다시 도첩을 주어 그 지위를 향상시켜야 하고, 퇴락 황폐한 전국 사찰을 나라가 공인하는 정찰(淨刹)로 하여 보호하고 새롭게 일으켜야 할 것입니다. 사찰의 정상적인 운영을 위해서 연산군 때 관부에서 몰수해 간 사사전(寺賜田)은 도로 사찰로 환급토록 조치가 필요합니다. 또한 근자에 유생들이 절에 들어와 불경과 기물을 훔쳐가거나 훼손하는 사례가 빈번하며, 심지어 능침에서의 작폐가 심하오니, 대전에 있는 법대로 유생의 절간 출입을 금하여야 한다고 사료됩니다."

보우가 차근차근 불교의 현안을 말하자 문정왕후는 무릎을 치며 좋아했다.

"어쩌면 제 생각과 이리도 같습니까? 대사님 말씀하신 대로 즉각 조치하도록 하겠습니다. 하오나 지금부터 다시 시작입니다. 봉은사 주지는 영광된 자리가 아니라 고통의 자리입니다. 늘상 선택의 갈림길에서 고민하고 갈등해야 하는 자리입니다. 유신들의 반대와 훼방을 뚫고 싸워야 하는 고독한 자리입니다. 이제야 대사님같이 유능한 원군을 만나니 제 마음이 한결 편안해 집니다."

"나무 관세음보살. 불가를 재건하고 승려들을 통괄하는 막중한 임무를 맡겨주셨으니 대자대비하신 부처님의 비호를 받아 신명을 바쳐 노력하겠습니다."

문정왕후는 일어나 조개껍질로 화려하게 수놓은 화초장을 열어 노란 보자기에 싼 나무 상자 하나를 꺼낸다.

"무명초를 깎고 민머리가 되었다고 다 중은 아니듯이 가사를 입었다고 다 같은 중은 아닙니다. 신분에 알맞은 복식을 하고 치장을 하여 위엄을 드러내는 것도 무리를 통솔하는 하나의 방법입니다. 대사님이야 꾸미지 않아도 인품이 저절로 풍겨 나오지만 불가의 통령으로서 신분을 드러내고 합당한 예우를 받기 위해서는 다른 승려들과 차별화된 치장도 필요하다고 생각합니다. 부질없는 짓이라고 생각마시고 이것은 부처님께 바치는 보시이오니 대사님이 패용해주셨으면 합니다."

목함을 열어 내민 것은 청옥으로 된 백팔염주였다. 아름다운 염주는 불빛에 화려하게 빛났다.

"마마께서는 이미 성불하신 부처님이시옵니다. 삼륜공적(三輪空寂: 주었으되 준 것이 없고 받았으되 받은 것이 없는 무위의 베풂)으로 알고 감사하게 받겠습니다."

두 사람의 첫 대면은 긴장된 분위기 속에서 치러졌으나, 대비도 보우도 서로의 믿음을 확인한 순간이었다. 문정왕후는 너무도 흡족한 나머지 주안상을 올리라 하였다. 황송해서 극구 사양하는 보우를 붙들고 곡차 여러 잔을 손수 부어 건넸고 자신도 두어 잔 마셨다.

보우가 봉은사로 돌아온 것은 초승달도 졸고 있는 으슥한 밤중이었다. 멀리서 인정(人定) 울리는 소리가 들리는 것으로 정해시(正亥時)임을 알았다.

천왕문 안으로 들어서자 늦은 시간인데 탑 주변에 아녀자의 그림자가 비쳤다. 보우는 술이 취해 헛것을 봤나하고 눈을 비비고 응시하니, 잠시 후 탑 뒤에서 합장을 하고 나타난 것은 분명 아녀자였다.

늦은 시간에 탑돌이라니? 아녀자는 보우를 보자 멀리서 합장을 한 채 반배로 인사를 했다. 보우도 합장을 하고 허리를 굽혔다. 아녀자는 곧 허리를 펴고 탑돌이를 계속했다. 보우는 돌아서는 아녀자의 얼굴을 흘긋 쳐다보는 순간 깜짝 놀랐다. 그러나 짐짓 태연한 마음으로 '관세음보살'을 염송하고는 염화당으로 들어갔다.

'아연이 살아있다면 저 여인의 나이 정도 됐을까?' 부질없는 생각이다 하고 고개를 저었지만 의지와는 달리 보우의 머릿속은 출가 전 어린 시절로 줄달음질치고 있었다.

보우의 아명은 용(蓉)이다. 어릴 적 강 근처 마을에 살았는데 왜구의 습격으로 부모가 죽자 그 곳을 지나던 어느 불자가 혼자 울고 있는 용이를 데려다 용문사에 맡겼다. 용이는 자신이 언제 태어났는지 모른다. 그가 절에 온 날이 생일이고 생년은 어림잡아 정했다. 용이라는 이름도 지행 스님이 지어 주었다. 용이를 데려온 날 연꽃이 만개했다 해서 붙여진 이름이다. 용이는 어렸을 적부터 총기가 있어서 다른 사미나 동자들보다 일찍 한자를 깨우치고 책을 좋아했다. 한자를 깨우칠 무렵에는 스님이 읽는 책을 가져다 모르는 글자 위에 붓으로 표시를 해놓아 다른 사람이 읽을 수 없게 만들었다고 스님에게 회초리 맞은 적도 있었다.

책을 읽다 무료해 지면 뒷산에 올랐다. 멀리 강이 보이고 인가가 보이는 산중턱에 큰 바위가 있는데 그 바위 아래는 비를 피할 수 있는 정도의 자그만 굴도 있었다. 가끔 거기서 곰이나 멧돼지 똥을 보기도 했다. 용이는 그 곳에 갈 때마다 부러 주변에 오줌을 갈겼다. 사람 냄새를 흘려서 짐승들을 쫓기 위해서다.

무료한 산사 생활에 활력을 느끼게 해주는 것은 불사가 있는 날이었다. 속세의 사람을 만나는 게 그렇게 기다려졌다.

어느 가을날, 지체 있는 집안의 어른이 돌아가셔서 사십구재를 지내는 초칠일재 날이었다.

그 날 아침 용이는 손님들이 오시는데 마당을 청소 안 했다고 상좌스님에게 혼이 난 후였다. 분명 아침 일찍 일어나 청소를 했는데, 그 사이 바람에 날려 온 낙엽들이 돌계단과 마당을 제멋대로 휘저어 다니고 있었다. 손님들이 전부 법당 안으로 들어가고 목탁소리와 함께 독경 소리가 들리자 용이는 빗자루를 들고 나타났는데 거기서 소녀를 만났다. 영가의 복친이었는지 댕기를 땋은 머리에 상장을 달고 흰 광목치마를 입은 소녀가 대웅전으로 오르는 계단 맨 아래 층계에 앉아 공깃돌 놀이를 하고 있었다. 소녀는 혼자 놀기가 심심했는지 빗자루를 들고 마당을 쓰는 용이를 신기한 듯 바라봤다.

"여기서 살아요?"

쪼르르 달려오더니 계집애가 처음 보는 사람에게 당돌하게 말을 걸어왔다. 갸름하고 하얀 피부에 초롱초롱 빛나는 눈망울을 가진 예쁜 얼굴이었다. 적막한 절간에 간혹 불자와 보살들, 행자들이 드나들지만 나이 어린 소녀는 참으로 오랜만이라 말을 걸어오는 소녀가 내심 반가웠다.

"그래. 어른들 따라 왔구나? 어디서 왔는데?"

"양주. 외할아버지 49재 지낸다고 따라 왔는데 따분해서 죽겠어요. 불공 언제면 끝나요?"

"끝나려면 아직 멀었어. 끝나고도 점심 공양은 하고 가야할 걸. 너 절간 처음이니?"

"예."

"그럼. 이리와 절 구경 시켜 줄게."

소녀는 절 구경 시켜 준다는 말에 얼굴에 화색을 띠며 살짝 웃었다. 치아가 보일 듯 말 듯 웃는 얼굴이 예쁘다고 느꼈다. 그리고 손을 털어 치마에 문지르곤 용이를 따라 나섰다.

"헌데 49재가 뭐예요?"

"사람이 죽으면 다음 세상에 다시 태어나는 거야. 그래서 7일마다 좋은 곳에 태어나게 해 달라고 비는 제사야."

불교의 내세관에 의하면 사람이 죽으면 그 사람이 생전에 지은 업에 따라 다음 세상에서의 생이 결정된다고 한다. 49재는 윤회사상과 유교적인 조령숭배 사상이 결합되어 나타난 의식이다. 윤회설은 중생이 연기(緣起)를 모르고 계속 생사윤회를 반복하는 것을 윤회전생이라 하는데, 모든 중생은 육도(천상계, 인간계, 아수라계, 축생계, 아귀계, 지옥계), 즉 여섯 세계를 윤회하고 있으므로 죽은 망자의 유가족들이 이 중에서 이른바 삼악도(축생계, 아귀계, 지옥계)에 들어가지 않도록 하기 위하여 빌어주는 기도행위가 곧 49재이다.

윤회에는 4가지 과정이 있는데 이것을 '4유(四有)'라고 한다. 생명이 태어나는 찰나를 생유(生有)라 하고, 이로부터 생애를 누리다가 임종 직전까지를 본유(本有)라 하며, 임종하는 찰나를 사유(死有)라 하고 이로부터 다시 생명이 결정되는 생유 이전까지 49일 간을 중유(中有) 또는 중음(中陰)이라 한다. 선업과 악업의 중간에 해당하는 업을 지은 보통의 인간들은 이 '중음'에 머물러 있으면서 7일 째 되는 날마다 명부시왕들의 심판을 받아 출생의 조건이나 인연을 만나지 못하면 다시 죽고 태어나길 반복하다가 49일째 되는 날 염라대왕으로부터 다음 생을 최종 심판 받는다.

"외할아버지, 참 좋으신 분인데 좋은 곳에 갔으면 좋겠다."

"49재 지내면 다 극락왕생한다고 했어. 헌데 이름이 뭐니?"

"아연이, 윤아연 오빠는?"

오빠란 말에 갑자기 용이는 가슴에서 물레방아 소리가 들려옴을 느꼈다. 사고무친인 자신에게 피붙이 같은 말 듣는 게 처음이었다.

"난 용이라고 해."

"용이 오빠? 무슨 용이?"

"그냥 용이야."

"무슨 이름이 그래? 성도 없이."

아연은 까르르 웃었다.

며칠 전 스님으로부터 윤씨는 세도 집안이란 소리를 들은 적이 있다.

아연이는 명문가의 집안에서 부모의 사랑 담뿍 받으며 모자람이 없이 자라는 아이다. 그런데 자신은 근본도 모르고 절간에서 심부름하며 불경이나 읽는 처지 아닌가?

동생처럼 살갑고 다감하게 느껴졌던 아연이 갑자기 범접할 수 없는 외경스런 존재로 느껴지기 시작했다. 삼성전, 요사채를 거쳐 관음전으로 나가려 할 때 마당에서 아연이를 찾는 소리가 들렸다. 아연은 용이를 쳐다보지도 않고 곧장 대웅전 마당으로 달려 나가다 치마에 발이 걸려 넘어졌다. 넘어지면서 손바닥이 긁혀 피가 나고 있었지만 아연은 울지 않았다. 넘어진 게 창피해선지 용이 얼굴을 한 번 슬쩍 보곤 곧바로 일어서서 벗겨진 신발을 찾아 신고 어기적거리며 걸어 나갔다. 걷는 모습으로 봐선 무릎도 까진 모양이다. 어머니인 듯한 여인이 이 광경을 보고 놀라며 달려왔다. 용이는 자신이 그런 것도 아닌데 괜히 미안한 마음에 합장을 하고 허리를 굽힌 후 도망치듯 방으로 들어갔다. 사람들이 돌아가고 산사에 다시 정적이 찾아 들었을 때야 용이는 밖으로 나왔다.

멀리 보이는 맞은편 산에 구름이 걸린 오후, 가을 햇살이 따사로웠다. 헌데 마당에 갑자기 뭔가 반짝하고 용이의 시선을 찾아 끄는 사물이 있었다. 가까이 가서 살펴보니 빨간 수실에 매달린 앙증맞은 아기 곰 형상이 조각된 비취빛 옥 노리개였다. 한눈에 보아도 그건 명나라 제품이란 걸 알 수 있었다. 아연이 넘어질 때 흘린 게 분명했다. 노리개에선 제법 분 냄새까지 나는 듯 했다. 용이는 한 손에 움켜주고 가슴에 대었다. 용이 오빠 하고 부르는 청랑한 소리가 귓가를 맴돌았다.

용이는 그래선 안 된다고 생각하면서도 일주일 후가 기다려졌다. 법당 한 쪽 기슭에 핀 피마자 열매를 따서 씨를 발라내고 말렸다. 짙은 갈색

무늬가 오묘하게 박힌 피마자 씨는 매끈하면서 단단했다. 그 중 14알을 상하로 관통하여 엮어 염주 한 쌍을 만들었다.

그렇게 기다리던 이재 날이 돌아왔다. 용이는 아침 일찍 일어나서 대웅전으로 가서 제대 위의 초를 켜고 향불을 피웠다. 그리고 아침 예불이 끝나고 스님들이 물러간 다음에도 혼자 남아 석가모니 불상 앞에 너부죽하게 엎드려 다시 백팔 배를 드렸다. 평소에 하지 않던 일이라 기웃거리던 사미들이 웬일이냐고 수군거리며 놀리는 소리가 들렸지만 절하는 데만 열중했다. 얼마나 열중했는지 등골을 타고 땀이 흘러 내렸다. 대웅전을 나와 간 밤 수북하게 쌓인 낙엽을 쓸었다. 날씨는 쌀쌀했지만 개울가에 내려가 웃통을 벗고 몸도 정성들여 씻었다. 시간이 되자 재를 지내러 온 사람들이 모여들었다. 용이는 자기 방에서 창문을 빼꼼히 열고 법당으로 오르는 사람들을 유심히 살폈다. 하지만 아연은 보이지 않았다. 용이는 혹시 놓치지 않았나 생각하고는 방을 박차고 나와 불공이 시작된 법당의 출입문을 열고 안을 살폈다. 찬찬히 살폈지만 아연의 모친도 보이지 않았다. 용이의 실망은 컸다. 재가 파하고 점심 공양을 하는데 입맛이 없었다. 저녁 공양에는 배가 아프다는 핑계를 대고 빠졌다. 방 안에서 책을 들고 불경을 읽지만 아연의 얼굴이 아른거려 글자가 머릿속에 들어오지 않았다. 모든 업장이 소멸하기를 바라며 영가를 목욕시키는 관욕 행사에는 참석하겠지 생각하며 매일 천팔십 배를 올렸다. 그렇게 일주일을 보내고 다시 삼재일을 맞이했지만 그 날도 아연네는 오지 않았다.

무슨 일일까? 용이는 점점 불안해졌다. 이대로 영영 다시는 볼 수 없는 건가? 용이는 부처님 앞에 앉는 시간이 많아졌다. 그리고 아연을 보게 해달라고 수없이 기원했다. 주지 스님은 달라진 용이의 태도를 의아해하면서도 법당에 혼자 앉아 금강경을 독경하는 용이를 본받으라고 다른 사미들을 채근했다.

사재를 드리는 날, 드디어 붉은 댕기머리에 색동옷으로 곱게 차려 입은 아연이 나타났다. 용이는 날아갈 듯이 기뻤다. 그런 희열 속에 합장을 하며 '관세음보살 나무아미타불' 하고 염불을 했다. 재가 시작되고 조금 있으니 용이의 간절한 기도를 부처님이 응답하셨는지 아연이 대웅전 문을 열고 밖으로 나왔다. 밖으로 나온 아연은 사방을 두리번거리다 요사로 뛰어왔다. 용이의 가슴이 요동치기 시작했다. 용이는 짐짓 밖을 살피기 위해 열어놓았던 방문을 닫고 소리 내어 바라밀경을 외우기 시작했다.

곧바로 밖에서 '용이 오빠' 하고 부르는 소리가 났다. 용이는 못들은 척 독경을 계속했다. 다시 아연의 목소리가 들리자 용이는 뛰는 가슴을 짓누르고 심호흡을 하고 나서 목소리를 깔며 말했다.

"거기 누구요?"

"공부하는데 방해해서 미안해요. 나중에 올 게요."

소리가 끝나기도 전에 용이는 방문을 활짝 열어젖혔다. 아연이 정말로 미안한 표정을 지으며 서 있었다.

"오빠 방해해서 미안해요. 나중에 봐요."

아연은 정말 돌아서 갈 기세였다. 용이는 얼른 방 밖으로 나왔다.

"아냐 괜찮아. 금방 끝났어."

아연의 얼굴은 단장을 한 여인네의 얼굴처럼 발그스레한 빛을 띠고 있었다.

"오빠, 여기 오다보니 요 앞에 개울이 있던데, 우리 거기 놀러가지 않을래?"

재가 끝나려면 한창이나 남았다. 용이는 앞장서서 개울가로 가는데 아연이 은행나무 앞에서 멈춰 섰다.

"야, 이렇게 큰 나무 처음 봐."

"응, 이 은행나무 신라 시대 때 마의태자가 심은 거야."

"마의태자?"

"그래 신라 경순왕의 아들이었는데 신라가 멸망하자 나라 잃은 슬픔을 안고 금강산으로 가다가 이 절간에 들러서 심은 거래."

"그럼 상당히 오래 된 나무네?"

"5백 살도 더 됐지. 나무가 하도 커서 조금 있으면 은행 열매도 많이 떨어져."

"나도 은행 열매 먹어봤다. 구어 먹으면 아주 고소하고 맛있어."

"그래. 요다음에 많이 주어놓았다가 줄게."

"오빠, 정말이지?"

"그럼."

"야 신난다."

개울 길은 경사지고 돌멩이가 튀어나와 울퉁불퉁해서 걷기가 쉽지 않았다. 혼자라면 뛰어서 다니는 길이지만 아연에겐 조심스러운 길일뿐이었다. 돌돌거리는 물소리가 가까워지니 마음이 바빠지고 걸음이 빨라졌다.

"그렇게 혼자 가면 어떻게……." 하는 소리에 뒤돌아보니 아연이 기우뚱하며 넘어지고 있었다. 용이는 순간 달려가 팔을 뻗어 아연의 손을 잡았다. 아연의 몸이 갑자기 쏠리면서 용이의 품에 안겼다.

그런 향긋한 내음은 처음이었다. 눈을 감고 향기를 음미하는 순간 곧바로 용이의 가슴을 밀치며 아연이 빠져 나갔다.

"그것 봐. 하마터면 넘어질 뻔 했잖아? 넘어져 다치면 오빠 책임질 거야?"

"미안해. 내 손 잡아. 천천히 갈게."

용이는 아연의 가냘픈 손을 잡고 자그만 바위들을 넘으며 개울가에 당도했다. 물은 요란스럽게 재잘거리며 저희들끼리 놀고 있었다. 평소 아무 것도 아닌 개울길인데 어찌된 일인지 땀까지 났다. 용이는 신발을 벗고 바짓가랑이를 걷어 무릎 위로 올리고서 첨벙거리며 물 가운데로 들어갔다. 두 손으로 물을 한 웅큼 쥐어서는 머리 위까지 뿌리면서 연거푸 허푸 허푸 소리를 내며 세수를 했다. 그 광경을 보고 있던 아연이 까르르 소리 내며 웃었다. 물은 겨우 발목 위를 적실뿐인데도 한기가 가슴까지 서늘하게 느껴졌다.

아연은 물가에 다소곳이 앉아 물을 헤갈다가 손을 씻었다.

"지난번에는 왜 안 왔어? 두 번이나……. 무슨 일 있었어?"

물기가 흐르는 얼굴로 걸어 나와 아연 곁에 앉으며 물었다. 아연은 품에서 손수건을 꺼내 주었다. 용이는 향긋한 냄새를 맡으며 얼굴을 닦았다.

"어머니가 아파서요."

"그때 손 다친 거 괜찮아?"

아연은 손을 내밀며 다 나았다고 말했다. 손가락이 가느다랗고 길었다. 용이는 주머니에서 피마자로 만든 염주를 꺼내 아연의 팔에 끼어 주었다.

"선물이야."

"참 이쁘다. 이거 오빠가 만든 거야?"

"그래, 이거 한 쌍이니까 잃어버리면 안 돼."

용이는 자신의 팔목에 낀 염주를 보여주면서 말했다.

"응, 잠잘 때도 끼고 잘 거야."

아연은 염주를 이리저리 살피고 용이의 팔에 나란히 대보며 매우 좋아
했다.

"아 참. 뭐 잊어버린 것 없어?"

"잊어버린 거? 그럼 곰 노리개 오빠가 갖고 있어? 한참 찾았는
데……."

"마당에 떨어져 있는 걸 주웠는데 내 방에 있어. 이따 절에 가서 줄
게."

"괜찮아. 그거 할아버지가 명나라 갔다 오실 때 사다 준 건데, 오빠
가져. 내 선물이야."

아연은 물가를 응시하다가 물속으로 손을 집어넣었다.

"이거 봐라. 예쁘지?"

집어든 것은 바둑돌보다는 조금 큰 동글납작한 매끄러운 조약돌이었다.

"아무리 예뻐도 아연이 만큼은 아닌데?"

"피, 거짓말. 나 이거 가져 갈 거야."

조약돌을 손수건으로 잘 문질러 물기를 없애고 복주머니 안에 집어넣
었다.

"다음에도 올 거지?"

"어머니만 괜찮으면……. 건강이 안 좋아."

"다음에 오면 저 산에 데려다 줄게. 저 산에 올라가면 다람쥐도 있고 새들도 있고 세상이 다 보여. 나만 아는 굴도 있어."

"다람쥐? 나 그거 보고 싶어. 꼭 데려가야 해?"

"응."

"용이 오빠, 우리랑 함께 살았음 좋겠다. 그럼 매일 같이 놀 수 있잖아?"

"오빠나 동생 없어?"

아연은 고개를 가로 저었다.

"엄마가 몸이 약해서 동생을 못 낳는데……."

아연이 시무룩한 표정을 짓자, 용이는 일어섰다.

"이제 그만 가자."

그렇게 헤어지고 나서, 다음을 기약했지만 오재, 천도재를 지내는 육재에도 아연네는 오지 않았다. 아연이 어머니가 많이 편찮으신 모양이구나 생각했다.

용이는 속이 타들어 갔다. 이러다 마지막 칠재에도 못 보면 영영 다시 만날 기회가 없다는 생각에 초조해 졌다. 석가모니 부처 앞에 천팔십 배를 드린 후 약사여래상 앞에서 신묘장구대다라니를 독경하고 '약사여래불'을 수백 번 염불하며 아연 모친의 회복을 빌었다.

마지막 탈상을 하는 칠재에 어머니의 손을 잡고 아연이 나타났다. 어머니는 투병 중인 모습이 완연해서 수척해 보였다.

용이는 약속대로 아연을 뒷산으로 인도했다. 둘은 오누이처럼 다정하게 손을 맞잡고 걸었다. 아연은 피마자 염주를 끼고 있었다.

"아 숲 냄새. 좋다."

길이 좁아지고 키 작은 나무들이 앞을 막아서자 용이는 자그만 막대로 풀숲을 헤치며 길을 만들었다. 아연은 콧노래를 부르며 따라 갔다. 엊그제 큰비가 내려 길은 미끄럽고 흙이 쓸려간 곳엔 뾰족한 돌들이 튀어나와 있었다.

"길이 미끄러우니 조심해."

"오빠, 헌데 이 나무 이름들 다 알아?"

"웬만한 건 다 알지. 봐 이건 떡갈나무, 이건 물푸레나무, 저건 생강나무. 그 옆엔 자목련, 그리고 저기 아기 손바닥같이 생긴 건 단풍. 이건 참나무……."

"저건 나도 알아. 소나무지?"

"틀렸네. 비슷하게 생겼지만 잣나무야."

"아 저기 밤이 있다."

밤나무 밑에 밤송이가 여러 개가 땅에 떨어져 있었으나 모두 속이 비어 있었다. 아연은 밤송이를 잡으려다 비명을 지르며 물러선다.

"앗 따거."

"만지지마, 떨어진 건 모두 다람쥐가 주워 갔나 봐. 내가 올라가서 몽둥이로 두드릴 테니 저만큼 물러서."

용이는 나뭇가지를 주워들고 밤나무를 타고 올라갔다. 그리고 몽둥이로 작은 가지를 쳤지만 덜 익은 밤송이는 떨어지지 않고 몽둥이만 떨어져 버렸다. 용이는 하는 수 없이 힘을 다해 타고 앉은 가지를 흔들었다. 그제야 우두둑 소리를 내며 몇 송이가 땅에 떨어졌다. 아연이 좋으라 박수를 쳤다. 용이가 나무를 타고 내려오자 벌어진 밤송이를 구경하던 아연이 까르르 웃었다.

"뭐가 그리 우스워?"

"이것 봐. 둘이 꼭 껴안고 있잖아?"

"그럼 꺼내지 말고 놔둘까?"

"아냐, 아냐. 꺼내 줘. 먹고 싶어."

용이는 밤송이를 발로 밟고 나뭇가지를 벌어진 부분으로 집어넣어 밤톨을 꺼냈다. 그리고 밤톨을 입 속에 넣어 어금니로 깨물자 딱 하는 소리와 함께 단단한 껍질이 깨어지고 손으로 벗겨내니 부드러운 속껍질이 나타났다. 속껍질을 앞 이빨을 이용해 벗겨내니 하얀 속살이 나왔다. 침이 묻은 밤알을 옷에 쓱 문지르고 내밀자 입맛을 다시던 아연이 거침없이 입 속으로 집어넣어 뽀드득 소리를 내며 깨물어 먹는다.

"아 맛있어. 고소해."

용이는 나머지 밤송이를 까서 밤톨을 아연의 주머니에 넣어주었다.

숨이 가쁘고 땀이 날 즈음에 용이가 말하던 비밀의 장소에 도착했다. 커다란 암석 위로 올라가자 나무로 가려 있던 앞이 확 트여 멀리 마을과 아직 추수를 안 한 누런 들판과 강과 산이 한눈에 들어왔다.

"와, 좋다. 저기 마을이 보이네? 저기가 어디야?"

"바보. 너희 동네잖아?"

"정말이야? 그럼 우리 집도 보이겠네?"

아연은 바위 위에 올라가 멀리 마을을 살폈다.

"너무 멀어서 안보여."

"너희 집 커?"

"응, 아버지가 우리 동네에서 제일 높은 분이야. 그러니까 집도 제일 크지."

용이는 못들은 척 바위굴 있는 곳으로 앞장서 갔다.

"여기 와 봐. 비가 올 땐 여기서 피하고 내려 가."

"와 정말 굴이네."

아연이 굴 속으로 들어왔다. 사실 굴이라고 하기엔 너무 작고 좁은 움막 같은 곳이다. 주변의 억새를 꺾어다 깔아 바닥을 편편하고 푹신하게 만들어 놓았었다.

"와 좋다. 짚까지 깔아놨네. 여기서 오빠하고 살았으면 좋겠다."

하면서 아연은 벌렁 드러누웠다.

"어서 일어나, 옷 버려."

"싫어. 오빠도 여기 누워봐. 푹신해서 좋은데?"

용이는 못 이기는 체하고 나란히 누웠다. 가만히 눈을 감으니 갑자기 가슴이 벌렁거리며 텅텅 거리는 소리가 났다.

"오빠, 우리 약속할래?"

"무슨 약속?"

"우리 딱 십 년 후 사월 초파일 날 여기서 만나자."

용이는 숨을 길게 들이마시고 내쉰 후 말했다.

"십년 후? 알았어."

"약속 도장 찍어."

아연이 새끼손가락을 내밀며 왼팔을 용이 가슴 위에 놓았다. 그 손가락에 새끼손가락을 걸었다. 가슴이 더 요동쳐 견딜 수 없자 용이는 벌떡 일어났다.

"오빠 왜 그래?"

아연이 따라 일어나 앉았다. 그때서야 바위 앞을 지나던 다람쥐가 멈춰

서서 멀뚱하게 바라보고 있음을 알았다.

"저기 다람쥐."

"저게 다람쥐야? 아유 귀여워. 저거 잡아줘."

아연이 일어나 잡으려 하자 다람쥐는 뽀르르 도망갔다.

"다람쥐는 너무 날렵해서 손으로 잡을 수 없어. 다음에 올 때 덫을 준비해 와서 잡아줄게. 자 이제 그만 내려가자."

"저기 있다."

아연은 소리를 못 들었는지 멈춰 선 다람쥐를 잡으려 앞발을 내딛었다. 그러다 몇 걸음 못 가서 단말마의 비명을 지르며 미끄러졌다. 신발이 저만치 날아가 떨어지고 아연은 두 팔로 오른발을 잡고 울었다. 발을 다친 모양이다.

"많이 아파?"

"부러졌나 봐, 몹시 아파. 오빠 어떻게 해?"

"거기 움직이지 말고 가만 있어."

용이는 부목으로 쓸 만한 나뭇가지를 꺾어다 아연의 발에 대고 손수건으로 동여맸다.

"일어서 봐. 걸을 수 있겠어?"

아연이 용이의 부축을 받으며 일어서 아픈 발을 내딛었으나 한 발짝도 나가지 못하고 비명을 지른다.

"안 되겠다. 업혀."

"오빠, 미안해."

"미안하긴, 내가 오자고 해서 당한 일인데……."

용이가 주저앉아 등을 내밀자 아연이 쓰러지듯 찰싹 달라붙는다.

아연은 가벼웠다. 업힌 아연이 머리에서 향기로운 냄새가 났다. 아연이 목에 두른 오른 팔을 빼더니 용이의 턱을 쓰다듬었다. 그리고 까르르 웃었다.

"왜? 뭐가 재밌는데?"

"오빠 수염이 까끌까끌한 게 꼭 밤송이 같아."

까르르 웃으며 계속 턱을 쓰다듬었다. 그리고는 용이의 목에 살며시 얼굴을 기댔다.

이제 물이 오르기 시작한 봉긋한 가슴이 발걸음을 옮길 때마다 등의 감각을 곧추 세운다. 머릿속이 아찔해지면서 맥박이 빨라짐을 느꼈다.

절에 돌아오니 49재는 벌써 끝났고 점심 공양을 하고 있었다. 아연이 없어졌다고 난리가 났었는가 보다. 일주문을 들어서는데 49재에 참석했던 아줌마가 아연이 찾았다고 소리 쳤다. 천왕문을 들어서자 아연의 모친과 몇 사람이 놀란 얼굴로 뛰어 나와 아연을 부축하며 데리고 갔다.

"아이고 남사스러워라. 다 큰 처녀애를……."

아연 모친이 뭐라고 상좌 스님에게 따지듯 말했지만 용이 귀에는 무슨 소린지 들리지 않았다.

상좌 스님이 용이를 그냥 놔둘 리 없었다. 그 날 점심 공양도 못하고 손님들이 돌아간 후에 용이는 회초리를 든 상좌 스님 앞에 바지를 걷어 올리고 섰다.

어디를 갔었느냐? 그 애를 데리고 가서 무슨 짓을 했느냐? 무수히 쏟아지는 질문에 용이는 한마디도 대꾸 하지 않았다. 아연과의 일들을 누구에게도 알리고 싶지 않았다. 둘만의 비밀로 간직하고 싶었다. 회초리를 때리다 지쳤는지, 아니면 시뻘겋게 부은 다리가 안타까웠는지 상좌 스님은 한 쪽 구석에 가서 손들고 서 있으라고 했다. 회초리를 맞은 자리가 부어올랐지만 용이는 아픔을 느끼지 못했다. 비밀을 지켜냈다는 성취감에 솟아오르는 웃음을 참는 게 더 힘들었다.

그런데 해우소로 가던 주지 스님이 나타나 벌이 끝나고서야 울음이 나왔다. 그제야 아팠다. 회초리로 맞은 부위도 쑤시고 작별의 인사도 없이 떠난 아연에 대한 섭섭함이 한꺼번에 눈물로 쏟아져 나왔다. 아연을 다시 볼 수 없다는 서러움의 눈물이었다. 그 후에도 눈물은 아연을 생각할 때마다 시도 때도 없이 솟아났다. 그 아픔은 삭발 수계할 때까지 오랫동안 감기 세포처럼 온몸에 퍼져 용이를 괴롭혔다.

촛불을 끄고 자리에 누웠는데, 잠은 오지 않고 어린 시절이 주마등처럼 지나갔다. 눈을 감았는데 한 줄기 눈물이 까닭 없이 베개에 떨어진다.

"참 별일이네."

보우는 부러 헛기침을 뱉어내고 이불을 돋워 올리며 돌아누웠다.

용문사에서의 하루

  군대에서 같은 부대로 배치 받아 절친하게 지냈던 고등학교 동창 친구
가 결혼을 한다고 해서 서울로 향했다. 청첩장을 받으면서부터 상경한
기회에 보우 대사가 어린 시절 보냈다는 용문사를 방문할 계획을 세웠
다. 친구들과 어울려 밤새 마신 술이 아침까지 정신을 몽롱하게 만들었
지만 인터넷으로 꼼꼼히 챙겨둔 여정에 따라 중앙선 전철을 탔다. 용산
역에서 출발한 지하철은 한참을 기다려야 옥수역에 도착했다. 객차 안을
두리번거리며 공간이 제일 넓은 곳에 자리를 잡고 앉았다. 평일이라선지
전철 안은 한가했지만 시골에서 여행 온 듯한 중로의 부부 일행들이 아
침에 반주를 거나하게 했는지 시뻘건 얼굴로 웃어대며 객차 안을 소란스
럽게 했다. 속이 거북하기도 했고 마땅히 눈길을 줄 곳도 없어서 눈을
감았는데 금세 잠이 들었다. 비몽사몽 간에 23개 역을 어느 새 지났는지
'당 열차의 종착역인 용문역입니다.' 라는 멘트가 나왔다. 용문역사는 기
와를 얹어 현대식으로 되어 있었는데 밖에 나와서 올려다보니 중국풍의

건물처럼 보였다. 역 앞으로 나오니 객차 안에서 만났던 일행들이 버스를 기다리고 있었다. 길을 건너 중심가인 듯한 상점가를 지나 버스터미널이 있는 곳으로 걸어갔다. 용문사까지는 15분이 걸리지만 버스는 30분에 한 대씩이다. 구불구불 시골길을 지나니 용문산 관광지라는 곳이 나오고부터 관광버스와 자가용이 줄을 잇고 주차되어 있었다. 평일인데도 주차장은 가을 행락객들이 타고 온 차들로 붐볐다. 용문사 다왔다는 운전기사의 말을 듣고 버스에서 내리니 음식점이 즐비한데 식당마다 단체 손님들이 가득 들어찼다. 핸드폰을 꺼내 시간을 확인하니 한 시가 가까워 오고 있었는데 북적대는 손님들 사이에 끼어 앉아 점심 먹고 싶은 생각이 없었다.

입장 티켓을 사고 관광단지를 지나니 용문산용문사란 일주문이 나를 반겼다. 계곡을 오른쪽으로 끼고 올라가는데 마주하여 내려오는 수학여행단 학생들과 자주 부딪혔다. 끊임없이 재잘거리는 소리에 짜증이 나면서 멀미를 느꼈다. 이제 막 단풍이 들기 시작한 나무들 사이로 계곡물이 도란거리며 굴러 갔다. 일단의 학생들이 지나가자 길은 다소 한가해졌다. 그제야 상큼한 숲 향기가 느껴졌다. 아늑하면서 포근했다.

한 20분쯤 걸었을까? 한 떼의 무리들이 요란을 떨며 사진을 찍고 있었다. 수령 1천 년이 넘었다는 한국에서 가장 수령이 오래된 은행나무 앞이었다.

노랗게 물들어 가는 은행나무는 나무가 아니라 마치 어느 우주에서 날아온 물체처럼 신기하면서도 신령스러웠다. 고개를 젖혀 올려다보며 가이드인 듯한 사람이 열심히 설명하는 것을 곁에 서서 엿들었다.

신라 경순왕의 세자였던 마의태자가 나라 잃은 슬픔을 안고 금강산으로 향하면서 심었다고도 하며, 신라의 고승 의상대사가 이 곳을 지나다가 절터가 하도 좋아 가지고 다니던 지팡이를 땅에 꽂았는데 뿌리가 나고 잎이 생겼다. 그 숱한 전란에 절간이 모두 타버리는 재난에도 살아난 신목이며, 일제 때는 일본인이 이 나무를 베어가려고 톱질을 하는데 갑자기 나무에서 피가 나오고 맑은 하늘에 벼락이 내려치는 등 기괴한 일이 벌어지자 도중에 혼비백산하고 도망갔다. 그래서 나무는 그 상처를 이기려고 진액을 내어뿜으면서 자체 치료를 했는데 그 결과 줄기 아랫부분에 혹이 생겼다는 것이다.

고등학교를 막 졸업하던 때에 〈은행나무 침대〉란 영화를 보았던 기억이 떠올랐다. 천 년을 뛰어넘은 사랑을 다룬 영화에 감명 받아 세 번씩이나 보았다. 천 년 전 궁중악사였던 주인공은 어렸을 적부터 미단 공주와 가야금을 타면서 사랑을 하게 되었는데, 미단 공주를 사랑하는 이웃나라 황 장군의 방해로 둘은 사랑을 이루지 못했다. 황 장군이 궁중악사를 죽이자 미단도 따라 죽고 둘은 은행나무로 환생했다. 그러다 주인공은 화가 교수로 다시 환생하여 외과 의사와 결혼하게 되고 버려진 은행나무 침대를 집에 들이면서 은행나무 침대의 영혼이 된 미단과 다시 만나게 되고……. 그런데 1천 년을 뛰어넘어 황 장군이 이승에 나타나면서 주인공을 괴롭히게 되고 결국 은행나무 침대를 태우면서 사랑과 증오도 끝난다는 내용의 영화였다. 미단의 나라에 쳐들어와 미단을 잡아다 자기 나라에 감금하고 사랑을 허락하기를 기다리며 마당에 앉아 하염없이 눈을 맞는 황 장군의 모습이 아직도 눈에 선했다. 그때 난 한국 영화도 참 잘 만든단 생각을 했었고, 한석규와 신현준, 그리고 강제규 감독의 팬이 되었다. 그 줄거리의 탄탄함에 새삼 감동해서 한때 시나리오를 써봐야겠다는 생각이 들게 한 영화다.

저 은행나무는 천 년을 한 자리에 버티고 서 있으면서 이 곳을 찾는 수많은 영혼들에게 무슨 말을 했을까? 혹 천 년 전 사랑을 잊지 못하여 누군가를 기다리며 저렇게 서 있는 건 아닐까? 보우 대사도 어린 시절 저 나무를 보며 아름다운 꿈을 키웠겠지. 아연 아기씨와 애틋한 사연을 상상해 보았다.

계단을 올라 대웅전 쪽으로 가는데 젊은 스님과 마주쳤다. 스님은 물끄러미 나를 내려다보더니 합장을 하고는 다시 쳐다본다. 그리고 무슨 말을 하려다가 그냥 중얼거리듯이 '나무관세음보살' 하며 곁을 지나갔다.

대웅전 앞에 서서 밑을 내려다보니 산 능선과 비탈과 계곡이 낯설지가 않았다. 뒷산에서 몰려오는 바람에 이끌린 단풍나무 낙엽이며 언젠가 한 번쯤 왔었던 것 같은 착각이 들었다. 영화를 생각한 탓인지 몇 백 년 전으로 세월을 거슬러 올라간 것 같은 느낌이 들었다.

대웅전 옆에 종무소가 있었는데 그 옆 템플스테이 사무실이라는 팻말이 붙어 있는 곳에서 종사원인 듯한 중년 부인이 나왔다. 나는 다가가 말을 걸었다.

"저 지금 템플스테이 할 수 있나요?"

"아니요. 체험형 템플스테이는 미리 신청해야 하고요, 주말에 해요. 헌데 스님한테 허락받으시면 하루 묵어 갈 수는 있을 거예요."

"어떻게 허락을 받죠?"

"제가 말씀 드려 볼 게요. 왼쪽으로 돌아가시면 심검당이라는 액자가 걸려 있는 곳이 요사채예요. 그 앞에서 잠깐 기다리세요."

여인은 말을 마치자 반대편으로 사라졌다. 템플스테이는 지안이 함께 가자고 제안한 적이 있었지만 그때는 절이라는 곳이 생경하게 느껴져서 공부 핑계를 대고 거절했었다. 혼자 다녀 온 지안에게서 너무 좋으니 꼭 한 번 가보라는 제안을 들었어도 마음으로 다가오지 않았었다. 그런데 지금 템플스테이를 하고 싶다는 생각이 난 것은 보우 스님의 족적을 찾는 이유보다 혹시나 절에 머무는 동안 지안의 행방을 좇을 빌미라도 찾을 수 있을까 하는 심사가 더 컸다.

잠시 후 마당 건너편 건물에서 나온 여인과 스님이 나에게로 왔다. 조금 전 대웅전 앞에서 마주쳤던 젊은 스님이었다.

"템플스테이를 하고 싶다구요?"

젊은 스님이 합장을 하고 꾸벅 절을 하고 나서 물었다.

"예. 작정을 하고 온 건 아닌데 여기 오니 하루 묵어가고 싶단 생각이 들어서요."

"불자세요?"

"아닙니다. 그냥……."

"힐링을 하고 싶으신 거죠? 그런 분들 많이 오세요. 그러시면 이 보살님이 절차를 말해 주실 겁니다. 안내를 따르시고 이따 뵙겠습니다."

스님은 깡마르고 훤칠한 키에 안경 너머로 번뜩이는 눈빛으로 봐서 공부를 많이 한 것처럼 보였다. 보살의 안내에 따라 사무실로 가서 신청서를 쓰고 대금을 치르자 수련복과 책자, 베갯잇을 주었다.

"절은 오래 되고 탐방객이 많이 찾는 큰 절이지만 스님이 몇 명 없어요. 저도 봉사를 하고 있는 거예요. 체험형은 정해진 스케줄에 따라 진행되는데 휴식형은 손님이 원하는 대로 하시면 돼요. 들어가셔서 옷 갈아입으시고 나오시면 스님이 오리엔테이션을 해주실 거예요."

여인이 숙소로 안내하며 말을 건넸다. 정해 준 시간에 일러준 장소로 가니 스님이 먼저 와 차를 준비하고 있었다.

"거기 앉으세요. 만나 뵙게 되어 반갑습니다. 헌데 제주에 가신 적 없으세요?"

"저 제주에 살고 있는데요?"

"그렇지요? 그렇다면 불사리탑사에서 뵈신 분이 맞군요. 옷깃만 스쳐도 인연이라 했는데 이렇게 다시 만난 것도 전생에 좋은 연을 맺었었나 봅니다."

그제야 불사리탑사를 찾았을 때 보우 대사 비문 앞에서 잠깐 스쳤던 스님이 생각났다. 대접에 우린 차를 찻잔에 따라 권하며 스님은 자신의 이야기를 털어 놓았다. 스님은 숭유억불하의 조선조 불교사를 연구하기 위해 제주를 찾았다고 했다. 불교에 대한 탄압은 제주에서도 마찬가지여서 절을 산으로 내몰았고 샤머니즘과 결합된 형태로 발달하여서 한때 당 오백 절 오백이라 할 정도로 너무 많았고 개인 기복신앙으로 발전했다. 그런데 사람을 제물로 바친다든지, 무당간 싸움이 붙어 칼부림하는 등 폐단이 너무 심하여서 이형상 목사 재임 시 이를 모두 철폐하도록 명령해서 대부분 없어졌다고 했다.

"그렇다면 보우 대사에 대해서도 많이 알고 계시겠군요?"

"그 분이 여기 출신이란 걸 알고 오신 것 아닙니까? 전 보우 대사 기념비문을 찬찬히 읽고 있어서 단번에 보우 대사님에 대해 관심이 많으신 걸 직감했는걸요."

스님은 절친한 친구라도 만난 듯 살갑게 대했다. 난 엉뚱한 질문으로 대화를 시작했다.

"스님도 인간의 과거와 미래를 보십니까?"

"불자라면 누구나 전생과 현세, 그리고 후생을 믿지요. 업보에 의해서 인간은 환생을 거듭하는 겁니다. 욕망으로 가득 찬 욕계는 육도로 이루어져 있습니다. 천상, 인간, 수라, 축생, 아귀, 지옥이 그것입니다. 사람은 죽어서 이 중 하나에 다시 태어나는 거지요. 덕을 많이 쌓은 사람은 천상에, 조금 부족하면 다시 인간으로, 많이 부족하면 개와 같은 축생으로, 구제받지 못할 정도로 아주 부족하면 평생 고통 받는 지옥에 떨어지는 겁니다. 그러니 좋은 세상에 태어나기 위해서 현세에서 공덕을 많이 쌓아야 하는 겁니다."

"인간은 누구나 전생이 있다는 말씀이군요."

"예전에 어느 절에서 공부할 때 스님 두 분이 계셨어요. 헌데 나이 든 스님이 젊은 스님한테 깍듯이 대하는 거예요. 왜 그런가 물어봤더니, 전생에 자기는 젊은 스님의 마부였대요. 당시 동네 어디엔 뭐가 있었고 누가 살고 있었고 넌 이런 행동을 했었고 하며 그 당시 광경을 눈앞에 보이듯 말하는 것을 본 적이 있었죠."

"저도 최면술사들이 최면을 걸어 개인의 전생을 알아내게 하는 장면을 TV를 통해 본 적이 있어요. 참 신기하다 생각했는데…… 참 보우 대사님이 인간으로 환생하셨다면 다시 스님이 되셨겠죠?"

"대덕 고승들은 육도 윤회의 업을 끊은 사람들입니다. 설령 윤회를 한다 해도 비참한 최후로 순교한 인간 세계를 다시 선택하진 않으셨겠지요."

"만약에 말입니다. 스님이 되셨다면 그 스님은 자신이 보우 대사였다는 걸 알고 있을 까요?"

"덕을 많이 쌓다보면 그걸 알게 되겠죠. 자신도 모르게 전생에 했던 일들이 문득 생각나게 되죠. 왜 가본 경험이 없는 곳인데도 낯익게 느껴질 때가 있잖아요? 전 전생에도 중이었는데 아마 법우님도 스님이었던 것 같아요. 처음 보는 순간 매우 낯이 익다고 생각했거든요."

전생이 승려였다니 내 전생에 대해 확인해 보고 싶다는 생각을 했다.

"보우 대사의 시에 대한 논문을 쓰기 위해 여길 찾아왔지만, 사실은 얼마 전 5년을 사귄 여친과 헤어졌어요. 그 여친이 출가를 한다고 했는데 행방을 알 수 없어요."

"찾지 마세요. 찾으면 무얼 할 겁니까? 인연이 있으면 억지로 만나려 안 해도 또 만나게 됩니다. 인간에게는 애별리고(愛別離苦)라는 괴로움이 있지요. 사랑하는 사람을 만들지 마라, 못 만나 괴롭고, 이별이 있어서 괴롭다는 말이지요. 정과 집착은 동전의 양면이에요. 그러니 정을 주되 반대급부를 바라지 말라고 합니다. 상처를 받기 때문이지요."

난 지안의 말처럼 자신이 집착하고 있다는 사실을 스님을 통해서 확인하면서 마음이 차분해 짐을 느꼈다. 그래 인연이 아니면 그냥 놔 두자. 그 간의 시간들이 아쉽긴 하지만 한 인간을 사랑하고 정을 주었던 그 자체로 나 자신은 행복한 놈이라고 치부하고 싶었다.

"원한다고 아무나 스님이 될 수 있는 것도 아닙니다. 물론 스님이 되면 고조할아버지부터 고손자까지 9대가 구원을 받게 되는 겁니다. 법우님께서 여기까지 오셨으니 불교 예절에 대해 잠시 말씀드리지요."

스님의 법명은 원명(圓明)이라 했다. 그는 예절뿐만 아니라 불교에 관한 많은 지식을 알려 주었다. 용문사에 오길 잘했다는 생각이 들었다. 어쩌면 그건 내 의지가 아닌지도 모른다. 나를 이끄는 어떤 강렬한 힘에 의해 여행을 하고 있다는 생각이 들었다. '그 힘의 원천이 무엇일까? 그리고 내 여행의 종착지는 어디일까?'

합장은 인도의 인사법이라 했다. 손바닥과 손바닥을 마주하여 흩어진 마음을 하나로 모으고, 상대방에 대한 존경과 공경의 표시라고 했다. 절간에서 스님을 만나거나 법우(法友: 부처님의 바른 법을 함께 배우고 깨달음으로 가는 길에서 슬픔과 기쁨을 함께 하고 서로의 수행을 도와주는 진리의 친구)를 만나면 합장을 하고 허리를 45도로 숙여 반배로 인사를 한다. 절 안에서는 대체로 묵언을 해야 하는데 묵언이 꼭 필요한 삼묵당이 있다. 공양실, 해우소, 세면실. 곧 식당, 화장실, 목욕탕에서는 말을 해서는 안 된다는 것이다.

법당에 들어갈 때는 중앙의 어간문(御間門)을 피해 양쪽 문을 통해 들어가고 법당에 들어설 때 부처님을 향해 합장반배하고 상단으로 합장한 채 다가가 반배 후 향이나 초에 불을 켜고 적당한 자리에서 오체투지(五體投地) 삼배의 예를 올린다.

삼배를 할 때는 마음을 모아 합장을 하고 좌복(방석) 뒤에 발을 모으고 서서 무릎을 굽히고 양팔을 방석 위에 대고 상체를 굽혀 양 팔꿈치를 바닥에 대고 이마를 땅에 붙이며 손바닥을 하늘로 향하여 귀 옆까지 들어올려야 한다 말하고 시범을 보인 후 따라하도록 했다. 이때 발바닥은 오른쪽은 용(用), 즉 동(動)이고 왼쪽을 체(滯), 즉 정(靜)이기 때문 오른발 바닥 위에 왼발을 올려놓는다. 마지막 절을 할 때는 고두배(叩頭拜)를 하게 되는데, 이는 삼배에 대한 아쉬움의 표시이며 지극한 존경심을 나타낸다. 일명 '유원반배'라고도 한다. 고두배는 절 마지막에 이마를 바닥에서 떼고 난 후에 잠시 합장하고 바로 이마를 땅에 대고 양손을 올리며 절을 한다.

"새벽불공에 참석하면 백팔 배를 하게 됩니다. 부처님 참된 진리를 등지고 살아왔음을 참회하고, 부처님의 진리를 알게 됐음을 감사하고, 작은 인연이지만 부처님 말씀대로 살아가는 참된 불자가 되기를 발원한다는 내용이지요."

다음으로 선(禪)에 대해 이야기했다. 마음을 한 곳에 모아 고요한 경지에 들어 참 나를 찾아가는 길, 한 마디로 마음을 닦는 것이 바로 선(禪)이다. 기본 자세는 결가부좌인데, 오른쪽 발을 왼쪽 허벅다리 위에, 왼쪽 발을 오른쪽 허벅다리 위에 놓고 앉는다. 부처는 반드시 이렇게 앉으므로 불좌(佛坐) 또는 여래좌(如來坐)라고도 한다. 그리고 결가부좌한 자세에서 오른쪽 손바닥을 위로 하여 단전 앞에 놓고 왼손 손바닥도 위로 하여 오른쪽 손바닥 위에 손가락 부분을 겹쳐 놓되 양쪽 엄지손가락을 맞댄다. 그리고 눈은 완전히 감지 말고 반쯤 감으며 시선은 코끝을 향하여 땅바닥을 본다.

좌선 시 주의해야 할 세 가지가 있는데, 조신(調身: 몸자세를 바르게 하는 것), 조식(調息: 호흡을 고르게 하는 것), 조심(調心: 화두 드는 방법)이 그것이다. 호흡을 특히 중시해야 하는데 들이 마신 숨이 배꼽 아래 단전에까지 다다르고 내쉬어야 한다. 이것을 하나, 둘 세면서 열 번을 반복하면 다시 하나부터 다시 시작한다. 호흡에 집중하다 보면 모공이 열리는 것까지 느낄 수 있고 잡념이 억눌러지면서 불순물이 가라앉고 밑에서부터 올라오는 행복을 느낄 수 있다고 한다. 이것이 석가모니가 발견한 좌선의 방법이다.

원명 스님은 방을 나와 절간의 배치에 대해 안내해 주었다.

"들어오시면서 용문산용문사라고 쓰인 현판 달린 문을 통과하셨죠? 그게 일주문이에요. 그 곳부터 부처님의 신성한 도량임을 표시하는 거죠. 그것을 경계로 바깥쪽은 속계(俗界), 안쪽은 진계(眞界)라고 하죠. 기둥이 한 줄로 늘어선 모양으로 세속의 번뇌와 흩어진 마음을 하나로 모아 진리의 세계로 들어간다는 문입니다. 그리고 절에 따라서 금강문이나 천왕문이 있는데 금강문은 불법을 수호하는 금강역사를 모신 문이고, 천왕문은 불법을 수호하는 사천왕을 모신 문이죠. 동쪽을 수호하는 지국천왕은 보검을 들고 있고, 남쪽을 지키는 증장천왕은 오른 손엔 용, 왼 손엔 여의주를 들고 있어요. 서쪽은 광목천왕이 지키고 있는데 삼지창과 보탑을 들고 있고요, 북쪽엔 다문천왕이 있는데 비파를 들고 있죠. 용문사에도 천왕문이 있었는데 언젠가 화재가 날 때 불 타버려서, 저기 있는 은행나무가 천왕문을 대신하고 있어서 천왕목으로 부른답니다.

절에 들어오시면 중앙에 보이는 전각이 대웅전(大雄殿) 또는 대웅보전(大雄寶殿)입니다. 이 곳은 석가모니불을 모신 곳인데, 언뜻 봐서 석가모니불과 아미타불을 구별하기가 쉽지 않아요. 구분하는 방법이 있죠. 석가모니불은 왼쪽 어깨가 가려지고 오른쪽 가슴이 드러난 모양(우견편단의)을 하고 있으며, 양쪽 어깨를 가리고(통견의) 있으면 서방정토를 관장하고 있는 아미타불이에요. 그리고 아미타불을 모신 전각을 무량수전(無量壽殿), 극락전(極樂殿)이라 합니다.

석가모니불 좌우에는 지혜를 상징하는 문수보살과 신행 실천하는 보현보살, 또는 아미타불과 중생의 질병이나 고난을 구제하는 약사여래, 관세음보살과 지옥의 중생들을 구제하는 지장보살을 세우기도 하는데, 용문사 대웅전에는 석가모니불을 중심으로 왼쪽에 관세음보살과 오른쪽에 대세지보살이 협시(挾寺)하고 있습니다. 관세음보살은 중생들이 어려움에 처할 때 '관세음보살하고 부르면 그 소리를 듣고 여러 가지 모습으로 나타나서 어려움에 처한 중생을 구제하여 안락함과 기쁨을 준다는 보살로 대자비의 화신이지요. 대세지보살(大勢至菩薩)은 지혜(智慧)를 상징합니다. 지혜의 빛으로 두루 널리 비추어서 3악도(惡道: 축생, 아귀, 지옥)를 떠나 위없는 힘을 얻게 해 주는 보살입니다."

스님은 발길을 돌리면서 안내를 계속 했다. 대웅전 위에는 산신, 독성, 칠성 등 토속신을 모신 삼성각(三聖閣)이 자리 잡고 있고, 그 아래 새로운 전각이 건립되고 있었다.

스님들이 기거하는 공간을 요사채라 하는데 달리 심검당, 적묵당, 해행당, 수선당 등으로 부르기도 한다. 참선과 강설을 하는 설선당과 의식을 봉행하는 노전이 있는데, 봉향각, 일로향각으로 부르기도 한다. 진리 그 자체인 비로자나불을 모신 곳을 대적광전(大寂光殿), 석가모니의 진신사리를 봉안한 건물을 적멸보궁(寂滅寶宮)이라 하며 따로 불상을 모시지는 않는다고 한다. 대웅전 앞의 3층 석탑은 석가모니의 진신사리를 모신 곳이고 그 옆 부도는 고승들의 사리를 모신 곳이라 했다.

대웅전 오른쪽에는 지장보살을 모신 지장전(地藏殿)이 있는데 달리 명부전(冥府殿)이라 부르기도 한다. 지장보살은 땅과 같이 세상 만물의 출발점이면서 고르게 자라도록 하는 능력을 가진 존재이다. 이 보살은 석가모니께서 열반하신 다음 56억 7천만년 후에 미륵불이 오실 때까지의 기간 동안 일체의 중생을 구제하도록 의뢰 받은 보살이다. 몸을 변화하여 육도 윤회의 굴레에서 헤매는 중생들을 모두 구제하기로 서원하신 보살이다. 지옥의 중생들을 구제하는 역할을 하므로 여러 모습으로 나타난다. 그 오른쪽에 관음전(觀音殿)이 있는데 금동 관세음보살상이 보물 1790호로 지정되어 근래에 새로 세웠다고 했다.

"혹시 양 무제에 대해 들어본 적 있나요?"

범종루에 도착하자 원명 스님은 양 무제에 대한 이야기를 해주었다. 양 무제는 불교뿐만 아니라 유교, 도교까지도 받아들인 신앙에 많은 관심을 가지고 지원을 한 임금이다.

어느 날 양무제가 꿈을 꾸었다. 그런데 그 꿈의 내용이 신음소리가 끊이지 않으면서 머리를 내려쳐 골수가 흘러나오고, 눈알을 파내고, 창자를 꺼내어 보이는 아주 엽기적이고 충격적이라 기이하게 여겨 스님에게 물었다. 스님은 그것은 지옥의 모습을 본 것이라고 했다. 그것을 벗어날 방법은 없겠느냐고 했지만 스님은 그것은 악행에 대한 업보이기 때문에 벗어날 수 없다고 했다.

"그럼 괴로워서 어떻게 삽니까? 벗어날 수 있는 방법을 알려주십시오."

"정 그렇다면 쇠를 녹여 종을 만드십시오. 종소리를 듣는 순간만큼은 지옥에서 벗어날 수 있습니다."

그로부터 종을 치는 관습이 생겨났다. 인간이 욕계(欲界)를 벗어나 천상에 이르는 하늘이 33계가 되기 때문에 새벽(인시:寅時)에는 33번을 치고, 색계(色界)에는 18계 하늘이기 때문 사시(巳時)에는 18번을 치며, 무색계(無色界)에는 28계 하늘이 있기 때문 저녁에는 28번을 타종한다.

범종루에는 범종과 고기모양을 깎아 만든 목어(木魚)와 구름 모양을 새긴 운판(雲版), 그리고 법고(法鼓)가 있는데 이를 4물이라 한다. 목어는 물고기를 비롯한 물속에 사는 중생들을 구제하기 위한 것이고, 운판은 공중을 날아다니는 중생과 허공을 떠도는 영혼을 구제하기 위하여, 법고는 짐승을 비롯한 중생의 어리석음을 깨우치기 위하여 친다고 했다.

오랜만에 절밥을 맛보고 나서 심검당이란 현판이 걸려 있는 건물의 마루에 앉았다. 높은 곳이긴 하지만 하늘이 참 맑고 아름다웠다. 땅거미가 지고 저녁 어스름이 주변을 덮고 있는 늦은 시간인데도 관람객들은 틈틈이 은행나무 주변을 기웃거리고 있었다. 난방을 하는지 건너편 스님들 방 위 굴뚝에서 피어오른 연기가 산 위로 깔리는 안개와 어우러져 운치를 더했다.

산사에는 밤이 일찍 찾아왔다. 9시에 소등을 했지만 창문에 비치는 달빛의 유혹에 눈을 감을 수 없었다. 나는 조용히 잠자리에서 일어나 밖으로 나왔다. 코의 점막을 자극하는 진한 숲 내음은 지친 내 머리를 알싸하게 만들었다.

'보우 대사도 이런 향기에 취하여 잠 못 이루었을까?'

사랑하는 사람 가지지 마라

오시가 되기 전부터 자매 주막은 앉을 자리가 없을 정도로 손님들이 붐볐다. 국밥 맛이 일품이기도 했지만 과부인 자매에게 어떻게 말이라도 붙여볼 양으로 시합이라도 하듯 여기저기서 주모를 찾는 소리가 소란스러웠다. 기다리는 사람은 배가 고픈데 밥을 다 먹고도 수작을 부리는 꼴을 보자니 배알이 뒤틀려 시비가 붙기 일쑤다.

"주모, 여기 좀 와 보소."

"거 웬만큼 먹었으면 일어나슈. 배고파 죽겠수다."

갓을 쓰고 입구에서 자리 나기 기다리며 점잖게 서 있던 선비 일행 중 하나가 앞으로 나서며 말을 건넸다. 그러자 개다리소반을 앞에 두고 국밥에 막걸리를 마시던 더벅머리 총각 일행 중 머리 깎은 사내가 버럭 소리 질렀다.

"밥 먹을 땐 개도 안 건드리는 법인데 웬 놈이 시비야?"

"중놈이 대낮부터 술이나 처먹고, 아녀자에게 수작이나 부리고 있으니……."

"야 임마, 남이야 막걸리 잔에 낚시질 하던 코를 박던 네가 뭔 상관
이야?"

"뭐 임마? 너 어따 대고 욕이야?"

분위기가 일촉즉발의 순간에 이르자, 선비 일행들이 말리는데 주모가
쪼르르 달려왔다.

"아따 점잖은 분들이 왜 이러세요. 저기 자리가 났으니 얼른 가 앉으
세요. 시장하시죠? 오래 기다리게 한 값으로 제가 막걸리 한 병 올릴
게요."

그러고는 시비 붙은 양반 팔에 자기 팔을 걸고는 일행들을 안내한다.

"주모, 여기도 신경 좀 써. 주전자 비었어."

"예. 알았어요. 잠시만 기다려유. 애 옥분아, 평상에 막걸리 하나 추
가야."

일행이 움직이기 시작하자 분이 덜 풀린 중이 들으라는 듯 뒤에 대고
소리친다.

"씨팔놈이 갓 쓰고 수염 길렀다고 다야?"

소리를 들은 일행이 뒤를 돌아보자, 총각 일행 중 나이가 제일 많은 듯
한 사람이 빡빡 머리를 손바닥으로 철썩 소리나게 치며 말렸다.

"야, 이 새끼야. 조용히 술이나 쳐 먹어."

그제야, 선비 일행은 다시 돌아서 옆쪽 평상으로 올랐다.

"야 이놈 머리 깎고 중이 되더니 보이는 게 없나 보네?"

"형님도 잘 생각하십시오. 좆 빠지게 농사지어 봐야 각종 징수에 관리
들한테 뜯기면 한겨울 굶기가 예사 아닙니까? 게다가 군에 부역해야지.

이러다 좋은 시절 다 갑니다."

빡빡머리는 말을 마치고 뚝배기 사발에 남은 막걸리를 단숨에 들이켜고 깍두기 하나를 손가락으로 집어 입에 놓고는 아그작 아그작 소리 내어 씹는다.

"그렇게 머리 깎으면 다 면제란 말이지?"

얼굴이 벌겋게 달아오른 더벅머리 총각이 관심을 가지고 물었다.

"그럼. 염불만 외우면 절간에서 밥 주지, 재워주지, 옷 나오지. 세상 걱정할 일이 하나 없어."

"나도 가고 싶은데 늙으신 어머님을 차마 버려둘 수 없으니······."

그러자 나이 많은 사내가 끼어든다.

"그것도 옛말이야, 지난 번 방 붙은 거 못 봤어? 개나 소나 다 머리 깎고 무위도식하니 나라 지킬 장정 부족하다고 시경을 해서 자격을 준 댄다."

더벅머리 총각이 빡빡 머리를 흘깃 바라보고 나서 말을 받았다.

"그럼 시험 봐서 합격한 사람만 중노릇할 수 있단 말 아닌가요?"

나이 든 사내가 술을 들이켜고 나서 수염에 흘린 술을 손등으로 닦으면서 설명했다.

"그려, 진작 그렇게 했어야 하는데. 장가든 놈이 군역가면 죽는다고 처자식 버리고 산으로 도망치질 않나, 김 첨지 집엔 아들 세 명이 모두 머리 깎는 바람에 벌초는 고사하고 조상 제사 지낼 사람이 없다지 않아."

그 말을 듣고 더벅머리가 빡빡머리를 노골적으로 약올렸다.

"허면 경팔이 너도 절간에서 쫓겨날 날이 멀지 않았구나. 글자도 모르는 까막눈이 시험을 치른단 소린 못할 테고 말야. 흐흐흐."

그러나 빡빡 머리도 믿는 구석이 있는지 점잖게 타일렀다.

"모르는 소리 말아. 응시만 하면 다 붙을 텐데 무슨 걱정이야? 대비 마마님께서 불교를 숭상하여 많은 절을 세우고 있는데 절 지킬 중이 부족하데. 거기다 보우 대사님 말이라면 마마님은 뭐든지 다 들어주시니 이미 중이 된 사람 내칠 수 있겠어? 그러니 늦기 전에 나랑 같이 가요. 형님."

대답 대신 나이 많은 사내가 한탄을 했다.

"도대체 어떻게 돌아가는 세상인지 모르겠다. 중종 임금 때는 절간을 없애고 중들을 쫓아내더니, 어린 임금이 왕위에 오르니 모두들 중이 되지 못해 안달 아니냐? 혼자 먹고 살기도 힘든 판에 집에선 장가들라고 안달이니 좀더 기다려 봐야겠다. 주모! 여기 술 안 줄 거요?"

"예. 금방 갑니다요."

장사 잘 되어 반가운지 주모의 야들야들한 콧소리가 더욱 술맛을 자극했다.

봉은사 주지가 된 후 보우의 환경은 너무도 달라졌다. 과거 금강산에 있을 때는 끼니 잇기도 어려워 늦가을부터 마을을 돌아다니며 탁발을 했었는데, 봉은사는 선종을 대표하는 본산으로서 사사전(寺賜田)도 많고 왕족의 친인척이나 선왕의 후궁 같은 귀족 신도도 많아 특별예불 시주금품만으로도 넉넉했지만, 자전께서 특별히 내수사를 통하여 하사하는 금품은 물론이고, 경향 사찰에서 보내오는 물품으로 곳간이 넘쳐 날 지경이었다.

사찰 살림이 어려운데도 이처럼 봉은사 주지한테 물품을 헌납하는 것은 보우가 전국 사찰의 주지 임명권과 사찰에 대한 감사권을 지니고 있고,

사찰 간, 사찰과 신도 간의 분쟁, 또는 승려의 비리나 비위사실 등에 대한 조사권과 징계권을 지닌 막강한 신분이라는 것 때문이었다. 그래서 봉은사는 전국에서 찾아오는 승려와 신도들로 연일 조용할 틈이 없고, 보우도 접견을 원하는 승려들의 방문으로 쉴 틈이 없었다.

보우는 대비의 요청에 따라 전국의 승려들 중에서 건축 경험이 있는 자들을 모으고, 구해온 목재들을 직접 품평하며 지근거리에 봉은사를 새로 중창하였다. 이 과정에 유림의 훼방이 심하여 만들던 불상을 훼손하기 일쑤였고 아예 만들지 못하게 장인의 양팔을 부러뜨려 놓기도 하였다.

종문을 관리하기 위한 종무원 기구를 개편하고 고승들의 추천을 받아 유능한 인재들로 종무를 담당하도록 했다. 그리고 종무를 맡고 있는 스님들 중에서 젊은 지관(止觀)을 시봉승으로 임명하여 자신을 보필하도록 했다.

지관은 훤칠한 키에 서글서글한 인상, 낭랑한 목소리로 상대를 압도하는 흡인력을 가진 승려였다. 지관은 무술에도 능하여 사찰의 호위대를 지휘하며 매일 아침 체력단련을 직접 임장하여 지도하고 있었다.

어느 정도 체계가 잡히자 보우는 실태를 파악하고자 지관과 종무원 승려 다섯 명을 데리고 조선 선대의 왕들의 능침을 관리하고 있는 원찰(願刹)을 중심으로 순회를 시작했다.

정릉(貞陵: 이성계 계비 신덕 왕후 강 씨의 묘)의 능침사인 흥천사를 거쳐, 경릉(敬陵: 세조의 비 소혜 왕후 한 씨의 묘)과 창릉(昌陵: 예종과 안순 왕후 한 씨의 묘)의 원찰인 수국사, 건원릉(健元陵: 태조의 묘)의 원찰인 개경사, 광릉(光陵: 세조와 정희 왕후 윤씨)의 능침사이며 교종의 본산인 봉선사를 돌아 정인사(正因寺)에 도착했을 때 주지 도암으로부터 이상한 얘기를 들었다.

"며칠 전, 신원을 알 수 없는 다섯 명의 유생들이 갑자기 법당에 난입해서는 기물을 부수고 난동을 부렸습니다. 특히 그 중 한 명은 불교에 대한 노골적인 적의를 보이면서 불상에 침을 뱉고 불경을 찢는 등 작태가 이루 말로 표현하지 못할 정도로 횡포를 부렸습니다."

"전해 내려오던 탱화들이 쓸 수 없게 훼손되었고, 청동 향로와 은촛대도 가져가 버렸어요."

상좌의 목소리는 분한 기운이 역력했다.

"아니, 정인사는 요절한 덕종대왕의 명복을 빌기 위해 세조임금께서 특별히 창건한 원찰인데, 어떤 놈이 감히 그런 짓을 저질렀단 말이오?"

주지는 원래 수양이 깊은 지라 차분하게 말을 이어갔다.

"워낙 창졸지간에 일어난 일이라 신원을 확인할 방도가 없었습니다. 하지만 차림새로 보아 양반집 자제들인 것 같은데, 공부하고는 거리가 먼 불한당들이었습니다."

말을 듣고 보니 공분을 느끼는 듯 지관이 끼어들었다.

"원래 대전에 금유생상사지법(禁儒生上寺之法)이 있어서 유생(儒生)들은 절 출입을 할 수가 없는데, 향리에 있는 절간을 찾아와서 난동을 피웠다면 이는 필시 의도적인 게 분명합니다."

"그렇게 말씀하시니 생각이 납니다. 한 달 전에 회암사에서도 비슷한 일이 발생했다고 그 곳 스님이 말씀하시더군요. 그때 한 놈이 홍패를 흘리고 갔다고 하는데 수법을 보아하니 그놈들 소행이군요."

"회암사라면 태종대왕의 능침사 아닙니까?"

"왜 아닌가? 성균관 유생들 짓일 테지."

그 말에 지관이 확신을 하듯 맞장구 쳤다.

"밤중에 법당에 돌을 던진 놈들이 분명합니다."

"법당에 돌을 던져요?"

"대사님이 봉은사 주지로 오신 후, 갑자기 승려가 되겠다는 사람이 늘어났습니다. 불공을 드리러 오는 불자들도 많아졌고요. 그러니 사돈이 땅을 사면 배가 아프다고 유생들이 심통을 부리는 것이지요."

보우는 모두 알겠다는 듯 머리를 끄덕이며 처방을 내렸다.

"증거가 있다니 난동 부린 놈들을 찾아내는 건 문제없소이다. 잃어버린 기물들은 곧 찾을 수 있을 테니 걱정 마시오. 그리고 절 입구에 '이곳은 재 올리는 절이니 유생출입 금함' 이라는 팻말을 박으십시오."

"알겠습니다. 유덕하신 대사님이 우리 불가를 통령하시니 마음 든든합니다."

"이번 기회에 범인을 색출하여 일벌백계하도록 주청을 올리겠습니다. 다시는 불가를 우습게 보지 않도록 본보기를 보일 것입니다."

보우의 목소리엔 분기 서린 결연한 의지를 담고 있었다.

"대사님만 믿겠습니다."

"이놈들 가만 두면 앞으로 무슨 짓을 벌릴지 모르니 어서 회암사로 가자."

"나무 관세음보살."

증거를 가지고 탐문해 보니 과연 성균관 유생들이었다. 그들은 패거리를 지어 절간을 순회하면서 행패를 부리며, 기물을 파괴하고 도둑질하고 능침에 가서 작폐를 일삼았고, 그런 행실을 유생들에게 영웅담처럼 떠벌리고 다녔다. 그 패거리의 우두머리가 황언징이라는 유생이었다. 보우는 즉시 자전에게 알렸고, 자전은 정언에게 전교하여 과거 시험을 준비해

온 황언징에게 식년시(式年試: 3년에 한 번 치르는 시험)를 1차에 한해서 보지 못하도록 벌을 내리게 했다.

그런데 이런 하교를 유신들이 고분고분 받아들일 리 만무했다. 조정의 강연에서 유신들은 정거(停擧)의 부당함에 대해 기를 쓰고 열변을 토했다.

"유생들이 절에 올라가는 것을 금지하는 법이 비록 대전에는 있으나 조종조로부터 유생이 절에 가 독서하는 것이 풍습이 된 지 오래입니다. 조정 사대부 치고 절에 가서 독서하지 않은 사람이 누가 있습니까?"

"유생들을 절에 가지 못하게 한다면 이단을 숭상하는 것 같지 않겠습니까? 틀림없이 승도들이 주상께서 자기들의 종교를 신봉하는 것처럼 떠버리고 다닐 것입니다."

경국대전에 유생들의 절간 출입을 막은 것은 애초 고려 말의 불효 불충하고 문란한 불교문화에 유생들의 접근을 차단하려는 시도였지만, 불가에서는 유생들에 의해 훼철되는 가람을 보호하려는 수단으로 법을 이용한 것이다.

"황언징이 법을 어겨 죄 주는 것이 당연하지만 오늘부터 징계한다면, 전하께서 중은 후하게 대하고 유생은 박하게 대한다는 것을 알 수가 있습니다. 백성의 질고(疾苦)는 다 상달되지 않는데도 중들이 작폐하고자 하는 일은 쉽게 상달된다는 말이 떠돌고 있는 실정이옵니다. 통촉하여 주시옵소서."

"황언징의 성격이 조급하여서 한 때 흥분하여 우발적으로 일어난 사소한 일을 요망한 중 보우가 침소봉대하여 아뢴 것이니 오히려 벌을 받을 사람은 보우이옵니다. 사헌부에서 추문하도록 허락하여 주십시오."

"전하의 백성으로서 농가에 있는 자는 얼마 안 되고 절에 있는 자가 절반이나 됩니다. 중이 되는 것을 금하여도 부역을 모면하고 군역을 피할 목적으로 중이 되는 자가 있는데 이런 때에 위에서 금하지 않고 승봉하기까지 하면 장차 이 나라는 누가 지킬 것입니까?"

보우가 봉은사 주지가 된 이후로 불자가 많아진 건 사실이었다. 조정에서는 불교를 이단(異端)으로 규정했지만, 생불이라 소문이 자자한 보우가 불단의 영수가 되고 대비가 불교를 숭상한다는 소문이 퍼지자 절간을 찾는 서민들이 많아졌고 젊은이들이 너도나도 승려가 되려 했기 때문이다.

젊은 장정들이 불승이 되려는 또 다른 이유가 있다. 당시 왜구의 침입이 빈번하였는데, 이를 대비하기 위해 남정들은 일정 기간 군역(軍役)의 괴로움을 겪어야 했다. 그리고 지방 수령들의 가혹한 정사(政事)가 기한(飢寒)과 곤궁을 견디기 어렵게 한데도 이유가 있다. 헌데 승려가 되면 군역을 피할 수 있을 뿐만 아니라, 각종 세금 징수에서 면제가 되고, 절에서 의식주까지 해결할 수 있으니, 한 집안에 4~5명 아들 모두가 출가하는 경우도 생겼다.

이러니 유가에서는 부모도 내팽개치고 조상 제사도 안 모시는 패륜아들이라고 욕을 할 빌미를 제공한 것이다. 승도가 늘어날수록 군액(軍額: 군인의 수효)은 날로 줄어들고, 자격이 없이 누구나가 삭발하여 승려 행세를 하며 바람 빠진 풍선처럼 천방지축으로 돌아다니면서 구걸하고, 도둑질하고, 아녀자 겁탈에 싸움질이니 관가에 잡혀오는 죄인 절반이 승도들이었다.

황언징의 정거(停擧)에 대해 20여 일에 걸쳐 유신들은 죄를 사하여 줄 것을 임금에게 간언했지만 지학의 나이에 접어든 임금은 영민했다.

"언징은 망령스러운 자인데 그를 광유(狂儒)라 하여 다스리지 않는다면 앞으로 이런 폐단은 막을 수 없습니다. 과인이 유생을 가볍게 보고 이단을 숭상하는 것이 아닙니다. 황언징은 과거에도 능침에서 작폐하였다가 사면된 일이 여러 번 있었습니다. 이번에는 너무 거리낌 없이 방자한 행동을 했기에 자전께서 징계시키고 해서 그렇게 한 것이니 더 이상 논하지 마시오."

조정에서는 임금이 이단(異端)을 숭봉(崇奉)한다고 날마다 계(啓)를 올리고, 기회 있을 때마다 보우를 요망한 중이며 유도(儒道)의 적으로 규정하여 그를 주지 직에서 내치고 벌을 주어야 한다고 입에 게거품을 물고 간언했다.

특히 지경연사 임경, 사헌부 집의 박공량, 사간원 정언 강억, 홍문관 부제학 경혼 등이 보우를 축출하자는데 앞장섰다. 그들은 강연이나 기회 있을 때마다 임금께 간하였다.

"중 보우는 극히 간사한 자입니다. 그를 따르는 자들은 재물을 빼앗기 위하여 사람을 살해하는 등 거리낌 없이 방자하게 굽니다. 형조가 강도를 추궁할 때 승려가 반을 차지했습니다. 만일 내수사가 금지 푯말을 세워 중들을 비호한다면 한갓 이교(異教)는 성하고 오도(吾道)는 쇠망하게 될 뿐만 아니라 또한 뭇사람들이 모여들어 도적이 되어 해독이 백성에게 미칠까 걱정됩니다."

이에 어린 임금도 물러서지 않고 맞섰다.

"과인은 부처를 숭배한 적이 없습니다. 그리고 자전께서 선왕들의 능침을 수호하기 위한 적임자로 사리를 좀 아는 보우를 선정한 것인데 그를 무턱대고 벌주라 하시니 무슨 근거로 벌을 내려야 합니까?"

황언징 사건은 왕후가 나서서야 일단락되었다.

"그건 주상의 말이 옳습니다. 보우 대사가 뭇사람을 현혹시켰다는 일에 대해서는 근거가 없는 말입니다. 다만 능침의 수호사찰 가운데 봉은사는 다른 절과 같지 않아 봉공(捧供: 죄인을 심문하여 진술을 받음)하는 일이 매우 많습니다. 그러니 그 자리를 노려 다투는 자가 많고 모함하여 해치기 때문에 통분해 하는데, 조정에서도 남의 말에 현혹됨을 면치 못하니 매우 옳지 못한 일 아닙니까? 경들은 사사건건 제가 하는 일에 발목을 잡고자 하고 보우 대사를 내칠 생각에 혈안이 되어 있는데 세상 돌아가는 이치도 모르고 정말 한심합니다."

유신들은 황언징 개인을 구하기 위한 것이 아니었다. 유림에 대한 자존심 때문에 황언징 구하기에 나섰고 결국 보우를 내치기 위한 술책을 지속하였으나 실패했다. 이러니 보우에 대한 유신들의 질시와 원한은 깊어질 수밖에 없었다.

이후에도 보우가 인수궁의 건립, 사사전 귀속 등 문정왕후에게 간청한 일은 유신들과 성균관 유생들의 끊임없는 상소와 장계에도 불구하고 그대로 시행되었다.

문정왕후의 불교 재건을 위한 노력은 거침이 없었다. 보우는 이런 힘을 이용하여 선대에 없어진 양종 복립을 건의했다. 그리하여 문정왕후는 양민을 확보하고 군액(軍額)을 늘이기 위해서는 잡승들을 줄여야한다는 명분으로 우의정 상진(尙震)에게 선교(禪敎) 양종의 복립을 명하는 비망기(備忘記)를 내리기에 이르렀다.

'승도(僧徒)는 날로 많아지고 군액(軍額)은 날로 줄어드니 매우 한심스럽다. 대체로 승도들 중에 통솔하는 이가 없으면 잡승(雜僧)을 금단하기가 어렵다. 조종조의 대전(大典)에 선종과 교종을 설립해 놓은 것은 불교를 숭상해서가 아니라 중이 되는 길을 막고자 함이었는데 근래에 혁파했기 때문에 폐단을 막기가 어렵게 되었다. 봉은사와 봉선사를 선종과 교종의 본산으로 삼아서 대전(大典)에 따라 대선취재조(大禪取才條) 및 중이 될 수 있는 조건을 밝혀서 거행하도록 하라.'

즉 선종의 본산으로 봉은사를, 교종의 본산으로 봉선사로 정해서 각 종파를 관리하도록 하고, 법에 정해 진 바와 같이 3년에 한 번 승과시험을 실시해 급제한 승려들에게 벼슬을 하사해 절간의 주지가 될 수 있는 자격을 부여하고, 출가하려는 승려를 대상으로 도첩제를 시행하여 합격한 자에게는 국가가 인증하는 허가증을 발부하여 신분을 보장하겠다는 말이다.

보우는 종문을 일으키라는 조서 내림에 감복하여 다음과 같이 시를 지었다.

하늘이 폐주(廢主: 연산군)시킨 임금이 불가에 재앙을 입혀
부처 바다 흐름 막음이 거의 반백년이더니
순임금 햇살이 크게 밝아 멀고 깊은 데까지 비춰
빛 가는 곳 반드시 비춰 바위 돌에도 미치다.

성종 조부터 가혹한 억불시책으로 전국 대다수의 사찰이 폐허화 되고 승과와 도첩제의 폐지로 승려는 유리방황(遊離彷徨)하는 신세가 되어 천

민 취급을 받았다. 국가의 부역을 피하여 승도는 날로 증가하나, 절간을 관리할 승려들이 부족하여 그나마 남아 있는 사찰도 도적의 소굴이 되어 가는 형편이었다. 여기에 통령을 두어 잡승을 금하게 함으로써 양민을 확보하겠다는 방침이 알려지자 금수의 교를 부흥시키려 한다는 유신과 태학생들의 반대가 줄을 이었다.

더구나 정업원(淨業院: 궁중의 여인들이 출가하여 머물던 처소)이 있던 자리에 인수궁(仁壽宮: 선왕의 후궁 중 바구니가 된 여인들을 위한 처소)을 짓는 것도 못마땅하게 여기던 유신들인데, 양종을 다시 세우라는 명을 내리니 불교가 흥하면 유학이 쇠퇴할 것을 염려한 유자들이 벌떼처럼 일어서서 반대하는 것은 당연한 일이었다.

중종 임금 시절에 우찬성이었던 상진은 보우가 추위와 배고픔에 시달리고 있을 때 쌀을 보내 도울 만치 보우를 존경하는 인물이었으나, 정승이 된 지금은 자전과 주상의 외척인 윤씨 일파와 유신들 사이에서 눈치를 보지 않을 수 없었다. 그래서 양종 복립에 소극적으로 반대 입장을 표명하였다가 유신들로부터 집중 공격을 당하자 발병을 핑계로 우의정 직에 대한 사직원을 제출했다. 하지만 임금은 허락하지 않았다.

삼사(三司)를 대표하는 유신들은 지경연사 임경의 집에 비밀리에 자주 모였다. 그들은 하나같이 자전이 하는 일이 못 마땅함에 대해 울분을 섞어 성토해댔다.

사헌부 집의 박공량이 탄식하며 말문을 열었다.

"지금 나라 존위를 다투는 마당에 왜 자전께서 사태를 더 어렵게 만드시는지 모르겠습니다. 전에 중이 되어서 이익이 없을 때도 중이 많았는데 하물며 선종과 교종의 법을 세워 몸을 영화롭게 해주는 데야 누가 바

싹 마르고 누렇게 뜬 얼굴로 힘써 농사를 지으며 군역을 담당하려 하겠습니까? 이렇게 하고서 군민이 증가하기를 기대하는 것은 섶을 지고 불을 끄려는 것이고, 불을 때면서 끓는 것을 중지시키는 것과 같은 짓 아닙니까? 지금 곳곳에서 왜구가 창궐하고 민란이 일어날 조짐이 보이는데 누가 나가서 대항한단 말입니까? 말셉니다. 말세."

"자전이 문젭니다. 중종 임금께서 승과를 없애고 도승법을 삭제할 때는 한 마디 말도 못 하더니 승하하신 지 몇 년이나 되었다고 선왕이 하신 일을 다시 돌리시다니……."

임경이 혀를 차며 말을 마치자 이에 사간원 정원 강억도 고개를 끄덕이며 한 마디 거든다.

"자전께서 잡승들의 폐단을 없애기 위하여 양종복립의 방책을 세운다는 것은 어불성설입니다. 대전에 따라 시행하면 제멋대로 중이 될 수 없다고 하고 군졸도 많아 질 것이라고 단정하나 위에서 좋아하면 아래에서는 더욱 좋아하는 것이 고금의 분명한 징험입니다. 지금 도승법을 세우도록 명하시니 유학이 쇠퇴하고 불교가 융성할 것은 뻔한 일 아니겠습니까? 정말 한심한 작태이옵니다."

듣고 있던 경흔이 분개하며 말을 이었다.

"모든 것이 요승 보우의 술책입니다. 중들이 왕지(王旨)를 갖고 다니고, 사찰에 금표를 세워 절에 들어가는 유생들에게 벌을 주며, 중을 사역시키는 자에게 죄를 주고 사사전을 되돌려 주는 등 부처를 받들고 중을 보호하는 일을 하고 있는데, 이제 양종까지 복립하면서 부처를 높이는 것이 아니라니 삼척동자도 웃을 일 아닙니까?"

그 말에 집의 박공량이 적개심이 가득한 표정으로 맞장구를 쳤다.

"그 여우같은 중 보우를 어떻든 그 자리에서 내쳐야 합니다. 내치기만 하면 사헌부에 끌어다 징죄할 수 있습니다."

그러자 임경이 한숨을 쉬며 답답함을 토로했다.

"자전께서 그를 신봉하고 있으니 영상이나 좌상까지 아무 말을 못하고, 더구나 자전을 등에 업은 이판 대감마저 보우에게 우호적이라 어떻게 감히 그를 건드릴 수 있겠소?"

이 말에 박공량이 묘책이 있는 듯 주위를 쓱 한번 살피더니 목소리를 낮추어 말을 했다.

"소신에게 좋은 방도가 있습니다. 보우의 과거 행적을 뒤지면 반드시 치죄할 수 있는 건을 찾을 수 있을 겁니다."

"사소한 죄로 그를 내칠 수 있겠소? 항간에 자전과 보우가 연분을 나누는 사이란 풍문도 있는데."

"소신도 그런 소릴 들었습니다. 주변 사람들을 물리고 주안상을 마주하여 밤늦게까지 자리를 함께 한다고 하니, 그 둘 사이가 어떤 관계라는 건 보지 않아도 뻔한 일 아니겠습니까?"

"에이 보우야 금방 불혹이 지났다고 해도 자전의 춘추 이미 지천명인데 가능한 이야긴가?"

"거 모르는 말씀. 자전 생김새를 보세요. 온갖 좋은 것 다 먹어 피둥거리는 몸뚱아리에 과부된 지 오랜데, 아무리 중이라곤 하지만 건장한 보우를 그냥 놔뒀겠어요?"

이 말에 울분을 토하며 긴장했던 분위기는 간 데 없고 일순 자전 흉을 본 게 통쾌한 듯이 웃음바다가 됐다.

"어쨌든 요물을 퇴치해야 합니다."

"저한테 맡기십시오. 소신이 처리하겠습니다. 벌써 사람을 풀어 조사에 착수했습니다. 치명적인 약점을 물고 늘어지면 주상이나 자전도 어쩔 수 없을 겁니다. 이이제이(以夷制夷)라고 했으니 곧 좋은 소식이 있을 것입니다. 두고 보십시오."

박공량은 웃음까지 흘리며 보우를 엮어낼 자신감을 드러냈다.

"조심스럽게 해야 하오. 자전이 알기라도 한다면 피를 부를 지도 몰라요. 주상이 임금의 자리에 오르기까지, 그리고 대윤일파를 몰아내면서 얼마나 많은 사람이 비명에 횡사했는지 아시잖소?"

"극도의 보안 속에 비밀리에 추진하고 있으니 염려 마십시오. 대감들께 절대 피해가지 않게 조용히 처리할 테니까요."

"성균관 쪽 분위기는 어떻소?"

임경이 초초한 빛으로 물었다.

"분담하여 교대로 상소문을 매일 올리고 있습니다. 그래도 받아들여지지 않으면 동맹휴학도 불사하겠다고 결의가 대단합니다."

"지방 소수서원 유생들까지 항의소를 올리고 있고, 우상마저 사의를 표한 마당에 양사에서도 입장을 표명하는 게 어떻겠습니까?"

결연한 표정으로 박공량이 강억에게 제의했다.

"소신도 동감입니다. 지금 양종 복립을 막지 못하면 후손들을 무슨 낯으로 대하며 후학들의 비난과 질책을 어떻게 감당하겠습니까? 목숨을 걸어서라도 막읍시다."

선대에 없어진 선교 양종을 다시 세우라는 문정왕후의 비망기는 발표된 다음날부터 정원, 사간원, 사헌부, 홍문관, 예문관 등 총출동이 되어 반대의 의견을 올렸다. 또한 성균관 생원과 소수서원 등 지방유림 등에 의

하여 다음해 5월까지 6개월 동안 446통의 항의소가 끊임없이 이어졌다. 이에 대한 항의의 표시로 우의정 상진과 사간원, 사헌부 양사가 사직을 표명했고, 성균관은 동맹휴학을 결의하고 문을 닫는 극한투쟁을 보였다.

그러나 보우는 이런 저간의 소식들을 들으면서 탄식하며 게송을 지었다.

사라지고 쉬고 차고 비는 것을 누가 주장하는가?
성하고 쇠하며, 마치고 시작함은 도의 떳떳함(常)이다.
가을이 오면 잠깐 사이에 천 숲이 마르는 것을 보지만,
봄이 오면 다시 온갖 풀의 향내를 맡는다.
마치면 시작하고 시작하면 마침이 끝내 다하지 않으며
성하면 쇠하고 쇠하면 성함이 끝이 없도다.
근본을 크게 살피면 흥(興)하고 망(亡)하는 일이니.
하늘 땅 사람의 셋으로 옛 글*을 만들자.
* 옛날의 전형적인 제도와 문장

이러한 가운데 함경어사 왕희걸이 보우가 역적 행위를 했다며 계를 올렸다. 유신들의 보우를 엮기 위한 역모가 시작된 것이다. 왕희걸이 북방에 사는 사람에게 들었다는 말은 이렇다.

'중 보우가 처음에 역적 유(留)의 노승(奴僧)과 함께 안변의 황용사 초암에 살고 있었는데 을사년 역적 유가 도망해 오자 바위 사이에 숨어 있게 하였고, 얼마 안 되어 크게 수색하고 있다는 소문을 듣고 두려워서 급히 석왕사로 옮겨 갔다. 을사사화에 애매하게 역모에 몰린 종실 계림군 유(留)의 종이 계림군의 편지를 갖고 와서 보우에게 전하니, 전대에

쌀이 없게 되자 다른 중에게서 쌀을 빌어다 계림군을 위하여 재를 베풀었다. 며칠 후 유가 체포되자 보우는 함흥 백운산으로 피해 들어갔다. 보우가 이미 그 정실(情實)을 알고도 숨겨 주었으며, 또 역적을 위하여 설재(設齋)하며 기도하였다 하니 그 흉악무도(凶惡無道)한 일을 보면 반드시 못할 바가 없었을 것이다. 그가 흉악함을 감추고 요망함을 마음껏 부린 작태는 차마 들을 수 없는 것이었기에 감히 서계한다. 그때 보우에게 쌀을 빌려준 중이 지금도 석왕사에 있으며 그 절의 주지도 그 일을 자세히 안다.'

보우를 반역자를 도와준 역당이라고 몰았다. 이에 사헌부에서는 보우를 추문하겠다고 윤허를 청했고, 유신들은 그것을 빌미로 하옥추고(下獄推拷)하라고 50여 회나 청죄하였다.

그러나 임금은 단호하게 허락하지 않았다.

"이는 조정이 보우를 미워하기 때문에 만들어낸 뜬소문이다. 진실로 보우가 이와 같았다면 유가 체포된 것이 이제 7년이나 되었는데 어찌 오늘에서야 드러났단 말인가? 떠도는 말을 가지고 추문한다면 후에 반드시 폐단이 있을 것이며, 간사한 사람의 술책에 빠지게 될 것이다."

한편, 보우는 이런 일이 벌어질 거라는 걸 예견했다. 유신들뿐만 아니라 봉은사 주지 자리를 노리는 승려들 중에 유신들과 결탁하여 모함하고 비방하는 자가 있으리라는 것도 잘 알고 있었다. 내수사 제조 박한종이 조정에서 일어나는 일들을 봉은사에 수시로 드나들며 알려 줬다. 그러나 보우는 태연하게 지필묵을 꺼내 다음과 같이 화답했다.

구름이 푸르고 흰 것을 하늘이 어찌 관리 하리오
사람들이 옳다 그르다 하는 것 나는 알지 못하노라.

거울은 먼지를 닦아내야 비로소 물건을 비추고
미움도 자기 생각을 떠나고서야 사심이 없어지노라
저 미워하고 사랑함을 그대로 맡겨두고 공(空)을 관(觀)하여
누웠노라면 원통하게 여기는 빛의 유래가 바로 부처님이네.

저녁 공양을 마치고 막 방에서 나왔을 때, 종무원에서 심부름을 하는 사미가 기다렸다는 듯이 아뢴다.

"대사님, 어떤 보살님이 대사님을 뵈올 수 있는지 여쭈어 봐 달라는데요?"

"일과 시간이 끝난 지 오랜데, 내일 뵙자고 해라."

"그렇게 말씀 드렸는데, 한양서 수일 전 내려와서 접견 신청을 해도 만나뵐 수 없다고 해요."

"그 보살님, 사정이 하도 딱해 머물게 해줬는데 참 끈질기기도 하네. 공무가 너무 바빠서 안 된다고 그렇게 말씀 드렸는데. 대사님 가서 쉬십시오. 제가 가서 처리하겠습니다."

뒤따라오던 지관이 말을 마치고는 성큼성큼 내딛으며 앞장서 간다.

"가만. 접견실로 모셔라. 급한 일이 있는 모양인 게지. 여북하면 우리 귀동이 힘을 빌리려 했겠느냐?"

"고맙습니다, 대사님."

귀동이가 합장을 하고 고개를 넙죽 숙이고는 도망치듯 달려 나갔다.

"녀석, 고맙긴 제가 왜 고마워?"

보우는 사동의 뒷모습이 마냥 귀여워 한참을 바라보며 웃었다. 구름 사이로 언뜻언뜻 보이는 둥그런 달도 환하게 웃고 있었다.

접견실에 들어서니 서른 중반은 넘음직한 여인이 다소곳하게 일어서서 합장하며 인사한다. 부처님처럼 모진데 없이 둥그렇고 예쁜 얼굴이다. 보우도 답례를 하고는 마주 보았다. 시선이 마주치는 순간 어디서 많이 보던 얼굴인 듯 낯설지 않았다. 여인도 보우를 알아보는 듯 몸이 굳어 정지된 상태로 서 있었다.

"거기 좀 앉으시죠."

여인은 앉으며 감정이 복 바쳐 눈물이 솟은 듯 손수건을 꺼내어 눈가를 살짝 누른다.

"맞군요. 존함은 익히 들어 잘 알고 있습니다만 대사님이 용문사의 용이 스님일 줄이야 꿈에도 생각 못 했습니다."

보우는 자신의 아명을 기억하는 것으로 봐서 용문사에 다니던 신도님이구나 생각했는데, 다시 보니 너무 젊지 않은가?

"용문사까지 아시는 것 보니 예전에 소승을 만난 적이 있으신가 보군요."

아연은 순간 실망하는 빛이 역력했다. 그리고는 다시금 들고 있는 손수건으로 눈가를 찍어냈다.

"그래요. 대사님은 하도 고명하신 분이라 만나는 사람도 많을 테고, 어린 시절의 추억쯤은 마음에 둘 리 없을 테지요. 죄송합니다. 반가운 마음에 저 혼자 착각해서 귀중한 시간만 빼앗았습니다."

찬찬히 바라보다가 그제야 그녀가 윤아연이라는 사실을 알았다. 그 오랜 세월 속에 얼굴은 잊어버렸지만 이름만 떠올려도 가슴 설레던 아련한 첫사랑의 추억으로 남아 있던 윤아연. 보우는 고개 숙여 흐느끼는 여인의 얼굴을 유심히 살폈다. 옛날 앳된 모습이 남아 있을 리 없었지만 아연에게서 느낄 수 있던 분위기가 되살아나는 것 같았다. 곱게 자란 성숙한 중년여인의 아름다움이 손짓, 몸짓 하나하나에서 우러나왔다.

아연은 정말 나갈 것처럼 일어서며 옷차림새를 추스렸다.

"가만. 용문사를 기억하시는 걸 보면 혹시 윤아연?"

아연은 나가려던 동작을 멈추고 의외라는 듯, 자신을 기억하고 있는 반가움에 표정이 밝아지며 보우를 바라보며 말했다.

"제 이름을 아직도 기억하고 계십니까?"

순간 보우는 자신도 모르게 벌떡 일어서서 양손으로 아연의 오른손을 잡았다.

"어찌 잊을 수 있겠소? 내 심장이 뜨거웠을 때 기 천 번을 부르며 가슴에 새긴 이름인데……."

아연의 눈에서는 다시 눈물이 쏟아졌다. 눈물이 많은 여인은 마음이 따뜻하고 모질지 못한 사람이라는 걸 보우는 안다.

여자의 눈물은 많은 의미를 내포하고 있다. 억울하고 서러움을 당할 때도 여자는 눈물을 흘리지만, 결백을 가장하여 자신의 본심을 숨길 때도 눈물을 흘린다. 반가움에 희열이 넘칠 때도 눈물을 흘리지만, 섭섭함, 질투와 시기심, 괴로움과 외로움을 이기지 못할 때도 눈물을 흘린다.

그래서 여자의 눈물은 믿을 게 못되지만 보우는 지금 아연이 흘리는 눈물의 의미를 안다.

이런 늦은 시각에 남정네 앞에서 흘리는 눈물은 회한의 의미가 분명하다. 그렇구나, 이 여인은 지금 행복하지 못하구나.

보우는 살며시 아연을 잡아당겨 품에 안았다. 아무 말도 않고 마냥 울게 놔뒀다.

그러면서 이렇게 만난 게 몇 년째인가 헤아려 본다. 보우가 불혹이 갓 지났으니 거의 30년 가까운 세월이 흘렀다. 그렇다면 아연도 불혹을 바라보는 나이가 됐구나. 시집을 일찍 갔으면 손자를 볼 나인데 아연은 너무 젊게 보였다.

한참을 울다가 마음이 진정되는 듯 아연이 품에서 떨어져 나갔다.

"죄송해요, 대사님. 대사님을 뵈오니 하도 많은 생각이 뒤엉켜서 주책없이 눈물만 나오네요."

"그래, 지금 어디 살고 있소?"

"사정이 여의치 못해 절에서 잠시 머물고자 면담을 신청했습니다. 제가 죄가 많아 그 업보를 씻을 동안 심부름도 하면서 기거코자 하오니 허락하여 주십시오."

"절간이 부처님 것인데 불공을 드리려는 불자에게 무슨 허락이 필요합니까? 심부름이야 아랫사람들이 다 할 테니 걱정 마시고 편안히 공덕을 닦으십시오."

"고맙습니다. 나무관세음보살."

아연은 합장을 하며 감사의 뜻을 전한다.

"색즉시공이요 공수래공수거라지만, 인연이라는 건 참 묘한 것이오. 아마도 전생에 우린 원수였던 것 같소. 몇 겁을 지나야 다시 만날 수 있는 걸 우린 이승에서 헤어졌다 다시 만났으니 말이오."

"회자정리(會者定離)요 거자필반(去者必反)이라 했으니 다 부처님 뜻 아니겠습니까?"

"나무관세음보살. 그렇게 애타게 찾을 땐 꼭꼭 숨더니 이렇게 제 발로 걸어올 줄이야."

"저를 찾으시기라도 했단 말입니까?"

"찾다마다요. 하마터면 삭발수계도 하기 전에 하산할 뻔 했소. 다 부질 없는 짓이었지만 그때는 얼마나 절실했는지. 용이한텐 당신이 하늘이었고 부처였으니까. 부끄러운 얘기지만 당신이 떠난 후 몰래 절에서 빠져 나가 양주 전체를 다 뒤지기도 했소. 흐흐흐."

아연이 떠나고 나서 용이는 많이 변했다. 불경에 심취해 독경을 밥 먹 듯 하던 아이가 불경책은 아예 거들떠볼 생각도 안했다. 넋이 나간 듯 멍하니 앉아 있다가 뒷산에 올라 멀리 마을만 바라보다가 해가 지면 들어와 주지 스님, 상좌승에게 야단맞기가 일쑤였다.

그러다 어느 날은 주지 스님에게 탁발을 가겠다고 꾀를 내었다. 걸망을 메고 절을 나오긴 했지만 애초에 탁발엔 마음이 없었던지라 하루 종일 이 마을 저 마을을 전전하다 겨우 현청을 찾았지만 날이 저물어 빈손으로 돌아올 수밖에 없었다. 왜 시주를 못 받았느냐, 어디서 놀다왔느냐 호된 추궁이 있었지만 용이는 침묵으로 일관했다. 다음날 그렇게 빈 걸망으로 돌아온 용이를 다시 마을로 보내줄 리가 없었다. 그 날 밤, 모두가 잠든 후 야음을 틈타 절을 빠져 나왔다. 구름에 숨었다 나타난 달을 벗 삼아 마구 달렸다.

마을에 들어서 어느 집 헛간에서 날이 밝기를 기다리며 잠을 청했으나 배가 고파 견딜 수가 없었다. 부엌을 찾아가 밥을 찾아 먹고 잠을 잤다. 헌데 아침에 일찍 밭에 나가는 주인에게 들켜 도둑놈으로 오인 받아 관 아로 끌려가는 신세가 됐다. 당시에 수확해 놓은 깨니 콩 같은 농산물을 밤에 몰래 훔쳐가는 도둑들이 성행하긴 했는데, 그것도 모르고 하필이면 며칠 전 도둑질을 당한 집에서 잠을 잔 게 탈이었다. 관아로 끌려가서 추문을 당하고 절도 미수에 무단주거 침입죄로 곤장 다섯 대를 맞고 투옥되었다가 소식을 들은 용문사에서 상좌승이 오고 나서야 풀려나왔다. 그 일 이후로 용이는 절간에서 금족령이 내려졌고 특별 감호를 받아야 했다. 그러고서도 용이의 사랑앓이는 겨울 추위보다도 심하게 계속됐다.

겨울이 다 지나갈 무렵 절에도 식량이 떨어지기 직전이었다. 주지는 절 내 모든 승려, 사미 할 것 없이 짝을 지어 시주를 얻어올 것을 명했다. 용이는 부자들이 밀집해 있는 읍내마을을 원하는 스님에게 사정하여 짝을 이뤄 현청 가까이 갈 수 있었다. 그리고 주막에서 시주 대신 주는 점심 공양을 할 때, 주변 사람들의 이야기를 통하여 현감이 새로 부임한 사실을 알게 되었다. 그 소식을 듣고서야 용이의 방랑은 끝이 났다.

"그러신 분이 약속은 왜 안 지키셨어요."

"약속이라니? 무슨 약속 말이요?"

"10년 후에 바위굴에서 만나자는……."

"그럼, 거기 갔었소?"

"갔었지요. 보고 싶어서 해가 질 때까지 기다렸지요."

"가고 싶어도 갈 수 없었소. 난 금강산에서 이미 삭발수계를 한 후였으니, 속세에서 한 약속을 지킬 수도 없었고."

"그랬군요. 그랬으리라 생각은 했지만.. 사실 오래 전 대사님을 멀리서 바라 본 적이 있었습니다."

"왜 가까이 와서 아는 체 하지 그랬소?"

"당시는 제가 처한 상황이 그럴 처지가 못 됐고, 대사님은 많은 승도들과 불자들에 흠승 받는 처지라 감히 가까이 갈 수 없었습니다. 구름처럼 많이 모여든 불자들 앞에 나설 용기도 없었구요."

"혹시 낙산사 수륙대재 말씀이오?"

"그러하옵니다. 대덕하신 대사님을 멀리서 바라보는 것만으로도 전 행복했었습니다."

이때 밖에서 지관이 아뢴다.

"대사님, 내수사 제조님께서 오셨습니다."

"아니 제조께서 이 밤에 무슨 일이지?"

"저 이만 가보겠습니다. 이렇게 큰어른을 뵙게 되어 반갑고 자랑스럽습니다."

아연이 합장하여 나가자 보우가 뒤따라가 배웅한다.

"만나게 되어 정말 반갑소. 이것도 부처님 뜻일 테니, 불편하거나 필요한 것이 있으면 어려워 말고 언제든지 찾아오세요."

"예. 대사님 고맙습니다."

아연이 다시 합장하며 나가는데 박한종과 마주쳤다. 아연이 말없이 합장하며 교차하자 박한종이 여인을 알아보는 듯 뒤돌아서서 살폈다.

"뭘 그렇게 바라보십니까? 아직도 아낙네에 마음이 동하십니까?"

"대사님은 못 잡술 거라고 푸줏간 고기도 안 쳐다보십니까?"

"그렇군요. 쳐다보는 건 죄가 아니지요. 그 시선 때문 마음을 빼앗기는 게 문제지요. 어허허."

"헌데, 대사님이 어떻게 저 여인을 아십니까?"

"요사채에 기거하는 보살인데, 왜 제조께서 아시는 분입니까?"

"아다마다요. 세도 좋은 파평 윤가 집안 아기씨 아닙니까? 아녀자 팔자는 뒤웅박팔자라고 가문 좋은 집안에 태어났는데 지아비를 잘못 만나서……."

"무슨 남다른 사연이라도 있습니까?"

"남의 집 이불 속 사정을 어찌 알겠습니까마는 들리는 소문에 의하면 수태를 못해서 소박맞았다던가? 아무튼 남편은 벌을 받았는지 왜구와 싸움하다 전사해서 청상 신세랍니다. 참으로 아까운 여인입지요."

"그런 일이 있었군요. 헌데 이런 늦은 시각에 어인 일이십니까?"

"내일 아침 조정이 발칵 뒤집힐 일이 생겼습니다. 자전께서 이미 결심을 하셨습니다. 그걸 미리 통보하라고 명을 받고 왔습니다."

"무슨 일인데 조정이 뒤집힌단 말씀이십니까?"

"이조와 예조에 이미 직첩을 내리셨습니다. 대사님은 판선종사 도대선사(判禪宗事都大禪師) 봉은사 주지가 되시고, 판교종사 도대사 봉선사 주지로 수진(守眞) 대사님을 임명하셨습니다. 판사님이 되신 걸 감축 드리옵니다."

판선종사 즉 판사(判事)는 종일품관으로 삼정승보다 한 품계 아래이나 정2품관인 육조 판서보다는 위 품계이다. 중종 임금 때 궁중은 물론 도성출입도 금지 당했던 승려의 신분에 비하면 문정왕후는 보우를 통하여 확실하게 불가를 재건시키겠다는 의지를 보였으니, 조정이 물 끓듯 한 것은 두말할 것도 없었다.

보우는 선종의 종정이 됨을 감격하고 기뻐하며 장문의 선종판사계명록(禪宗判事繼命錄)을 썼고, 서문과 함께 시를 지었다.

오 우리 성상께서 즉위하신 지 7년 신해년 6월에 요 임금의 인자와 순 임금의 효도를 조상 임금님의 법전을 좇아 선종 교종을 부활시키시고, 신승 보우로 선종판사를 삼고 신 수진으로 교종판사를 삼으시고 종인(宗印)을 주시다. 신은 놀랍고도 감격하고 자빠지고 거꾸러짐을 이기지 못하여 하례할 바를 알지 못합니다.

성상의 덕은 하늘 땅과 같아 덮어주고 안으니
일천 붓을 가지고 밝고 밝음을 칭송할 만해
봄이 기수원*에 돌아오니 꽃은 다시 피었고
해가 황금 모래에 비추니 땅은 다시 기특해
온 나라가 이미 부처님 교화 열림을 입었으니
만 백성이 처음으로 요순시대 만남 축하한다
조계에 다행히 여유로운 물결이 있게 되어
욕되이 나 자신에 미치니 부끄러워 땀 흘리다.

* 기원정사(기타태자가 부처님께 공양한 동산)가 있는 곳

인생은 끝나지 않는 여정

  용문사에 다녀온 이후 며칠 간은 술로 지냈다. 그녀가 떠났다는 사실이 도저히 믿어지지 않았다. 혹시나 하는 마음에 몇 번 전화를 걸었지만 없는 전화번호라는 말만 되돌아왔다. 그녀와의 이별을 실감하고서야 눈물이 쏟아졌다. 문을 잠그고 이불을 뒤집어쓰고 소리 내어 울었다. 이불 호청이 눈물, 콧물에 축축하게 젖게 눈이 붇도록 울었다.

  한참을 울고 나도 가슴은 너무 시렸다. 그러다 갑자기 일어나 서가로 갔다. 지안이 준 책이 생각났다. 지난 생일날 넥타이와 함께 받은 선물이다. 그러고 보니 책은 열어보지도 않은 채 서가에 꽂아두었었다.

  《선문선답(禪問禪答)》이란 책을 꺼내 표지를 걷으니 '삶이 오빠를 힘들게 할 때 거기서 인생의 의미를 찾아요.'란 글과 함께 지안의 서명이 적혀 있었다.

  머리말을 읽으니 마음이 편안해졌다. '사람들이 문 밖에 펼쳐져 있는 대자유의 세계로 나가지 못하는 것은 울타리 속의 소아(小我)에 집착하기 때문이다. 불교의 선은 이 소아의 울타리에 갇혀 있는 사람들을 대아의 세계로 나아가게 한다.' 는 구절이 내 마음을 끌었다.

페이지를 몇 장 넘기니 〈달마가 서쪽에서 온 까닭〉이라는 제목이 보였다. 언젠가 보았던 〈달마가 동쪽으로 간 까닭은〉이라는 제목의 영화가 생각났다. 그 영화는 대학동아리에서 회식 후 누군가의 제안으로 봤는데, 대사도 별로 없고 자연의 영상만이 지루하게 진행되어서 깜박깜박 졸았던 기억밖에 나지 않았다.

아, 그리고 또 있다. 동네 단골 이발관 벽에 걸려 있는 액자 속의 머리까지고 숯검댕이 눈썹에 눈이 부리부리하고 입을 꽉 다문 심술 많게 생긴 그림의 주인공이 '달마' 라 들었다.

그 글은 달마가 중국에 와서 양 무제를 만난 사연을 소개하고 있었다.

'양 무제? 아 용문사에서 들었던 종을 만든 임금.'

달마 대사가 스승의 법을 이어받고 가르침에 따라 중국에 법음(法音)을 베풀기 위해 중국으로 왔다. 그리고 양나라 무제(武帝)를 만났다. 양 무제가 물었다.

" 짐이 즉위한 후로 오늘까지 스님들을 공양하고, 절을 짓고, 경전을 펴내고, 불상(佛像)을 조성했는데, 이러한 공덕은 얼마나 크다고 생각하십니까? "

"아무런 공덕이 없습니다."

"어째서 공덕이 없습니까? "

"이런 공덕은 중생 세계에서는 조그마한 과보라고 볼 수 있으나 이 역시 생사를 윤회하는 원인을 만들 뿐입니다. 이는 마치 형태를 따르는 그림자가 있기는 하나 그 그림자는 실체가 없는 것과 같기 때문입니다."

양 무제는 의아스러운 얼굴로 다시 물었다.

"그렇다면 어떤 것이 진실한 공덕입니까?"

"본체가 맑고 공적(空寂)한 지혜를 얻어야 합니다. 이런 지혜는 세속적인 일을 많이 한다고 해서 얻어지는 것이 아닙니다."

그러자 양 무제는 두 번째 질문을 하였다.

"무엇이 불법의 성스러운 진리 가운데 첫째가는 것입니까?"

달마가 대답했다.

"진리는 확연하여 아무것도 성스러울 것이 없습니다."

양 무제가 다시 물었다.

"그렇다면 짐(朕)을 대하고 있는 그대는 누구입니까?"

"모릅니다."

양 무제는 끝내 달마의 말뜻을 이해하지 못해 얼굴을 붉히며 돌아갔고, 달마는 양나라에서 심법(心法: 깨달은 자가 이심전심으로 하는 법)을 펴기에 인연이 닿지 않음을 알고 양자강을 건너 위나라로 갔다. 그리고 달마 대사는 위나라 효문제(孝文帝)가 인도의 불타 선사를 위해 세워놓았던 숭산(嵩山)의 소림사에 들어가 9년 동안 참선만을 하였다.

나는 소림사(少林寺)란 말에서 중국의 영화배우 이소룡을 생각했고, 각종 권법과 장풍 등이 난무하는 무협영화가 연상됐다. 그 소림무공의 창시자가 달마라는 사실을 어디서 들은 적이 있다.

책을 덮고 책상에 앉아 컴퓨터를 켜 인터넷 검색창에 '달마'를 쳤다.

달마(達磨)는 중국 남북조 시대의 고승. 석가모니로부터 법통을 이어받은 28대 조사로서 중국선종의 창시자이다. 달마는 남천축(남인도) 향지국 왕의 셋째 왕자로 태어났다. 그의 본명은 '보리다라'인데 동인도 승려

반야다라 존자에게서 법을 이어받은 뒤 '보리달마(菩提達磨)'로 이름을 바꿨다. 그는 양 나라 고조(527년) 때 인도에서 갈대를 꺾어 타고 바다를 건너 중국에 와 선종의 시조가 되었으며, 죽어서는 한 쪽 신발만 가지고 서천(西天)을 향하여 사라졌다.

책을 읽으면서 달마 대사의 제자가 혜가이고, 혜가의 제자가 승찬이고, 도신, 홍인, 6조인 혜능까지 전등(傳燈)의 역사가 이어짐을 알았다. 그런데 이들이 제자로 선택 받는 과정이 재미있다.

달마는 소림사에 자리를 잡고 아무 말 없이 주야로 얼굴을 벽에 대고 고요히 앉아 있을 뿐이니 당시 사람들은 달마를 '벽관바라문'이라고 불렀다. 벽을 바라보는 바라문이라는 뜻이다. 이런 수행을 9년 동안 한결같게 하였다.

어느 날인가 신광이라는 수도자가 달마를 찾아왔다. 이 사람은 노장학을 익히고 불법의 깊은 이치에 정통하였으나 아직 무엇이 부족하여 가슴이 답답하였다. 그리하여 달마가 깊은 가르침을 가지고 있다는 말을 듣고 달마에게 법을 구하고자 하였다. 하지만 달마는 늘 벽을 대하고 앉아 있을 뿐이었다. 그러던 중 어느 눈 오는 날, 뜰 앞에 신광이 서서 꼼짝하지 않고 날을 새웠다. 날이 새자 대사가 말했다.

"네가 눈 가운데 서서 무엇을 구하느냐?"

그러자 신광이 눈물을 흘리며 말했다.

"바라건대 감로의 문을 활짝 열어 가르침을 주시어 널리 중생을 제도케 하소서."

하니 대사가 이렇게 말하였다.

"모든 부처님의 법은 오랜 시간을 두고 수행하여야만 얻어지는 것이다. 어찌 적은 덕과 지혜를 가지고 최상의 도를 구하려고 하는가."

신광이 그 말을 듣자 차고 있던 칼로 왼팔을 끊어서 대사 앞에 바치자 달마는 그가 법을 이어 받을 그릇임을 알았다.

"부처님과 보살님들이 처음 도를 구할 때 육신을 육신으로 보지 않았고, 목숨을 목숨으로 보지 않았다. 네가 이제 내 앞에서 팔을 잘랐으니 법을 구할 만하다."라고 감탄하였다. 이렇게 하여 신광은 달마의 가르침을 듣고 큰 깨달음을 얻어 달마의 뒤를 이을 제자가 되었다. 이에 이름을 고쳐 혜가(慧可)라고 하였다.

어느 날 혜가가 대사에게 물었다.

"저의 마음이 불안하니 편안케 해 주십시오."

"그래? 마음을 가져오너라. 편안하게 해줄 테니."

"마음을 찾을 수가 없습니다."

"그렇지, 찾아지면 그게 어찌 너의 마음이겠느냐? 나는 벌써 너의 마음을 편안케 했느니라."

이 말에 혜가는 깨달음을 얻었다. 혜가는 즉시 절하며 이렇게 말했다.

"오늘에야 모든 법이 원래부터 공적(空寂)하고, 그 지혜가 멀리 있지 않다는 것을 알았습니다. 보살은 생각을 움직이지 않고 지혜의 바다에 이르며, 열반의 바다에 오르나이다."

"옳은 말이다."

"스승이시여, 이 법을 문자로 기록할 수 있습니까?"

"나의 법은 마음으로써 마음을 전하니(以心傳心), 문자를 세우지 않느니라(不立文字)."

달마대사의 이 말은 '언어 밖의 마음과 마음을 전하여(敎外別傳)', '바로 사람의 마음을 직관해서(直指人心)', '부처를 이루는(見性成佛)' 것이라는 말과 함께 후세 선종(禪宗)의 종지(宗旨)가 되었다.

어느 날 한 거사가 혜가를 찾아와 말했다.

"제가 풍질(風疾)을 앓고 있으니 죄를 사하여 낫게 해주소서."

"그대는 죄를 가져 오너라. 그러면 낫게 해주리라."

이것은 스승 달마에게서 배운 것을 그대로 써먹은 것이다.

"아무리 죄를 찾아도 찾을 수가 없습니다."

"그대의 죄는 참회가 되었다. 그대는 그저 불법승(佛法僧) 삼보(三寶)를 믿기만 하라."

거사가 다시 물었다.

"대사가 승보(僧寶)임을 알겠으나 어떤 것이 불보(佛寶)이며, 법보(法寶)입니까?"

"마음이 부처요, 마음이 법이니 법과 부처는 둘이 아니니라. 그대는 알겠는가?"

이 말에 거사는 문득 깨달음을 얻고 말했다.

"오늘에야 비로소 죄의 성품이 안과 밖과 중간에 있는 것이 아님을 알았습니다."

혜가 대사는 그가 깨달음을 얻은 줄 알고 머리를 깎아 주면서 말했다.

"그대는 승보이니 승찬(僧璨)이라고 하여라."

그래서 승찬이 제3조의 법을 이었다. 혜가의 제자가 어느 날 번뇌를 끊는 법을 가르쳐 달라고 했다.

"번뇌가 어디에 있기에 끊으려 하느냐?"

"어디에 있는지 모르겠습니다."

"어디에 있는지도 모른다면 허공과 같은 것인데 어떻게 끊는단 말이냐?"

"경전에 보면 모든 악을 끊고 선을 행해야 부처가 된다고 하지 않았습니까?"

이에 혜가 대사가 웃으며 말했다.

"악이니 선이니 하는 게 다 망상이다. 제 마음에서 생기는 것이야."

나는 이 말에 동의할 수 없었다. 보이지 않는다고 없는 것인가? 지금 내가 이리 괴로운데?

번뇌가 망상이라고? 마음속에서 생기는 것이라고? 인간이 바위가 아닌 이상 어찌 감정에 휘둘리지 않는단 말인가?

중국 선종의 제3조인 승찬 대사가 많은 대중을 모아 놓고 설법을 할 때에 도신(道信)이라는 14세인 사미가 앞에 나와 절을 하며 물었다.

"어떤 것이 부처의 마음입니까?"

이에 승찬 대사가 되물었다.

"그대의 마음 상태는 어떠한가?"

"저는 지금 무심(無心)입니다."

"그대가 무심이라면 부처님에게 무슨 마음이 있겠느냐?"

대사의 말이 끝나자 도신은 다시 물었다.

"스님, 저에게 해탈의 법을 알려주십시오."

"그대를 속박하는 이가 있는가?"

"아무도 속박하는 사람이 없습니다."

"아무도 속박하는 사람이 없다면 그대는 이미 해탈한 사람인데 어째서 해탈을 구하는가?"

도신은 이 말에 깨달음을 얻고 중국 선종의 제4조가 됐다. 승찬 대사는 다음과 같이 말했다.

"2는 1에 의해 있으나, 1도 또한 지키지 말라."

이 말의 의미는 선악이라든가 시비 등의 분별은 근본으로 돌아가면 하나이다. 그 하나라는 것은 절대, 영원, 공(空)을 말하는 것이지만 그 하나에도 집착하면 안 된다고 한 것이다. 왜냐하면 어떠한 형태의 것이든 집착하면 단견과 독선주의에 빠지기 때문이다.

나는 이 부분을 읽고 책을 덮었다. '집착'이라는 단어에 유독 신경이 쓰였기 때문이다.

언젠가 지안이 '자기에게 너무 집착하지 말라'고 한 말로 인해 크게 다툰 일이 생각났다. 이성간의 사랑에서 관심과 간섭과 집착의 경계선은 참 모호하다.

사랑은 관심에서 시작된다. 관심은 호기심을 낳고 상대의 머리끝에서 발끝까지, 출생에서 살아온 모든 생애와 인간관계, 기호와 취미와 버릇까지 알고 싶어 하는 게 인간의 보편적인 심리다.

그런데 그 중에서도 가장 어려운 게 인간관계다. 동성 간에는 무덤덤하게 넘길 수 있는 것도 이성간의 인간관계에 대해선 유난히 예민해진다. 자신의 영역을 침범하려는 침입자로부터 방어를 위한 보호본능 때문인지 낌새가 이상하면 동물적인 감수성이 작동한다.

그로부터 의심이 생기고, 오해가 생기고 언쟁이 발생하기도 한다. 문제는 어디까지가 관심이고 어디까지가 간섭이고 집착인지 기준이 모호하다.

집착이 병적으로 심해지면 우울증이 생기고 의부증, 의처증이 된다. 이건 상대에 대한 믿음의 깊고 얕음, 두텁고 얇음의 차이와 관계없이 자신의 자라온 환경과 경험과 성격에 좌우되는 수가 많다.

 하루는 지안이 커피숍에서 남자를 만나는 걸 우연히 발견했다. 그것을 보는 순간 핏발이 곤두섰다. 상대는 지안의 초등학교 동창생이었고, 한때 지안이 좋아했던 남자였기 때문이다. 둘은 귀에다 소곤대며 말하고 깔깔대며 웃고 누가 봐도 다정한 연인처럼 보였다. 저 남자 때문에 요즘 나를 회피하는 것 아닐까란 생각이 들자, 눈에선 열기가 뿜어져 나오고 숨이 가빠지고 맥박이 급속도로 상승하는 것을 느꼈다. 당장 뛰어들어 따지고 싶지만 자신이 쫀쫀하게 보일까 봐 열불 나는 마음을 참으며 남자와 악수하며 헤어지는 장면까지 숨어서 지켜봤다.
 상황이 이런데 그것을 모른 척 그냥 덮어 줄 남자가 몇 명이나 될까? 집으로 돌아가는 지안을 붙들고 화를 꾹 눌러 참으며 이야기 좀 하자고 했다. 지안은 근무 가야할 시간이 다 돼서 이야기 못 한다고 했다.
 "시간이 더 있었으면 그놈이랑 호텔이라도 가려고 했어?"
 생각지도 않은 말이 입에서 튀어나와 버렸다.
 "이젠 못 믿어서 미행까지 했어요?"
 "그놈은 왜 만난 거야? 흘러간 옛 노래가 그렇게 그리웠어?"
 지안은 어이가 없다는 듯 내 얼굴을 바라보기만 했다. 그리고 해명은 하지 않고 부아를 지르는 한 마디를 톡 쏘아놓고 돌아섰다.
 "마음대로 생각하세요. 병자와 얘기할 마음도 시간도 없어요. 더 이상 나에게 집착하지 말아요. 아주 지겨워요."

돌아서는 그녀를 붙잡고 뺨이라도 한 대 갈겨주고 싶었지만, 그것은 사랑의 종말을 고하는 행위라는 생각에 참았다. 지안은 고개를 숙인 채 뒤도 돌아보지 않고 걸어갔다.

그 일 이후로 둘의 관계는 한 방향을 함께 가다가 서로 반대 방향으로 갈라서는 모습으로 변했다.

나는 혹시 지안의 소식을 들을 수 있을까 하여 추자도 가는 배에 몸을 실었다. 지안이 언젠가 자기 고모가 추자도 부둣가에서 식당을 하고 있다는 말을 했던 기억이 났다. 고모라면 지안네 일을 어느 정도 알고 있겠지. 차를 싣고 다니는 큰 배였지만 제주 바다는 거칠었다. 항구에서는 잔잔하게 넘실거리던 파도가 근해를 벗어나기도 전에 큰 놀이 지며 배를 앞뒤로 흔들었다.

객실 의자에 앉아 양손으로 팔걸이를 부여잡고 눈을 질끈 감았지만 배의 요동을 물리칠 순 없었다. 벌컥 겁이 났다. 이러다 배가 뒤집히는 건 아닌지? 아무리 견고한 여객선이라 할지라도 급류에 휘말린 배가 전복되어 물귀신이 된 사람이 어디 한둘인가? 아무 생각 말고 배가 흔들리는 대로 몸을 맡겨야 멀미를 피할 수 있다고 들은 적이 있는데, 여러 가지 생각에 머릿속이 복잡해지면서 아파 오더니 속이 매슥거리기 시작했다. 여기저기서 구토하는 소리가 들리더니 역한 냄새가 후각을 자극했다. 기어코 속으로부터 기별이 왔다.

목구멍을 통하여 토사물이 올라오는 것을 느끼며 재빨리 의자 옆에 달린 검은 비닐봉지를 뜯어 아가리를 벌리고 아침에 먹은 음식물을 다 게워냈다. 위에 있는 것을 다 토해내었는데도 토악질은 멈추지 않았다. 관탈섬을 벗어났는지 배의 요동이 약해지고 나서야 구토는 멈췄다. 하지만 머리가 몹시 찌근거렸다.

제주 앞바다에 관탈(冠脫) 섬이 있는데 제주 바다는 옛날부터 몹시 험해서 벼슬을 한 사람이 이 바다를 건널 때는 머리에 쓴 갓을 벗고 목숨을 하늘에 맡겼다 해서 붙여진 이름이다.

눈을 감고 이런저런 생각을 하는데 어느새 잠이 들었다. 입항을 알리는 뱃고동 소리에 눈을 떠 보니 사람들은 벌써 짐을 챙기고 하선 준비를 위해 객실 밖으로 나가고 있었다.

선착장에 내려 마을로 들어서니 도로 양쪽엔 식당이 즐비했다. 추자섬, 섬마을, 중앙식당, 선창식당 간판을 아무리 살펴보아도 지안이 말했던 가게 이름이 기억나지 않았다. 들은 것도 같은 섬마을 식당에 들어가 밥부터 시켜 먹었다. 식당 안은 점심시간이 지나서였는지 손님이 없었다.

식사를 마치고 음식 값을 지불하며 주인인 듯한 반백의 여자에게 조심스럽게 말을 꺼냈다.

"사람을 찾으러 왔는데요, 혹시 여기 출신 중에 간호학과 공부하고 제주시내 병원에서 간호사 하는 현지안이라는 아가씨 아는 사람 있어요?"

"제주시내 나간 사람 한둘이라야지. 그래 갖고는 사람 못 찾아."

"그럼 혹시 이 동네 식당 주인 중에 현씨성을 가진 사람 있나요?"

"바로 옆 선창식당 주인이 현씨인데? 여기서 밥 먹었단 소리 말고 가서 물어 보소."

'그래 선창식당이야.' 나는 됐다 싶어 꾸벅 인사하고 입가를 손등으로 쓱 한 번 문지르고는 옆 식당으로 발길을 옮겼다.

식당은 텅 비어 있었다.

"계십니까?"

잠시 후 한 여인이 음식배출구 밖으로 빼죽하니 얼굴을 내밀었다. 늦은 점심을 먹고 있는 중이었던지 입 안 가득 음식을 물고 있었다.

"거기 아무데나 앉으세요."

"저 손님이 아니라 사람 좀 찾으러 왔는데요. 주인 아주머니 계세요?"

"나가 긴디. 잠깐만 기다려요. 다 먹었으니까."

주인은 실망한 듯이 퉁명스럽게 말하고는 머리를 뺐다가 한참을 기다려서야 앞치마에 손을 닦으며 주방 옆으로 난 쪽문을 통하여 밖으로 나왔다.

"누굴 찾는데요?"

주인 여자는 계산대에서 이쑤시개를 꺼내 이를 쑤시며 물었다.

"예. 저 제주시에서 왔는데요. 혹시 현지안이라는 아가씨 아세요?"

"우리 지안인 왜 찾아요? 내가 지안이 고모요."

'올바로 찾아왔구나.' 마치 피붙이라도 만난 것처럼 반가왔다.

"혹시 요즘 지안 씨 소식 못 들었어요?"

"왜 무슨 사고라도 난 거여?"

"아뇨, 갑자기 없어져서요. 혹시 여기라도 왔나 해서요."

주인 여자는 이쑤시개를 부러뜨려 재떨이에 넣으며 나를 위 아래로 쳐다봤다.

"근데 총각은 우리 지안이와 어떤 관계슈? 보아하니 경찰은 아닌 것 같고 어떤 사이기에 행방을 묻는가 말이요?"

"그냥 서클 선후배 사이에요."

"지안일 찾아 여기까지 올 정도면 보통 사인 아닌 것 같은데……?"

"맞습니다. 우린 결혼할 겁니다."

"참 총각 한심도 하네. 걔가 어떤 앤지 알고나 하는 소리여? 걔는 무당이 될 팔자 타고난 애야. 보살님 모셔야 하는데 무슨 헛소리여? 걔 엄마가 무당인 거 알어? 신기 있는 걸 속이고 우리 집안에 들어와 오빠 죽여 먹고 결국 자기도 괴로웠는지 약 먹고 죽어 불더라고. 애고 불쌍한 거. 오빠는 지안이 그 꼴 만들지 않으려고 어릴 때부터 제주시로 보내 학교 시켰지."

"어머니가 교통사고로 죽은 게 아니었어요?"

"이봐, 이 작은 마을에 차가 몇 대나 된다고 무슨 놈의 교통사고?"

순간 망치로 뒤통수를 얻어맞은 듯 눈앞이 캄캄해졌다. 하긴 그때는 마음을 터놓고 모든 걸 얘기할 사이도 아니었다.

어머니가 무당이라는 소리도 처음 듣는 소리였다. 생각해 보니 지안에게도 보통 사람과 다른 끼가 있었다는 것을 이제야 알았다. 노래 부르기를 좋아해서 남들과 함께 어울려 노래방이라도 가면 마이크를 놓지 않고 열정적으로 노래하는 것이라던지, 어쩌다 나이트에 가면 남의 눈을 의식 않고 미친 듯이 온몸을 흔들어대며 녹초가 될 때까지 춤을 춘다는 것이 신기의 발로였을까?

지금 생각해 보니 우도에서의 지안의 행동도 신기가 몸에 도진 상황이었구나. 몸에 남 다른 신을 모시고 사는 여자, 이제야 지안이 결혼할 수 없다고 말한 이유를 알았다.

몸 안에서 뻗쳐오르는 기운을 이겨내려고 절간에 열심히 다녔었구나.

몸속으로 들어온 신을 거부하려고 얼마나 몸부림 쳤을까? 지안과 가까이 하면서도 그걸 알아차리지 못했다는 사실에 온몸이 부르르 떨렸다. 그래 이제 그만 놓아주자. 그녀와의 여행은 여기까지다.

　대학 시절 창작 시간에 누군가 '인생은 태양에서 나와서 태양으로 돌아가는 아주 짧은 여정'이라 한 말을 들은 적이 있다. 그 말에 공감을 느끼면서 그때부터 나는 인생을 여행이라 생각했다. 여행은 머물러 있는 게 아니라 항상 움직인다. 인간은 한정된 시간과 공간을 통하여 사람을 만나고 많은 상황들과 부딪친다. 그러나 같은 상황 속에서도 사람들마다 생각과 느낌이 달라서 대처하는 방법이나 행동도 다르다. 그걸 시쳇말로 노는 물이 다르다고 해야 하나? 어쨌든 사람들은 만나서 사건을 만들고, 추억을 공유하고 외로움을 망각하려고 애쓴다. 그 만남의 대상은 꼭 사람만이 아니다. 독서나 음악 감상이나 애견이나 꽃가꾸기, 게임, 운동, 인터넷 서핑 등 외로움을 잊고 낯선 곳에 길들여지기 위한 연습을 한다. 여행길에서 새로운 상황과 사람과 환경과 사물들을 만나며 느끼고 생각하고 대처하는 모습들은 그래서 다 제각각이다. 자신의 취향과 스타일에 맞는 사람도 만나지만, 미운 사람도 만나게 되고 마음에 안 들어도 맞춰 나가야 하는 상황들이 더 많다. 낯선 환경에 자신을 적응시키는 것이 여행이라면 인생 그것도 마찬가지다. 여행이 끝나면 자신의 거처로 돌아가야 한다. 허나 여행에서 돌아온 사람들은 예전의 자신이 아니다. 색다른 환경에 대처한 만큼 성숙된 인생의 다양하고 풍부한 맛을 느낀다. 그리고 또 다른 여행을 준비한다. 의도하든 원치 않던 간에 인생은 늘 새로운 사람과 상황을 만나야 하기 때문에 끝나지 않는 여행이다.

나는 또 다른 여행을 위해선 지안과의 여행을 끝내야 한다고 생각했다. 지안에게서 받은 책과 옷가지며 물건들, 흔적이 묻어 있는 것들을 모아서 학교 소각장으로 가져갔다. 그리고 마지막으로 물건 하나하나에 담긴 의미를 생각하며 불 속에 집어넣었다. 그건 지안이 나와의 인연을 끊고 부처님의 품속에서 새로운 여행을 시작하기를 바라는 간절한 내 기도였으며 그녀를 보내는 의식이었다.

'그런데 이놈의 눈물은 왜 자꾸만 흘러내리는 거지?'

태고 보우

보우는 서가에서 함허당의 《현정론(顯正論)》을 꺼내 자리로 돌아와 상
위에 올려놓았다. 며칠 후 있을 공양주 보살의 천도재에 법문을 준비하
기 위해 무슨 이야기를 할까 생각하다가, 유학자들의 공격에 움츠린 불
자들을 다독거릴 필요가 있다고 생각했다.

함허당은 조선 초 무학대사의 수제자로 성리학자들의 불교 배척에 대해
정면으로 맞서 그 부당성을 주장한 인물이다. 함허당(涵虛堂)의 법명은
기화(己和)다. 그는 성균관에서 공부할 때는 하루에 수천 어를 기억할 정
도로 기억력이 뛰어났다. 유학자가 되려 했던 그가 마음을 바꾼 것은 친
구의 죽음을 본 후였다. 인생의 덧없음을 알고 관악산 의상암에서 출가했
다. 이듬해 회암사에 가서 무학 자초(無學 自超)를 만나 법요를 들은 인
연으로 무학의 제자가 되었다. 그는 '불교는 결혼을 하지 않아 가업을 끊
으므로 불효가 아니냐?'는 유가 쪽의 비판에 대해서 석가불이 성도 후에
고향에 돌아가 아버지를 뵙고 부모를 제도했으니 입신양명의 효도가 아니

냐고 했다. 또 불교는 임금을 섬기기 않으니 불충이 아니냐는 비판에 대해서는 '불교는 아침저녁으로 임금과 나라를 위해 기도하고 있으니 충성이 아니냐?'고 되물었다.

이와 같은 타협적 유불 융합사상은 관변 승려들에 의해 거듭 강조되어 권력의 안정과 질서를 바라는 지배층에 유학자들의 동조를 얻어내게 되었다. 그는 '문자에 집착하면 분별만 보고 근원은 어둡게 되며, 문자를 버리면 근원만 보고 분별에 어둡게 된다. 그러므로 근원과 분별에 다 같이 어둡지 않아야 진리의 바다에 들어가게 된다'고 하여 선교 통일(禪教統一)적인 사상을 지향했다.

책을 보는데 갑자기 시야가 흐려졌다. 피곤해서 그런가 하고 보우는 잠시 눈을 감고 가만히 명상에 잠겼다. 달이 밝은데 풍경소리가 요란하다. 바람이 많이 부는가 보다.

오늘 낮에 다녀간 특진관 윤형원의 말이 마음에 걸렸다.

"나무가 높으면 그늘이 넓은 법입니다. 그늘 밑에 있는 자들은 대사님 마음처럼 하나같지 않습니다. 믿는 사람 중에 반드시 배신할 사람이 생기니 조심하셔야 합니다. 유신들이 대사님을 내치고자 여러 곳에 덫과 올무를 쳐놓고 있는 형국이니 걸려들어서 안 됩니다."

윤형원에 대해선 회암사에 있을 때 정만종을 통해서도 들었지만, 예조 좌랑 박민헌이 인사를 왔을 때 전해 들은 말이 생각났다.

윤형원은 대비를 알현할 때 방에서 잠시 마주친 후 오늘 처음으로 봉은사엘 왔다. 그가 왕후의 오라비로서 죽으라면 죽는 시늉까지 하며 수족처럼 움직인다는 것도 알았다. 그는 자전과 운명을 같이 하고 결국 자신과도 같은 배를 탄 처지라는 걸 알았지만 왠지 마음이 가지 않는 인물이다. 그는 을사사화와 정미사화를 통하여 많은 신하들을 죽이고 그 공으로 서원부원군(瑞原府院君)에 봉해졌다.

위력과 권세가 높아지자 뇌물이 폭주해, 성안에 집이 열여섯 채요, 남의 노예와 전답을 빼앗은 것은 이루 헤아릴 수 없었다. 모든 관직은 매관매직되어 윤원형에게 뇌물을 바쳐야만 가능했고 뇌물을 받아 막대한 부를 쌓았다. 그는 축재한 뇌물을 쌓아 둘 곳이 없어 집 앞에서 시장을 열었다. 그리고 살리고 죽이고 주고 빼앗는 것이 다 그의 손에서 나왔다.

그는 기생 출신의 정난정(鄭蘭貞)이라는 첩을 얻었으나 그녀는 정경부인 김씨를 독살하고 그 자리를 차지하였다. 그녀는 그것도 모자라 또 다른 첩의 소생인 아들 두리손을 죽여 시체를 강물에 버리는 패륜을 저질렀다고 했다.

갑자기 인기척을 느끼고 눈을 떴는데 창가에 그림자가 획 스쳐 지나간다. '야심한 밤에 누구인가?' 보우는 일어서서 마당으로 나갔다. 사위를 살폈으나 바람에 갈 곳 몰라 이리저리 방랑하는 낙엽들뿐. 여전히 풍경만 댕강댕강 소리 내며 운다. 옷섶을 파고드는 바람이 제법 쌀쌀하다. 보우는 잠을 몰아낼 요량으로 허리와 목을 움직이며 뻣뻣한 몸의 긴장을 풀었다. 깊게 숨을 들이마셨다. 밤공기에 적당히 버무려진 숲 냄새가 콧속으로 몰려들어왔다. 가만 이 냄새. 머리가 맑아지면서 아릿한 기억 속을 파고들었다. 그래. 아연이, 어린 시절 아연이와 손잡고 바위굴을 오르면서 맡았던 그 향기. '아 숲 냄새. 좋다.'며 눈 감고 향기를 음미하던 아연이 모습이 떠올랐다.

요사 쪽을 바라보았다. 아연이 기거하는 방만 환하게 밝았다. '지난 번 그렇게 잠시 보고난 후, 얼굴을 못 봤는데 혹시 아프기라도 한 건가?'

멀리 창문에 그림자가 비치는 듯했다. 보우는 요사채로 발길을 옮기려고 막 왼 발을 땅에서 떼는 순간 무엇이 딱하고 와서 머리를 강하게 내리쳤다. 보우는 단말마의 비명을 지르며 정신을 잃고 쓰러졌다.

"이봐, 엄살 말고 일어나."

보우가 잠자리에 일어나 눈을 뜨려고 하나 퉁퉁 부어서 앞이 잘 보이지 않았다. 간신히 눈을 떠보니 웬 남루한 복장 차림의 스님이 주장자(拄杖子)를 짚고 서 있었다.

"누구요?"

"누구냐고? 그런 건 알아서 뭘 해?"

"내가 지금 살아 있는 거요?"

"걱정 마. 그까짓 뒤통수 한 방 맞았다고 죽진 않아."

"아직도 얼얼하고 아픈데? 당신이 내 머릴 내려 친거요?"

"그러니 항상 뒤를 조심해야지. 자넨 적이 많다는 거 몰라? 그러게 가만히 도나 닦지 뭐 때문에 봉은사는 맡아 가지고 이 고생인가? 보아 하니 제 명에 죽긴 글렀어."

"거 누구신데 초면에 악담이쇼?"

스님은 석장을 한 번 쿵하고 소리 나게 땅바닥을 내리치더니 시를 읊조린다.

한가로이 산림에 누워 세상일 다 잊었는데
부생이 무엇 때문에 억지로 명리를 구하는가
두견새도 잠이 든 삼경의 깊은 밤에
시냇물 소리와 밝은 달을 좋아할 뿐이네

사를 듣고서야 보우는 그가 고려 말에 불교를 일으킨 태고 보우(普愚)임을 알았다.

"태고 국사님?"

"그렇게 나를 닮고 싶어서 이름도 보우(普雨)라 하였더냐?"

"몰라 뵈어서 죄송합니다. 소승의 스승이신 지행 스님께서 보우 스님에 대해 많은 이야길 해주셨습니다. 불교단의 타락과 기복(祈福) 불교의 폐단에서 임제종의 선풍을 일으키셨다구요? 소승에게 국사님처럼 불교를 재건하라는 뜻에서 법명을 보우라고 지어주셨습니다."

"스승은 잘 두었는데, 하고 있는 꼴은 꼭 신돈 같구만. 엥이 그러니 두들겨 맞아도 싸지."

"무슨 말씀을 하시는지 잘 알겠습니다."

"안다구? 뭘 알아? 석옥 청공의 사세송(辭世頌)도 아는가?"

보우는 재빠르게 시를 읊었다.

흰구름 팔아서 맑은 바람 사니
살림살이 바닥 나 뼈 속까지 곤궁하네.
남은 건 두어간 띠집 뿐이니
떠난 뒤 불 속에 던져버리게.

보리달마 이후 다섯 번째 법통을 이어받은 홍인 스님에게는 학식이 풍부한 제자 신수와 공양간 나무꾼인 혜능 두 제자가 있었다.

학식이 풍부했던 신수는 어느 날 자신의 깨달음을 스승과 대중에게 보이기 위해 다음과 같은 선시(禪詩)를 지어 스승의 방문 앞에 붙였다.

신시보리수(身是菩提樹) 몸은 곧 보리수요,

심여명경대(心如明鏡臺) 마음은 맑은 거울과 같으니,

시시근불식(時時勤拂式) 부지런히 씻고 닦아

물사야진애(物使惹塵埃) 먼지가 앉지 않도록 하리라

아를 본 일자무식의 혜능이 문자를 아는 동료에게 이 시의 뜻을 전해 듣고는 자신의 시를 대필시켜, 신수의 시문 옆에 붙었다.

보리본무수(菩提本無樹) 보리는 본디 실체가 없고

명경역비대(明鏡亦非臺) 밝은 거울 역시 실체가 없어

본래무일물(本來無一物) 본디 한 물건도 없는데

하처야진애(何處惹塵埃) 어디에 먼지가 앉는다 말인고

스승인 홍인 스님은, 일단 "혜능의 글에는 깨우침이 없다." 하며, 글을 떼어내라고 명한 뒤, 다음날 부엌에서 불을 때고 있는 혜능을 찾아가 말 없이 주장자(지팡이)로 세 번 부엌바닥을 쳐 '삼경에 찾아오라!'는 암시를 주었다. 이에 그 뜻을 알아차린 혜능은 삼경에 스승을 찾아가 의발을 전 수받아 달마 선사의 법통을 잇는 여섯 번째 조실 스님(六祖)이 됐다. 하 지만, 신수와 그를 따르는 대중의 반발을 피하고자 강남으로 야반도주하 여, 그 곳에서 돈오(頓悟:깊은 참선 가운데 찰나의 깨달음을 얻는 방편)를 중시하는 선종(禪宗)의 기풍을 크게 일으켰고, 신수는 북방에서 점수(漸修: 경전공부와 수행으로 깨달음을 얻는 방편)를 중시하는 교종(敎宗)의 종조(宗祖)가 되어 수많 은 제자들을 길러냈다. 여기서 선종과 교종이 갈리게 되었다.

이 혜능의 제자가 임제(臨濟)이며 그의 17대 법통을 이어받은 사람이 석옥(石屋)이다. 태고 보우는 석옥을 찾아 중국에 가 40여 일 동안 곁에 머무르면서 임제선(臨濟禪)을 탐구하였다. 탐구를 끝내고 보우가 떠나려 하자 석옥은 깨달음의 신표로 가사(袈裟)를 주면서, "이 가사는 오늘의 것이지만 법은 영축산에서 흘러나와 지금에 이른 것이다. 지금 그것을 그대에게 전하노니 잘 보호하여 끊어지지 않게 하라."고 하였다. 불가의 법통을 이어가라는 뜻이다. 석옥 청공 스님이 입적하기 전 태고 보우에게 남긴 임종게송이 사세송(辭世頌: 사바세계를 떠나며)이다.

태고 보우가 고려로 돌아오자 공민왕은 그를 왕사로 삼았으나 그는 거절하고 소설산으로 들어가 농사를 지으며 살았다. 그러나 당시 신돈(辛旽)이 공민왕의 총애를 받아 불법을 해치고 나라를 위태롭게 하므로, '나라가 다스려지려면 진승(眞僧)이 그 뜻을 얻고, 나라가 위태로워지면 사승(邪僧)이 때를 만납니다. 왕께서 살피시고 그를 멀리하시면 국가의 큰 다행이겠습니다.'라는 글을 올렸다. 그러나 신돈의 횡포가 더욱 심하여졌으므로 왕사의 인장을 반납하고 전주 보광사(普光寺)에 가서 머물렀다. 그러나 득세한 신돈이 배신한 보우를 그냥 둘리 없었다. 결국 신돈의 참언(讒言)으로 태고는 속리산에 금고(禁錮)되었는데, 이듬해 왕이 이를 뉘우치고 다시 소설산으로 돌아오게 하였다. 1374년 공민왕이 죽고 우왕이 등극하자 태고 보우를 국사로 봉하였다.

"그걸 알면서 지금 자네는 왜 이 모양인가? 거울을 들어 자네 얼굴을 보게. 그게 부처님 얼굴인가? 엥이 못난 것. 차라리 법명을 바꿔. 천상에서 자꾸 이거 보우, 저거 보우하는 소리를 들으니 내가 창피해. 엥이

쯧쯧."

 태고 보우는 못마땅한 듯 혀를 차며 석장을 내리치더니 홀연히 사라져 버렸다.

 "국사님, 국사님."

보우가 일어나려고 상체를 일으키자 이마를 덮었던 수건이 떨어졌다.

 "대사님!"

 여인네 목소리가 들리는데 머리가 아프고 목이 켕기기도 했지만 바닥을 짚은 오른 팔이 휘청하더니 맥없이 꺾이며 옆으로 쓰러졌다.

 "대사님, 괜찮으세요?"

 다소곳이 앉아 대야에 물수건을 헹구어 짜고 있던 아연이 일어서서 보우의 몸을 바로 누였다.

 "이게 어떻게 된 거지? 얼마나 누워 있었던 거요?"

 "꼬박 나흘을 누워 계셨어요. 대사님 소식을 듣고 많은 분들이 걱정하시며 다녀가셨어요."

 "나 좀 일으켜 줘요."

 보우가 손을 내밀자, 아연이 상체를 부축하여 일으켰다.

 "괜찮으시겠어요?"

 "팔은 또 왜 이래?"

 보우는 오른팔을 구부렸다 펴보나 자연스럽지 못했다. 팔꿈치를 보니 피가 났었는지 딱정벌레가 앉은 것처럼 딱지가 달라붙어 있었다. 굽혔다 펴는 동작을 여러 번 반복하면서 왼 손으로 주물렀다.

 "쓰러지면서 다쳤나 봐요. 제가 주물러 드릴 게요."

 아연의 손길은 부드러웠다. 그 나긋나긋한 손길이 닿는 곳마다 짜릿해

오면서 소름이 돋음을 느꼈다.

"얼굴도 많이 상했는가?"

"하마터면 큰일 날 뻔 했어요. 그래도 처음보다는 부기가 많이 갈아앉았어요. 거울 보여 드려요?"

사방을 살펴보니 침상 옆 탁자에는 문병을 다녀간 사람들이 놓고 간 물건들로 가득했다. 아연이 문갑 위에 있는 청동구리경대를 가지고 왔다.

"잘 보이세요?"

거울 속의 얼굴을 들여다보는 순간 보우는 깜짝 놀랐다. 아무리 다쳐서 부었다 해도 예전의 얼굴이 아니었다. 더부룩하게 자란 수염과 머리털, 편안하고 인자하던 모습은 간 데 없고 욕심과 허영이 다닥다닥 붙은 흉측한 축귀의 얼굴이 거기 있었다. 방탕한 세속적 욕망에 굶주리고 부귀영화에 눈이 먼 불한당의 모습 그대로였다.

"내 얼굴이 이렇게 못 생겼나?"

보우는 당황함을 숨기려고 약간의 웃음을 섞어 혼자소리처럼 내뱉었다.

"다쳤으니까 그렇지요. 대사님이야 예전부터 잘 생긴 얼굴이지요. 풍채도 좋고 목소리 또한 계집들의 마음을 떨리게 할 정도로 아름다웠어요."

"그래서 아연이도 첫눈에 반했다는 말인가?"

"아이 대사님도. 수륙대재 때 말씀이에요?"

"이것 좀 풀어봐. 많이 다쳤어?"

아연이 다가와 머리를 동여맨 헝겊 띠를 조심스럽게 풀어내는데 여인네의 체취가 숨이 막히게 후각을 자극했다. 어쩔 줄 몰라 고개를 숙이는데 이마가 물컹한 가슴에 닿았다. 이차 하며 고개를 세우는 순간 머리가 몽롱해 졌다. 와락 껴안고 싶은 욕망을 참느라 어금니를 깨물며 눈을 감았다. 아연은 기다란 무명천을 풀어내고 조심스레 환부 위에 덧댄 약 면포를 벗겨냈다. 벗겨낸 헝겊 띠가 뱀 허물처럼 징그럽게 똬리를 틀고 있었다.

"어머 상처가 금세 아물었네요. 딱지가 졌어요. 역시 내수사에서 보내 온 약이 효험이 좋은가 봐요. 어의가 처방했다던데……."

보우는 크게 숨을 들이마셨다 내뿜었다. 머리가 족히 세 치는 찢어져 있었다.

"그래 어떤 놈이 이런 거요? 범인은 잡았소?"

"의금부에서 조사는 하고 있다는데, 아직 소식이 없어요."

"뻔한 거 아니겠소. 지난 번 황언징 사건에 불만을 품은 패거리겠지. 아마, 못 잡을 거요. 다 한 통속들이니까."

"밤이 늦었는데 편히 주무세요. 저는 이만 물러 갈게요."

"몸에서 고약한 냄새가 나는 걸 보니 땀을 많이 흘렸나 보오. 몸이나 씻고 자고 싶은데 좀 거들어 줄 수 있겠소?"

아연은 잠시 멈칫 하더니 얼굴이 발개진다. 그런 자신이 이상하게 보일 까 봐 태연을 가장하나 목소리가 떨리는 건 어쩔 수 없었다.

"목욕물 덥힐 테니, 잠시 후에 나오세요."

보우는 땀으로 찌든 옷을 벗고 자신의 나신을 내려다보았다. 아직도 탱탱 한 피부에 윤기가 흐르고 있었다. 볼록 튀어나온 배를 탁탁 치니, 거웃 속 에 숨어 있던 양물이 출렁거리며 인사를 한다. 굳은 몸을 풀려고 팔다리를 이리저리 움직여 보았다. 목 언저리와 오른쪽 팔꿈치에 약간 통증이 있을 뿐 움직이는데 지장은 없었다. 보우는 속잠방이 하나만 걸치고 욕간으로 갔다.

　김이 모락모락 나고 있는 욕통 속에 손을 넣어보니 물은 알맞게 따뜻했
다. 향나무 가지를 넣고 덥혔는지 향내가 났다. 보우는 왼 손으로 통속
을 한 번 휘젓고는 속잠방이를 벗고 통 속으로 들어갔다. 물속은 아늑하
고 편안했다. 물속에 잠겨 있으니 여러 생각이 났다. 얼굴에 송글송글
맺힌 땀이 주루룩 하고 떨어질 무렵 아연이 수건 여러 장을 받쳐 들고
단속곳에 무명저고리 차림으로 들어왔다.

　아연은 수건으로 머리를 동여 메고 보우의 얼굴부터 목, 팔 가슴으로
밀어나갔다. 아연이 손과 수건이 닿는 곳마다 누워 있던 감각이 서서히
깨어났다. 보우는 지그시 눈을 감고 피어오르는 감각들을 즐겼다. 그때
갑자기 놀란 아연의 목소리가 들렸다.

　"어머 머리에서 피가 나요."

　긴장했던 살갗이 더운 물에 흐물흐물 해지자 굳었던 상처부위도 불어서
핏물이 흘렀다. 상처를 수건으로 지그시 누르던 아연이 처방을 내린다.

　"안되겠어요. 여기 살며시 누른 채 저기 침상으로 가서 누우세요."

　보우는 시키는 대로 통속에서 나와 성기게 줄을 맞춰 짜여진 나무 침상
으로 가서 누웠다. 눈을 감았으나 아까부터 긴장해 있던 음경이 주책없
이 발기했다. 아연은 아무렇지도 않은 척 수건으로 아랫도리를 가려주었
다. 그리고는 가슴으로부터 배를 밀고 다리로 갔다. 발바닥을 밀 땐 간
지럽더니 온몸에 경련이 이는 듯 짜릿해서 몸이 부르르 떨렸다. 가슴이
텅텅 소리를 내며 요동쳤다. 보우는 끙 하고 짧은 신음을 토해냈다. 살
며시 눈을 떠 살펴보니 아연의 얼굴도 발갛게 상기되어 땀방울이 맺혔
다. 숨을 고르기 위함인지 아연은 통속에서 물을 한 바가지 퍼내어 보우

의 가슴에다 부었다. 아연도 더운지 머리 수건을 벗어 땀을 닦았다. 온몸이 땀으로 젖어 상체의 윤곽이 드러났다. 촛불에 비친 그 모습은 마치 선녀였다. 뛰는 가슴을 더 이상 억누를 수 없었다. 보우는 왼팔을 들어 아연의 허리를 휘어 감았다. 아연이 갑작스런 행동에 놀랐는지 쓰러지며 얼굴이 가슴에 와 닿았다.

"아직 다 안 끝났어요. 뒤쪽을……."

"아무 말 말고 가만있어요."

보우는 아연의 얼굴을 살며시 잡아당겨 입을 맞추었다. 아연의 입술은 더운 김에 녹았는지 부드러우면서도 뜨거웠다. 보우는 그녀의 입 속으로 혀를 들이 밀어 그녀의 혀를 찾았다. 그리곤 깊숙이 빨아들이니 혀가 통째로 보우의 입안으로 들어왔다. 보우는 이빨로 살짝 씹었다. 아연이 얇은 신음을 토해 냈다. 보우는 아연의 상체를 들어 자신의 몸 위로 올리고자 했다. 그러자 아연이 나직하게 속삭였다.

"잠깐만요."

몸에서 떨어져나간 아연은 허물을 벗듯 옷을 하나씩 벗었다. 보우의 눈이 자연 늠실거렸다. 중년에 들어선 몸이라곤 믿지 않는 하얀 피부에 곡선이 아름다웠다. 봉긋하게 솟은 가슴은 처녀의 그것과 진배없었다. 아이를 가져 보지 않은 몸이라서 그런지 가슴과 복부의 선도 아름다웠다. 뒤돌아서 다리속곳을 벗었을 때 드러난 엉덩이의 윤곽은 보드라우면서도 탄력 있게 보였다. 허물을 다 벗고 난 아연은 욕통 속의 물을 몇 바가지 떠서 자신의 몸에 뿌리며 구석구석을 마찰시키며 씻어냈다. 그리고는 젖은 물기 그대로 보우에게 오더니 아랫도리의 천을 벗겨냈다. 발기해 어쩔 줄 모르는 음경을 한손으로 살며시 움켜쥐더니 천천히 쓰다듬었다.

보우가 긴 탄식을 토해냈다. 그러자 아연이 보우의 다리위로 가달을 걸치더니 가슴을 몸에 대고 쭉 미끄러지며 올라왔다. 아연의 매끈한 피부가 보우의 몸 위로 포개지며 마찰을 시켰다. 보우의 머릿속이 환하게 비어갔다. 아연은 이윽고 말을 타듯 위아래로 흔들어대며 신음을 토해냈다. 그녀의 신음소리는 묘하게 보우를 자극했다.

보우도 참을 수 없어 일어나 그녀의 허리를 껴안았다. 보우는 그녀를 침상에 눕혔다. 그리고 찬찬히 그녀의 몸매를 살폈다. 그녀는 눈을 감고 발갛게 상기된 표정으로 웃고 있는듯 했다. 보우는 그녀의 입술을 훔치고 목에서 가슴으로 혀를 굴렸다. 자줏빛으로 변한 그녀의 젖꼭지가 단단하게 솟아올랐다. 보우는 마치 아기가 젖을 먹듯 이빨로 유두를 살짝 깨물며 젖가슴을 입안으로 삼켰다. 그리고 두 손으로 가슴을 희롱하며 입술은 배꼽을 지나 사타구니로 향했다. 마치 언덕 위에서 자라는 몇 그루의 소나무처럼 그녀의 음모는 가운데를 향하여 솟아올라 있었다. 보우가 손으로 그녀의 거웃을 쓸어 올리자 분홍빛의 아름다운 꽃이 수줍게 피어 나왔다. 보우는 나비가 되어 살짝 꽃에 내려 앉아 긴 대롱으로 꽃잎을 헤집고 꽃가루의 향기를 빨아들였다. 그녀가 몸을 비틀며 신음을 뱉어냈다. 보우는 부르르 떨며 움츠리는 그녀의 다리를 한 손으로 제치고 얼굴을 묻으려는 찰나 음부의 둔덕 옆에 새겨진 글자를 보았다. 거무데데한 빛이 사라지고 백옥같이 하얀 살결이 이어진 부분에 노예의 화인처럼 선명한 먹빛으로 '石' 자가 수놓아져 있었다. 보우는 애써 못 본 척하며 꽃잎을 감싸 힘껏 빨아들이자 그녀의 교성이 점점 커져갔다. 보우는 몸을 일으켜 아연의 몸속으로 들어갔다. 그녀는 하체를 밀착시키고 등을 활처럼 휘며 울음소리를 내지르기 시작했다. 봉긋한 가슴에서 만세를 부르는 젖꼭지가 보우의 시선을 빼앗았다.

욕간 안이 그녀의 소리로 가득 찼다. 그 소리가 밖으로 흘러나갈까 두려웠다. 한창 물오를 나이가 지났는데도 육신이 이렇게 뜨거운 것을 어찌 참고 견뎠을까? 보우는 용광로처럼 타오르는 불길 속에 자신의 몸도 던져 놓고 싶었다. 눈을 질끈 감고 몸을 바삐 움직였다.

그녀의 몸은 악기였다. 악공의 손길이 닿기도 전에 여러 가지 소리로 울리는 명기였다. 보우는 연주의 삼매에 빠져 온몸이 땀으로 흥건히 젖는 줄도 몰랐다. 어느 순간 보우의 몸이 허공에 붕 떠오르는 것과 동시에 머릿속이 환해짐을 느꼈다. 가쁜 숨과 숨이 교차되며 흐르고 땀과 땀이 범벅이 되어서 질퍽거렸다. 일순간 몸속을 휘돌던 힘찬 기운이 어디론가 쑥하고 빠져나갔다. 그러고도 한동안 보우는 그녀의 몸 위에서 내려오지 않았다.

도첩제는 이미 오래 전 중국 남북조 시대에 시작되어 당나라 때에는 법으로 제도화되었다. 이는 근본적으로 불교 세력이 확대되면서 농민이 감소되고 아울러 조세 수입의 감소로 인한 재정 약화를 초래했다. 이에 승려의 수를 제한하고자 하는 정책이 도첩제인데 고려 말에 도입되었다. 이후 조선 때는 국시(國是)가 숭유억불(崇儒抑佛)이었으나 군역(軍役)을 회피하기 위한 수단으로 머리를 깎고 승려가 되려는 자가 많았다. 그래서 조선 태조 때는 승려가 되려는 자는 군역을 안기는 대신 군포를 내도록 했는데 이도 신분에 따라 달랐다. 양반의 경우는 포 100필, 서민은 150필, 천민은 200필을 바치도록 했으니 천민이 승려 되기는 쉽지 않았다.

세조 때는 선종의 본산인 흥천사(興天寺)와 교종의 본산인 흥덕사(興德

寺)에서 시경(試經)을 하고 도첩제에 통과된 자에게 군포 30필을 내도록 하여 호패를 차고 다니도록 하는 승인호패법을 시행하여 승려의 신분을 보장하기도 했다. 그러나 성종 때에 이 도승법이 정지되었고 중종 때에는 경국대전에서 승과법과 도승법 조항을 아예 폐지해 버렸다.

보우는 선대의 전철을 참고로 하여 시경 계획을 공표하였다. 시험과목은 금강경, 반야심경, 천수경을 암송하도록 하였다. 또한 응시의 자격을 두어 공사노비, 재인(才人), 백정(白丁) 등은 승려가 될 수 없다는 제한도 두었다. 시험을 통과한 자에게는 군포 대신 정전(丁錢)을 바치도록 했다.

전국에 방이 붙고 시경을 며칠 앞둔 초겨울 저녁 우의정 윤원형 대감으로부터 전갈이 왔다. 도첩제 시행을 축하하고 시경을 원활하게 진행하기 위해서 예조의 담당자들과 상견례 자리를 주선할 테니 참석하라는 것이다. 보우는 그렇잖아도 심적 물적으로 도움을 준 윤 대감이 우의정으로 승진한 터라 축하의 마음을 전하고 싶었는데 좋은 기회라 생각하고 선물을 준비하게 했다.

상견례 자리가 명월관이라 썩 마뜩하지는 않았지만 우상이 정한 일이기에 가타부타 할 입장도 못 되어서 상좌인 벽운과 시경 담당인 진여, 지관과 호위 승려 둘을 데리고 명월관으로 갔다. 그런데 밖에서 대기하고 있던 관원이 격이 맞지 않는다며 보우만 입실하게 했다.

"어서오시오. 판사 영감."

연회장에 들어서니 윤원형 대감이 가슴에 기댄 기생의 품속에 집어넣어 젖가슴을 희롱하던 손을 빼며 반갑게 맞이했다.

"정승자리에 오르심을 감축 드리옵니다. 나무관세음보살."

"고맙소. 거기 앉으시오. 내가 직접 소개하지요."

보우는 윤 대감이 좌중을 소개할 때마다 합장 반배하며 인사를 하는데 눈치를 보아 하니 별로 반기는 기색이 아니다. 방 안에는 우상과 예조판서, 예조정랑 이언경과 양응태, 그리고 한성부 부윤 정응두가 기생을 끼고 주연을 즐기고 있었다. 오늘 자리는 얼마 전 부임한 한성 부윤 정응두가 물주인 것 같았다. 주흥은 무르익어 있었다.

"자 오늘은 귀찮고 시끄러운 얘기 그만두고 주색에 빠져 진탕 즐기기로 했소. 우린 이미 거나하게 마셨으니 후례 삼배하시오. 뭐 하느냐? 대사님께 곡차 올려라."

윤원형이 소리치니 옆에 앉은 기녀가 망설이다 주전자를 들고 술을 권했다. 보우는 따라주는 대로 연거푸 석 잔을 마셨다. 그리고 기녀가 집어주는 돼지고기 산적을 날름 받아 입 속에 넣고 씹었다. 보우가 하는 양을 가만히 쳐다보고 있던 양응태가 이언경에게 하는 말이 보우에게까지 들렸다.

"저, 저 저것 보게. 중이 술에 고기에. 윗대가리가 저러니 아래 것인들 말해 뭐해. 쯧쯧."

"그러게 말이야."

이언경이 맞장구를 치며 보우를 흘겨보았다. 보우는 못들은 척하고 기녀에게 잔을 권하고는 윤원형 대감에게 시선을 돌렸다. 윤 대감은 채신머리없이 기녀를 무릎 위에 앉히고 치마 속으로 손을 집어넣고 있었다.

보우는 민망해서 시선 둘 곳을 찾지 못하는데 이언경이 시비를 걸어왔다.

"이보시오. 대사, 한 가지 물어봅시다. 일반 백성은 16세가 되면 병역에 나아가 60세가 되어야 면제되는데, 승려는 단 한 번 정전(丁錢)을 내면 평생을 안일하게 지낼 수 있으니 이거 대단한 특혜 아니오?"

"승려들은 임금과 나라의 강녕을 빌면서 백성들을 부처님 나라로 이끄는 인도자입니다. 승려들이 무슨 돈이 있어 매년 군포를 낼 수 있겠습니까."

"그러니까, 장정들이 부모를 팽개치고 군역도 팽개치면서 머리 깎고 중 되려는 거 아니요. 모두 이러면 나라는 누가 지키겠소?"

돌아가는 상황을 보아하니 서로 짜고 보우를 곤경에 빠뜨릴 심산인 걸 알았다.

"승려들이라고 나라 일을 내팽개친 것이 아닙니다. 나라의 큰 역사가 있을 때마다 앞장서서 나선 게 승려들입니다. 나라에 위급함이 있으면 승려들도 칼을 들고 전쟁터에 나설 테니 그런 건 걱정 안 하셔도 됩니다."

"그럼 중들이 술 먹고 고기 먹고 계집질하고 사대부 수염 잡아 다니면서 개판 쳐도 괜찮다는 말인가?"

이언경이 작심한 듯이 노골적으로 시비를 걸어왔다. 보우는 오히려 목소리를 한 단계 낮춰 타이르듯 점잖게 대꾸했다.

"중들이라고 한결같겠습니까? 꼴뚜기가 어물전 망신시킨다고 수양이 덜 된 승려들이 있는 건 인정합니다. 하나 그런 자들은 발견 즉시 승적을 박탈하고 있습니다."

이번에는 양응경이 노골적으로 보우를 공격했다.

"그런데 시경(試經)을 치르기도 전에 벌써 도첩을 받은 것처럼 행세하는 중들이 많은데, 알고 보니 뇌물을 바쳐 벌써 명단에 이름을 올렸다고 한 건 뭐요?"

보우는 화가 치밀어 올랐지만 꾹 참으며 단호하게 말했다.

"누군가 이번 시경을 훼방할 목적으로 그런 소문을 퍼뜨리는 모양인데 절대로 그런 일은 없습니다."

"시경에는 내가 감독관으로 나갈 거요. 엄격하고 공정하게 할 테니 암송할 경전을 크게 써서 내가 보이는 곳에 붙여 놓으시오."

이언경이 수염을 쓰다듬으며 으름장을 놓았다. 그러자 계집을 희롱하던 윤 대감이 꽥하고 소리쳤다.

"거 고리타분한 얘기 집어치우래도."

"업무 얘긴 그만하고 술이나 듭시다. 자 한잔 받으세요. 판사 영감."

한성 부윤이 술을 권해 왔다. 보우는 술잔을 받아 단숨에 비웠다.

"얘야, 거 대사님 잠지 좀 만져 드려라. 거 기능을 제대로 못하니 붙어 있거나 한지 모르겠다."

윤 대감이 술이 취해 농을 하자 좌중이 비아냥거리듯이 통쾌하게 웃는다.

"초월아, 뭐해. 우상어른 분부 못 들었어?"

예조 판서가 재미있다는 듯이 기녀에게 재촉했다.

"아이 그래도 감히 어떻게……."

기녀가 부끄러운 듯이 배배꼬자 좌중은 더 유난스럽게 웃어댔다.

보우는 벌떡 일어섰다. 장삼을 제쳐 허리띠를 풀고 바지를 내렸다. 그리고 순식간에 거시기를 꺼내들었다.

"자, 보아라. 이 비열한 것들아. 중들도 달릴 건 다 달렸다."

그러면서 주안상 위에 오줌을 갈겨댔다. 좌중들은 순간적으로 당황해

오줌 방울이 옷에 튈까봐 얼른 자리를 피했지만 윤원형 대감만은 그 꼴이 재미있는지 배꼽을 잡고 한참을 웃어댔다.

보우의 계획대로 시경은 11월 중순에 치러졌다. 눈발이 날리는 날씨인데도 승려가 되려는 자가 전국에서 봉은사로 구름같이 몰려들었다. 시험관은 선종 산하의 사찰과 암자에 있는 선승들을 모셔서 실시되었다. 그러나 염불에는 마음이 없고 어떻게 해서라도 승려가 되어 무위도식하기를 바라는 자가 많았다. 천수경이 무엇인지도 모르고 반야심경 260자를 암송하지 못하는 자도 많았다. 한편 능력이 있음에도 불구하고 감독관의 위압적인 분위기에 짓눌려 제 실력을 충분히 발휘하지 못하는 승려도 있었다.

시경 날 아침 예고한 대로 예조정랑 이언경이 감독관으로 왔다. 그는 작심을 한 듯 사사건건 보우에게 시비를 걸었다. 장막을 치고 휘장을 내건 심사석 위에 관리관을 위한 자리가 둘 놓여 있었다. 하나는 보우의 자리고 하나는 감독관의 자리다. 헌데 이언경은 다짜고짜 보우의 자리를 치우도록 명했다. 자신은 임금을 대신해 온 사람이기 때문에 보우와 나란히 앉을 수 없다는 것이다. 자관이 나서서 조정하려 했지만 한사코 자신보다 아래 단 즉 시험관과 같이 앉으라는 것이다. 철저히 보우를 무시하기 위한 심술이었다. 보우는 아예 자신의 자리를 치우도록 지시했다. 그것만이 아니다. 시험관들의 심사에 끼어들기도 했다. 시험과목인 경전을 크게 사경하여 벽에 붙인 것을 보면서 수험생들이 암송하는 내용을 대조하며 한 자도 틀리거나 막혀서 우물쭈물하면 자신이 시험관인 것처럼 바로 '낙(落)!' 하고 소리치고 퇴장을 명했다. 시험장 분위기가 이러니 자신 있게 외운 승려들도 경직된 분위기에 압도되어 제 실력을 발휘하지 못했다.

아침부터 시작하여 저녁 어스름이 되어서야 전국에서 모여든 승려에 대한 자격심사가 다 끝났다. 명단을 수합해 보니 404명이었다. 이들에게 도첩을 줄 것을 예조에 요청하였으나 그 수가 많고, 과연 자격이 있는 자들인지 진위를 가리기 위하여 재시험을 치르라고 딴죽을 쳤다.

보우도 질 수 없었다. 전국에 사찰과 암자 수가 기천이나 되는데 예조에서 파견된 관리의 훼방으로 인하여 많은 수의 승려가 뽑히지 못하였으니 앞으로 계절별로 시경의 기회를 더 마련하여 자격 있는 승려에게 도첩을 줘야 한다고 대비에게 서간을 보냈다. 대비는 이미 승려가 된 자들에게는 정전(丁錢)을 받지 말고 이번 시경을 통과한 자들과 함께 도첩을 줄 것을 하교했다.

그러나 사헌부에서 곧이곧대로 묵인할 리 없었다.

"금년 가을에는 부득이 군적을 정리하여야 하는데 신승과 구승을 어떻게 구분하겠습니까? 그리고 중에게 정전을 받지 않는 다면 장정들이 다 절로 들어가서 군액(軍額)이 허술하게 될 것이니 정전을 받지 않을 수 없습니다."

대비도 한 번 결정한 일을 물리는 법이 없었다.

"대전의 법에는 신승에게만 정전을 받게 되어 있습니다. 이제 승도의 혼잡한 폐해를 바로 잡고자 하기 때문에 불경을 외우지 못한 자는 군역에 충원될 것입니다. 탁발하는 중에게도 다 정전을 받게 된다면 정전을 마련하기 위해 반드시 떼 지어 도둑이 될 것 아닙니까? 내년 6월을 기한으로 하여 불경을 외우지 못한 자는 이미 중이 되어 있는 자라도 다 병역을 져야 할 것입니다. 지금부터 승도로 하여금 제멋대로 삭발하지 못하게 하고 만약 어기는 자가 있으면 사승(師僧)까지 치죄한다고 하십시오. 그러면 어찌 감히 중이 되려고 하겠습니까?"

사헌부에서도 지지 않고 계속 진언을 했다.

"만약 정전을 받기 때문에 도둑이 된다면 강경(講經)시켜 충군한 뒤에는 도둑이 되지 않겠습니까. 이미 정전도 받지 않고 제멋대로 중이 되게 해놓고서 도리어 사승을 치죄하니 그 법이 제대로 시행되겠습니까. 신승과 구승을 분별하기 어려울 터인데 군적을 정리할 때에 다 도망하여 중이 된다면 장차 그 폐해를 어찌 구제하시겠습니까?"

이렇게 여러 달 동안 논계하였으나 자전은 끝내 윤허하지 않았다.

그렇게 논의를 거듭하던 첫 도승의 문제는 다음 해 정월이 되어서야 유신들의 주장을 일부 받아들여 합격자 중 응시를 제한한 공사 노비, 재인, 백정 외에 역자(驛子), 관속(官屬), 향리(鄕吏), 상판자(商販子: 장사치), 군역(軍役: 군인) 등을 제외하고 도첩을 주었다.

보우는 자신의 소신을 밀어 붙여 시경을 계절마다 실시하였다. 그리하여 이후 2년에 걸쳐 4천 명을 선발하여 도첩을 주었고 중들의 신분을 나라에서 보호하도록 했다.

그러나 이렇게 끈질긴 밀고 당기는 논쟁 가운데서 유신들이 뜻을 관철한 일도 있었다.

판사의 명을 받고 보우는 조정에 들어가 임금을 알현하고 보직 신고를 할 참이었다. 자전 역시 예조에 '양종을 폐지한 지 오래되어서 저들이 필시 예모를 모를 것이니 전과 같이 예절을 살펴하라는 것을 양종에게 유시하는 것이 좋겠다.'고 하교했다.

이는 성종 때부터 실시된 승려들의 도성출입 금지 조항을 해제하라는 암시였다. 보우는 과거 노승 의상(義相) 대사가 도성에서 사은숙배(謝恩肅拜)한 전례가 있다고 입궐하여 숙배(肅拜)를 올리겠다고 보고했지만, 예조에서는 궐문 밖에서 숙배하는 것이 좋겠다고 반대 의견을 개진하는 바람에 보우와 수진은 광화문 밖에서 숙배하여야 했다.

예조 판서 정사룡은 보우와 상당히 막역한 관계였지만 판서가 된 후엔 유신들의 후환이 두려워 원칙대로 처리할 수밖에 없었다. 임금이나 자전도 유신들의 항의와 반대가 하도 거세어서 뜻을 굽힐 수밖에 없었다.

보우와 수진이 광화문 앞에서 숙배를 한다는 소식이 알려지자 불교를 신봉하는 불자들은 물론, 웃음거리를 보려고 유생들과 많은 백성들이 모여들었다.

"아니 그렇게 무소불위의 권력을 갖고 있는 왕후마마가 불교를 숭상하는데 이럴 수가 있나?"

"살아 있는 부처인 우리 대사님을 왜 도성에 못 들어가게 하는 거야?"

"그러게 말이야 광화문 밖에서 숙배라니? 어허 이것 참."

"그것보라고 대비마마라고 별 수 있어? 아무리 힘이 세다지만 지금이 어떤 시댄데? 궁궐 안에는 모두가 유학을 신봉하는 신하들인데 어떻게 그들을 이길 수 있냐구?"

"거참 이상한 일이지. 판선종사라면 6조 판서보다 높은 계급인데 궁궐에 못 들어가다니 말이 돼?"

"그렇게 신통하게 날고뛴다는 보우도 별 수 없군. 어디 그 얼굴이나 한 번 보자."

보우는 군중들의 시선과 비아냥에 마음을 쓸 위인이 아니었다. 광화문 앞에 도착한 보우와 수진은 불가를 인정하여 직책을 내려주신 성은에 감복하면서 많은 군중들이 지켜보는 가운데 임금이 계신 곳을 향하여 사배를 올려 사은의 뜻을 전했다.

불교의 수령인 보우와 수진을 광화문 밖에서 숙배하게 한 의도는 성공적이었다고 유신들은 크게 기뻐했지만, 보우는 나름대로 백성들에게 캉캉한 유림 속에 부처님이 살아있음을 보여주는 홍보의 계기가 되었다고 흐뭇하게 생각했다. 사실 그 일로 인하여 절을 찾는 백성이 많아졌다.

보우는 식년시로 공포된 승과 시험을 공고했다. 시경이 승려의 자격을 얻기 위한 자격시험이라면, 승과 시험은 절의 주지 자격을 얻는 일종의 과거시험이라 할 수 있다.

보우는 시험 공고를 하면서 다음과 같은 방을 붙였다.

간절히 생각하건대 혼돈의 어지러움이 사라지지 않으면 원래 시비의 안목이 없고 천성의 깨달음이 밝아야 이에 취하고 버릴 마음이 있다. 이로 말미암아 만물의 무리가 구름처럼 일어 망령되이 어리석음 지혜의 용량이 생기고, 하나의 진여가 사라지니 예리·우둔의 감정이 다투어 일어나, 천하로 하여금 시끄러이 떠들어 끝내 구제할 수 없는 경지에 이르게 되었다. 이에 성인군주께서 특히 근심하여 부득이 과거의 법을 설정하여, 어리석음 지혜로움 예리 우둔한 자로 하여금 하나의 문장 하나의 재주로 스스로 들어나게 하였다. 경량 중량 예쁨 미움이 어찌 우연이겠는가. 참으로 천지 사이의 고금의 유생이나 승려에게 지극히 공정하고 사사로움이 없는 방법이다.

바라건대, 궁정에 가득한 높은 분들이여 이미 성명한 조정을 만나 다행히 과거의 장을 만났으니 당연히 각각 자기의 재주를 다하여 사사로움이 없는 선발에 응하라. 여러분 눈으로 일천 게송을 열람하고 일만 권의 시를 배에 담은 분은 대중에게 뛰어나는 충성한 기량이 자연 하늘 땅과 맞먹지만, 혹 배움에 여유가 없거나 재주에 뛰어남이 없이 쓸모없이 산만한 재질들은 반드시 몰래 남의 손을 빌렸으면 하는 생각을 품으리라. 그렇다면 죄과를 취하는 것이 가볍지 않아 반드시 내침을 당할 것이다. 순리로 방목을 보여 아직 모르는 자를 미리 금한다.

- 저술을 빌리거나 책을 빌리는 자는 영영 과거를 정지시킨다.
- 대신 짓거나 대신 쓴 자는 영영 과거를 정지시킨다.
- 제가 서술하고 남에게 빌려 쓴 자는 한 번의 시험을 정지시킨다.

방을 선불장의 앞 휘장에 내걸어 보이니, 뜰에 가득한 높은 이들이여 금하는 영을 따라 속임이 없게 하라. 혹 금하는 법령에 떨어지면 후회한 들 어찌 회복하랴. 이에 밝혀 지시하여 각각 두루 알게 통지한다.

승과는 주지를 선발하는 시험일 뿐 아니라 합격하면 나라의 정식 품계를 받는 자리인지라 조정에서도 절차와 선발규정을 까다롭게 했다. 운을 주어 시를 짓게 함은 물론 불교에 대한 지식과 수행 정도를 알아볼 수 있는 면접의 절차를 거쳤다. 이 시험을 통과해야 사찰에 딸린 재산을 관리하고 승려들과 불자들을 지도할 자격을 얻기 때문에 전국에서 경력을 쌓은 많은 승려들이 응시했다.

그러나 첫 승과에서 선발된 인원은 선종에서 21명, 교종에서 12명이 고작이었다. 이토록 선발된 인원이 적은 것은 전적으로 예조에서의 엄격한 규정 준수의 원칙 때문이다.

그러함에도 연산군 이후 폐지된 승과가 부활됨으로써 흙 속에 숨어 있던 진주를 캐내듯이 쟁쟁한 인물들이 세상에 알려졌고, 승려의 지위는 향상되었다. 이 승과는 이후 문정왕후가 돌아가기 전까지 5회에 걸쳐 시행되었는데 그 결과 150명의 유능한 인재가 선발되었다. 그 중 대표적인 인물이 서산 대사 휴정(休靜)과 사명당 유정(惟政)이다. 휴정은 승과가 치러지던 첫 해에 급제했고, 그의 제자 유정은 9년 후 네 번째 식년시에 뽑혔다.

이들이 임진년 왜란이 일어났을 때 승병을 일으켜 나라 위해 목숨 걸고 싸운 일이나, 불가의 융성을 위해 이바지한 일들은 승과 시험에 선발되었기에 가능했다.

석가모니에 말을 걸다

 나는 어릴 적부터 종교를 가진 적이 없다. 시골에서 올라와 고등학교 다닐 적 자취를 하던 집 근처에 포교당이 있었다. 고등학교 때 의무적으로 들게 된 클럽 가입을 RCY(청소년적십자회)에 들어 활동을 했다. 그건 봉사 활동이 마음에 들어서가 아니라 순전히 여학교 RCY와 헌혈도우미 등 합동 활동을 하기 때문에 여학생들을 만날 수 있다는 친구의 꼬임에 의해서였다. 그런데 그때 종교단체로 룸비니학생회라는 게 있었는데 그 단체가 주말이면 포교당에서 모임을 가졌었다. 시골에서 올라와 친구가 별로 없었던 나는 쌀이 떨어지거나 용돈이 필요하면 시골에 내려가곤 했지만, 그게 한 달에 한 번 꼴이고 나머지 주말은 친구들과 어울려 탁구도 치고 여기저기 놀러 다녔다. 그때 여학생들이 주로 가던 곳이 빵집이었는데 앙꼬가 든 말랑말랑한 찐빵과 생크림과 함께 나오는 식빵이 인기가 있었고, 겨울철엔 국화빵에 단팥죽이 단골메뉴였다. 그런데 룸비니학생회는 매주 빵집에서 회식을 한다고 해서 부러워한 적이 있다. 그때는 빵이 왜 그리 먹고 싶었던지. 포교당에서 울려오는 종소리만 들으면 빵 생각이 났다.

중학교 다닐 때 외삼촌이 돌아가셨는데 절에서 49재를 했다. 그때 처음 법당 안으로 들어가서 커다란 금동불상을 보았고, 절밥을 먹었는데 그렇게 맛있을 수가 없었다. 나의 불교에 대한 기억은 우습게도 먹는 것뿐이었다.

시내에 있는 모라서적으로 가서 《불교입문》 이란 책을 구입했다. 도대체 불교라는 것이 무엇이기에 지안이 속세를 등지고 입산을 하게 됐는지 알고 싶었다. 난 책을 읽으면서 석가가 깨달음에 이르는 과정을 차곡차곡 정리했다.

약 2,500여 년 전 인도 북쪽 지금의 네팔 남쪽에 샤키아 족(석가 족)의 작은 나라 카피라 국이 있었는데 그 나라 슈도다나 왕과 결혼한 마야 부인은 아기를 임신하게 됐다. 마야 부인은 출산이 가까워짐에 따라 당시의 습속대로 친정에 가서 해산하기 위해 고향으로 가던 도중 룸비니(Lumbin)동산에서 석가를 낳았다.

'석가모니'의 뜻은 석가족 출신의 성자라는 뜻이다. 석가모니는 태어나자마자 '천상천하 유아독존 삼계개고 아당안지'(天上天下 唯我獨尊 三界皆苦 我當安之: 하늘 위 하늘 아래 나 홀로 존귀하니 삼계 중생의 모든 괴로움을 마땅히 내가 이를 편안케 하리라)라 소리쳤다.

석가가 태어났을 때 히말라야에서 아시타라는 선인이 찾아와, 이 왕자는 서른두 개의 능력을 가지고 태어났다. 깨달음을 얻기 위해 여행을 떠나면 최고의 지위에 올라 전륜성왕(轉輪聖王: 전 세계를 통일하는 왕)이 될 것이고, 구도의 길을 걷는다면 세상을 고통으로부터 구할 붓다(佛陀: 위대한 깨달음을 성취한 성자)가 될 것이라 예언했는데 그대로 맞아 떨어졌다. 석가의 출가 전 이름은 '고

타마 싯달타'인데 이는 '모든 목적을 달성한 사람'이라는 뜻이다.

'싯달타?' 헤르만 헷세가 지은 고행과 구도의 소설 《싯달타》를 읽은 기억이 가물거렸다.

석가가 태어난 지 7일 만에 마야 부인이 세상을 떠나고 이모인 마하파자파티에 의해 왕족의 교양에 필요한 학문과 기예를 배우며 성장하였다.

그는 당시의 풍습에 따라 16세에 야쇼다라(耶輸陀羅) 공주와 결혼했다. 그리고 아들 라훌라(羅: '장애'라는 뜻)도 얻었다. 이같이 안락하고 행복한 생활을 보내던 중 석가모니는 인생의 밑바닥에 잠겨 있는 괴로움의 문제와 직면하게 되었다. 어느 날, 부왕을 따라 춘경제에 참석하게 되는데 약육강식의 장면을 보고 충격을 받아 큰 나무 아래에서 깊은 사색에 잠겼다. 왕자는 성장하면서 어느 날 네 성문으로 나가 여러 가지를 목격한다. 동문으로 나가서는 노인을 보고, 남문으로 나가서는 병자를 보며, 서문으로 나가서 죽은 자를 보며, 북문으로 나가서는 수행자를 보면서 출가를 결심하게 된다. 인간의 생로병사를 보고 출가한 것이다.

석가모니는 29세 때 괴로움(苦)의 본질 추구와 해탈(解脫)을 구하고자, 처자와 왕자의 지위 등 모든 것을 버리고 마부와 말을 타고 성을 넘어 가출하였다. 남쪽으로 내려가 갠지스강(江)을 건너 마가다 국(國)의 왕사성(王舍城: Rjagha)으로 갔다. 여기에서 2명의 선인(仙人)을 차례로 찾아 선정(禪定)을 배웠다. 그것은 일종의 정신통일에 의하여 하늘에 태어나 보려는 것이었는데, 석가모니는 그들의 방법으로써는 생사의 괴로움을 해탈할 수 없다고 깨닫자, 부다가야 부근의 산림으로 들어갔다.

여기에서 그는 당시의 출가자의 풍습이었던 고행(苦行)에 다섯 명의 비구와 6년 간 전념하였으나, 신체가 해골처럼 되었어도 해탈을 이룰 수는 없었다. 고행은 육체적인 면의 극소화를 통하여 정신의 독립을 구하는 2원적 극단론에 근거한 것이기 때문이었다. 그는 혼수상태에 빠져 우루벨라 촌장의 딸 수자타의 유미죽(乳米粥) 공양으로 수행에는 '고행'과 '향락' 두 극단을 피해야 한다는 중도(中道)를 깨달았다.

이에 6년 간의 고행을 중단하고, 다시 보리수(菩提樹) 아래에 자리잡고 지나는 목동이 준 길상초(吉祥草)에 결가부좌를 하고 깊은 명상에 빠졌다. 마왕 파순(마음 속 번뇌 상징)의 온갖 유혹도 물리쳐 항복을 받고 명상에 정진하여 마침내 35세에 아뇩다라삼먁삼보리(無上正等正覺: 위도 없고 바르고 평등한 깨달음)를 얻었다.

'헌데 지금 내가 그 나인데 난 뭐지?'

그 깨달음의 내용은 사제(四諦)·십이인연(十二因緣)·사선삼명(四禪三明) 등이다. 그러나 기본적으로는 선정(禪定)에 의하여 법(法:dharma)을 깨달았다고 할 수 있다.

선정(禪定)이란 강렬한 마음의 집중이며, 여기에서 생긴 지혜는 신비적 직관(直觀)이 아니라 자유로운 여실지견(如實知見: 있는 그대로 옳게 봄)이다. 이 지혜가 진리를 깨달아 진리와 일체가 되어 확고부동하게 되었는데, 공포에도 고통에도, 애욕에도 산란(散亂)을 일으키지 않는 부동(不動)의 깨달음이라 할 것이다. 이것은 마음이 번뇌의 속박에서 해방된 상태이기 때문에 해탈(解脫:moka)이라고 하며, 이 해탈한 마음에 의하여 깨우쳐진 진리를 열반(涅槃:nirva)이라고 한다. 현대적 의미에서의 해탈은 참 자유를 말하며, 열반은 참 평화라고 할 수 있다.

석가가 깨달은 사제(四諦)는 고(苦) · 집(集) · 멸(滅) · 도(道)의 네 진리를 말한다. 괴로움의 진리(고성제 苦聖諦), 괴로움이 일어나는 원인에 대한 진리(고집성제 苦集聖諦), 괴로움의 소멸에 대한 진리(고멸성제 苦滅聖諦), 괴로움의 소멸에 이르는 길에 대한 진리(고멸도적성제 苦滅道적聖諦)이다.

인생은 괴로움이다(苦). 괴로움의 원인은 욕망, 집착에 있고(集), 집착을 버리면 해탈을 얻는다(滅). 괴로움을 없애고 해탈을 얻는 길은 도(道)를 얻는 데 있다는 말이다.

인간의 현실적 존재는 괴로움이다. 인간은 생로병사(生老病死) 네 가지 괴로움, 미워하는 것을 만나는 괴로움(원증회고 怨憎會苦), 사랑하는 것과 헤어지는 괴로움(애별리고 愛別離苦), 구하는 바를 얻지 못하는 괴로움(구부득고 求不得苦), 육체의 본능에 의한 괴로움(오음성고 五陰盛苦) 등 여덟 가지 괴로움에 시달린다. 병으로 치면 괴로움(苦)이 증세이고, 병이 나게 된 원인이 집(集)이고, 병이 사라진 상태가 멸(滅)이며, 병을 치료하기 위한 방법이 도(道)다.

'아, 난 애별리고에 시달리고 있구나.'

해탈을 얻고 열반에 이르는 바른 길에는 여덟 가지가 있는데 이를 팔정도(八正道)라 한다.

그것은 있는 그대로 사물의 진리를 바로 보고(정견 正見, 여실지견 如實知見), 편견을 떠나서 이치에 맞게 생각하는 바른 사유(정사유 正思惟), 입으로 죄를 짓지 말고 상대방을 존중하는 부드러운 말(정어 正語), 모든 생명을 내 몸처럼 생각하고 사랑하는 바른 행동(정업 正業), 바른 직업관을 갖고 생업에 임하는 바른 생활(정명 正命), 옳은 일에는 물러섬이 없이 밀고 나가는 정열과 용기, 깨달음을 향한 부단한 바른 노력(정정진 正精進), 옳고 그른 것을 헤아리는 바른 생각(정념 正念), 마음과 몸을 평안히 하고 무념무상의 상태에서 수행(정정 正定)하는 것이다.

그러나 팔정도는 따로 떨어져 이루어질 수 있는 것이 아니라 서로 밀접하게 연결되어 있다. 정견이 있으므로 바른 생각을 하게 되고 바른 행동이나 바른 말이 나오는 것이며, 바른 생활을 하게 되고 게으름이 없이 정진 할수 있으며 항상 바른 생각을 유지하며 마침내 정정(正定)을 성취할수 있는 것이다.

12인연(十二因緣)은 12연기라고도 하는데, 연기(緣起)는 인연생기(因緣生起)의 준말로서 세상 모든 것은 인연에 따라 일어난다는 말이다. 즉, 연기의 이치를 모르는 것이 무명(無命)이고, 몸과 말과 생각으로 모든 행동(行)을 하게 되며, 행동의 원동력에는 선, 악의 분별 의식(識)이 있고, 분별의식에 의해 명색(命:정신세계, 色:물질세계)이 나타난다. 눈, 귀, 코, 입, 몸, 의식의 여섯 가지 감각기관(六入)에 의해 감각과 지각 능력이 나타나고, 사람은 누구나 이 여섯 가지 감각기관에 접촉(觸)하고, 접촉한 결과로 즐겁고, 괴롭고, 즐겁지도 괴롭지도 않은 느낌을 받으며(受), 고통을 피하고 즐거움만 추구하는 욕망(愛)을 갖게 된다. 애에 의해 추구된 대상을 버리고 취하는 실제행동(取)이 나타나고, 애와 취로 업을 짓게 되며(有), 업의 인연으로 미래의 생을 받게 되고(生), 생의 현실로 마침내 늙고 병들고 죽음의 결과를 초래하게 된다(老死)는 것을 깨달았다는 말이다.

사선 삼명(四禪三明)은 수행자들이 얻어야 할 네 가지 선정(禪定)과 세 가지 지혜를 말한다. 네 가지 선정을 위해서 수행자들은 다섯 가지 장애를 버려야 한다. 즉 감각적 욕망, 악의, 게으름과 정신이 혼미함, 들뜸과

뉘우침, 의심이 그것이다. 이것에 사로잡히고, 머물고, 이것으로 벗어남을 꿰뚫어 알지 못할 때 자기가 찾고자 하는 것을 있는 그대로 꿰뚫어 알지 못하고 보지 못하기 때문에 이것들을 버려야 한다.

이를 '물이 가득 담긴 그릇'에 비유했다. 물이 담긴 그릇에 붉고 노랗고 여러 가지 색을 가진 풀이 섞여 있으면 눈을 가진 사람이 자신의 영상을 비춰보더라도 그대로 꿰뚫어 알지 못하고 보지 못하는 것과 같고(감각적 욕망), 물이 담긴 그릇을 타오르는 불 위에 놓아서 물이 끓어 넘치면 자신의 영상을 비춰보더라도 그대로 꿰뚫어 알지 못하고 보지 못하는 것과 같고(악의), 물이 담긴 그릇이 수초와 이끼로 덮여 있으면 자신의 영상을 비춰보더라도 그대로 꿰뚫어 알지 못하고 보지 못하는 것과 같고(게으름과 혼미함), 물이 가득 담긴 그릇이 바람에 흔들리고, 움직이고, 소용돌이치고 물결치거나(들뜨거나 뉘우침), 물이 담긴 그릇이 흐리고, 혼탁하고, 진흙덩어리고, 어둠 속에 놓여 있으면(의심) 눈을 가진 사람이 자신의 영상을 비춰보더라도 그대로 꿰뚫어 알지 못하고 보지 못하는 것과 같다고 했다.

또한 이 다섯 가지 장애를 버리지 않으면 빚진 것과 같고, 질병을 얻은 것과 같고, 감옥에 갇힌 것과 같고, 주인에 예속된 노예와 같고, 사막의 길을 걷는 것과 같으므로 이를 버릴 때 환희를 얻고 만족을 성취한다. 이 다섯 가지 장애는 지혜를 악화시키는 마음의 오염들이어서 감각적 쾌락에 대한 욕망을 버리고 악하고 불건전한 상태에서 벗어날 때 사유와 숙고를 통하여 희열과 행복으로 가득한 첫 번째 선정을 성취한다.

사유와 숙고가 멈추어진 뒤, 내적인 평온과 마음의 통일을 이루고, 사유를 뛰어넘고 숙고를 뛰어넘어, 삼매(三昧)에서 생겨나는 희열과 행복으로 가득한 두 번째 선정을 성취한다.

희열이 사라진 뒤, 희열을 새김으로써 올바로 알아차리고 평정하게 지내고 신체적으로 행복을 느끼어 몸이 희열 없는 행복으로 스며들어 배어들게 하는 세 번째 선정을 성취한다.

또한 즐거움과 괴로움이 버려지고 만족과 불만도 사라진 뒤, 괴로움을 뛰어넘고 즐거움을 뛰어넘어, 몸을 청정하고 고결한 마음으로 채움으로써 네 번째 선정을 성취한다.

'무슨 말인지?' 의미를 모르지만 그냥 적어 두었다.

석가모니가 깨달았다는 삼명(三明)은 과거생을 보는 지혜(숙주명 宿住明), 죽어 업에 따라 새로 태어남을 보는 지혜(천안명 天眼明), 번뇌가 다하여 해탈하는 지혜(누진명 漏盡明)를 말한다.

즉 마음이 통일되어 청정하고 순결하고 오염되지 않고 유연하고 유능하고 확고하여 흔들림이 없게 되면 자신의 전생의 여러 가지 삶의 형태를 구체적으로 상세히 기억하게 된다.

또한 마음이 위와 같으면 뭇사람들의 삶과 죽음에 대해 알게 된다. 인간을 뛰어넘는 청정한 하늘눈으로 업보에 따라서 등장하는 뭇삶들을 관찰하여 신체적, 언어적, 정신적으로 악행을 저지른 사람이 죽은 뒤에는 괴로운 곳, 나쁜 곳, 타락한 곳, 지옥에 태어나는 것이고, 선행을 하고 남을 비난하지 않고 올바른 견해에 따라 행동을 한 사람들은 하늘나라에 태어난다는 것을 분명히 안다. 이게 새로 태어남을 보는 지혜(천안명 天眼明)이다.

또한 위와 같은 마음을 가진 자는 번뇌의 소멸을 알게 된다. 이것이 괴로움이고, 이것이 괴로움의 발생이고, 이것이 괴로움의 소멸에 이르는 길이란 것을 안다. 이와 같이 알고 이와 같이 보았을 때 감각적 쾌락에 대한 욕망의 번뇌에서 마음을 해탈하고, 존재에 의한 번뇌에서 마음을 해탈하고, 무명에 의한 번뇌에서 마음을 해탈한다. 해탈하면 '나는 해탈했다.'는 지혜가 생겨난다. 그는 '태어남은 부서지고 청정한 삶은 이루어졌다. 해야 할 일은 다 마치고 더 이상 윤회하는 일이 없다'는 것을 분명히 안다. 석가는 이러한 사실을 깨달았다.

'깨달았으니 성인으로 추앙받는 것이지 나 같은 속물이 그런 깨달음? 어림 반 푼도 없지.'

석가모니는 베나레스 교외의 녹야원(鹿野苑: 사르나트)에서, 일찍이 고행을 같이 하였던 5명의 수행자에게 중도(中道)와 사제(四諦)에 관하여 설법하였다. 이것을 초전법륜(初轉法輪)이라고 하는데, 그들은 모두 법을 깨달아 제자가 되었다. 이렇게 해서 최초의 불교 교단(sagha:僧伽)이 성립되었다. 불교는 석가모니의 설법을 통하여 세계에 널리 알려지게 되었다. 그 후 석가모니는 적극적으로 설법을 계속하여, 그 교화의 여행은 갠지스 강(江) 중류의 넓은 지역에까지 미쳤다. 제자의 수도 점차 증가하였으며, 각지에 교단이 조직되었다.

책을 읽고 정리하면서도 지안의 출가의 진정성에 대한 의문은 풀리지 않았다. 나한테 자비를 베풀고 좋은 일을 많이 하면 서방정토에 갈 수 있을 텐데 굳이 입산을 택한 이유는 무얼까? 진정 신기를 물리치기 위함인가? 속세에 대한 도피처로서 절을 택한 것인가?

5년이란 기간은 둘 사이를 너무 지루하게 했다.

지안과 처음 만나던 시간들을 생각했다. 그녀를 위해 선물을 고르고 매일 메일을 쓰고 통화를 하고 꽃을 보내고 지안이라는 이름만 들어도 가슴이 뛰고, 종일 함께 있어도 헤어짐이 아쉽고, 곁에 있어도 그리움이 해갈되지 않을 때가 좋았다. 그게 한 일 년쯤 지속되었나? 그런데 사랑해, 행복해라는 말이 점점 잦아들고 짧아지는 통화 시간만큼 짜증과 불만은 늘어나고 설렘 대신 뒷모습이 보이기 시작하는 시기. 사랑이라는 달콤한 향기는 더 이상 유혹의 맛을 잃어버리고 잡아놓은 물고기에 미끼는 왜 주냐는 식이다. 자존심이 높아지는 만큼 서로에 대한 예의도 작아지고 관심의 센서가 무디어 갈 때쯤 사랑이 식어갔다.

그리고 남는 건 지겨움과 귀찮음, 서로에 대한 관심이 간섭이고 집착이라고 느껴질 때 애정은 어느 사이엔가 냉정으로 변했다. 그게 1년 6개월쯤 지나니 단물은 다 빠지고 씹어도 씹어도 닳아 없어지지 않는 껌처럼 질긴 의무와 체념만이 남았다. 누군가 사랑의 유효 기간이 1년 6개월이란 말이 내 경우와 꼭 맞아 떨어졌다.

'아! 사랑이여 옛날의 아름다운 열정은 주름살 속에 녹아버렸는가? 단순함이여, 가벼움이여 싸가지 없는 변덕이여, 이기적인 심장이여 그게 사랑이란 말이더냐?' 이렇게 생각하니 슬슬 지안에 대한 원망과 부아가 치밀어 올랐다.

우리가 만나서 여태껏 해 온 행위가 과연 사랑이었을까? 아니면 단순한 열정이었을까? 서로에 대한 열정이 식었다고 생각될 즈음에 지안은 확실히 변했다.

사랑과 우정에 대한 어느 시인이 한 말이 생각났다.

'사랑이란 오래갈수록 그렇게 짜릿짜릿한 게 아니야. 그냥 무덤덤해지면서 그윽해 지는 거야. 아무리 좋은 향기도 사라지지 않고 계속 나면 그건 지독한 냄새야. 살짝 사라져야만 진정한 향기야. 사랑도 그와 같은 거야. 사랑도 오래되면 평생을 같이하는 친구처럼 어떤 우정 같은 게 생기는 거야.'

이 시를 들려주자 지안은 맞장구를 치며 말했다.

"연인과 친구 사이가 무엇이 다른 줄 알아요? 남들은 섹스를 하고 안 하고를 가지고 구분 하지만 난 그렇게 생각하지 않아요. 사랑과 우정이란 감정을 교류한다는 데는 같아요. 헌데 섹스를 한다는 건 둘만의 복잡한 감정이 얽히는 거예요. 친구끼리는 단순하잖아요? 그래서 남자는 사랑 없이도 섹스를 하지만 여자는 사랑 없이는 섹스를 안 해요. 그 사랑이라는 거 한 때는 행복을 나누고 좋은 감정을 나누다가도 어느 한 쪽이 믿음을 져 버리면 그건 지옥에서 원수를 만나는 것과 같거든요. 세상에 영원한 것은 없어요. 모든 건 변하는 거예요. 사랑마저도 유효 기간이 지나면 조금씩 변하게 되요. 그래서 난 사랑을 믿지 않아요."

"그럼 지안은 연애만 하고 싶은 모양이구나."

나는 연애와 사랑은 다르다고 말했다. 남자는 연애를 하고 싶어 하고 여자는 사랑을 하고 싶어 한다. 연애와 사랑의 차이는 욕망과 집착의 차이다. 그래서 남자는 섹스하고 싶은 욕망에 사랑을 하고 여자는 남자를 묶어놓기 위해서 사랑을 한다고 말하자, 지안은 여자를 속물적 근성으로 바라본 마초적 발상이라고 펄쩍 뛰었다.

이 세상에 영원한 것이 없다면 매순간이 마지막 아닌가? 에릭 프롬의 말대로라면 남자는 대상을 사랑하는데 만족하지만 여자는 대상을 구속하기 위해 사랑을 한다는 말이다. 남자는 열정에 의해서 섹스를 하고 여자는 사랑을 확인하고 싶어서 섹스를 한다. 그러나 사랑은 소유할 수 있는 것이 아니라 사랑 그 자체일 뿐이기에 인간은 늘 불안하고 허전하다. 그래서 그대가 곁에 있어도 그대가 그리운 것이다.

'그런데 떠나보냈으면 그만이지 그녀를 왜 잊지 못하는 걸까?'

옴마니반메훔

 적묵당에서 대웅전까지는 눈 감고도 다니는 길인데도 오늘따라 새벽안개가 너무 짙어선지 돌부리에 걸려 하마터면 넘어질 뻔하였다. 조짐이 좋지 않다고 생각했는데 사시예불을 올리는 중에 내수사 제조 박한종이 와서 기다리고 있었다.

 "쾌차하신 걸 감축 드립니다. 봉변을 당했단 소식을 접하고 자전께서도 얼마나 걱정하셨다구요."

 "심려를 끼쳐 드려 죄송합니다. 유신들이 소승을 순교자로 만들 모양인데 이승을 떠나기엔 아직 할 일이 많이 남았다고 저승 문턱에도 못 가 보고 퇴자 맞았습니다 그려. 허허허."

 보우는 대수로운 일이 아니라는 듯 웃었다.

 "자국을 보니 상처가 깊었을 텐데도 이렇게 빠른 시일 내 쾌차하시고 불공까지 하실 정도시니 평소에 화타(華佗)의 오금희(五禽戱)라도 연마하셨는가 봅니다."

"보내 주신 편작(扁鵲)의 환약 덕이지요. 자전마마께 감사의 마음을 꼭 전해 주십시오."

그러자 박한종은 얼굴에서 웃음기를 지우며 금세 근심어린 표정을 지었다.

"자전께서 범인을 색출하라고 하명을 내렸지만 사헌부에선 의금부로, 의금부에선 한성부로 한성부에서는 형조로 서로 자기 영역이 아니라고 떠밀리기만 할 뿐 진척이 없습니다."

"눈 감고 아웅 하는 게지요. 사주한 사람은 장막 뒤에 숨고 나중엔 조무래기 하나 잡아 사건을 마무리할 게 뻔한데 기대를 안 합니다. 이건 소승을 죽일 수도 있으니 근신하라는 협박입니다. 애초에 없앨 양이면 단칼에 베었겠지요."

"자전께옵선 군졸을 동원해 보초를 세우라고 하시지만 유신들이 용납하지 않을 것이고……."

이 말에 배석하고 있던 지관이 나섰다.

"호위승들이 불침번을 서고 있습니다. 헌데 그 날 당번 섰던 자가 수상합니다. 그 날 이후로 종적을 감췄어요."

"스님들 중에 유림 쪽 세작이 없다곤 할 수 없겠지요."

"종정님 신변 보호와 가람의 경비를 위해서 소림사 무술을 익힌 승려를 따로 선발하여 경계에 임하고 있습니다만 개인 성분을 파악하지 못한 게 제 불찰입니다."

지관이 자괴스러운 듯 고개를 들지 못하자 보우는 지관의 등을 다독였다.

"열 사람이 한 도둑 막기 어려운 법이지. 괜찮아. 내가 조심해야지."

지켜보던 박한종이 어색한 분위기를 바꾸려고 화제를 돌렸다.

"앞으로 유신들의 음해와 위협의 수위가 높아질 터인데 자체 방호를 단단히 해야 할 거요. 헌데 경험상으로 보면 적은 늘 내부에 있는 법입니다. 도승법 실시 이후에 불만을 품은 승려들 상소가 올라오고 있다는 걸 아십니까?"

"지난 번 교종 판사 건도 있고 해서 산하 사찰에 문서를 보내도록 했는데 지레 겁먹은 자들이 많을 겁니다."

"불가 정화에 관한 건은 이미 경향 각지에 파급이 되었습니다."

도승법 실시 이후에 잡승은 많이 줄어들었으나 구승(舊僧), 즉 경력이 오래 되어 시경을 치르지 않고 도첩을 받은 승려들 가운데 문제를 일으키는 경우가 많았다. 정확히 말하면 뇌물을 써서 경력을 조작하여 시경을 하지 않은 승려들 가운데 수행이 부족한 말썽꾸러기들이 많았다는 말이다.

그 중에 하나가 불각(佛覺)이라는 자다. 이 자는 봉선사에 소속된 젊은 승려로 군역을 피하기 위해서 출가를 했다. 그런데 출가 전 좋아하던 동네 처녀가 있었는데 처녀의 집안에선 불각이 출가하자 당연히 혼인할 수 없음을 알고 다른 데 혼처를 정하여 혼례를 치렀다. 이를 나중에 안 불각은 배신의 분노를 억누르지 못하고 첫날밤을 치르는 처녀의 집에 찾아가 신랑과 신부, 그리고 말리는 신부의 모친까지 세 사람을 낫으로 난자하여 죽이고는 봉선사로 숨어버렸다. 경기 감사는 이 사실을 보고 받고 즉시 봉선사 주지 수진에게 대역부도한 살인마를 내어줄 것을 요청했지만 수진은 사실무근을 주장하는 불각의 말만 믿고, 세조대왕의 기신재(忌晨齋)를 이유로 포졸들의 절 안 출입을 금했다. 이에 강도와주(强盜窩主: 강도를 숨겨주거나 장물을 은닉한 자)의 죄는 능지처참의 율에 따라야 한다고 양사(兩司)에서 한 달 간을 치죄를 청하니 어린 임금은 마지못해 수진(守眞)을 하옥하게 하였다.

승려들의 비행은 이뿐이 아니었다. 전주 귀신사의 중은 기방에서 술이 취해 전주 관찰사의 사대부와 시비가 붙어 멱살을 잡고 뺨을 때리고 갓을 찢는 행패를 부리자 신고를 받고나온 포졸들과 무기를 들고 싸움까지 벌였다. 그리고는 귀신사로 도망가 숨어버리고 말았다.

그 말을 듣고 보우는 게송 한 수를 지었다.

큰 이름 아래에는 오래 거처하기 어려운 것
더구나 지리한 세월 만나 병든 몸 추운 데야
대중을 어지럽힘 다스릴 율법 제도 없다 해서
쇠잔한 얼굴 위에 부끄러운 기색도 없을 수야
구름 숲의 제 분수라면 돌아갈 마음 간절하고
세상 맛은 정이 없기에 이빨이 시릴 정도이네
어느 날에 옷을 떨치며 옛날의 은신처 돌아가
달 밝은 소나무 밑에 높이 누워 한가할 것인가.

그 일 이후 보우는 기강을 단속하고 타락한 중들을 퇴출시키기 위한 정화 운동을 전개했다. 이미 도첩을 받았으나 도둑질, 싸움질, 아녀자 겁탈, 사기, 행패, 협박 등 민폐를 끼치거나 사회적 물의를 일으키는 자는 승적을 박탈한다고 했다. 또한 도첩을 받지 않고 거짓 탁발하는 자는 즉시 관에 신고하여 벌을 받도록 했으며, 불승으로서의 품위와 품행을 유지하여 불자들이나 백성들에게 신의를 잃지 않도록 하며, 수행 정진에

힘쓰도록 당부하는 글을 내렸다.

"그런데 이번에는 판사 영감에 대한 정소(呈訴)가 올라왔습니다."

"소승에 대한 정소라니요?"

"혹시 일관이라는 중을 아시겠습니까?"

일관이라는 말을 듣자 지관의 표정이 일그러졌다.

"일관이라면 지난 번 행패를 부린 그놈 아닙니까? 주지를 안 시키고 왜 지방 말사로 보내냐고 생떼 쓰던 놈 말입니다."

보우는 고개를 끄덕이며 박 환관에게 되물었다.

"염불에는 마음이 없고 잿밥에 눈이 먼 놈인데 무슨 근거로 소승을 모함했단 말입니까?"

"누구는 뇌물을 써 큰 절의 주지가 되고 재물이 없는 놈은 평생 목탁을 두들겨도 시골 절밥이나 먹는다구요. 봉은사의 곳간은 전국에서 올라온 뇌물들로 넘쳐나고, 봉은사 중들은 호의호식해서 파둥파둥 살만 쪘다고 하더라구요. 특히 판사 영감님에 대한 모함은 말로 표현하기 어려울 정도입니다."

일관의 정소로 인하여 조정은 한동안 보우를 징계하여야 한다는 논의가 계속되었다. 사헌부에서는 다음과 같이 소를 올렸다.

'수년 이래 승도(僧徒)가 불어나 끝없이 도적이 되므로 상께서 이러한 폐단을 개혁하기 위하여 다시 양종을 세워 통솔하게 한 것은 대체로 어쩔 수 없어서였습니다. 그러나 승도는 상의 뜻을 알지 못하고 망령되게 상이 불교를 숭상한다고 여겨 잠시 교만하고 횡포해져서 문사를 구타하기도 하고 대죄인을 숨기기도 하여 제 마음대로 굴어 못하는 짓이 없었는데, 그 중에서도 선종 판사 보우의 흉특하고 간사한 짓은 무리 중 으뜸입니다. 상께서 특별한 은총을 내리시는데도 보우는 도리어 요망한 말을 하여 성상의 총명함을 현혹되게 하며, 여러 사찰의 주지를 차출할 때와 선과를 시경할 때에는 뇌물을 많이 받고 제 마음대로 뽑거나 물리쳐서 무지한 승도는 그를 왕사(王師)라고까지 하므로, 비록 통분해 하지만 누구도 감히 어쩌지 못한다는 것이 세간에 전파된 지 이미 오래되었습니다. 일관이라는 자가 현 시대가 불교를 숭상한다고 한 죄는 진실로 면할 수 없으나 다만 보우가 이미 일관의 정소를 당하였으니 피차 양조(兩造: 피고와 원고)가 허실을 대질하고 나면 죄를 받는 자도 원통함이 없을 것이며, 법의 사용에 있어서도 경중이 치우치지 않을 것입니다. 하오니 보우를 금부로 잡아들여 일관과 진위를 정하십시오.'

그러나 임금은 이를 논리적으로 조목조목 반박하였다.

"자기에게 절실하지도 않은 일을 가지고 수승(首僧)을 나무라고 헐뜯어 정소까지 하였고, 또한 내가 불교를 숭상한다고까지 하였으니 매우 놀랍습니다. 대체로 근래에 승도들이 기강이 없고 군역을 피하여 도적이 된 자들이 마음대로 머리를 깎았으므로, 당초에 양종을 다시 세울 때 꺼리는 승도들이 심히 많았습니다. 봉은사는 모든 절의 수찰이라서 보우가 자음이 되자 해치려고 꾀하는 자가 매우 많았지요. 그러나 끝내 그 뜻을 이루지 못하자, 모든 사찰의 자음을 차출할 때에 보우가 뇌물을 함부로 받아 위를 속였다고 하였지만 주지와 자음은 모두 예조의 수교(受敎)에 의할 뿐입니다. 보우가 뇌물 받는 것을 대간이 눈으로 보았습니까? 간흉(奸謀)한 승인이 보우의 직위를 빼앗고 싶으나 되지 않자 보우의 허물을 많이 전파한 것에 불과합니다. 조정에서 보우를 미워하는 것을 엿보고 함부로 성중에 들어와 법사에 정소하였으니 매우 놀랍습니다. 가령 보우가 뇌물을 많이 받았다면 사대부들도 보우에게 뇌물을 바쳤다는 이름을 면치 못할 것 아닙니까? 반드시 일관을 크게 다스린 다음에야 간사한 사람의 술책을 막을 수 있을 것이므로 금부에서 추국하도록 하십시오."

"그래도 주상께서 명민하시어 전후 사정을 알고 대처해 주셨고, 자전께서 방패막이가 되어 주셨지만 앞으로가 문젭니다."

박한종은 말을 마치고는 땅이 꺼져라 한숨을 내쉬었다.

"무슨 일인데 갑자기 벌레 씹은 표정이십니까?"

"자전께서 수렴청정을 그만둘 작정이신가 봅니다. 이제 주상의 춘추가 약관이 되었고 학문도 고명하여 졌으므로 탄신일을 기하여 친정하도록 공표하온다 하옵니다."

일순 보우의 표정이 굳어지는 듯 하였으나 이내 평정심을 되찾았다.

"예기치 못한 일은 아니지만 그리 큰일도 아닙니다. 섭정을 그만두신다고 지금까지 이룬 불사를 외면하실 분도 아니시고 부처님 일이라면 목숨 다하는 날까지 돕겠다고 약조하신 바가 있으니 괘념하지 않으셔도 될 것입니다."

이 말은 보우가 봉은사 주지가 되어 처음 면담하던 날 왕후가 했던 약속이었다. 그리고 약조대로 보우가 요청하면 들어주지 않은 일이 없었다.

대비는 임금이 왕위에 오른 지 8년째 되던 7월 어느 날 선정전(宣政殿)에 나가 수렴하고 대신들에게 명하여 앞으로 나오게 했다.

"나는 원래 불민한 사람입니다. 일찍이 서책을 보니 부인으로서 국정에 참여하는 것은 매우 아름답지 못하다고 하였습니다. 우리나라가 불행하게도 두 대왕(중종과 인종)이 연이어 승하하였으므로, 주상이 어린 나이에 보위를 이어, 국정을 맡길 수 없었기 때문에 내가 부득이 섭정을 하기는 하였으나, 미안한 마음을 일찍이 하루도 잊지 못 하였습니다. 더구나 재변이 계속 이어지고 여러 변고가 함께 발생함이 지금과 같은 적이 없었습니다. 나는 항상 내 부덕한 소치 때문이 아닌가 하여 주야로 근심하고 염려하였으며 2~3년 이래로는 항상 성상께 귀정(歸政)하고자 하였으나, 아직 주상의 학문이 성취되지 못하여 모든 기무를 홀로 결단할 수 없다는 이유로 굳이 사양하는 까닭에 머뭇거리다가 지금에 이르게 되었습니다. 이제 주상의 춘추가 장성하고 학문이 고명하여져서 군국의 여러 정사를 재결할 수 있게 되었으므로 이제부터는 귀정하고 다시는 정사에 참여하지 않을 것이니, 대신들은 국사에 마음을 다하고 성상을 잘 보도(輔導)하여 태평스런 정치에 이르도록 힘쓰기를 바랍니다. 정희왕후(貞熹王后: 성종의 모)는 8년 만에 귀정하였는데 나는 이미 9년이나 되었으니 지금 귀정하는 것도 너무 늦은 것입니다.”

이 말을 들은 주상이 탑(榻 :용상)에서 내려와 사양하며 계속 섭정해 줄 것을 요청했지만, 여러 대신들이 자전의 용단을 극구 찬양했고 수렴청정을 거두신 후에라도 큰일은 자전께 여쭈어 처리할 수 있으므로 지금은 자전으로 하여금 편안히 정신을 기르시게 함이 큰 효라는 말에 자전의 간절한 뜻을 받아들였다.

대비가 섭정을 그만 둔지 두 달여가 지난 어느 날 경복궁에 큰 화재가 발생했다. 고위 신하들과 정사를 논의하던 사정전(思政殿)과 침전인 강녕전(康寧殿), 세종 때 천체를 관측하기 위해 만든 흠경각이 전소했다. 불은 자정에 강녕전 편전인 온돌방에서 발화했다. 방에 불을 지피다 과열된 화기가 침구에 옮겨 붙으면서 삽시간에 이웃한 건물들을 태운 것이다. 이로 인하여 조종 조부터 전해 오던 진기한 보물들과 서적 및 왕후의 옷가지 등이 모두 재가 되고 말았다. 임금은 거처를 창덕궁으로 옮기고 선정전(宣政殿)에서 집무를 봤다.

그런데 발화자를 찾아내지 못하자 유신들은 감독관인 박한종을 물고 늘어졌다. 당시 왕세자의 공부방으로 쓰이던 비현각의 개축공사를 육조 판서들도 모르게 환관인 박한종이 맡아하고 있었는데 신하들이 모르는 공사가 어디 있느냐는 것이다. 이는 필시 자신의 직분을 이용하여 건축자재를 빼앗듯이 구해왔고, 종국에 임금에게 아첨하려는 수작 때문이라는 것이었다.

을사사화 때는 전명내환(傳命內宦 : 궁중에서 왕명을 전달하는 환관)으로 왕후 편에 가담하여 궁중의 기밀을 탐지하여 준 공로로 추성정난위사공신(推誠定難衛社功臣)에 책록되고, 이후 밀성군(密城君)에 봉하여 졌으니 신하들의 시선이 고울 리 없었다.

특히 궐내에 출가한 후궁들을 위한 절(안수당)을 박한종이 감독 하에 지을 때부터 유신들의 눈 밖에 나기 시작했고, 왕후에게 아부하여 내수사(內需司)를 설치하게 하고 우두머리가 된 것과 평소 권세를 빙자해 위세를 부리고 사대부를 협박하며 우습게 알던 박한종을 이 기회에 몰아내려 한 것이다. 내간수리총감역관(內間修理總監役官)으로 강녕전을 보수하다 실화를 했기 때문 책임을 물어 삭탈관직하라고 며칠을 두고 임금에게 탄원했다.

임금은 자신의 명을 받아 공사를 한 박한종이 무슨 죄가 있느냐. 죄가 있다면 차지환관(次知宦官: 각 궁방의 일을 맡아보는 환관)을 관리하지 못한 죄가 있으니 삭탈관직은 너무 무거우니 파직하도록 했다.

그런데 발화의 불똥이 엉뚱하게 보우에게까지 튀었다. 궁궐에 불이 난 것은 인재이기보다 천재에 가깝다. 주상을 비롯한 조정의 모든 신하들이 하늘에 계신 조종의 영혼에 죄를 지었기 때문이다. 부처를 받드는 일은 비록 자전의 뜻에서 나왔을 뿐 성상께서 신봉하지 않는다고 하지만 아침저녁으로 궁궐 담장 모퉁이에서 범패 소리가 멀리 바깥까지 들리는데 이것이 선왕의 후궁이 하는 행위라면 더더욱 부당한 일이니 이는 조종의 영혼에 노여움을 받을 일이라 했다.

특히 성균관 유생들은 요승 보우의 꼬임에 빠져 임금이 이교(異教)를 신봉하여서 양종을 창립하였기 때문에 하늘이 벌을 내렸으니 지금이라도 보우의 죄를 물어 극형에 처해야 한다고 상소를 올리기도 했다.

갑자기 종무원 밖이 소란스럽더니 문이 열리며 웬 사내가 들어왔다. 술을 마신 것처럼 얼굴이 벌겋게 상기되었고 눈이 작고 째진데다 꼬리가 올라가고 듬성듬성 난 수염으로 봐서 성질 깨나 부리게 생겼다. 지관이 뒤따라 들어와 그를 막아서며 만류한다.

"글쎄 이러시면 안 된다니까요. 여긴 신성한 법당이에요. 유자들이 함부로 드나들 수 없다는 팻말도 못 보셨습니까?"

"어떤 놈이야. 우리 형수와 붙어먹은 놈을 당장 찾아내."

순간 보우는 아연을 말하고 있다는 걸 직감했다.

"무슨 근거를 갖고 이 소란이십니까?"

"근거? 연놈이 헐떡거리는 현장을 엿본 목격자가 있는데 더 이상 무슨 근거가 필요해?"

소란을 듣고 무술을 익히던 덩치가 큰 젊은 승려 두 명이 달려 왔다.

"여기가 어딘 줄 알고 행패야. 당장 나가."

힘깨나 쓰게 생긴 승려가 사내의 멱살을 잡고 윽박지르자 사내가 낑낑

대며 소리쳤다.

"이거 놔. 이거 놓지 못해?"

"그만 둬. 절에 오신 손님한테 이게 무슨 짓인가? 가서 일들이나 보게."

보우의 말에 승려들은 합장을 하고 나갔다.

"자네도 나가 일을 보게. 이 손님은 직접 접견할 테니 차나 내오게."

지관까지 내보내자 사내는 씩씩거리며 문을 열고 나가는 지관의 등에 대고 소리쳤다.

"차 필요 없어. 내가 한가하게 차나 마시러 여기 온 줄 알아?"

"진정하시고 거기 앉아서 차근차근 얘기해 보세요. 소승은 이 절의 주지되는 사람입니다."

보우는 아무렇지도 않다는 듯 미소까지 담으면서 사내를 바라봤다.

"흥 네가 그 요사스럽다는 중 보우구나. 너 잘 걸렸다. 설마 이 절에 기숙하고 있는 윤아연을 모른다곤 않겠지?"

"공양주 보살님을 왜 모르겠습니까? 수고를 안 하셔도 되는데 원주를 도와서 봉사하고 있어서 늘 감사한 마음을 가지고 있습니다."

"그럼 그 여자가 사대부집 마나님인 것도 알고 있겠네?"

사내는 일부러 보우를 무시하려는 듯 반말을 썼다.

"절에서는 신분이나 출신을 묻지도 따지지도 않습니다. 본인이 말을 하지 않으면 알 수도 없고요."

"그래서 애를 못 낳는 여자에게 수태할 기법이라도 알려주었나?"

"부처님을 모신 곳에선 말을 가려서 하십시오. 나무관세음보살."

"왜 내가 못할 말을 했어? 비록 형님이 돌아가시긴 했지만 어엿한 우리 변씨 집안 사람이야. 내 무슨 수를 써서라도 통정한 놈을 꼭 찾아낼 테니 두고 봐. 분명 형수의 입에서 보우라는 이름이 나오도록 해주지. ㅎㅎㅎ."

보우는 그제야 어렴풋이 짐작이 갔다. 누군가의 지시에 의해 언젠가부터 자신을 감시하는 자가 있었고, 그 자가 자신의 존재를 드러내려 노골적으로 폭력을 휘둘렀으며, 아연과의 밀회 장면을 엿보고 이 사내를 찾아내 보복하도록 한 것이리라.

보우는 저도 모르게 '나무관세음보살' 소리가 입에서 튀어나왔다.

"어때 진상이 밝혀지기 전에 나와 협상할 생각은 없소?"

사내가 표정을 바꾸고 음흉한 웃음을 흘리면서 뜬금없는 말을 꺼냈다.

"무슨 말씀이십니까?"

"당신은 대비마마와 친하다고 하니 나 하나쯤 천거하는 것은 문제도 아니잖소? 난 지금 해남 현감으로 있는데 한양으로 불러올려 준다면 만사 없던 일로 하겠소."

"소승은 누구를 천거할 입장에 있지도 않거니와 대비마마를 뵙기도 어렵습니다. 더군다나 자전께서는 이미 섭정을 거두셨기 때문 정사에 참여하지도 않습니다."

"이거 왜 이래. 섭정을 거두셔도 임금께 변협이라는 이름자는 전달할 수 있을 거 아니요?"

'협'이라는 말에 아연의 샅타구니에 새겨진 '石' 자 문신이 생각났다.

"거듭 말씀드리지만 소승은 조정의 일에 참견하지 못합니다."

이 말에 사내가 탁자를 치며 벌떡 일어섰다.

"그래 끝까지 해보겠다는 말이지? 보름간 말미를 주겠소. 그때까지 아무 소식이 없으면 창기 같은 년과 당신은 무시하지 못할 줄 알아."

변협이 소리 내며 가래침을 읊아내더니 퉤하고 뱉으며 나갔다.

보우는 자리에 털썩 주저앉으며 눈을 감았다. 아연과의 황홀했던 장면이 떠올랐다. 보우는 고개를 저으며 분심을 없애려고 소리 내어 반야심경을 독송했다.

할! 하는 소리에 눈을 뜨니 태고 보우가 서 있었다.

"이 어리석은 화상아 무얼 생각하는 겐가?"

"아니, 언제 오셨습니까?"

"언제 오다니 늘 자네 마음속에 달고 다니면서. 그래 순간의 쾌락이 괴로움을 잉태할 줄 몰랐단 말인가? 쾌락을 좇으면 늘 고통은 따라 오는 법, 석가의 중도의 가르침을 아직 모르는가? 자넨 이미 승도의 계율을 어겼어. 그러고도 한 나라의 불가를 이끌어가는 수장으로서 부끄럽지도 않은가?"

"중생에게 자비를 베푸는 일이 어찌 부끄럽다고 하십니까? 득도한 중에겐 그것도 하나의 보시 아닙니까? 그걸 범속한 인간의 욕망으로 치부하지 마십시오."

"허 썩을 놈. 소를 도둑질해 놓고 고삐만 잡아 다녔다는 놈과 꼭 같군. 간이 배 밖으로 나온 거지. 이제 잡을 권세 다 잡고 누릴 영예 다 누리다 보니 부처님 사업엔 이골이 났단 말이지? 배때기엔 잔뜩 기름이 끼고 허파엔 바람이 들어앉았으니 염불에 마음이 있을 리 있나?"

"너무 나무라지 마십시오. 정인에게 정을 주었으되 집착하지 않으니 마음이 한가롭고, 한 여인의 수심과 회포를 풀어주었으니 적선을 한 게 아닙니까? 속세의 계율이 중하다 하나 무심 무상의 평화가 부처님 나라에 더 가까우니 부끄럽다고 생각하지 않습니다."

"할! 후안무치도 유만부동이지. 그렇게 부귀영화가 좋으면 가사를 벗고 벼슬길에 나서. 그 세치 혓바닥과 잔머리 굴림이면 능히 정승 자리엔 못 오를까? 쯧쯧."

"국사님, 진심으로 이 자리를 박차고 떠나고 싶은 생각 한두 번이 아닙니다. 소승이 때를 만나 유신들에게 수모를 받아가면서 이 자릴 지키는 건 자전께서 소승에게 주신 말씀 한 마디 때문입니다. '지금 대사가 없다면 영원히 불법이 끊어질 것이다. 후세에 영영 선의 가르침이 없을 것이다'는 신념과 원력 때문입니다. 저는 부처님께 물었습니다. 왜 하필 저입니까? 왜 제가 무거운 짐을 져야 합니까? 저도 깊은 산속에 처박혀 참선이나 하며 열반의 언덕을 거닐고 싶습니다. 그러나 부처님은 방긋이 웃으면서 그건 너에게 기회가 내려진 것이고 그게 네 업이라고 응답하셨습니다. 하나 이젠 지쳤습니다. 저도 쉬고 싶습니다."

"말 잘했다. 쉬고 싶어도 쉴 수 없는 게 내 업보니라. 지금도 유신들이 널 내치지 못해 안달이고 선종이 우월하니 교종이 나으니 서로 싸움질인데 네가 없어 봐라. 지금까지 해 온 일들이 다 물거품이고 사상누각이 될 거야. 견딜 수 있을 때까지 견뎌야 한다. 견디다 몸이 부수어지더라도 절 안에서 한 줌 재가 되어야 한다. 어떤 협박과 위협에도 굴해선 안 된다. 맞서서 이겨내야 해."

"불가의 위신과 체통을 위해서 이렇게 화려하게 꾸며야 하고 가식적인 표정을 지어야 하고 승왕이라 불리우며 사치스러운 대접을 받는 것도 이젠 지겹습니다. 그만 돌아가겠습니다."

"못난 것. 아주 복에 겨웠구나. 네가 떠나면 너만 바라보고 따라온 불자들은 어떻게 할 거냐? 너만 믿고 일을 맡긴 자전은 또 어떻게 하라고?"

"이제 선과도 치렀고 많은 대덕스님들이 선발되지 않았습니까? 그들이 잘 해나갈 겁니다."

"아직은 떠날 때가 아니네. 좀 더 방패막이가 되어 그들의 힘을 키워줘야 해. 지금까지 해 온 것처럼 그들이 어떤 환난도 이겨내고 큰 나무로 자랄 수 있도록 조금만 더 고생하게."

"싫습니다. 못 하겠습니다. 더 이상 자신이 없습니다."

"썩을 놈. 그렇게 나약한 놈이었나? 실망이야. 자신 없다면 더 이상 날 볼 생각도 마라."

태고는 화를 내며 석장으로 바닥을 치더니 사라졌다.

얼마나 시간이 지났을까? 보우를 찾는 여인네의 목소리에 눈을 뜨니 문밖은 땅거미가 내리고 있었다. 문을 열고 들어온 것은 아연이었다. 그녀의 얼굴을 바라보다 보우는 가슴이 덜컥 내려앉았다. 얼마나 참혹하게 두들겨 맞았으면 저렇게 부풀어 오르고 시퍼렇고 붉게 물들었을까? 얼굴이 저 정도면 몸에는 얼마나 많은 상처가 났을까? 몸을 굴려 이 곳까지 온 것으로 봐선 부러지지 않은 것만도 다행 아닌가? 아 인간의 잔인함이라니……. 보우는 몸을 부르르 떨었다.

"대사님 죄송해요. 저 때문에 갖은 수모를 당하셨죠?"

"아니 어떻게……."

보우는 차마 목이 메어 말을 이을 수 없었다.

"본성이 짐승 같은 사람이에요. 남편과 다를 바 없는 핏줄이에요. 형이 죽었으면 이만 놔둘 때도 되었건만 저를 지킨다는 핑계로 이렇게 뒤를 쫓아다니며 괴롭혀요. 어떻게 여기 있는 건 알았는지……."

"다 내 잘못이요. 내가 화를 불러들인 거요."

"제가 분수도 모르고 대사님의 권위와 명성에 흠결을 남긴 꼴이 됐네요. 용서하십시오. 그리고 그 동안 자비를 베풀어 주셔서 고마웠습니다. 함께하는 동안은 열반을 맛보았습니다."

아연은 하직 인사를 드리려는 듯이 땅바닥에 다소곳이 내려앉는다.

"아니, 이 무슨 짓이요?"

"제가 여기 있으면 그 사람이 대사님을 가만 두지 않을 겁니다. 아무도 몰래 한밤중에 나가려 했지만 도리가 아닌 것 같아 이렇게 인사드리고 떠납니다."

"그냥 있어요. 여기가 안전하오. 무술로 단련된 호위 승려들이 있으니 앞으로 그 자가 절문을 넘어오는 일은 없을 거요."

"아닙니다. 대사님은 이 나라 불가의 장래를 짊어지신 분. 저 혼자 대사님을 차지하는 것도 불자들에 돌팔매 맞을 일입니다. 그간 대사님에게 입은 은총만으로도 축복임을 알고 평생을 가슴에 품어 살 수 있을 겁니다. 하오니 제가 어디 있든 대사님이 함께 있는 것이니 부디 옥체 강녕하시길 빕니다."

"갈 곳은 정해 뒀소? 정 그렇다면 내가 잘 아는 암자가 있는데……."

"제가 알아서 하겠습니다. 대사님도 제 거처를 모르시는 게 평안할 겁니다."

말을 마치자 아연은 절을 했다. 절을 하고 일어서려는데 기우뚱하다 자세를 바로 잡았다. 몸이 많이 상한 게 분명했다.

"몸이라도 추스른 다음에 떠나는 게 어떻겠소?"

"아닙니다. 괜찮습니다."

 아연은 눈물을 보이지 않으려는 듯 머리 숙인 자세로 합장하며 재빨리 돌아섰다. 축 처진 어깨가 더욱 보우의 마음을 안타깝게 했다. 아연의 숨죽이며 흐느끼는 소리는 문을 닫고 멀리 사라진 뒤에도 이명처럼 보우의 마음을 흔들었다.

 교종 판사 수진(守眞)은 일전에 살인자를 숨겨줬다는 죄목으로 하옥되어 추고를 당한 후 깊은 상처를 입었는데, 유생들의 사주를 받은 말단 사찰의 주지가 자신은 뇌물을 바쳐 주지직을 얻었다고 상소하는 바람에 더 이상 교종 판사의 직분을 수행하지 않겠다고 체직서를 남기고 행선지를 알리지 않은 채 사라져 버렸다.

 보우는 수진이 설득해도 돌아오지 않을 것을 알았다. 그는 일전의 사건 때도 보우를 찾아와 신세 한탄을 했었고 승려들의 잘못된 풍속과 기강에 대해 분노하고 있었다. 그 당시에도 자신의 직책에 대해 회의를 느끼고 사의를 표명했었는데 보우가 겨우 설득하여 무마했었다.

 보우는 즉시 산사에 있는 휴정을 봉은사로 초치했다.

 휴정의 속명은 최여신(崔汝信)이다. 어느 날 노파가 찾아와 아들을 잉태하였다며 축하하는 태몽을 꾸고 이듬해 3월에 그를 낳았다. 3세 되던 해 사월초파일에 그의 부친이 등불 아래에서 졸고 있는데 한 노인이 나타나 '꼬마 스님을 뵈러 왔다.'고 했다. 두 손으로 어린 여신을 번쩍 안아 들고 몇 마디 주문을 외우며 머리를 쓰다듬은 다음 아이의 이름을 '운학'이라 할 것을 지시하였다. 그 뒤 아명은 운학이 되었다. 9세에 어머니가 죽고 이듬해 아버지가 죽게 되자 안주 목사 이사증(李思曾)을 따라 서울로 옮겨 성균관에서 3년 동안 글과 무예를 익혔다.

과거를 보았으나 뜻대로 되지 않아 친구들과 같이 지리산의 화엄동(華嚴洞) · 칠불동(七佛洞) 등을 구경하면서 여러 사찰에 기거하던 중, 영관대사(靈觀大師)의 설법을 듣고 불법을 연구하기 시작하였다. 그 곳에서 〈화엄경〉 · 〈원각경〉 · 〈반야경〉 · 〈법화경〉 등의 깊은 교리를 탐구하던 중, 깨달은 바 있어 숭인장로(崇仁長老)를 스승으로 모시고 출가하였다. 스무 살 되던 해에 일선(一禪)을 모시고 계(戒)를 받았다. 그 뒤 영관으로부터 인가를 받고 운수(雲水) 행각을 하며 공부에만 전념하다가 1549년(명종 4) 연산군 이후 처음 열린 승과(僧科)에 급제하였다.

휴정은 보우보다 나이가 열 살 이상 아래였지만 선으로 단련된 풍모나 수행 정도는 보우에 못지않을 정도로 제자도 많고 불자 사이에 잘 알려진 선사였다.

보우는 휴정을 맞이하여 세속 저간의 이야기로 화두를 삼다가 선교종의 우열 다툼에 이르자 휴정이 생각하는 선교관(禪敎觀)에 대해 물었다.

"세존(世尊)께서 세 곳에서 마음을 전하신 것이 선지(禪旨)가 되고, 부처님께서 일생에 말씀하신 것이 교문(敎門)이 되었습니다. 그러므로 선(禪)은 부처님의 마음이요, 교(敎)는 부처님의 말씀입니다."

세 곳이라 함은 다자탑 앞에서 자리를 절반 나누어 앉으심이 첫째요, 영산회상에서 꽃을 들어 보이심이 둘째요, 사라쌍수 아래서 관 속으로부터 두 발을 밖으로 내보이심이 셋째다.

"이른바 가섭존자(迦葉尊者)가 선의 등불을 따로 받았다는 것이 선지의 근원입니다. 부처님 일생에 말씀하신 것이란, 49년 동안 말씀하신 다섯 가지 가르침이니, 첫째는 인천교(人天敎)요, 둘째는 소승교(小乘敎)요, 셋째는 대승교(大乘敎)요, 넷째는 돈교(頓敎)요, 다섯째는 원교(圓敎)입니다. 이른바 아난존자(阿難尊者)가 교(敎)의 바다를 널리 흐르게 하였다는 것이 교의 근원입니다."

이는 선교의 근원을 밝힌 일종의 교상판석(敎相判釋:부처의 가르침을 나누어 분석함)이며, 그것이 지향하는 바를, 선과 교의 근원은 부처님이시고 선과 교의 갈래는 가섭존자와 아난존자임을 이르고 있다. 말 없음으로써 말 있는 데 이르는 것은 선(禪)이요, 말 있음으로써 말 없는 데 이르는 것은 교(敎)이다. 그러니 마음은 선법(禪法)이요, 말은 교법(敎法)이라는 말이다.

보우는 자신의 생각과 대동소이함에 흐뭇하게 생각하며 듣다가 맞장구를 쳤다.

"그러니 사람은 누구에게나 불성이 있기 때문에 누구나 수행정진하면 성불(成佛)할 수 있다는 말이지요?"

"대선사께서 이미 깨달으신 말씀입니다."

휴정은 이후 선교양종을 제도상으로 통합하기 위한 토대로서 선교관을 정립할 필요를 느껴 〈선교석(禪敎釋)〉을 저술하였다. 이 책은 독단을 피하고 옛사람의 어록을 인용하면서 자기의 주장에 반대하는 이론을 논리정연하게 설득시켜 선(禪)이 주요, 교(敎)는 선에 추종한다는 이론을 내세운 것이다. 즉, 선적(禪的)인 통일 불교의 토대를 굳힌 것으로 재래의 선문(禪門)에서의 소의경전(所依經典)을 타파하고 있는데, 전통을 전수 답습하는 데 그치지 않고, 본지를 구명함에 있어서의 자기의 주장을 내세우려 한 것이다.

"듣자 하니 부용 영관 대덕으로부터 계를 받았다 하니 태고 국사의 법맥을 이으셨겠군요?"

보우는 서산 대사에 대해서는 이미 승과에 급제했을 때부터 잘 알고 있었다.

"벽송(碧松)은 조(祖)요, 부용(芙蓉)은 부(父)며, 경성(敬聖)은 숙(叔)이라고 할 수 있습니다. 일찍이 태고(太古普愚)화상이 중국 무하산(霧霞山)에 들어가 석옥(石屋)에게 가사를 받았고 이것을 환암(幻庵)에게 전하였으며, 환암은 구곡(龜谷)에게, 구곡은 정심(正心), 정심은 지엄(智嚴)에게, 지엄은 영관에게 전하셨으니 소승은 임제종조인 태고보우 국사의 7대손이 됩니다."

"학식과 견문이 출중하고 후덕하여 문하에 뛰어난 제자도 많다고 들었습니다."

"소승이 후학들과 어울리기를 좋아하다 보니 따르는 승도가 많은 것뿐입니다. 문하생이라고 어디 출중한 제자만 있겠습니까? 말썽부리는 놈들이 더 많은 걸요."

말해놓고 보니 겸연쩍었던지 휴정은 호방한 웃음을 날렸다.

"사람들이 따르도록 다루는 기술도 큰 재보이지요. 장차 소승을 도와 불가를 재건하는 데 힘을 보태주십시오."

"과찬의 말씀이십니다. 대선사께서 불가의 부흥을 위해 헌신하신 덕분에 우리 승도들이 대접을 받고 참선에 진력할 수 있는 것 아닙니까? 더구나 산 속에 묻혀 사는 소승을 불러내시어 벼슬까지 주셨으니 소승이 미력하나마 도움이 된다면 무슨 일이든지 돕겠습니다."

보우는 다음날 서산 대사 휴정을 교종판서로 추천했고 며칠 후 조정에서는 그를 교종의 수승으로 임명했다.

보우는 끈질긴 유생들의 협잡과 모함에 신물이 날 정도였고 심신이 많이 피폐해졌다. 특히 보우가 믿고 선택한 중들이 자리다툼 때문에 작당하여 자신을 폄훼하고 모함하는 상소를 올리는 일은 더 이상 참기가 어려웠다.

단풍이 붉게 물들어가던 어느 날 예조 참판 윤춘년이 순시 차 봉은사에 찾아왔다.

지난 번 서산 대사와 속세에 대해 담소하다 윤춘년이 예조 참판에 부임했다고 하자 들은 말이 생각났다.

"그 양반 거 얼마나 방자하게 구는지 〈맹자〉에 '속이 충실하여 겉으로 광휘가 나타나는 것이 대(大)가 된다'는 말이 있는데 마치 자신이 그런 것처럼 언젠가 소승을 찾아와 '자신이 정진한 공부가 깊어서 방안에 광채가 있고 입 속에서 향기가 난다'하며 입김을 불어대지 않겠습니까?"

"하하 거 참 재미있는 양반이군요. 그래서요."

"그 비리고 구린 냄새를 견딜 수 있어야죠. 그래서 '이것은 선가에서 말하는 마장(魔障)이란 것이니, 대인이 비록 신광(神光)과 이향(異香)이 있더라도 별로 귀할 것이 없습니다.' 하니 그 다음부터 들리는 소문엔 나를 땡중이라 욕하면서 절교했다고 떠벌리고 다니더랍니다. 그뿐만이 아닙니다. 사람은 자신의 전생을 알아야 하는데 자신의 전신은 중 설잠(雪岑)이고 설잠의 전신은 맹자라고 생각하는 맹랑한 자이옵니다. 어허허허."

"그럼 맹자가 현신했단 말 아니오. 헛헛헛. 거 괴팍한 사람이군."

윤춘년은 을사사화(乙巳士禍)가 일어나자 친족인 소윤 윤원형(尹元衡)에게 아부하여 대윤(윤임)일파의 제거에 앞장섰다. 후에 윤원형의 형인 윤원로가 득세할 기미를 보이자 그를 모함하여 상소하였고 끝내 그를 귀양 보내 거세하는데 공을 세워 윤원형의 총애를 받았다. 그는 성품이 경망하여 사람에게 용납을 받지 못하여 항상 분해하고 원망하는 마음을 품었는데 윤원형의 앞잡이가 되어 생사여탈을 마음대로 하였으므로 사람들이 모두 손가락질을 하였으나 후환이 두려워 아무도 입을 열지 못하였다.

이처럼 윤춘년은 천성이 간사하고 편벽되었지만, 보우에게는 사람됨을 흠모하여 매양 말하기를 '천하에 좋은 사람이니 공덕을 쌓아 효험을 얻기를 바란다.'고 하였다.

그렇게 보우를 신임하던 그였으니 서산 대사를 교종 판사로 추천을 할 때도 겉으로 반대를 못하고 묵인할 수밖에 없었다.

보우는 윤춘년을 맞이하여 세상 돌아가는 이야기를 하다가 말미에 선종 판사 직과 봉은사 주지 직에 대한 체직서를 임금께 올려줄 것을 부탁했다.

"참판께서도 알다시피 소승은 오랫동안 많은 일을 하였습니다. 투병 중에 봉은사를 맡아서 허약한 몸으로 무리하게 일에 시달렸습니다. 자전께서 소승을 예쁘게 생각하여 흥불이라는 소임을 맡겨 주셨고, 대전에 있는 조항을 되살려 도첩제를 시행하여 이제 잡승들도 많이 없어지고 승려들의 신분도 보장을 받고 있습니다. 승과법을 시행하여 명산 고찰에서 수행하고 있는 불심이 깊고 덕망 있는 스님들도 많이 발굴해 내었습니다. 궁궐을 비롯한 여러 곳에 절간을 신축하거나 개축하여 불자들도 많아졌습니다. 유림들의 반대가 지금까지 있어왔지만 그걸 이겨내고 이제 우리 불가도 제 자리를 잡았습니다. 이렇게 중흥불사에 고심진력하다 보니 보시다시피 머리털이 다 빠지고 허옇게 되었습니다. 이제 쉴 때가 되었습니다. 군신지의가 두텁기 땅 같은데 어찌 성은을 저버리려 하겠습니까마는 처음 뜻을 이루었으니 산에 돌아가서 휴양하는 것이 산인의 근본 아니겠습니까?"

보우의 말을 들으면서 안색이 변하던 윤춘년이 보우가 말을 마치자마자 황급하게 만류했다.

"하오나 판사 영감께서 이렇게 갑자기 사직을 하시면 앞으로 불사는 어찌하란 말입니까?"

하나, 보우는 이미 마음을 굳힌 듯 담담하게 대답했다.

"지금 서산 대사께서 교종을 맡고 계시지 않습니까? 그 분을 불가의 수승으로 인정하시어 봉은사 주지로 추천한다고 전해주십시오. 그분이라면 충분히 선종 판사의 직책을 감당하고도 남을 인물입니다."

윤춘년은 몹시 당황하는 기색이었지만 보우의 완강하고 간곡한 신념과 피폐한 모습을 보고는 더 이상 만류할 수 없음을 알고 체직서를 들고 돌아갔다.

봉은사 주지 직을 맡은 지 6년 7개월이었고 선종판사 직을 맡은 지 4년 3개월 만이었다.

보우는 마침 청평사 주지 자리가 비어 있어서 못 다한 일은 벽운(碧雲)과 지관에게 맡기고 한강 나룻배에 몸을 싣고 춘천으로 떠났다.

임금님 조서로 선교를 부흥시킨 한강 가에
하고 많은 시비 중에 8년이나 지냈어라

명분을 이루었으니 어찌 새로운 자리 연연하겠나
병도 났으니 의당 옛 자연으로 돌아가야지
종정 사직의 짧은 글을 푸른 대궐로 던지니
임금 떠나는 외로운 발자취 백련암으로 향하다
모든 이들에게 알리노니 멋대로 상상하지 마라
때로 왔다가 때로 가는 것이 바로 우리 선자니라.

정글 속에서의 화두

 9월도 하순에 들어섰는데 여전히 태양은 뜨거웠다. 연구실로 오르는 언덕 옆엔 심은 지 얼마 안 돼 잎사귀조차 듬성듬성한 키 작은 벚나무 가로수들뿐이어서 그늘로 의지하기엔 어림도 없었다. 후끈거리는 시멘트 지열로 고사하지 않을까 걱정되었다.

 인터넷을 통하여 예전에 방송에 출연해 최면을 걸었던 교수를 찾아내 면담을 신청했다. 약속 시간에 맞춰 부지런히 발길을 재촉하는데 웬 놈의 연구실을 산 언덕에 만들었는지 다리가 퍽퍽하고 숨이 차면서 땀까지 흘러 귀찮게 했다. 손수건을 꺼내 보송보송 솟은 땀을 닦으며 택시 타고 올 걸 하는 후회가 뒤통수를 친다.

 5분 일찍 연구실에 도착했는데 이 교수는 기다리고 있었다. 조교가 내어주는 신청서를 작성하고 시술료 명목의 연구비를 지불하자 곧바로 최면실로 안내되었다.

 제공하는 가운으로 갈아입고 최면실로 들어갔다. 최면실은 사방이 검은

커튼으로 가려진 가운데 기다란 수면 의자가 있었다. TV로 볼 때와 다른 것은 뇌파 검사장비가 놓여 있다는 것과 최면 과정을 녹화하는 카메라가 놓여있는 점이었다. 기다란 의자에 눕자 조교가 들어와 이미와 머리에 단자를 붙이고 나가자 이 교수가 들어왔다.

"자 긴장을 푸시고 여기를 보세요."

TV에서처럼 교수는 라이터를 켜고 내 눈앞에 가져다 댔다. 라이터 불에 집중하자 기분이 몽롱해졌다.

"내가 레드 썬하고 불을 끄면 당신은 깊은 잠에 빠져 듭니다. 자 하나, 둘, 레드 썬!"

그 소리에 갑자기 피곤이 몰려오면서 눈꺼풀이 무거워졌다. 눈을 뜨려고 해도 천근만근이다. 잠에 빠져 든 것 같은데 말소리가 들려왔다.

"당신은 깊이 잠들었습니다. 아무런 걱정도 생각도 없이 당신은 먼 옛날로 돌아갑니다."

난 아주 빠른 속도로 하늘을 날고 있었다. 아니 자세히 보니 난 하늘에 떠 있을 뿐이고 세상이 테이프 리와인드하듯 아주 빠른 속도로 감기고 있었다.

"자 무엇이 보입니까?"

"아 할아버지, 할아버지가 나를 데리고 어디론가 가고 있어요."

"어디죠? 주변에 무엇이 보이나요?"

"친구들이 보여요. 놀이터도 보이고 아 유치원이네요."

"예. 거기서 나와서 좀 더 과거로 가봅니다. 가고 있나요?"

"예. 아주 빨리 가고 있어요."

"조선 시대로 가보도록 해요. 자 무엇이 보이죠?"

"사람들이요. 사람들이 저를 보고 합장을 하고 인사를 하네요."

"거기가 어디죠? 주변을 살펴보세요."

"절간이에요. 대웅전 앞이에요."

"당신은 어떤 복장이죠? 당신이 입은 옷을 살펴보세요."

"승복이네요. 손에는 염주가 들려 있고. 저기 주지 스님이 부르네요."

"뭐라 불러요? 당신이 이름이 뭔지 잘 들어 봐요."

"잘 안 들려요."

"잘 들어보세요. 분명 당신 이름을 부르고 있을 거예요."

"진관. 진관이래요. 내 이름이 진관 맞아요."

"예. 좋습니다. 다시 거기를 떠나서 더 오랜 옛날로 가봅시다. 자 가고 있나요?"

하지만 너무 고통스러워 대답을 할 수 없었다.

"아, 아."

"왜 그래요. 무슨 일이죠?"

난 시뻘겋게 달아오른 난로 위에 서 있었고 활활 타는 바닥에 떨어지지 않기 위해 불기둥을 안아야 했다. 몸이 타면서 뒤틀리고 호흡이 가빠지는데 참기가 힘들었다.

"앗 뜨거워. 싫어요. 싫어요. 으윽. 아이고……."

"자 잠깐만 참으세요. 이제 다 끝났습니다. 레드 썬 하면 최면에서 깨어나게 됩니다. 레드 썬."

그제야 몸이 편안해졌다. 몸은 땀으로 흥건히 젖었다.

"심호흡을 여러 번 하세요. 괜찮아요. 괜찮지요?"

난 고개를 끄덕였다.

"자 이제 눈을 뜨셔도 됩니다."

정신이 멍했다. 조교가 들어와서 뇌파 단자를 뗀 후 상담실로 안내되었다. 이 교수가 들어오자 난 황당한 상황에 대해 알고 싶었다.

"제가 마지막 본 게 뭐죠?"

"지옥을 갔다 온 겁니다."

난 아까의 생생한 기억에 진저리를 쳤다.

"지옥요? 정말 견디기 힘들었어요."

"미루어 짐작컨대 김도훈 씨는 죄를 지어 지옥에 갔고, 죄 값을 치른 후 여러 사람의 기도 덕에 스님으로 환생했던 거죠."

이 교수는 서가에서 책을 한 권 빼어 들고 앞으로 왔다.

"이게 대만의 장이쯔(江逸子)라는 화백이 지장보살본원경을 바탕으로 해서 지옥의 모습을 그린 지옥변상도(地獄變相圖)라는 화첩입니다."

이 교수는 책장을 하나씩 넘기면서 불가에서 말하는 지옥에 대해 자세히 설명해 주었다.

지옥은 지장보살이 관장하는 곳으로 그 곳에는 명부의 각 지옥을 관할하는 십대왕과 죄와 벌을 심판하는 판관(判官), 인간 세상에서 지은 죄를 기록하는 녹사(錄司), 죽은 이의 영혼을 데려오는 저승사자(使者)들이 있다. 지옥은 10개의 구역으로 구성되어 있다.

제1전 진광왕(秦廣王)이 관할하는 곳은 모두 세 곳으로 얼경대와 포주지옥, 자살지옥이다. 진광왕은 인간의 수명, 길흉, 명토에서 받아야하는 죄의 응보를 주관하고 있다. 지옥에 떨어진 영혼은 녹사의 지도에 따라 얼경대(孼鏡臺) 앞에 선다. 이 거울 앞에 서면 세상에서 범한 죄가 모두 낱낱이 비춰진다. 녹사가 철저하게 기록했기 때문 모든 변명은 소용없다.

죄가 있는 영혼은 여기에서 심판을 받고, 저지른 죄의 무게에 따라 받아야 할 벌을 결정한다. 만약 공덕과 죄가 비슷해 형벌을 면하는 경우 그 영혼은 제10전 맹파정(孟波亭)으로 옮겨져 직접 전생하게 한다.

포주지옥은 생전에 음욕, 사음, 간음을 저지른 사람, 외설 서적이나 비디오 등 영상물을 판매한 사람, 음란물을 저작, 촬영하여 소장, 또는 공공장소에서 전시한 사람 등은 모두 여기로 떨어져 붉게 타는 동(銅)기둥을 끌어안아야 한다. 전신의 피와 살이 타들어 가고 죽었다가 아침이 되면 다시 소생하는데, 다시 소생하면 또 기둥을 끌어안고 죽어야 한다. 이같이 반복적으로 처참한 고통을 겪으면서 자신의 죄 값을 갚아간다.

고대엔 온갖 선행 중 효행을 으뜸으로 삼았고 자살 죄를 가장 엄중한 죄로 봤다. 그래서 자살하는 사람은 자살지옥에 떨어진다. 자살하는 것은 어리석은 일로 매우 큰 고통이기도 하다. 자살한 후의 죄과는 더욱 괴로운 것인데 이 곳에서 반복해서 자살하는 고통을 겪어야 한다.

제2전은 초강왕(楚江王)이 관할하는 지옥인데 여기엔 한빙(寒氷)과 분뇨연못 지옥이 있다. 생전에 성도덕 풍속을 문란하게 하는 무용을 생업으로 삼은 사람. 알몸으로 사람을 유혹한 사람은 한빙 지옥에 떨어진다. 여기에는 몸을 가릴 옷이 없으며 항상 몸이 얼어붙는 극심한 추위의 고통을 당한다.

생전에 불효를 저지른 사람, 타인을 매도한 사람은 분뇨연못 지옥에 떨어진다. 분뇨연못 속에 있는 벌레가 죄인의 몸속으로 파고 들어와 살을 뜯어먹으며 찢어 놓는다. 죄인은 악취가 가득한 오물 속에서 처참한 고통을 겪어야 한다.

제3전은 송제왕(宋帝王)이 관할하는 도용지옥이다. 세상에서 권세를 탐하고 백성의 고혈을 탐닉하고 혼란을 부추긴 사람, 부당한 이익을 추구하고 정의를 짓밟은 사람은 방아에 내던져져 으깨지는 고통을 겪는다. 으깨졌다가 다시 소생하는 것을 반복해 고통을 겪으며 죄 값을 갚는다.

제4전은 오관왕(五官王)이 관할하는 열탕(熱湯)지옥이다. 생전에 살아 있는 생선을 즐겨 먹거나, 항상 뜨거운 물에 어류를 익혀 먹은 사람, 산 채로 가축을 조리했던 사람은 이 지옥에 빠진다. 이 곳에선 늘 뜨거운 물이 입에 부어지고 손가락은 뜨거운 양철통 위에서 불이 붙는 고통을 당한다.

제5전은 염라왕이 관할하는 도산(刀山)지옥이다. 이 곳은 정법수행의 환경을 파괴한 사람, 성인이나 선인을 비방하거나, 가짜 물건과 가짜 약을 제조한 사람, 타인의 재산을 가로챈 사람은 이 지옥에 떨어진다. 여기선 사방에서 쉴 새 없이 칼날이 떨어져 얼굴과 온몸에 꽂혀 살점이 떨어져 나가고 손가락, 발가락이 잘리는 고통을 겪는다.

제6전은 변성왕(卞城王)이 관할하는 서신(鼠腎)지옥이다. 음행에 탐닉해 불륜을 저지르거나 인륜을 어지럽힌 사람은 여기에 떨어져 쥐 떼에게 음경을 뜯기거나 파고들어 신장을 뜯어 먹히는 고통을 당한다.

제7전은 태산왕(泰山王)이 관할하는 구폐랑당 지옥이다. 권력을 유지하기 위해 충의(忠義)를 유린하고 양심을 져버린 사람은 이 곳에 떨어져 개에게 찢기고 이리에게 뜯김을 당하는 고통을 받는다.

제8전은 도시왕(都市王)이 관할하는 철탕지옥이다. 거짓말을 하거나 남을 속이거나 입으로 나쁜 짓을 저질러 악업을 지은 사람은 이 곳에 떨어져 열에 달구어져 녹은 철물을 입으로 마셔야 하고 속이 타오르는 고통을 겪는다.

제9전은 평등왕(平等王)이 관할하는 독사지옥이다. 이 곳은 최대 지옥으로 아비(阿鼻) 대지옥, 무간 대지옥이라 부른다. 부모를 죽인 사람, 탐욕, 원한 어리석음으로 남을 해치거나 중대한 악업을 범한 사람은 여기에 떨어져 독사에게 물림을 당하거나 몸속을 뜯기는 고통을 당한다.

제10전은 전륜왕이 관할하는 맹파정(孟波亭)이다. 옥황천존은 맹파에게 유명(幽冥)의 신(神)일을 담당하게 했다. 죄 값을 다 치르고 지옥에서 다른 세상으로 전생하는 사람은 이 곳에서 망혼탕(忘魂湯)을 마시고 전생 기억을 잊고 나서야 비로소 다른 세상으로 갈 수 있다.

형벌을 다 겪은 영혼들을 대상으로 귀왕은 버들가지를 흔들어 환생을 알리게 된다. 이 귀혼들은 업보의 바다를 따라 돌면서 인간으로 또는 소, 말, 양, 개, 닭, 돼지 등의 가축이나 조류나 포유류, 꿈틀대는 벌레 등으로 끊임없는 윤회에 들어가게 된다. 이 윤회를 벗어나는 것이 해탈이며 해탈을 해야 평화로운 열반에 도달하게 된다.

지하철 2호선 객차 안은 평일 낮 시간이어선지 빈자리가 많았다. 더운 날씨임에도 천정에서 떨어지는 냉기가 금세 덥혀진 몸을 시원하게 만들었다. 옆 좌석에 앉은 쉰은 족히 넘었음직한 아줌마가 주위 시선엔 아랑곳 않고 스마트폰에 눈을 박고 애니팡 게임에 열중이다. 건너편 얼굴이 갸름한 여학생은 예쁜 핸드백과 책을 다리 위에 가지런히 놓고 이어폰을 꽂은 채 잠이 들었는지 전동차의 움직임에 따라 머리를 흔든다. 난 팔짱을 끼고 머리를 뒤로 기댄 채 눈을 감았다. 조금 전 화첩에서 보았던 지옥의 모습이 떠오르자 나도 모르게 미간이 찡그려졌다. 피곤이 몰려왔다.

깜빡 잠들었나 보다. '다음 내리실 역은 삼성, 삼성역입니다.' 하는 멘트에 눈을 떴다. 앞 좌석의 여학생은 여전히 졸고 있었다. 삼성역 6번 출구로 나와 계단을 오르는데 계단 한 쪽 구석에 자그만 동전 바구니를 앞에 놓고 대 여섯 살 쯤 보이는 어린아이가 때 구정물이 진득하게 벤 옷을 입고 산발한 채 코를 흘리며 앉아 있었다. 그 옆에는 모친인 듯한 여인이 모로 엎드린 채 자고 있었다.

 불현듯 시골에 계신 어머니 생각이 났다. 아버지를 일찍 여의고 자신과 동생 뒷바라지를 위해 뼈골이 삭도록 일만 하다 늙으신 어머니. 동이 트자마자 일어나 바다에 나가 자맥질해서 감태를 한 망사리 채취해 마당에 풀어헤쳐 놓아서야 밥을 지었다. 분수 몰랐던 난 학교 늦는다고 투정부리다 부지런히 밥상 차리는 어머니에게 '안 먹어.' 한 마디 남기고 학교에 갔던 일. 그럴 때면 어머닌 도시락 두 개를 들고 학교로 찾아 왔다. 그러면 창피하게 학교까지 왔다고 다시 투정 부리고…… 생각에 잠기다 보니 지하도 입구까지 왔다. 뒤를 돌아보다 물끄러미 쳐다보는 아이의 처량한 눈과 마주쳤다. 사람들은 무엇에 바쁜지 그들을 외면한 채 앞만 보고 부지런히 오가고 있었다. 주머니를 뒤져 동전을 찾았으나 달랑 백 원짜리 하나뿐이었다. 계단을 다시 내려가 지갑에서 천 원 한 장을 꺼내 바구니에 놓았다. 바구니에는 백 원 동전 네댓 개뿐이었다. 그때 미화원인 듯한 중년 여인이 다가오더니 그 모녀에게 비켜나라고 야단쳤다.

 "요즘 세상에 보호 시설이 얼마나 많은데 비렁뱅이 짓이야? 나라에서 기초 대상자들 생활비 다 나오겠다, 사지 멀쩡하고 나이도 젊은 년이 돈을 쉽게 벌려고? 어서 나가. 나 같으면 몸이라도 팔아서 애들 먹여 살리겠다."

 야단을 들은 아이가 놀라 울면서 말했다.

"우리 엄마 아파요. 우리 엄마 살려 주세요."

"아프면 병원 가야지. 어서 나가래도."

미화원 여자는 매몰차게 그들을 몰아 세웠다. 누웠던 여인이 기침을 심하게 하며 상체를 세웠다. 우는 아이를 품에 안고 달래더니 휘청거리며 일어선다. 아이는 그런 경황에도 돈 바구니를 잽싸게 챙겼다. 어쩌다 저 지경이 되었을까? 착잡한 마음으로 계단을 올라와 코엑스 앞을 지나니 봉은사를 가리키는 이정표가 나왔다.

봉은사는 신라 시대 고승 연회국사(緣會國師)가 794년에 견성사(見性寺)란 이름으로 창건하였다. 신라 시대에는 왕실에서 건립하는 사찰의 조성과 운영을 위해 성전을 설치했는데, 성전 사원 일곱 사찰 가운데 하나였다. 성전 사원에는 일반 행정 관청과는 다른 특수 관청으로 관원들이 근무하며 왕실 사원의 행정과 업무를 담당했다. 봉은사는 신라 진지왕의 추복을 기리기 위해 혜공왕 대에 조성을 시작하여 선덕왕을 거쳐 원성왕 대에 이르러 완성되었다. 원래 봉은사는 선릉 부근에 있었는데 보우 대사가 현재의 자리로 옮겨 중건하였고 그 이후에 여러 번 개축을 하여 현재의 현대식 양식으로 바뀌었다.

주변을 두리번거리며 걷는데 블록 깔아놓은 인도 턱을 못보고 꽈당 넘어졌다. 창피해서 얼른 일어나 주변을 돌아보았으나 다행히 보는 사람은 없었다. 지나가던 택시 기사만이 창문을 열고 안됐다는 표정으로 바라보다 시선이 마주치자 가던 길로 사라졌다. 나는 얼른 일어나 바지를 터는데 손에 얼얼한 통증을 느꼈다. 거죽이 조금 벗겨져 생채기가 났으나 다행히 피는 나지 않았다. 나는 입술로 상처부위를 빨고 침을 뱉었다. 그제야 손에 쥐고 있던 핸드폰 생각이 났다. 핸드폰은 저만치 도로 한구석에 얌전히 놓여 있었다. 재빨리 주어 들었으나 이미 액정은 박살나 있었다. 아무리 조작을 해도 화면은 커지지 않았다. 참 재수 없는 날이다 생각하니 입에서 욕이 나왔다. 이거 어떻게 하지 핸드폰 속에 서울 사는 친구 전화번호가 저장되어 있는데……

도심 속에 자리한 봉은사는 주변에 높이 솟은 빌딩들 때문인지 영화로 왔던 예전의 모습을 찾아 볼 수 없었다. 용문사 원명 스님에게 불교 전각에 대해 들은 이후로 법당 안의 건물이 익숙하게 눈에 들어왔다. 사천왕이 지키는 진여문을 들어서니 2층으로 된 법왕루가 나타났다. 지금은 현대식 건물이지만 조선 시대엔 선종의 종무원이 있던 자리였고 보우 대사가 사무를 보던 곳이겠지?

법왕루 안으로 들어서니 대웅전이 나왔다. 대웅전 역시 현대식 건물로 석가모니 부처를 중심으로 아미타불과 약사여래상이 협시하고 있었다. 난 옆문을 통하여 안으로 들어갔다. 얼마 전 용문사에서 배운 대로 보료 위에 서서 삼배를 드렸다. 그리고 가부좌를 틀고 앉아 선에 들어가길 청했다.

생각을 비워내야 하는데 생각은 꼬리를 물고 나타났다. 내가 무엇을 좇아 여기까지 왔는지? 지안의 환하게 웃는 얼굴도 나타났다. 늙으신 어머니와 동생 경훈의 얼굴도 떠올랐고 아까 계단에서 잠깐 마주친 걸인 모녀의 모습도 떠올랐다. 장정들에게 맞아죽으면서도 환하게 웃음 짓는 보우 대사의 모습도 떠올랐고, 아비규환 지옥의 모습도 떠올랐다.

무엇 때문에 우리는 이렇듯 질시하고 고생하며 아파하는 것일까? 정말 전생에 지은 업 때문인가? 아니면 무지와 욕심과 아집 때문인가?

이런저런 생각을 하는데 절옷을 입은 여자와 남편인 듯한 사람이 들어

왔다. 그들은 시주함에 봉투를 집어넣더니 함께 백팔 배를 올렸다.

나는 조용히 자리에서 일어났다. 대웅전을 내려서니 선불당(選佛堂)이 나왔다. 여기가 조선 명종 때에 선종의 수찰로서 승과를 치러 불승을 뽑던 곳이라 생각하니 보우 대사의 숨결이 느껴졌다.

오른쪽으로 돌아드니 보우당이라는 현대식 건물이 나왔다. 건물 앞에 안내판 내용으로 보아 신도 교육관인 모양이었다. 보우당 오른쪽 야트막한 비탈길을 오르니 판전(板殿)이란 편액이 붙은 전각이 나왔다. 판전이란 편액은 추사 김정희 선생이 필체를 고심하며 쓴 마지막 글씨라는 걸 어떤 소설에서 읽은 적이 있다. 이 판전은 1855년 남호 영기 스님과 추사 김정희 선생이 뜻을 모아 판각한 화엄경 소초 81권을 안치하기 위하여 지어진 전각이다. 후에 다시 유마경, 초발심자경문 등을 더 판각하여 현재 3,438점의 판본을 보관하고 있다.

판전 앞을 지나니 국내에서 가장 크다는 미륵대불이 나왔다. 벽에 새겨진 글에서 10년의 공사를 거쳐 1996년에 완공되었다고 쓰여 있었다. 그 앞에 미륵전이 있었는데 예전의 법왕루를 그대로 옮겨 놓았다 한다.

봉은사 경내를 둘러보고 진여문 밖으로 나오는데, 사람들이 검은 세단 차량 앞에 모여 웅성거리는 모습이 눈에 들어왔다. 자동차에 누가 다친 모양이다. 가까이 가보니 쓰러진 사람은 아까 지하도 계단에서 쫓겨난 걸인 여자였고, 야단치는 사람은 법당에서 백팔 배를 올렸던 부부였다. 아이는 쓰러진 엄마를 붙들고 일어나라고 소리치며 울어댔다.

"아니 수위는 뭐하는 거야? 걸인들 드나드는 걸 제지 않고."

절옷을 입은 여자가 도도한 자세로 경비실을 바라보며 말했다. 그러자 곁에서 구경하던 신도들 중 하나가 불쑥 앞으로 나서며 끼어들었다..

"이거 자해공갈단 아냐?"

그러자 동행한 여자가 부부의 눈치를 슬쩍 살피더니 쓰러진 여인을 야단쳤다.

"엄살 말고 일어나. 잠깐 스친 걸 가지고 괜히 돈 뜯어 낼 생각 말고."

곁에 모여든 사람들은 전후 사정도 따져보지 않고 걸인 모녀만 질책했다.

"왜 거기서 불쑥 나타났대?"

계집아이는 억울하다는 듯 울면서 추궁하는 부인을 쳐다봤다.

"우리 엄마 살려 줘요. 우리 엄마 병 낫게 해달라고 기도드리러 왔단 말이야. 나 돈 있어."

어린애는 주머니에서 천 원짜리 지폐 몇 장과 동전을 꺼내 보였다.

"병 나으려면 병원 가야지, 절간엔 왜 와?"

어린애는 쓰러진 엄마를 흔들어 대며 서럽게 울었다.

"엄마, 일어나, 엄마."

"바빠 죽겠는데 별것들이 다 속을 썩이네. 에이 재수 없어."

선글라스를 낀 절옷 입은 여자가 침을 퉤하고 내뱉었다. 그러는 사이 수위가 달려 왔다. 수위는 걸인 모녀를 아는 듯했다.

"하 이 아줌마, 말을 안 듣고 또 왔네."

수위를 보자 절옷 입은 여자가 거만하게 나섰다.

"수위아저씨, 절간을 아무나 드나들게 하면 어떻게 해요?"

"죄송합니다. 잠시 화장실 간 사이에……."

"우리 바빠서 그런데 119 불러서 처리해 주세요. 문제 있으면 여기로 연락주시고요."

여자는 지갑에서 명함과 오만 원 지폐 두 장을 꺼내 건넸다.

"예, 알았습니다. 어서 가서 볼 일 보세요. 알아서 처리하겠습니다."

수위는 쓰러진 여인을 안아 한 쪽으로 옮기고 길을 내며 세단을 지나가게 했고, 세단 뒤에다 허리 굽혀 '안녕히 가십시오.'라며 절까지 했다.

나는 속에서 욕지기가 올라오는 것을 비겁하게 참았다. '아니 도대체 왜들 이러는 거지? 절이라는 곳이 돈 있고, 힘 있는 사람들만 드나드는 곳인가? 부처님께 많은 돈을 시주하면 그것으로 끝인가? 입으로는 부처님 자비를 말하면서 거만 떨며 유세 부리다니. 돈을 주려면 다친 걸인 모녀에게 줘야지, 수위에게 주는 건 또 뭐람? 형상은 껍데기에 불과하고 누구에게나 불성은 있다는데. 저 아줌마는 무슨 업을 지었기에 많지도 않은 나이에 병을 얻어 저 고생이며, 저 어린 것은 무슨 죄로 저렇게 마음받는 것인가? 헌데 어째서 부처님께 기도하면 병이 나으리란 생각을 했을까? 도대체 부처가 뭐기에……?'

내 머릿속은 복잡해져만 갔다.

문제가 생긴 것을 안 것은 2호선 시청역에서 내려 덕수궁 입장권을 사려고 지갑을 찾을 때였다. 바지 뒷주머니에 넣어두었던 지갑이 없어졌다. 황당했다. 아까 봉은사 앞에서 넘어질 때 빠졌는가? 가만히 생각해 보니 분명 지갑에서 돈을 꺼내 지하철 티켓을 샀으니 그 이후에 없어진 것이란 생각이 들었다. 퇴근 시간에 붐비던 지하철 안에서 누군가에게 소매치기 당했음에 틀림없다고 생각하니 욕지기가 나왔다.

대한문 앞 돌 지주에 앉아서 어떻게 할까 생각했다. 주머니를 뒤져보니 남은 건 백 원 동전 한 개와 카드 환불 받은 오백 원 동전뿐이었다. 지갑에는 주민증이랑 체크카드도 있고 현금도 정확히 21만 6천 원이 있는 걸 지하철 티켓을 구입할 때 확인했었다.

은행에 가서 신고할까 하다가 카드야 통장에 돈이 몇 천원 밖에 없으니 문제 없으려니 생각하고 그만두었다. 헌데 서울에 있는 친구 전화번호를 기억할 수 없으니 낭패다. 혹시나 하고 휴대폰을 꺼내 전원을 눌러봤지만 역시 먹통이다. 생각나는 전화번호가 하나도 없다. 돈이 없다고 생각하니 배가 고팠다. 새벽까지 마신 술 때문에 속이 안 좋아 아침과 점심 거른 게 후회되었다. 아침에 먹은 거라곤 모텔 냉장고에서 꺼내 먹은 드링크 한 병이 전부였다. 거리에 가로등이 켜지자 귀가하는 사람들 발걸음이 빨라지고 있었다.

마땅히 갈 곳도 없었다. 경찰서를 찾아가 사정해 볼까 생각하다가 어느 하세월에 지갑을 찾을 것이며, 지갑을 분실한 자신이 미련만 파는 꼴이라 생각하고 그도 그만두었다. 주민증이 있으니 돌아오겠지. 남들은 단식투쟁도 하고 다이어트도 하는데 몇 끼쯤 못 참을 게 뭔가 생각도 되었다. 청계천을 따라 걸었다. 헌데 정말 기분이 엿 같았다. 졸지에 집도 없고 아는 사람도 없는 거리의 방랑자 신세 아닌가? 동생한테 전화 걸어 도움을 청할까 생각했는데 역시 전화번호가 생각나지 않았다. 얼마나 통화를 안했으면……. 사무실은 이미 퇴근 후이고 시골 집 전화는 없애버린 지 오래였다.

그래도 혹시 114에 문의하면 알 수 있을 거라는데 생각이 미쳤다. 다리에 갑자기 힘이 생기는 듯 걸음이 빨라졌다. 한참 거리를 두리번거린 후에야 공중전화 박스를 찾았다. 수화기를 들고 114를 누르니 동전 떨어지는 소리와 함께 곧 상냥한 목소리가 반겼다.

"예. 사랑합니다. 고객님. 무엇을 도와드릴까요?"

나는 경훈의 인적사항을 말했으나 핸드폰 전화는 안내원한테는 등록이 안 되어 알 수 없다는 대답이 들려왔다. 이젠 정말 노숙자가 되는구나 생각하니 허망하고 참담한 심정에 다리마저 후들거렸다. 오백 원 동전 달랑 하나 남았다 생각하니 쓰기가 아까워 바지 주머니 깊숙한 곳에 보관했다.

서울시청 청사 이마에 새겨진 시계를 보니 열두시가 가까워져 오고 있었다. 밤공기가 매우 차서 몸이 덜덜거렸다. 예전에 학교 다닐 때 생각이 났다. 겨울 방학 때였다. 서울에 있는 친구를 찾아 와서 밤새 술을 마시다 보니 돈이 다 떨어졌었다. 몸에서 취기가 빠져 나가자 한기가 몰려왔다. 버스는 끊어진 지 오래고 지하철역도 없는 곳이라서 추위를 피해 밤을 지새울 공간이 필요했다. 그때 친구와 밤을 지새웠던 곳이 어느 빌딩 계단이었다. 빌딩은 밤새 스팀도 잘나올 것이라 친구가 말했지만 정작 에너지 절약을 위해 스팀은 꺼져 있었다. 그때 계단 한 쪽에 차곡차곡 쌓여 있는 골판지를 꺼내어 바닥에 깔고 웅크리고 잤다가 새벽녘에 남의 물건 망쳐놓았다고 넝마주이에게 호되게 당한 일이 생각났다. 생각이 거기까지 미치자 예전에 TV에서 봤던 서울역 지하도가 노숙자들의 숙소란 것을 기억해 냈다. 이정표를 살피며 서울역 쪽으로 걸음을 옮겼다.

늦은 시간이라 사람들의 자취가 뜸했다. 서울역 지하도를 내려가 걷다가 문득 벽에 걸린 시화들을 발견했다. 제목을 보니 '어울리지 못하는 자들의 타는 가슴' 이란 제목 밑에 '서울역 노숙자 시화전' 이란 문구가 눈에 들어왔다. 나는 발걸음을 멈추고 시화들을 감상했다. 문학적인 세련미는 없었지만 시마다 구구절절 아픔들이 찐하게 다가왔다.

'파도여 어쩌란 말이냐, 이 운명을' 이란 시화 앞에서니 가슴이 먹먹해지면서 뜨거운 기운이 솟아오르더니 끝내 눈물 한 줄기를 만들어내고야 말았다. 손수건을 꺼내어 눈물을 닦는데 누군가 다가오는 기척을 느꼈다. 얼른 손수건을 집어넣고 손등으로 눈가를 정리했다.

어디선가 내 모습을 훔쳐봤던지 사내의 목소리가 들려왔다.

"이 시 마음에 드십니까?"

돌아보니 수더분하면서도 사람 좋아 보이는 인상을 한 중년의 남자였다.

사실 눈물을 만든 건 시가 아니었다. 시는 단순히 매개 혹은 동기에 불과했고 불시에 노숙자 신세가 된 내 처지의 처량함이 눈물을 만들었다. 울고 싶은데 뺨을 맞은 격이다. 하지만 난 차마 그 말을 할 수 없었다.

"예. 아주 마음에 와 닿네요. 혹시 이 시 쓰신 분이세요?"

"뭐 시라고 내놓을 게 못 돼요. 세상이 원망스럽고 엿 같아서 신세 한탄해 본 거지요."

조명경. 시화에 적힌 이름을 처음 봤을 때 여자일 거란 생각은 빗나갔다. 그는 씻지 않아 냄새나고 구질구질할 거라 생각했던 노숙자의 모습은 아니었다.

"노숙자 맞으세요?"

"노숙자는 타고나는 게 아닙니다. 옛날에는 운명처럼 가난을 대물림했지만 요즘 어디 그런가요? 세상이 각박해지다 보니 사기도 당하고, 오고 갈 데 없으니 길에서 자는 신세가 된 거지요."

그는 자신의 시 앞에서 눈물 흘리는 내가 아주 고마웠는지, 아니면 마음이 통한다고 생각했는지 나를 붙들고 신세 한탄을 했다.

명경 씨는 한때 잘나가던 중소기업의 오너였다. 4대강 개발 사업으로 한창 경기가 좋을 때는 직원 50여 명에 레미콘 차 열 대를 운영하며 밤샘 작업을 해도 물건대기가 어려울 정도로 바빴다. 명경은 넥타이를 매고 오후 출근했고, 저녁이면 로비를 하느라 매일 고급 식당에 룸살롱까지 거쳐 새벽녘 녹초가 되어서야 귀가할 정도로 잘 나갔다. 헌데 욕심이 화근이었다. 몽골에 중국 사람을 내세워 레미콘 공장을 가동하려고 수백억을 투자하였는데 사기를 당했다. 게다가 설상가상으로 납품했던 건설업체가 부도를 내는 바람에 물건 값을 한 푼도 받지 못했다. 헌데 더 분한 건 건설회사 사장이 미리 재산을 빼돌리고 일부러 부도를 냈고, 삼 년인가 살고 나와선 바지사장을 내세워 회사를 만들어 지금은 떵떵거리며 살고 있다는 것이다. 여러 달 직원들 봉급도 밀리고 은행 빚에 납품업체에서 돌아온 어음을 막지 못해 결국 파산하고야 말았다. 아내와 어린 자식은 빚쟁이들 성화에 중국으로 도피한 후 소식도 없고, 늙으신 모친은 치매 병원에 있는데, 막노동을 하며 번 돈은 한 달 병원비로 빠듯하다고 했다.

명경 씨는 사정을 듣고 자신의 거처로 나를 데려갔다. 늦은 시간이라 술판을 벌린 두어 명을 제외하곤 여기저기 담요를 덮고 자고 있었다.

"저 사람들, 하루 벌어 술 먹는 게 낙이에요. 나도 한동안은 분하기도 하고 맨 정신으론 잠을 잘 수가 없었죠. 헌데 이러다간 폐인 되겠더라고요. 그래 정신 차리자고 새벽에 막노동 뛰고 저녁엔 문학 강좌도 들어요."

노숙자 중엔 낮에는 멀쩡하게 직장 출근하면서 방값 아끼려고 들어오는 사람들도 있고, 수억이 들어 있는 저금통장을 가진 사람도 있다고 했다. 복지를 내세우는 세상을 만나니 세탁이나 목욕, 세면을 할 수 있는 공간도 있고 공원에 가면 운동 시설도 있고 잡일이긴 하지만 찾으면 일자리도 있으니 부지런만 하면 꾀죄죄하고 구차스럽게 살지 않아도 된다고 했다.

명경 씨를 따라 숙소 구역에 도착했을 때 처음 목격한 것은 싸움이었다.

사람들이 웅성거리며 빙 둘러선 원 안에 한 사람이 피를 흘리며 쓰러져 있었다. 머리 벗겨진 노인이 아직 분이 덜 풀린 듯 악다구니를 쓰며 야구 방망이를 들고 쓰러진 사람을 다시 폭행하려 하자 명경 씨가 달려가 막아섰다.

"그만하세요. 무슨 일인데 그러세요?"

"말리지 마, 저런 개새낀 아주 작살을 내버려야 돼. 신의도 없는 새끼가 사람 새끼야?"

쓰러진 사람은 아주 많이 맞았는지 신음소리만 가늘게 내뱉을 뿐 움직이질 못했다.

"엄살 말고 일어나 이 쥐새끼 같은 놈아. 술 사줘. 담배 사줘. 그런 은공도 모르고 남의 물건에 손을 대. 이 쌍놈의 새끼야."

피 흘리는 사람은 속이 많이 상했는지 몸을 발작하듯 부르르 떨뿐 대꾸도 하지 못했다.

"이 개새끼가. 정말 배설 창자를 꺼내놓아야 잘못했다고 빌 거야?"

머리 벗겨진 노인이 다시 부아가 치미는 듯 달려들 기세를 보이자 명경 씨가 허리를 껴안았다.

"어허. 참으세요. 사이좋게 지내다 이 무슨 짓입니까?"

"저 새끼 끝까지 오리발 내미는 거 봐. 이 새끼야 우길 걸 우겨라. 내 돈에 표시해 놓았는데 그걸 아니라고? 쌍놈의 새끼 너 앞으론 내 앞에 얼씬거리지 마. 죽여 버릴 거야. 이 배신자 새끼."

옆에서 구경하던 사람이 쓰러진 사람을 살펴보다 다급하게 말했다.

"죽었나봐. 숨을 안 쉬어. 구급차, 얼른 구급차 불러."

쓰러진 사람의 얼굴은 핏기가 빠지며 하얗게 변해가고 있었다. 사람들이 몰려들어 확인하고 사람 죽었다고 난리를 피웠다.

"개새끼 쇼하고 있네. 어서 일어나 임마."

머리 벗겨진 노인은 그를 발로 툭툭 찼지만 아무 반응도 없자 노인의 얼굴도 하얗게 변했다. 잠시 후 연락을 받은 119 구급대원들이 왔고, 뒤늦게 경찰이 와서 머리 벗겨진 노인을 데리고 떠나서야 상황은 일단락되었다.

"에그 폭행한 늙은이도 돈 때문에 자식한테 버림 받더니. 돈이 뭔지. 쯧쯧. 영감 감방 안에서 인생 종치게 생겼구만."

눈앞에서 사람 죽는 것을 보다니 몸이 오싹해지며 떨렸다.

나중 출가해서 알았지만 그 날 겪은 일들은 부처님이 내게 던진 화두였다.

명경 씨는 자신의 옆에 내 잠자리를 마련해 주었다. 그리고는 새벽에 자기와 같이 일 나가자고 하면서 가방을 뒤져 빵과 팩 우유를 권했다. 가방 안에는 빵이 가득했다.

"자 먹어요. 시장하면 잠도 잘 안와요. 어서 먹고 자야 낼 기운내고 일 나갈 수 있어요."

나는 건네는 빵이 하도 반가워 고맙다는 인사도 없이 받자마자 봉지를 뜯어내고 허겁지겁 네 개나 먹었다. 그리곤 명경이 건넨 골판지 밑에 담요를 깔고 누웠다. 너무 피곤한 하루였지만 잠이 오지 않았다. 명경 씨는 벌써 잠이 들었는지 콧소리가 요란했다.

숲 속에서 길을 잃었다. 주변을 살펴보니 매일 지나다녔던 곳인데 길이 사라지고 바위로 막혔다. 나무를 타면서 다른 길로 돌아서면 낭떠러지로 길이 끊어졌다. 낭패감에 고개를 들어 위를 쳐다보니 바위 위에서 참선에 잠긴 스님이 보였다. 나는 바위를 기어올라 스님 앞에 엎드렸다.

"스님 도와주십시오. 도저히 길을 찾지 못하겠습니다."

스님은 못 들었는지 꿈쩍도 하지 않았다. 난 다시 큰 소리로 스님을 불렀다. 그제야 스님은 눈을 지그시 뜨며 나를 바라보았다.

"귀 안 먹었다. 이놈아. 숲 속에는 수많은 길이 있는데 왜 길이 없다고 하느냐?"

"저는 도저히 찾지 못하겠습니다. 저 좀 살려주십시오."

"거 맹랑한 놈이네. 코끼리가 쫓아오기라도 해? 찬찬히 잘 살펴 봐. 만들어진 길에 익숙해 있어서 새로운 길을 개척하기가 두려운 게지? 길이 왜 없어? 길은 어디에나 있다. 남이 만들어 놓은 길을 가는 것보다, 없는 길을 만들어 다른 사람들을 편하고 행복하게 인도하는 일도 누군가는 해야 할 것 아닌가?"

그제야 나는 그가 보우 대사임을 알았다. 조선의 유림이라는 숲 속에 불가의 길을 내신 분.

"안수정등(岸樹井藤) 일화는 들어보았나?"

"코끼리가 쫓아와서 우물에 숨었는데 등나무 줄기를 타고 내려가니 바덕에는 뱀들이 우굴거렸다. 헌데 등나무에서 떨어지는 꿀에 심취되어서 등나무를 갉아먹는 쥐를 의식하지 못한다는 말 아닙니까?"

"녀석. 아는 놈이 그리 엄살을 떨어? 숲 속을 봐. 한 가정이 오순도순 살기에 밀림 속에는 너무 많은 유혹과 위험들이 도사리고 있지. 살인과 사기, 협잡과 폭력, 질시와 탐욕에서 세상을 구하는 것은 부처님만이 할 수 있어. 그런데 부처님한테 가는 길을 모르는 사람들이 많아. 눈을 감고 가만히 생각해 보게. 부처님이 자넬 사랑하신다면 그 길을 알려줄 걸세."

나는 눈을 감았다. 갑자기 머릿속이 맑아지며 어디선가 빛이 흘러드는 것을 느꼈다. 눈을 뜨니 스님은 간 곳이 없고 눈앞에는 지금까지 보지 못했던 길이 환하게 빛을 내며 열려 있었다.

속이 부글거리는 느낌에 눈을 떴다. 머리에서 욱신거리며 기관실 발전기 돌아가는 소리가 나는 듯했다. 신열이 나는 지 춥고 떨렸다. 자기 전에 먹은 우유와 빵에 문제가 있었던 것이라 직감했다. 잠결에 신음소리를 들은 명경 씨가 일어났다.

"속이…… 전쟁이 났나 봐요."

"이런. 유통 기한이 며칠 지나지 않은 건데, 아직 단련이 안 돼서 소화를 못 시켰구만?"

"화장실, 화장실 급해요."

나는 상체를 일으키며 일어서려다 머리가 어지러워 그만 주저앉고 말았다.

"여봐요. 김 형! 도훈 씨! 괜찮아요?"

청산에 살리라

한강에 배를 놓아 물길을 거슬러 오르면서 춘천 경운산의 청평사에 이르렀다.

청평사는 당나라 승려인 영헌 선사의 옛 거처였고 고려 진락공(眞樂公) 이자현(李資玄)이 고사리 캐며 은거하던 곳이다. 또한 당나라의 박달 존자, 고려 이응 존자, 보제 존자, 조선의 묘엄 존자, 함허당 수이 선사와 매월당 김시습도 청평사에 머물며 선학을 연구하고 글을 썼다. 보우는 청평사에 노니는 한가로운 마음을 다음과 같이 노래했다.

'봉우리가 높아 이리저리 배회하고 동굴과 구렁이 깊고도 평온하니 진실로 말로 형용할 수가 없을 만큼 참으로 하늘이 만들고 땅이 숨겨놓은 깊은 지역이다. 저 풍악산의 기이한 바위 고상한 돌이나 태백산의 웅장한 봉우리 큰 골짜기가 비록 관람에 놀랄 만하고 자랑할 만하다 하나, 자연의 구슬 같고 그림 같아 애틋하게 구경할 만한 것이 이것과는 아름다움을 비교할 수가 없다. 선종의 등불이 빛을 숨기고 교종의 바다 흐름이 멈춘 뒤부터 감히 이 높은 발자취 이을 이가 없어 햇살이 참담하고 바람이 슬퍼 구름이 시름겹고 물이 목 메인 지가 오래다. 지금에 와서 내 보잘 것 없음으로 특별히 왕명을 이어 여기에 머무를 수 있게 되니 자신을 돌아보고 분수를 살펴도 어찌 부끄러움이 없겠는가. 그러나 산을 사랑하고 물을 좋아하는 것은 역시 천성의 소유인지라. 지팡이 하나 짚신 한 켤레로 용담 못 위에서 하나의 탑을 어루만지고 사향 풀 속에서 한 쌍의 비석을 읽으니, 앞 사적이 아련하고 옛 자취가 보이는 듯하다. 유생과 불자가 비록 삼생의 다름이 있음이 슬프다 하여도, 담쟁이에 비치는 달과 소나무에 이는 바람은 오히려 다름없음이 기쁘다. 하물며 천제단이나 부처 전각과 서쪽 시내 남쪽 연못과 바위 언덕 신선마을이 노니는 뭇사람들의 눈귀를 즐겁게 하고 옷깃의 먼지를 씻게 하는 곳이다. 모두 마음대로 탐방하고 구경하여 전생에 못 다한 인연을 다하려 한다. 스스로 아름다운 경치가 눈에 가득찬 것을 감상하고 행복스런 느낌이 품에 가득한 것을 이기지 못하여 22운을 읊어 병든 회포의 만분의 일을 드러내노라'

28세에 벼슬을 버리고 전국의 명산을 유람하다 청평산에 들어가 선학의 연구로 일생을 보낸 이자현을 흠모하면서, 보우는 이 청평사에 숨어 다시는 한양으로 돌아가지 않겠다는 결의를 했다. 그리고 청평산의 아름다운 절경에 반하여 청평팔영(淸平八影) 등 근 백 수에 달하는 시를 남겼다.

그러나 세상은 그를 산 속에 휴양하게 가만 놓아두질 않았다. 보우가 청평사로 돌아와 보니 옛 절이라곤 했지만 너무 낡았다. 절은 고려 때

영현 스님이 창건하여 백암선원이라 했고 고려 광종24년(973년) 때 이의가 중건하면서 보현원(普賢院)이라 했다. 그의 아들 이자현은 문종 때 문과에 급제하여 대악서승(大樂署丞)이 되었으나 관직을 버리고 청평산에 들어와 당과 암자를 짓고 나물밥과 베옷으로 생활하며 선을 즐기며 살았다. 그러던 중 문수보살을 두 번이나 친견하는 법력을 얻은 뒤 문수원(文殊院)으로 고쳤다. 고려 때 예종이 차와 비단포를 보내어 이자현을 벼슬길에 나오게 했으나 장자에 나오는 '종고(鐘鼓)의 음악과 호량(濠梁)의 물고기' 고사를 인용하면서 자연 그대로 살게 내버려 두시기를 바라는 간곡한 글을 써서 사양했다. 이렇듯 평생을 산속에서 수도 생활을 연명하다 돌아가자 임금은 '참된 풍류를 아는 자'란 뜻에서 진락(眞樂)이라는 시호를 내렸다.

신라 시대 원나라 조정에서 석가모니가 왔으니 참으로 세대를 뛰어넘는 절이고 실로 비교할 수 없는 신묘한 불상이었는데 먼지에 침식되고 좀벌레에 먹혀 이마에는 머리털이 없고 얼굴에는 도금이 벗겨지고 비바람에 찌들어 도리가 기울고 주춧돌이 벗어났다. 이에 보우는 중이 갈 곳이 없으니 부처도 갈 곳 없게 되었다고 생각하고 아픈 몸을 이끌고 중창 계획부터 세웠다. 전각을 수리하고 요사채를 첨가하였으며, 옛 불상을 수선하고 불상이 없던 것을 여럿 조성하였다.

많은 비용이 드는 중창이 가능했던 것은 내수사를 통한 자전의 아낌없는 지원 탓이었다. 청평사에 와서도 보우는 자전과 왕실의 기복강녕을 위해서 날마다 불공을 드렸다. 청평사의 형편을 전해들은 윤원형은 임금을 설득하여 칙지를 내려 보냈다. 왕실의 양재기복을 위해서 낙산사에서 관음대법회를 열라는 것이었고 법회의 주승은 보우가 임명되었다.

법화는 인산인해를 이룰 만큼 성황을 이루었고 보시된 재물이 청평사를 중창하는 기반이 되었다. 보우가 한양을 떠나온 후 승속의 많은 사람들이 소양강을 거슬러 청평사를 찾아왔고 불자들이 보시한 물자로 생활은 넉넉했다.

선종 판사의 자리에서 물러났지만 여전히 양종의 감독권은 보우가 쥐고 있었다. 양종 판사나 장무들이 일이 있을 때마다 청평사에 와서 보우에게 도움을 청하고 협의를 했다.

보우가 물러나자 선종과 교종은 다시 자기 산문(山門)의 우열을 가지고 싸웠다. 서로 으르렁거리며 장차 오와 월의 관계처럼 원수가 되려 했다. 견디다 못한 서산 대사 휴정도 2년 만에 판사직을 버리고 금강산으로 들어가 버렸다. 그러자 보우는 보고 있을 수 만 없어서 양종 판사를 청평사로 초치하고 따끔하게 일갈했다.

"오직 우리 석가모니께서 도가 지극하심이 후대엔 없소. 도솔의 하늘에서 남주의 언덕으로 내리시다 법을 설하려고 영산에 모이자 나중에 연꽃을 들어 보이셨지. 사람이 구름처럼 모여들었지만 귀머거리인양 그 뜻을 아무도 몰랐소. 오직 늙은 가섭만이 얼굴을 펴서 홀로 미소 지었지. 이에 세존이 '나에게 정법안장(正法眼藏: 부처의 덕을 읽을 수 있는 마음)이 있는데 가섭에게 부탁한다.' 했소. 이로부터 부처가 푸른 연꽃 눈으로써 대중들에게 고하여 알리되 선종 등불은 가섭 마음에 점 찍고, 교종의 바다는 아난의 입에서 물 흐르게 하였소. 가섭에서 사자존자에 이르는 서천의 28조, 선종의 초조 달마에서 혜능에 이르기까지 육조가 구르고 굴려 묘지를 전하되 모두가 세존의 말씀으로 죽고 사는 길을 헤쳐 왔소. 말씀으로 도의 참됨을 증명하고 불법을 보여 불가의 가르침을 밝히셨소. 어찌 보고 듣는 인연을 떠나서 밖으로 부처의 진수를 구할 수 있겠소. 선종은 부처의 마음이고 교종은 부처의 말씀이니 마음과 말씀 어기지 않으니 언제 선과 교가 둘인 적 있소이까? 다만 이름 따라 서로 달라서 깊고 얕은 차이 있는 듯하지만 어찌 하나의 법 가운데 옳고 그름이 있겠소. 막히면 미혹함이 있고 통하면 깨닫지 않음 없는데 어찌하여 두 종중의 중은 모두 이 도의 진리를 모르는 것이오. 이기려는 마음 제거하지 못하고 교만 방자해서 부끄러움 모르면 강을 사이에 두고 전쟁이 일어나고 낯을 대하면 서로 질시하지 않겠소? 얼음과 숯처럼 어울릴 수 없는 사이가 되고 분노의 기운이 두 귀에 넘쳐 거스르면 오랑캐와 같고 물과 기름처럼 어울리지도 못해 의리는 동갑내기에 미치지 못하고 정은 형제와 같지 못한 것 아니겠소이까?"

판사들은 눈을 감고 보우의 말을 고개를 끄덕이며 음미하고 있었다. 여기까지 말을 마친 보우는 찻잔을 들어 목을 축이고는 목소리를 더 높였다.

"승려들의 일이 이와 같으니 부처의 법을 누가 믿겠는가? 너희들 무리는 어찌하여 하늘 가르침을 모르는가? 임금의 은혜 저렇게 깊은데 감히 두려운 생각이 없소? 바라건대 과거의 잘못을 고치고 높낮음을 논하지 마시오. 제가 높다 하면 남이 비웃고 자기를 낮추면 남이 지혜에 굴복하는 법이니 더 이상 어리석은 논쟁하지 말기 바라오. 제발 선심으로 돌아가시오."

보우는 주장자를 쿵하고 내리치면서 말을 마치었다. 양 판사는 지당한 말씀에 한 마디 대꾸도 못하고 보우 앞에서 화해의 자세를 취하고 돌아갔다.

많은 사람이 청평사를 찾아왔지만 보우는 문전에서 투병중이라는 핑계를 대고 그들을 물리쳤다. 그런데 어느 날 머리를 기르고 승복을 입은 젊은이가 보우를 만나겠다고 금강산에서 찾아왔다. 멀리서 그가 절 안으로 들어오는 것을 지켜본 보우는 그의 몸에서 나오는 범상치 않은 기운을 느끼곤 그를 맞아 들였다. 그는 자신을 이숙헌이라고 소개했다.

　"금강산 마하연에서 공부하면서 대사님에 대해서 많은 것을 듣고 배웠습니다. 저는 부처님의 제자가 되려고 입산했으나 유가에 대해 배울수록 불가에 대해 회의가 듭니다. 더구나 요즘에 불승들이 하는 짓을 보면 더더욱 그렇습니다. 대사님은 불가의 가장 큰 어른이시고 두 학문에 대한 이해가 깊다고 들었습니다. 가르침을 얻고자 하니 좋은 말씀 주시길 간청합니다."

　광채가 날 정도로 형형한 눈빛이 많은 수행을 한 스님처럼 예사롭지 않은 젊은이란 걸 짐작할 수 있었다.

　"요사이 절간 선원에 중이 없은 지 오랫다더니 나 같은 사람의 소문이 멀리까지 들렸구만. 불교의 글은 반 구절의 게송도 알 수 없고 공자의 책 어찌 온건한 글 해석할 수 있겠소. 보다시피 병이 들어서 오랜 시간을 대화할 수 없네만 경전을 배우겠다는데 내 어찌 마다할 수 있겠는가? 그래 내가 몇 마디 먼저 묻겠네. 어찌해서 부처님 제자가 될 생각을 했던고?"

　"자친께서 일찍 세상을 뜨셔서 눈앞이 캄캄했고 살고 싶지 않았습니다. 묘 옆에 움막을 짓고 시묘를 하고 있었는데 어떤 스님이 지나가다가 선비(先妣)의 영혼을 천복하기 위해서는 부처님 전에 빌어야 한다고 해서 아무에게도 알리지 않고 무작정 짐을 싸서 금강산으로 갔습니다. 그러나 소인의 눈에는 전부 허황되게 생각될 뿐입니다."

눈썹 하나 까딱하지 않고 흐트러짐 없이 바라보며 말하는 당돌하면서도 확고한 말투에 보우는 젊은이의 정체에 대한 호기심이 발동했다.

"자네 혹시 호가 어떻게 되는가?"

"율곡이라 부릅니다."

"그랬구만, 이율곡이라? 어려서부터 시를 아주 잘 짓는 신동이 이렇게 성장했구만?"

보우가 처음 봉은사 주지로 임명 받았을 때 경기도 어느 마을에 13세 난 소년이 진사 시험 초시에 합격했다는 소문을 들은 적이 있었는데 그가 이율곡이었다.

"부끄럽사옵니다만 아직 공부가 부족합니다. 하온데 이 청평산이 매월당께서 기거하시던 곳이라는 걸 알고 계시지요?

"아다마다. 32살 나던 해 세조가 단종의 왕위를 찬탈하자 모든 책을 불태우고 이 산으로 들어와 절 아래에 세향원(細香院)이란 초막을 짓고 숨어 살면서 시를 지었지. 입산 후 이 산 저 산을 방랑하며 산 속에서 나가지 않았어. 그래서 생육신의 한 사람으로 불리지 않는가?"

"매월당의 일생은 비록 떠돌이 삶이었습니다만 배운 것을 실천에 옮기는 학자의 의무에는 엄격했던 분입니다. 백세의 스승이라 할 만합니다."

"공부를 많이 한 것 같은데 무엇이 그리 궁금한가?"

"공자와 석가를 모두 대성(大聖)이라 칭하는데 천하를 구제함에 있어서는 마땅히 우열이 있지 않겠습니까? 설명을 듣고 싶습니다."

불승에게 유불의 우열을 따지다니 상당히 당돌한 질문이었지만 태도가 매우 진지해서 보우는 잠시 눈을 감고 생각을 정리하고 나서야 입을 때였다.

"옛말에 대허(大虛)를 그리고자 하는 자는 붓을 대자마자 상(像)을 끊는데서 어긋나고, 푸른 바다를 움켜쥐려 하는 자는 병에 물을 담자마자 그 무애함을 잃는 법인데, 하물며 대성인의 드러나지 않은 덕을 어떻게 언어로 형용하여 그 높고 깊음을 헤아릴 수 있겠는가? 그러나 유교와 불교를 논변하는 이들이 고금에 하나 둘이 아니어서 그 학설이 책을 이루어 세상에 두루 유행하고 있네. 헌데 선인들이 유석에 대하여 변론한 책들 가령 상영의 호법론이나, 은부의 현정론이나, 모자의 이혹론이나, 법림의 변정론 등을 구해서 공부하지 왜 나에게 와서 묻는 것인가?"

이율곡은 경청하고 나서 고집스럽게 채근했다.

"소인은 여러 선현들의 설을 다 열람하였으나 의심을 결단하지 못하였는데, 대사께서 이가(二家)의 이치를 깊이 체득하심을 전부터 듣고 있어서 특별히 여쭙는 것이니 거절하지 말아 주십시오."

"그대가 발설하는 이 한 말씀이 반드시 생각하는 바가 있으리니 의심이 있으면 의당 질문하라. 공자가 제자 안연과 계로에게 말하되 '어찌 너희들의 의지를 말하지 않냐' 함도 있으니 나의 의지도 역시 말하리라."

율곡은 잔뜩 호기심이 어린 눈빛으로 다가 앉으며 말을 이었다.

"공자의 제자들은 말하기를 '우리 성인이 성인이 된 것은 중(中)으로서 천지에 자리 잡고 화(和)로서 음양을 다스린다 합니다.(중용 제1장에 중은 천하의 큰 근본이고 화는 천하의 큰 통달이니 중과 화를 이루면 천지가 자리 잡고 만물이 자란다는 말이다) 만세의 생민들에게 은택을 주되 넓다 여기지 않고 만세의 귀머거리 소경을 열어주되 밝다 여기지 않으며, 만세에 윤리 강상을 세워주되 유구하다 여기지 않는다. 크고 큼이여 태극을 삼키고 넓고 넓음이여 만물을 기르도다. 환하구나. 윤리 질서가 있음이여 밝구나. 문장 제도가 있음이여 밝고 밝으며 빛나고 빛나 사람들이 칭찬해 발할 수가 없으니 어찌 공하고 공한 적멸의 거짓 진리로 견주랴.' 합니다. 이에 석가의 제자들은 곧 말하기를 '우리 부처가 부처가 된 것은 높게도 한 기운(우주 생성이전의 혼돈. 곧 천지 만물의 본원)보다 먼저 뛰어났고 아득하게도 천지 이의(천지 또는 일월)의 표상을 벗어났다. 밝기는 해와 달보다 더하고 덕은 건곤(하늘 땅)보다 뛰어나 모습(相) 없는 모습으로 법계에 충만하고 소리 없는 소리로 세상에 넘쳐난다. 사부 중생을 아들로 삼아 너와 내가 없고 삼천 대천 세계를 집으로 삼아 안도 없고 바깥도 없다. 만물을 비호하되 끝이 없고 온갖 영혼을 기피하되 처음이 없다. 진리의 도는 종요로운 도를 뛰넘는 도이고 현묘의 법계는 법계를 벗어나 또 현묘한 법계이다. 높고 높도다. 넓고 넓도다. 사람들이 이름으로 일컬을 수 없는 자이니 어찌 윤리 강상의 사소한 가르침으로 서로 비교될 것인가.' 합니다. 두 집안의 제자들이 각기 뛰어난 점만 감탄하여 자기 스승을 높이기 때문에 말에 어긋남이 많아 오히려 적처럼 모순되니 어찌 여기에 의심이 용인되지 않겠습니까? 만약 불가의 말이 옳으면 유가의 말이 그르고 유가의 말이 옳으면 불가의 말이 그른 것 아닙니까? 한 쪽이 옳으면 한 쪽이 글러 형세가 함께 설 수가 없으나 응당 돌아갈 바는 있을 것이니 한 말씀 내리어 남은 의심을 해결해 주십시오."

막힘이 없고 거침이 없이 쏟아져 나오는 언사에 보우는 지그시 눈을 감고 듣다가 말이 끝나기를 기다려 화답했다.

"크도다 물음이여, 아름답다 의심이여. 참으로 사람들이 묻지 못할 것을 물었고 사람들이 의심하지 못할 것을 의심했다 할 만 하구나. 아마도 대답하기 어렵지 않겠나. 그러나 질문이 있는데 답이 없을 수 없으니 어리석음을 따지지 않고 내 40자를 들어서 운에 답하여 질의에 가름하겠네."

보우는 다시 눈을 감고 나직하게 읊조렸다.

손잡이 없는 둥근 물건이 있으니, 누가 두 끝을 나눌 수 있는가?
물과 파도는 원래 같은 습기(濕氣)요, 얼음과 눈은 본래 같은 한기(寒氣)로다.
도가 어찌 유석(儒釋)으로 나뉘겠는가? 사람들이 창과 방패를 세운 것이라.
슬프도다, 미친 후배들이여! 그림자만 보고 서로 잡으려 다투는구나.

눈을 떠 보니 율곡도 눈을 감고 생각에 잠겨 있었다. 보우는 다시 말을 이었다.

"고요한 방 허전한 당에서 마음 먼지 쓸어내고 한 번 펴 살핀다면 두 집안의 같고 다름을 볼 수 있을 것이네. 세상일은 어느 하나만을 고집하게 되면 모순에 빠지는 경우를 초래할 수 있지. 유학과 불교는 세상의 교화를 위하여 서로 도우며 올바른 길로 한 수레바퀴를 굴려 나가는 가르침이라 생각하네."

"공자님의 상도와 부처님의 권도가 일치한다는 말씀이십니까?"

"그렇지. 전체를 보지 못하고 한 쪽에 치우치기 때문에 불교의 승려는 인(仁)을 애착이라 하여 거부하게 되고, 유교의 선비는 불교인에 대해 인륜을 저버린 금수로 보는 것이네. 이렇듯 전체를 못 보는 한계 때문에 유교와 불교의 분열과 오랑캐와 중화의 분별이 일어나는 것이지. 인의를 본성으로 삼으면서 충효를 마음으로 지키는 화법사의 경우가 불자들이 본받아야 할 모범이네. 임금에 충성하고 어른을 공경하는 큰 작용이 적멸에서 말미암아 일어나고, 형상을 끊고 명목도 여읜 큰 근본이 사물에 있으면서 항상 운행됨을 아는 것이니, 이것이 어찌 헛되이 공(空)을 지키는 어리석은 선객이나, 단지 의를 등진 미친 중에 견주겠는가?"

보우가 말을 마치자 율곡은 공감한다는 듯 고개를 끄덕이며 화두를 돌렸다.

"마음에 새겨 두겠습니다. 하온데 대사님은 퇴계 선생의 이기호발설에 대해 어떻게 생각하십니까? 소생이 보기에는 도저히 이해하지 못하는 부분이 있습니다."

"퇴계 선생은 주자의 이기론을 체계적으로 정리해 놓았는데 무엇을 이해하지 못하겠다는 것인가?"

"퇴계 선생의 이기호발설은 모순이 있습니다. 사물이 생겨나는 과정에서 이와 기가 둘 다 발한다는 것은 말이 안 되는 겁니다. 즉 '이'란 원리요, '기'란 형체를 말하는데, 이란 원래 있었고 거기에 기가 발하면 서로 발하여 사물이 생겨났다든지 이와 기가 동시에 발하여 사물이 이루어진다는 것은 이가 기보다 우월하다는 것인데 이를 어찌 호발이라 할 수 있습니까? 이란 것은 원래 형태가 없는 것이고 형태가 없는 것은 운동성이 없는 것이기에 스스로 발생할 수가 없는 것입니다."

"그렇다면 이보다 기가 중요하다는 말인가?"

"아닙니다. 어디까지나 형태를 가진 기가 먼저 발하는 것에서 사물이 만들어지기 때문에 이와 기는 서로 오묘하면서도 조화로운 관계인 것입니다. 이에 못지않게 기도 중요한 것이지 어찌 이귀기천(理貴氣賤)이 옳다고 할 수 있겠습니까?"

"그럼 이기지묘(理氣之妙)란 말이구만."

사물의 원리인 '이'를 중요하게 생각하여 주리론(主理論)을 주장한 이황은 명분론자였고, 원리보다 눈앞에 보이는 형태에 관심이 많았던 이이는 현실주의자였다. 서인의 대두였던 이이의 이런 현실적인 측면은 나중에 실학에도 많은 영향을 끼쳤다.

성리학의 우주관인 이기론은 오랜 시간 많은 유학자들의 논쟁거리가 됐다. 어쨌든 성리학의 우주관은 원리인 '이'와 형태인 '기'로 설명되기 때문에 '이기이원론'이라 하는데, 이황은 '이발'과 '기발' 두 가지로 우주론을 설명했기 때문에 '이원론적 이기이원론'의 입장을 취했고, 이이는 오로지 '기발'만 가능하다고 보았기 때문에 '일원론적 이기이원론'의 입장을 취했다.

보우는 이 젊은 선비가 대단한 학문을 이룰 재목이라는 것을 알아차리고 불가에 귀의하지 말고 학문을 연마하라는 의미로 시구를 지어 읊고는 그를 떠나보냈다.

그러나 후에 율곡이 보우를 요승이라 규정하며 그의 죄를 논하는 장문의 '논요승보우소'라는 상소를 올릴 줄은 꿈에도 생각 못했다.

인간세상 부귀롭고 영화로운 권문의 손이
책상 짊어지고 산을 오르니 생각 서글프다.
유가 선비가 어찌 부처 제자 될 수 있으며
병든 중이라 남의 스승 되기 부끄럽구나
선비 찾은 중은 시를 구하는 것이 합당하고
중을 찾은 선비는 응당 불교 이야기 묻다
우리 불가에 떨어지지 말고 좋게 돌아가라

보우는 하도 많은 사람들이 찾아오는 게 귀찮아서 비밀리에 설악산 백담사로 거처를 옮겨 버렸다. 그렇게 유유자적하며 심신을 휴양하고 있던 어느 날 박한종이 보시 물자를 싣고 백담사로 찾아왔다.

"아니 어떻게 알고 이 먼 곳까지 찾아오셨습니까?"

"왜 산속에 숨으면 모를 줄 알았소? 내수사가 뭐하는 곳입니까? 왕명을 받으면 이 나라 안에서 못 찾아낼 사람 없지요."

"헌데 어떻게 된 겁니까? 다시 복직이 되신 겁니까?"

"사람 믿기 어려운 세상에 마음에 쏙 들게 일 잘하는 사람 어디 구하기 쉽습니까? 마음고생 많이 하면서 이젠 내 세상 끝나는구나 생각했는데 다시 부름을 받았습니다."

박한종은 으스대며 간사한 웃음을 지었다.

"아주 잘된 일입니다. 경하 드립니다."

보우는 박한종의 능력으로 못 찾아낼 사람 없다는 말에 시험이라도 하듯 툭 던졌다.

"그렇게 잘 찾으신다니 소승도 찾고 싶은 사람이 있는데 가능하겠습니까?"

"신원만 정확하다면 어렵지 않은 일이지요."

"밀성군께서도 아시는 사람입니다. 왜 지난 번 봉은사에 왔을 때 마주쳤던 처자 있잖습니까?"

윤아연. 마음이 허전 할때면 눈앞에 아른거리던 얼굴이었다. 간 밤 꿈에도 나타나 울기만 하던 아연에게 무슨 일이 있다는 것을 보우는 직감했다.

"아 그 윤씨 처자 말씀입지요?"

"예. 소식 들은 지 오래 되었는데 요즘 꿈에 자주 나타나는 게 이상해서요."

"아직 소식 못 들으셨군요. 글쎄, 변협이라는 놈이 관아의 일은 보지 않고 사람을 풀어 윤씨 처자 행방을 쫓았는데, 결국 용문사에 숨어 있던 부인을 찾아내었지요. 그리고는 주변에서 말리는데도 몽둥이로 개 패듯 두들겨서……. 결국 처자는 수모를 참지 못해 목매달아 자진했다고 합니다."

보우의 눈가가 파르르 떨리더니 기어코 눈물 한 줄기가 콧등자락으로 스르르 흘러내렸다.

"나무관세음보살. 어찌 사람이 그렇게 잔인할 수 있단 말입니까?"

눈물을 소매로 닦으며 말하는 보우의 목소리는 떨렸다.

"그를 벌해 달라는 소장이 들어왔지만 그 자가 판사 어른을 들먹이며 무죄를 주장하는데 유신들이 전부 그의 편을 들었다 합니다."

보우는 자신 때문에 죽음을 택한 아연에게 용서를 빌고 싶었다. 잠시 눈을 감고 신묘장구대다라니를 암송하는데 박한종이 명상을 깼다.

"제가 여기 온 이유는 자전마마 교지를 전달하기 위해섭니다. 이제 그만큼 쉬셨으면 돌아와 봉은사 주지를 다시 맡으시라는 분부시옵니다."

보우는 이 말에 자신의 귀를 의심했다.

"소승 할 일이 아직도 남았단 말입니까?"

"아주 중한 일이어서 대선사님이 아니시면 안 된다 하옵니다. 정릉을 천릉하는 일이니까요. 이건 자전 마마께옵서 비밀리에 오래 전부터 계획해 왔던 일이옵니다."

정릉(靖陵)은 명종의 부왕 즉 문정왕후의 부군인 중종의 능이다. 문정왕후는 남편이 장경왕후 윤씨와 합장해 있는 사실을 못마땅하게 생각했다. 기실 장경왕후는 헌릉(獻陵: 태종의 능)근처에 장사 지냈었는데 김안로가 정권을 잡고 있을 때에 고양에 있는 정릉 안으로 천릉하였다. 재궁(梓宮)을 바꾸고 염습을 다시 하였는데 그때 차마 형언할 수 없는 참절한 모습을 보게 되었다. 의복이 옥체에 이리저리 달라붙어 대꼬챙이를 사용하였어도 헤치기가 어려운 지경이었다. 그 말을 듣는 사람들은 마음 아파하며 눈물 흘리지 않는 이가 없었다. 중종이 승하하자 당시는 실권도 없었고 당장에 마땅한 곳도 찾을 수 없어서 장경왕후 옆에 묻히는 것을 속을 끓이며 바라볼 수밖에 없었다. 그때부터 자신이 실권 잡으면 천릉할 계획을 가슴에 품고 있었다. 그래서 문정왕후는 사후에 중종의 옆에 나란히 묻힐 요량으로 오래 전부터 천릉 계획을 윤원형에게 조용히 진행하라고 지시했다.

윤형원은 풍수지리설을 내세우며 정릉의 위치가 불길하므로 정릉을 선릉(宣陵: 성종의 묘)의 동쪽으로 옮겨야 한다고 지관과 유신들을 꼬드겨 설을 퍼뜨렸다. 이에 삼사와 정승들이 15년이나 편안히 모신 능을 옮긴다는 것은 차마 하지 못할 짓이라고 반대를 했지만 문정왕후는 임금에게 강압을 넣어 천릉 계획을 성사시켰다. 보우는 봉은사를 옮겨 중창할 때부터 이런 기미를 알아차렸다. 허나 왕의 능을 옮기는 일은 엄청난 역사이고 함부로 해서도 안 되는 일이기에 망설였다. 그래서 완곡하게 거절의 뜻을 전했다.

"소승의 능력을 과신해 주시는 건 고마운 일이나 보시다시피 소승의 세수가 이미 지천명이 지났고 몸도 예전과 같지 않아 미령하옵니다. 그런 중대사는 덕을 많이 쌓고 수행심이 깊은 젊은 승려들도 있을 텐데 굳이 소승이 맡아야 하겠습니까?"

그러나 박한종은 단단히 명을 받고 온 듯 보우를 설득했다.

"지금도 선종과 교종이 다투는 마당에 누구에게 이런 국사를 맡길 수 있겠습니까? 더구나 천릉의 역사는 승도들을 동원하지 않고서는 힘든 일인데. 승려들을 지휘할 사람은 대선사 밖에 없다고 하셨습니다. 그리고 일을 맡았다고 해서 득이 없는 것도 아니지 않습니까? 봉은사가 선릉과 더불어 정릉의 능침사가 된다면 불가 본산으로서의 지위가 공고하게 되고 많은 궁인들이 드나들게 되면 궁으로부터의 지원이 증대될 것이고 불문 확장의 기회도 될 테니까요."

보우는 더 이상 거부할 명분을 찾지 못했다. 거부의 명분이 아니라 말해 놓고 보니 이건 자전에 대한 도리가 아니라는 생각이 들었다. 보우는 자신의 진심을 눈치채지 못하도록 박 환관이 말을 마치자마자 얼른 변명까지 곁들였다.

"왜 아니겠습니까? 오늘 우리 불가의 세가 이만큼이나 확장된 것도 다 자전의 덕이고 그런 은고(恩顧)를 생각한다면 몸이 부서지는 한이 있더라도 분부를 받자와야지요. 단지 소승이 망설였던 건, 더 나은 재사가 맡아야 할 자리를 소승이 차지하여 자전이나 왕실에 누가 되지 않을까 하는 두려움에서였습니다."

이렇게 해서 보우는 선종판사를 사직한 지 오 년 만에 다시 양종 판사가 되어 봉은사에 돌아왔다.

산에 숨으려 해도 숨을 수가 없구나.
돌아오니 귀밑털은 희어 가는데,

숲과 시내 보기가 부끄럽고 학의 울음,
원숭이 소리가 한가롭지 않았는데
어찌 몸을 끌고 나무 아래를 떠나려 하리오만
임금의 소명을 받고 운간에서 내려오네.
천은(天恩)이 나로 하여금 티끌에 버리게 하신다면
다시 천봉에 들어와 이 얼굴을 늙으리.

보우는 봉은사로 돌아오자마자 천릉을 실행에 옮기기 위한 준비에 돌입
했다. 전국의 승려들 중에서 강건한 자들로 양종에서 각각 1천 명씩을
뽑아 대역사에 동원했다. 역승들에게는 관리들에게 지급하는 것과 같이
포와 양미를 지급했다.

당시는 몇 년째 흉년이 들어 민심이 흉흉한 때였고 먹고 살기 힘든 상
황이었다. 조정 대신들은 권력을 독점하고 사리사욕에 급급하였기 때문
에 사회는 어수선하고 민심은 이반되어 갔다. 전국에서 도적 떼가 들끓
었다. 사람들은 윤원형, 심통원, 이량을 삼흉이라 했다. 심통원은 명종의
부인 인순왕후 심씨의 숙부이고 이량은 심씨의 외숙이다. 명종은 윤원형
의 독주를 막고자 견제 세력으로 자신의 외척을 끌어들였지만 이들 역시
한통속이 되었다.

이미 별시에 장원으로 뽑혀 중앙 관리가 된 이율곡은 '도적이 일어난
것은 수령의 가렴주구 탓이며 재상이 깨끗하지 못하기 때문이다.'라고 소
를 올렸다.

조정에서조차 '윤형원과 심통원은 외척의 명문 거족으로 물욕을 한없이
부려 백성의 이익을 빼앗는 데에 못하는 짓이 없었으니 대도(大盜)가 조
정에 도사리고 있는 셈'이라는 말이 나돌아 다녔다.

재상들의 탐욕은 한이 없어서 수령들은 권력자들을 섬겨야 하므로 민가에서 기르는 닭과 돼지를 마구 잡는 횡포를 저지르며 백성들의 고혈을 짜내었다. 그런데도 곤궁한 백성들은 하소연 할 곳이 없었고 도둑이 되지 않으면 살아갈 형편이 못 되었다.

　1559년 극심한 흉년과 전염병으로 인하여 죽은 시체가 들판에 가득 했다. 가난과 전염병으로 쪼들리다 살 곳을 잃은 백성들은 떠돌아다니다가 도적이 되었다.

　그래서 도적 떼가 난립하게 되고 임금은 도적 떼를 잡아들이라고 명령을 내렸지만 소용이 없었다. 심지어 어떤 자는 관을 사칭하고 열읍을 다니면서 기탄없이 방자하게 구니, 어떤 수령은 그걸 모르고 융숭하게 접대한 일도 있었다.

　특히 황해도 지역은 도적의 소굴이 되다시피 했는데 관에서 잡으려 한다는 소문만 들리면 도적들은 평안도 성천, 양덕, 맹산과 강원도의 경계로 들어가 버렸다. 황해도는 문정왕후의 윤씨 일가가 지방 관리를 맡고 있었는데 윤원형 일당의 사리사욕 때문에 관군을 오히려 민간의 원흉으로 보고 도적들을 의적으로 생각하여 아전과 백성들이 관군의 동태를 미리 알려 줄 정도였다.

　나라에서는 민심을 돌리기 위해 황해도 지역의 전세를 탕감해 주고 평안도 지역도 전세 반을 탕감해 주도록 했으나 한 번 이반된 민심은 돌아오기 어려웠다. 황해도에서 도둑질한 물건을 개성에서 판매하기도 하고 도성 안의 여염에 와 살면서 마음대로 겁탈하기도 했다. 도적이라고 신고하거나 체포하면 반드시 떼로 몰려가 보복을 하기 때문에 관청의 업무는 중단되고 시장은 휴업 상태가 되었다.

도적들 중 의적이라고 소문 난 사람이 있었는데 양주의 백정 출신 임꺽
정(林巨正)이었다. 임꺽정은 주로 황해도 지역에서 활동했다. 임꺽정의
일당 중 우두머리에 속하는 서림이 이름을 엄가이(嚴加伊)로 바꾸고 숭례
문 밖에서 살다가 관군에 붙잡혔다. 이때에 황해도 순경사 이사증(李思
曾)이 임꺽정을 붙잡았다고 하여 서림을 대질시키니 임꺽정이 아니고 그
의 형 가도치(加都致)였다. 서림은 임꺽정의 심복이었는데 의주에서 붙잡
혔다. 나라에서 도적을 잡지 못한 관리는 징죄하겠고 임꺽정을 잡는 자
에게 큰 상을 내리겠다는 말에 도적을 잡으면 그 진위는 따져보지도 않
고 중장(重杖)으로 협박해 허위 공초를 받고 자복하게 함으로써 임꺽정을
체포했다는 가짜 계(啓)가 많았다.
서림도 처음엔 의주목사가 의복과 신발 등을 후하게 주며 꾀이고 엄한
형벌로 위협했기 때문에 처음엔 자신이 임꺽정이라고 했다. 이와 같이
임금을 속인 죄로 이사증과 의주목사 이수철(李壽鐵)은 파직당하였다. 결
국 조정에서는 황해도와 강원도에 토포사(討捕使)를 파견하였는데 만 2년
여의 세월이 흐른 뒤에야 황해도 토포사 남치근과 군관 곽순수, 정사복
등이 서흥에서 임꺽정을 사로잡았다.

 천릉의 역사는 4년에 걸쳐 이루어졌으니 보우는 기력이 쇠잔해졌고 심
신은 피폐해져 자주 병이 들고 허약해졌다. 그러는 가운데 내외적인 문
제로 고통을 겪었다. 팔도에서 뽑힌 노역하는 승려들이 승문 안에서는
분파를 일삼고 세속에 나가서는 작폐와 충돌로 사회의 물의를 일으켰다.
일부 승려는 유림에 영합하여 중상하는 자가 있어서 난처한 입장에 처하
기도 했다.

탄진이라는 중은 자혜사의 주지암을 사칭하고 동료인 중을 잡아 신천의 관옥(官獄)을 멋대로 열어 가두었고 신천의 관둔전을 빼앗아 경작하기도 했다. 관옥을 멋대로 사용한 죄가 문제되었다. 소식을 들은 보우는 당장 그의 승적을 박탈했다. 보우는 몰지각한 승도들에 실망하여 오로지 산으로 들어가 쉬고 싶은 마음뿐이었다.

4년 간의 역사에는 많은 인력과 물력이 낭비되다시피 했다. 공사를 하는 중에도 많은 비가 내리면 지세가 낮아 공사장이 물에 잠기곤 했다. 예상하지 못한 제방을 쌓는데도 막대한 비용이 들었다. 공사를 시작하기 전부터 보우는 선릉의 산이 옛 정릉보다 특별히 나은 것이 없다는 것도 알고 있었지만 자전께서 계획하신 일이라 감히 발설 못하고 무리하게 공사를 진행했다.

능 일에 임하여 엷은 얼음 밟듯 지나니
반평생 남은 힘이 모두 사라져 버렸구나
옛날 밝았던 눈이 어두워 심히 쇠함을 알고
외웠던 경전도 잊었으니 병 많음을 깨닫다
어쩔 수 없이 새로 지은 절 안에 있지만
옛 바위 언덕으로 돌아감만 못하다.
그래서 사직하겠다는 마음 계획뿐이었으니
마치 맑은 강을 건너도 건너지 못한 것과 같구나

그런데 역사를 마치고 천릉하기 두 달 전 사건이 생겼다.
선종 소속 운부사의 화주승 옥준, 준암이 인종 대왕의 태봉(胎峰) 금표 안에 있는 나무를 4백여 그루나 베었고 또 주산에서 흙을 파고 기와를 굽다가 경상도 영천 관아에 잡혀가 추문 당하였다. 이들은 주지가 별실을 빨리 지으라 독촉하였기에 신녕, 대구 등지에서 재목을 모아 수송한 것이고 태봉의 나무를 벤 것이 아니라고 둘러댔다. 이에 경상도 영천 관아에서는 운부사 주지 영수(靈秀)를 잡아갔다. 지방관리가 3, 4차에 걸쳐 가혹한 고문을 하자 영수는 경상도 감사에게 소장을 올려 억울함을 호소하였다. 그런데 도리어 감사는 소장이 부당하다면서 이들을 영일현(迎日縣) 옥에 가두어 버렸다. 그 날 분함을 이기지 못한 영수는 목을 매고 자결하고 말았다. 이 사실을 접한 전라도 곡성 동리사(桐裏寺) 주지 계당(戒幢)이 선종에 호소하기를 '주지와 자음이 약간의 과오가 있다 할지라도 충정이 있어 군신의 분수를 알고 있는 사람이라면 독을 깰까 염려하여 쥐를 함부로 치기를 꺼리듯이 임금에게 누가 될 것을 생각해야 마땅한데, 무죄한 중에게 죄 주기를 원수처럼 하여 어찌 혹형 자진케 할 수 있느냐'고 억울함을 상소했다.

그 이야기를 들은 홍문관 유생들과 양사에서는 지극히 해괴한 일이라며 계속하여 강경하게 계당과 보우를 벌 줄 것을 요구했다. 윤원형이 있었으면 방패가 될 수 있었을 것인데 임꺽정 사건 이후 그는 권력의 중심에서 잠시 물러선 터라, 임금도 유신들의 간언을 이기지 못하고 계당을 남해의 섬에 유배하고 감독의 책임을 물어 보우 대사의 판사직(都大禪官敎)을 삭탈하도록 했다.

그때 이미 조정에서는 보우에 대한 갖가지 좋지 못한 소문들이 나돌아 보우는 비밀리에 사직서를 임금께 제출했었고 이를 무마하기 위해서도 임금은 보우를 쉬게 하는 게 옳다고 생각했다. 보우는 울고 싶은데 뺨 맞은 격이라는 심정으로 천릉을 마치고 안릉제를 지낸 후 다시 청평사로 돌아갔다.

근래에 쇠한 몸에 병이 날로 서로 침범하여
가사 옷 풀고 머리 기르고 싶은 생각 저절로 깊다
흰머리 두꺼운 얼굴로 손님 대하기 부끄러워
또 배와 노를 수리하여 높은 뫼로 향하노라

청평사 가는 길

제주로 귀환한 난 이미 속세와 절연하기로 마음먹었다. 누군가 강하게 나를 이끈다는 것을 느꼈고 난 운명에 순응하며 살자고 생각했다. 난 김 교수에게 사정상 박사학위 포기와 강사직을 그만두겠다는 내용의 편지를 써 보냈다. 학교와 하숙집 물건들도 정리하고 처분했다.

주변 정리가 다 끝나자 간단한 제물을 준비하고 고향에 있는 아버지 산소를 찾았다.

"죄송합니다. 속세와 연을 끊는 불효자를 용서하십시오."

큰소리로 고하고 나서 절을 올렸다.

그리고 그 길로 도노미 오름을 찾았다. 며칠 전 술자리에서 만난 후배에게서 뜻밖의 정보를 얻었다. 같이 시를 공부했던 그 친구는 일찌감치 중앙일간지 신춘문예로 등단했고 시내 고등학교 국어선생을 하고 있었다.

내 근황을 묻더니 자기 고향 봉성에 도노미 오름이 있는데 그 자락에서 보우 스님이 적거 생활했다는 소리를 자기 할아버지에게서 들었다는 것이다. 그 소식은 술에 취해 있던 내 정신을 번쩍 들게 했다.

도노미 오름 오르는 입구는 새로 뚫린 중산간 도로 바로 곁에 있었다. 하루 종일 퉁퉁 불어 있던 날씨는 바람을 몰고 오더니 기어코 굵은 빗방울로 세차게 심통을 부리기 시작했다.

도로변에 차를 세우고, 우산을 들고 정비된 산책로를 따라 올라갔다. 우산살이 부러지지 않을까 걱정하며 산을 오르는데 키 큰 측백나무들이 바람을 막아주어 한결 몸과 마음이 편했다. 헌데 모든 길은 정상으로 통하는 줄 알았는데 오름의 산책길은 꼭대기를 피해 만들어진 둘레길이었다. 한참을 오르다 산꼭대기를 올려다보니 빽빽하게 둘러싸인 소나무들 사이로 잡목이며 잡풀들이 길을 가로 막고 있었다. 잡풀들을 헤치고 길을 만들며 정상 쪽으로 향했지만 청미래 덩굴 가시가 검문을 하듯 옷을 붙잡았다. 난 몇 발자국 옮기다 포기하고 말았다. 날을 잘못 잡았다는 생각이 들었다. 산을 내려와 차로 산 둘레를 둘러보았다. 예전엔 산자락에 절이 하나 있었는데, 4·3 사건 때 불타서 없어졌다고 했다. 아마 그 절에서 보우 대사가 귀양 생활했을 것이라 생각됐다. 날씨가 좋은 날 다시 와보자고 생각하며 어머니가 살고 있는 애월로 향했다.

빗줄기가 줄어들더니 날씨는 바다로부터 맑게 개어가고 있었다. 햇빛을 받은 바다가 에메랄드 빛으로 환하게 나를 반겼다. 애월로 들어서는 초입 한담 가린돌 위에 차를 세웠다. 이제는 주변에 찻집들이 여러 곳 생기면서 관광지로 변해 휴일이면 차를 댈 곳이 없을 정도로 북적대는 곳이 되었지만 예전에 골치 아픈 일이 생길 때면 한적하게 걷던 해안가다. 가린돌 위에서 바라보는 한담 바다는 너무 아름다웠다. 한담은 어릴 적 수영을 배웠고 물놀이를 즐기던 수심이 얕은 백사장을 가진 아담한 해안이다. 해안선을 따라 곽지까지 산책로가 뚫려 있고, 중간에 붓자루 모양을 한 문필봉이며 기암괴석들이 사람들의 눈길을 끈다. 이 문필봉 때문에 애월에는 문인들이 많이 탄생한다고 했다.

한담에는 1770년 과거시험을 보러 풍선을 타고 떠났다가 난파당해 류쿠(지금의 오끼나와)까지 표류하다 죽을 고비를 여러 번 넘기고 살아 돌아온 장한철 선생의 생가가 있다. 그는 나중에 그 표류의 경험을 일기형식으로 적어 후세에 남겼는데 그것이 오늘날 해양문학의 백미라고 일컬어지는 《표해록》이다. 장한철 선생의 문학적 업적을 기리는 사업들이 최근에 일어나고 있는 것을 신문을 통해 알았다. 돌로 만든 배 모양을 한 장한철 선생의 기적비를 구경하다 바다 쪽으로 내려와 그의 생가를 찾았다. 지금은 폐허가 되었지만 머지않아 생가가 복원된다는 소식도 들었다. 250여 년 전의 일이라 선생의 체취는 찾을 수 없었고, 그 집을 이어받아 산 후손들이 남긴 생활도구만 여기저기 나뒹굴고 있었다.

저녁놀이 아름답게 반영된 한담바닷가를 떠나 집에 돌아오니 동생이 퇴근해 와 있었다. 가까운 시내에 하숙을 하면서도 여간해선 코빼기도 안 비치던 나의 갑작스러운 방문에 경훈은 의아해 했다.

"웬 일이유? 아버지 제삿날도 멀었는데?"

경훈은 늘 나에 대해 불만이 많았다. 어머니가 오로지 형만 생각하고 나 때문에 자신이 피해를 보았다고 생각했다. 나는 대학을 마치고 대학원까지 했지만, 자신은 가정 형편 때문에 대학도 제대로 못 다녔다고 기회가 있을 적마다 투덜댔다. 동생은 고등학교를 나와 9급 공무원시험을 두 번이나 떨어진 후에야 합격했다. 배움에 한이 맺혔는지 공무원 생활하면서 방송통신대학을 졸업했다. 경훈은 첫 월급 타면서 어머니에게는 겨울내복을 선물했고 나에게는 시를 잘 쓰라며 파커 만년필을 주었다. 경훈은 월급을 탈 때마다 어머니에게 용돈을 드렸고, 어머니는 그것을 모았다가 잠수질하며 애면글면 모은 목돈을 내게 건넸다. 살가운 경훈에게 늘 부끄럽고 미안했다. 조교 생활하면서 받는 쥐꼬리만한 월급으론 용돈 쓰기에도 빠듯했다. 아니 어머니에게 받은 돈으로 지안에겐 옷도 사주고 선물도 사줬지만, 어머니와 동생에게 선물을 한 기억이 없다. 그래서 나는 월부금으로 구입한 차와 아끼던 노트북을 경훈에게 주었다.

"형은 늘 이기적이야. 자신밖에 모른다고."

내가 외국에 공부하러 장기적으로 나가 있어야겠다고 하자 경훈이 대뜸 한 말이다.

"경허젠 흥민(그러자면) 돈도 시방 수월치 않게 들 텐데, 게민 혼저(그러면 어서) 수꾸미 밭을 팔앙 노자에 보태 쓰라."

어머니가 시름 섞인 표정으로 말을 하자 경훈이가 눈을 부릅뜨며 목소리를 높였다.

"아니 조상 대대로 물리는 밭을 어찌 판다는 말씀이우꽈?"

"원래가 그건 성 끼고 너신딘(한테는) 집을 물려 주젠 했저."

"그래도, 아직 어머닌 살아 계시잖아요? 세상에 무슨 일이 생길지 어떵 압니까? 영 멀쩡하다가도 죽을병에 걸리면 큰돈이 들어 갈 수도 있는데, 그 땐 어떵 하쿠가(어떻게 할래요)?"

경훈이 못마땅한 표정으로 퉁명스럽게 어머니의 말을 막았다.

"난 암이라도 걸리면 수술 안 허영 그냥 죽으키여. 이 나이까지 살았으면 됐지, 무슨 더 좋은 복력 누리젠. 에고에고 돈 들이멍 난 말다(싫다)."

경훈이가 나서기 전에 내가 얼른 말을 받았다.

"어머니, 그건 경훈이 말이 맞아요. 전 이제까지도 어머니 도움 많이 받았어요. 이 다음에 쓰고 남으면 그것도 경훈이 몫으로 주세요."

그러자 경훈이 진심을 이해 못 하겠다는 듯 내 얼굴을 바라보며 말했다.

"거참 이상하네? 재산에 탐을 안 내다니? 왜 그래? 좋은 물주라도 생겼어? 갑자기 외국 유학 간다면서 돈이 필요 없다니?"

"그려 평생 공부시켜 주고 먹여 줄 좋은 사람 만났다."

그 말에 어머니는 서운한 표정을 지었다.

"경허민(그러면) 이 어멍신디(엄마한테) 인사시키는 게 도리 아니가?"

"나중에요. 제가 가면 아주 가는 것도 아니고, 성공하면 돌아와 인사시킬 게요."

거짓말로 겨우 안심을 시켰다. 어머니가 아침 물질하여 전복 캐올 테니 죽이라도 먹고 가라고 했지만, 더 이상 어머니 얼굴을 보면 빠져 나올 자신이 없었다. 그래서 어머니가 새벽 바다에 간 틈을 타서 도망치듯 집을 빠져 나와 지나가는 택시를 잡아타고 완도행 배에 몸을 실었다.

보우 대사가 말년에 머물렀던 청평사로 가기로 작정하고 미리 전화까지 걸어둔 터였다. 비행기를 탈까하다가 생각도 좀 할 겸 선편을 예약했다. 배가 출항하자 2등 객실에 앉았던 난 선미로 통하는 문을 열고 밖으로 나왔다. 몇 사람이 있었지만 바람이 차서 이내 사람들은 모두 객실로 돌아갔는데 실크스카프를 흩날리는 한 여인만이 먼 바다를 응시하며 장승처럼 꼼짝도 안했다. 옆으로 드러난 얼굴은 예쁘게 생겼는데 우수에 차 있었다. 난 첫눈에 실연당한 여자라는 걸 직감했다. 저러다 물속에 뛰어드는 건 아닌가하는 생각에 이르자 몸이 오싹해졌다. 그런 꼴을 목격하게 되면 여기저기 오라가라 해서 상황이 복잡해진다 생각하니 엮이고 싶지 않았다.

"어 춥다. 바람이 차네."

여자에게 들으라는 듯 큰소리로 말하고 들어와 객실 의자에 앉아 눈을 감았다.

배는 두 시간이 안 걸려 완도항에 나를 내려놓았다. 광주로 가는 사람들을 위한 셔틀버스가 대기하고 있다가 광주역으로 데려다 주었다.

시계를 보니 점심시간은 지나 있었다. 생각해 보니 오늘 먹은 것이라고는 제주항 대합실에서 출항 시간을 기다리느라 마신 자판기 커피 한 잔이 전부였다. 그런 생각을 하니 시장기가 몰려 왔고, 뱃속에선 꼬르륵 소리가 들리는 것 같았다. 용산까지 가는 KTX열차 시간표를 보니 아직 출발까지는 시간이 좀 남았다. 표를 사고 역사 밖으로 나와 주변을 둘러보다 중국집을 발견했다. 이제 절에 들어가면 먹고 싶은 것도 못 먹겠지. 나는 자장면을 곱배기로 시켜 단무지로 바닥에 남은 건더기를 긁어모아 국물까지 깨끗하게 먹어치웠다.

기차는 이미 역에 대기하고 있었다. 기차 안은 깨끗했고 아늑한 분위기를 느낄 수 있었다. 평일이라 그런지 자리는 듬성듬성 비어 있었다. 좌석을 확인하고 자리에 앉으니 식곤증 탓인지 저절로 눈이 감겼다. 앞으로 벌어질 일을 생각하며 막 잠에 빠져 드는데 여자의 목소리가 들렸다. 꿈속인가 생각하며 무겁게 내려앉은 눈꺼풀을 간신히 떴다.

"실례합니다."

여자는 이미 내 앞을 지나 창가의 자리로 파고들고 있었다. 얼굴보다 실크스카프가 눈에 들어왔다.

'어! 이 여자는 아까 배에서 본 그 여자?' 하고 눈 비비고 쳐다보니 이목구비가 뚜렷한 그 여자가 틀림없었다. 나는 모른 채 일부러 눈을 감았다.

그렇게 얼마를 잤을까? 내가 눈을 뜬 것은 서대전역에 기차가 멈춰 선 후였다. 화장실에 가려는지 여자는 일어서서 고개만 꾸벅거리더니 통로를 따라 나갔다.

간밤에 동생과 다툰 일이 마음에 걸렸다. 외국유학 간다고 거짓말을 하고 어머니를 부탁한다고 했을 때, 경훈은 사랑하는 사람이 있는데 곧 결혼할 거라고 했다. 외국 유학 가면 어차피 결혼식에도 못 올 텐데, 제수 얼굴이라도 보고 가라고 했다. 일정을 하루만 늦추면 내일 저녁 약식 상견례라도 하자는 것이었다. 난감했다. 낼 아침 일어나 생각 좀 해보자고 했다. 말은 그렇게 했지만 애초부터 그럴 생각은 추호도 없었다. 마음이 정해지니 한 시라도 빨리 이 섬을 떠나고 싶었다. 아침에 일어나서 내가 사라진 것을 알고 경훈은 얼마나 욕을 해댔을까? 어머니도 전복을 캐고 와서 황당한 얼굴로 눈물을 흘렸을 것이다. 속세의 인연을 끊기가 이렇게 어렵구나. 갑자기 눈물이 왈칵 쏟아져 나왔다.

여자가 돌아온 인기척을 느끼고 나는 성급하게 손등으로 눈물을 훔쳤다. 여자는 자리에 앉아 한동안 멍하니 창밖만 바라봤다.

나는 찬찬히 여자의 모습을 살폈다. 하얀 스니커즈 신발에 흰 바지, 비치색의 블라우스에 버버리 실크스카프, 그리고 유채 빛깔이 감도는 노란색 점퍼를 손에 들고 있었다.

갑자기 여자가 얼굴을 돌려 나를 바라보았다.

"저를 아세요?"

의외의 질문에 얼떨결에 난 고개를 좌우로 흔들었다.

"그런데 왜 절 그렇게 훔쳐보는 거죠? 유리창에 다 비쳤어요."

난 기가 막히기도 하고 쑥스러워 할 말을 잃었다.

"우리 구면이죠? 바람 차네 아저씨."

여자는 당돌했고 활달했다.

"아저씨도 아픈 사연이 많으신가 봐요? 그렇다고 남자가 눈물을 다 흘려요?"

여자는 이미 잠자는 내 모습을 다 살펴본 듯했다.

"제주도가 집이에요?"

나는 화제를 바꾸려고 겨우 한 마디 했다.

"아뇨. 전 시간이 날 때마다 제주에 내려가요. 제주에 반해서요. 갈 때마다 가는 곳마다 색다른 감동을 줘요. 그래서 월급을 타면 제주 갈 여비는 항상 저축해 두죠."

이 여자는 거짓말하고 있다는 생각이 들었다. 이렇게 활달한 것도 과거의 아픈 기억을 위장하기 위한 것이라는 걸 그녀의 수심어린 얼굴에서 읽어낼 수 있었다.

"이거 하나 드세요."

그녀는 호두과자 하나를 건넸다. 그 호두과자 하나가 둘 사이를 물렁하게 만들었다.

나는 취직 때문에 서울 간다고 했고, 여자는 외국어 학원 강사라고 했다. 그녀는 나보다 나이가 세 살이나 많았지만 또래처럼 보였고 꽉 끼게 입은 옷 위로 드러난 몸매의 윤곽은 탐이 날 정도로 예뻤다. 따로 몸매

관리를 하는 모양인데 그보다 나를 정신 차리지 못하게 만든 건 장미향이 나는 화장품 냄새. 지안에게서 나던 향기가 그 여자에게서 났다.

갑자기 지안의 모습이 떠오르자 내 심장이 소리 내며 뛰는 것 같았다. 그녀는 박미주라고 했다. 호주에 유학을 다녀왔으며 솔직히 돌아온 싱글이라고 털어놓았다. 나는 지안을 만난 얘기서부터 헤어진 사연까지 털어놓았으나 출가하려고 집을 나섰다는 말은 끝내 숨겼다.

"사람의 인연은 따로 있나 봐요?"

인연이란 말에 나는 불교 공부를 하면서 알게 된 법구경의 문구를 꺼냈다.

"인연이라는 게 다 업보지요. 사랑하는 사람 만나지 마라. 못 만나서 괴롭고, 만나면 이별의 아픔 때문 괴롭다고 하잖아요."

속마음을 털어놓으니 둘은 금방 친해졌다. 시간이 그렇게 빨리 갔는가 싶게 열차는 어느새 용산역에 도착했다. 어느 책에서 읽었던 구절이 생각났다.

'진정 살아있고 살아가는 순간에는 거기엔 시간이 끼어들지 않습니다. 살아 있음의 현장을 떠나 그 일체와 몰입의 순간을 떠나 마음이 콩밭으로 떠날 때 비로소 시간이 탄생하는 것입니다. 이를테면 사랑이 식거나, 또 내일 회의가 있거나, 무엇엔가 쫓길 때……. 기억하십시오. 시간은 반성을 통해서만, 즉 체험과 분리될 때 비로소 탄생하는 것임을…….(「봇다의 치명적 농담」에서)'

플랫폼으로 내려 설 때 미주가 제안을 했다. 갈 데 없으면 누추하지만 자신의 집에 방 여분이 있는데 취직할 때까지 있어도 된다고.

미주의 집은 1호선 지하철을 타고 남영역에서 내려 한참을 걸어가야 나왔다. 시영 임대주택이라고 했다. 지은 지 오래 돼서 밖에서 볼 때 낡은 집같이 보였지만 집안으로 들어가니 그 여자의 성격처럼 깔끔하게 정리되고 깨끗했다. 작지만 방은 세 개, 안방과 드레스 룸으로 쓰고 있는 건넌방, 그리고 내게 내준 문간방은 서재였다. 책상 위에 컴퓨터가 놓여 있었고 벽에 붙은 직립식 책장에는 영어 원서로 된 소설책과 시집들이 꽂혀 있었다. 벽 한 쪽엔 미주가 외국 여행지에서 찍은 사진, 산방산 앞에서 멋을 부리며 선 미주가 앙증맞은 액자 틀 속에서 웃고 있었다. 그리고 일인용 침대엔 예쁜 수가 놓인 베게와 이외의 침입자에 놀란 듯 하얀 곰 인형이 멀뚱히 나를 쳐다보고 있었다.

우리는 집을 나와 동네에 있는 참치 집으로 갔다. 미주가 단골로 다니는 집이라 그런지 들어서는 우리를 보고 주방장이 허리를 넙죽 굽히며 인사를 했다.

구석에 자리를 잡고 앉았는데 미주가 갑자기 소리쳤다.

"저기, 저기 바퀴벌레."

난 잽싸게 식탁 위에 있는 신문지를 말아 쥐고 내리쳐 바퀴벌레를 살육했다. 주인은 미안하다며 여러 번 허리를 굽신거렸고, 자리를 옮겨 앉은 후에도 참치의 눈알을 녹여 만든 눈물주까지 서비스했다. 미주는 참치에는 정종이 좋다며 백세주를, 나는 참이슬 클래식을 시켜 맥주 글라스에 비워 조금씩 마셨다.

어느 정도 분위기가 무르익자 미주가 제주도에 자주 가는 이유를 설명했다. 대학 시절 캠퍼스에서 만난 친구가 제주 출신이라는 것. 둘이는 졸업을 하고 어학연수 겸 워킹홀리데이 프로그램이 있다는 것을 알고 호주에 같이 갔고 이후 교회를 찾아가 둘이서만 결혼식을 올렸다. 남편은 용역회사에 적을 두고 일이 생기는 대로 마다 않고 덤볐고 미주는 주로 음식점에서 일을 했다. 둘이는 피곤하면서도 행복을 느꼈다. 그렇게 호주에 눌러앉을 계획으로 열심히 일하며 돈을 버는데 어느 날 빌딩 유리창을 닦던 남편이 추락하여 사망했고 미주는 불법체류자로 잡혀 강제 귀국하게 됐다.

"제주도에 가면 늘 그 사람 음성이 들리는 것 같고, 그 사람 품에 안긴 듯이 포근함을 느껴요. 이 다음 돈을 벌게 되면 집도 사고 거기서 살 계획이에요."

"집을 사려면 빨리 사야 할 걸요. 지금 외지인들이랑, 특히 중국 사람들이 전망 좋은 웬만한 땅들은 모두 사들이고 있어서, 시골집들도 가격이 폭등하고 있어요."

"도훈 씨가 좀 도와 줘요. 목 좋은 곳에 시골집을 리모델링해서 커피숍이라도 꾸미고 싶어요. 여유가 되면 시내에 외국어 학원이라도 차리고."

"그렇게 고생할 게 뭐에요. 쉬운 방법이 있는데."

"돈 많은 남자 만나는 거요?"

"아이쿠, 눈치 하난 빠르시네."

미주는 나이가 들어도 돈이 많아도 일이 있어야 한다고 했다. 그리고 시골 살면서 물질을 배워 해녀가 되고 싶다고 했다. 물질은 건강에도 좋고 몸매도 가꾸고, 돈도 벌고 일석 삼조라고 했다. 앞으로 결혼은 안 하겠지만 하게 된다면 제주 사람과 하겠다고 했다. 그 말에 나는 잠시 마음이 흔들렸다. 이건 프러포즈가 아닌가?

미주는 참 사랑스럽고 삶에 대한 애착이 많은 여자라고 생각됐다. 이런 여자와 같이 산다면 인생이 알콩달콩 재미있을 것 같았다. 생활력이 강하고 성격이 활달하고 남편을 잘 위해 줄 것 같은.

우리는 백세주 세 병, 소주 다섯 병을 얼큰하게 마시고 눈꺼풀이 감실거리며 몸이 좌우로 흔들릴 정도가 되어서야 자리에서 일어났다. 어떻게 집에 왔는지 모르겠다.

목이 타는 듯한 갈증에 눈을 떠보니 나는 미주의 침대에 알몸인 채로 누워 있었다. 벌떡 일어나 담요를 들추니 미주 역시 실오라기 하나 안 걸친 뽀얀 살결을 모로 누인 채 잠들어 있었다.

그 모습을 보자 생각 이전에 몸이 먼저 반응했다. 다시 자리에 누워서 뒤에서 미주를 껴안으며 하체를 밀착시켰다. 그제야 미주가 깨어났는지 돌아누우며 내 품을 파고들었다. 가슴을 만지던 손이 자연스럽게 내 엉덩이를 몇 번 쓰다듬더니 앞 쪽으로 왔다. 성기를 만지면서 그녀의 숨소리가 거칠어졌다.

"또 하고 싶어. 날 만져줘."

나는 또 라는 말에 어젯밤 일을 기억해 내려 했지만 도저히 생각나지 않았다. 나는 미주를 바로 누이고 말을 했다.

"어제 우리 한 거야?"

"그렇게 기억 안 나? 최고의 밤이었는데."

그녀의 입에선 아직도 술 냄새가 났지만 역하지 않았다. 난 미주의 입술을 깊게 빨았다.

"많이 취했군. 너무 황홀 했어. 그이 보내고 몇 년 만에 맛보는 오르가즘이었어."

나는 입술로 그녀를 애무했다. 입술에서 시작해서 콧등을 타고 눈으로 눈썹으로, 머리카락이 꺾이는 관자놀이에 이르자 그녀가 신음을 뱉어냈다. 나는 마치 탐사를 하듯이 미주의 몸을 혀로 핥았다. 미주의 교성이 이어지더니 어느 순간 몸을 부르르 떨었다. 젖무덤은 알맞게 살이 쪘으며 젖꼭지는 유방에 비해 큰 편이었다. 젖무덤을 손가락으로 움켜쥔 채 유두를 입술로 물고 잡아당기자 단말마의 비명이 들렸다. 나는 유방을 애무하던 입술을 서서히 아래쪽으로 옮겼다. 미주의 둔덕에 포진한 음모는 풍성하면서도 윤이 났다. 음부를 혀로 부드럽게 애무하다 강하게 빨았다. 미주가 몸을 부르르 떨더니 비명에 가까운 소리를 질러댔다. 갑자기 미주가 몸을 빼더니 두 팔로 가슴을 눌러 누이고 내 몸 위에 걸터앉은 채 몸을 흔들면서 소리를 질러댔다. 난 더 이상 버티지 못하고 그대로 뜨거운 불덩이를 쏟아내고 말았다. 엉덩이 아래 시트가 축축했지만 그게 오히려 야릇한 기분을 느끼게 했다.

샤워를 마치고 나오니 미주는 아침이라며 계란 프라이에 토마토를 얹은 토스트를 우유와 함께 내밀었다. 점심은 햇반도 있으니 있는 거 가지고 대충 때우라고 말하면서 늦은 출근을 했다.

서재로 가서 서가에 꽂힌 책들을 보는데, 《프랑스낭만주의 시선》이라는 책이 눈에 들어 왔다. 영역으로 된 원서 목차를 보니 랭보의 시 〈감각〉과 〈새벽〉이라는 시가 들어 있었다. 난 절간에서 무료할 때 보면 좋겠다는 생각이 들어 무심코 그 시집을 가방 안에 집어넣었다. 그리곤 침대에 벌렁 드러누웠다. 갑자기 눈꺼풀이 무거워졌다. 곰 인형을 안으니 보드라운 감촉이 좋았다. 미주의 냄새가 났다. 아직 알코올이 덜 빠져 나간 몸에다 질펀한 섹스 후의 나른함이 나를 잠으로 초대했다.

꿈을 꾸었다. 어머니가 내 바짓가랑이에 매달리며 제발 살려 달라고 애원했다. 동생은 내가 어머니를 뿌리치며 나가려 하자 막아서며 몽둥이로 나를 내려쳤다. 소리를 지르며 꿈에서 깨어났는데 휴대폰이 울리고 있었다. 집에서 나오면서 핸드폰 전원을 꺼뒀는데 이상하다 생각하고 일어나 소리 나는 곳을 찾으니 거실이었다. 미주 것이었다. 그냥 둘까 하다가 혹시나 해서 스마트폰을 들고 터치하니 점심 먹었냐는 미주의 목소리가 들렸다. 지금 밖에 비가 오고 있으니 오늘은 그냥 집에서 쉬면 어떻겠냐는 말까지 했다.

전화를 끊고 나니 꺼 두었던 휴대폰 생각이 났다. 전원을 켜니 추측대로 경훈에게서 여러 번 부재중 전화가 찍혔고 욕으로 도배된 문자가 여러 개 남겨져 있었다. 나는 배터리를 빼어 휴대폰과 함께 휴지통 속에 버렸다.

침대에 다시 누우니 그제야 여러 생각이 머리를 어지럽게 했다. 지금 내가 뭐하는 거지? 어떻게 할 거야? 청평사는 갈 거야 말 거야? 여기서 며칠 더 쉬면서 생각해 볼까? 미주 괜찮은 여잔데 데리고 살아 버릴까? 어머니의 여생도 돌봐 드리고 효자가 되어 봐? 이런저런 생각이 꼬리에 꼬리를 물고 일어났다.

그러다가 난 자리에서 벌떡 일어났다. '너 지금 뭘 하는 거야? 순간에 목메며 영원을 포기할래?' 누군가 내 뇌를 조정하듯 정신이 번쩍 들게 하는 호통소리를 들었다.

그게 보우 대사가 역사한 것이라는 걸 나중에야 알았다.

안방으로 가서 흐트러진 옷가지를 주워 세탁기에 집어넣고 청소기를 들고 온 집안을 깨끗하게 청소했다. 그리고 컴퓨터를 켜 경훈에게 이메일을 썼다. 출가한다는 사실을 밝히고 어머니가 충격을 받으실까 봐 거짓

말을 하게 된 것을 용서하라는 글을 써 발송했다.

그리고 한글 파일을 불러내 미주에게도 쪽지를 남겼다. 나는 중이 되러 입산하는 몸이니 더 이상 찾지 말라는 말과 호의에 감사한다고 썼다. '인연이 닿으면 언젠가 또 만나게 되겠지요.' 하는 여운의 말을 덧붙였다가 지워버렸다.

집을 나와 남영역에서 1호선 전철을 타고 청량리로 갔다. 그리고 시간을 기다리며 매점에서 오뎅 하나를 사먹고 청춘열차를 타고 춘천으로 향했다.

참으로 긴 여정이었다. 춘천역에 내린 후, 다시 버스를 타고 소양강 나루터로 가서 유람선을 타고 청평사 선착장에 내렸다. 꾸불꾸불한 길을 따라 음식점 가를 지나니 공주와 상사뱀의 설화가 새겨진 안내판이 나왔다.

당나라 태종 임금에게는 그 누구도 비교할 수 없는 미모를 가진 평양 공주가 있었다. 미모가 하도 출중해서 보는 사람마다 전율을 느낄 정도였다. 그래서 온 나라 젊은이들이 흠모하여 연정을 품었다. 그런 공주에게도 사랑하는 사람이 있었는데 아쉽게도 평민 총각이었다. 이 사실을 알게 된 태종 임금은 공주에게 외출 금지 명령이 내려졌고 별궁에 잡인들의 출입도 금하도록 경비를 강화했다. 그러자 평민 총각은 공주에 대한 연정 때문에 음식을 먹을 수도 없었고 나날이 야위어 갔다. 그래서 결국 몸져눕게 되었지만 백약이 소용없었다. 총각은 어머니에게 평양 공주를 한 번만 보게 해달라고 애원을 했지만 모친이 무슨 힘으로 공주를 데려 올 수 있었겠는가. 공주에 대한 연정을 못 이긴 총각은 시름시름 앓다가 결국 숨을 거두고야 말았다. 총각이 숨을 거두자 그의 몸에선 이상한 기운이 감돌더니 뱀 한 마리가 스스르 빠져 나오더니 어디론가 사라져 버렸다.

그런데 이때 궁궐에서는 이상한 일이 벌어졌다. 어느 날 잠자고 일어나 보니 공주의 몸에 구렁이가 칭칭 감겨 있었다. 이를 보고 놀라 사람들이 구렁이를 떼어내려고 아무리 애를 써도 소용이 없었다. 공주는 총각의 집을 찾아간 이후에야 이 뱀이 자신이 사랑했던 총각임을 알았다. 그러나 아무리 예전에 사랑했던 총각이었지만 흉물스런 모습으로 변한 구렁이 때문에 공주의 시름만 깊어갔다. 백방으로 이 구렁이를 떼어낼 묘책을 구하던 중 어느 스님이 신라에는 영험한 곳이 많은데 거길 가서 정성껏 기도하면 효험이 있을 거라는 말을 들었다. 신라에 건너온 공주는 여러 곳을 돌아다니다 청평사 인근까지 오게 되었다. 이미 해는 저물고 폭포 인근에 토굴을 발견하고 거기서 하룻밤을 묵어가기로 했다. 다음날 새벽 은은하게 울리는 범종 소리에 공주는 눈을 떴다. 바로 위에 절이 있는 것을 안 공주는 뱀에게 이야기했다.

"가까운 곳에 절이 있는 것 같은데 부처님께 절을 올리고 올 테니 몸에서 잠시 내려와 주세요."

그러자 구렁이는 순순히 공주의 청을 받아들여 칭칭 감았던 몸을 풀어냈다. 구렁이는 바위 위에 똬리를 틀고 앉았고 공주는 절간의 앞 흐르는 개울물에 몸을 씻고 부처님을 만나러 갔다. 공주는 이윽고 사찰에 도착해 부처님께 간절히 기도를 했다. '부처님 전생에 무슨 악행을 많이 지어 이런 고통을 주시는지 모르겠습니다만 이제 깊이 용서를 구하며 참회의 절을 올립니다. 하오니 부처님의 자비를 내려주시어 이 고통을 벗어나게 해주십시오.' 기도를 마치고 대웅전에서 나오는데 요사채에서 스님들이 가사를 만들고 있었다. 공주는 가사를 만들어 보시하려는 마음으로 요사채로 가서 스님들과 나란히 앉아 마름질을 하고 바느질을 했다. 헌데 갑자기 주지 스님이 나타나더니 아녀자가 허락도 없이 불사에 끼어든다고 불호령을 해댔다. 야단을 맞은 공주는 요사를 빠져 나왔지만 회전문을 나서면 다시 구렁이를 만나야 한다는 생각에 눈물만 나왔다.

전생의 업이 이렇게 가혹한 것이구나. 앞으론 선행을 많이 베풀어 다음 생에선 이런 고통을 안 겪으리라 다짐하며 뒤돌아서 대웅전을 향해 합장 반배했다.

한편 공주를 기다리던 구렁이는 공주가 늦어지는 것이 이상하다고 생각하여 청평사를 향해 기어 올라갔다. 계단을 올라 회전문을 나서는 순간 맑은 하늘에서 벼락이 떨어졌다. 구렁이는 벼락을 맞고 굴러 떨어졌다. 갑자기 억수같이 비가 내리고 삽시간에 청평사 아래는 물바다가 되고 말았다. 구렁이의 몸도 홍수에 실려 떠내려갔다. 깜짝 놀란 공주가 비를 피하여 기다리다가 날씨가 맑아지자 내려가 보니 구렁이는 구성폭포 바위 위에 죽어 있었다.

공주는 이 구렁이와 자신은 전생에 좋지 않은 인연이었구나 생각하며, 다음 생에서는 좋은 인연으로 만나자며 구렁이를 묻어 주었다. 그리고 청평사에 다시 들어가 부처님 전에 자신과 인연을 맺은 모든 사람들의 죄업에 대해 참회하며 간절히 기도 올렸다.

'옴 살바 못자 모지 사다야 사바하.'

공주는 이 사실을 당나라에 알렸고, 당나라에서 고마움의 표시로 청평사에 금 세 덩이와 부처님 진신사리 한과를 보냈다. 청평사에서는 진신사리를 모시고 삼층석탑을 만들었다.

설화내용을 읽고 한참을 올라가다 보니 아홉 가지 소리로 들린다는 구성폭포 아래 공주와 구렁이를 형상화한 조형물이 보였다. 그리고 공주가 하룻밤 유숙했다는 공주굴과 공주가 목욕했다는 공주탕, 삼층으로 된 공주탑이 관광객들의 시선을 끌고 있었다.

조금 더 올라가니 영지(影池)가 나왔다. 이자현이 고려 정원을 만들 때 조성된 것인데 부용봉에 있는 견성암이 비친다고 하여 지어진 이름이다. 나는 물가에 앉아 고개를 낮추어 산 그림자를 찾았으나 날씨가 너무 흐려선지 아무것도 보이지 않았다.

영지 아래 명문 바위가 있는데 누가 지은지 모르는 오도송(悟道頌)이 새겨져 있었다.

심생종종생 心生種種生 마음이 일어나면 모든 것들이 생겨나고
심멸종종멸 心滅種種滅 마음이 사라지면 모든 것들이 사라지네
여시구멸이 如是俱滅已 이와 같이 모든 것들이 사라지고 나면
처처안락국 處處安樂國 곳곳이 모두가 극락세계로구나

종무소에 도착을 신고하자 인적사항 등 몇 가지 서류를 쓰게 하고 주지 스님에게 안내되었다. 스님의 인자한 풍모와 후덕한 인상이 공덕을 많이 쌓은 분이란 걸 첫눈에 알 수 있었다.

"뭐 하러 왔는고?"

"부처님 제자로 살고자 왔습니다."

"보아 하니 깨우치려면 고생 많이 하겠구만. 여기까지 오면서도 세상의 욕심이란 욕심은 다 짊어지고, 계율이란 계율은 다 어기고 왔지?"

난 말을 듣고 엊그제 한 일을 살펴보니 살생부터 사음까지 빠짐없이 범했다. 그런데 스님이 첫눈에 그걸 어떻게 알았을까 하는데 불호령이 떨어진다.

"뭘 생각이여? 그렇게 속세에 미련 남았으면 당장 돌아가."

'다 정리하고 왔는데, 이게 뭔 소리여?'

회암사에서의 마지막 꿈

  청평사에 온 지 4개월 만에 보우는 다시 양종 판사 직에 제수(除受)되었다. 이는 대왕 대비의 요청이었다. 마지막 사업으로 회암사(檜巖寺)를 중건할 테니 책임을 맡아달라고 내수사를 통해 전갈이 왔다. 회암사는 내가 출사(出仕)한 곳이 아닌가? 귀밑머리 하얗게 된 지 오래고 심신은 쇠약해 졌지만 대비의 마지막 요청을 거절할 수 없었다. 보우는 그 곳을 중창하고 나서 깊은 산 속 암자로 숨어들어 여생을 보낼 생각을 했다.

  양주 천보산 회암사는 고려 충숙왕 때(1328년) 인도의 고승 지공화상이 창건하였고, 우왕 때 지공의 제자인 나옹 혜근선사가 다시 중건한 고려 말 불교의 총본산이었다. 조선 세조비 정희왕후의 명으로 삼창되어 번창하였던 왕실의 사찰이며 세종의 7재가 거행되었던 국찰(國刹)이었다. 특히, 태조 이성계의 각별한 관심으로 나옹의 제자인 무학 대사를 회암사에 머무르게 하였고 불사가 있을 때마다 대신을 보내 찰례하도록 하였으며, 이성계 자신도 왕위를 물려주고 난 뒤 회암사에서 수도생활을 했다.

그런데 대왕대비에게 큰 불행이 닥쳤다. 하나밖에 없는 13살 난 왕세자 순회가 알 수 없는 병에 걸려 시름시름 앓다 요절한 것이다. 대비의 춘추가 63세. 강건한 체격이라곤 하나 기력은 날로 쇄약해지고 풍질(風疾)로 드러눕는 일이 잦아졌다. 그런 터에 왕위를 이을 왕손마저 잃게 되니 뿌리 잘린 고목 신세로 마음속에 큰 바람 구멍이 난 것 같았다.

임금은 임금대로 국사(國嗣)를 잃어버린 커다란 충격에 며칠 밤을 잠 못 이루었고, 정신이 쇠진해지면서 난폭해져 갔다. 왕비인 인순왕후 심씨는 외아들을 잃은 슬픔에 끼니도 잇지 못하고 몸져 누웠다. 궁내가 온통 슬픔에 잠겼다. 보우는 비운을 맞은 왕가를 위해 평생의 성념을 바치고 싶었다. 그래서 약사여래천도를 올리고 왕세자가 중생할 것을 빌었다.

'약사여래가 중생을 인도하는 큰 소원은 말세일수록 소원이 더욱 깊고, 국모인 심씨의 세자 기억의 지극한 서러움은 달이 더할수록 슬픔이 더욱 간절합니다. 사모하는 마음의 붉은 정성을 기울여 우러러 수월관음의 현묘한 보호를 빕니다. 구슬의 터 땅과 같이 오래함이여 온갖 관료가 우러러보는 바이고 보배의 나이 하늘처럼 길어 임금이 믿는 바이더니 어찌하여 나라 운수에 비색함이 있어 갑자기 하늘에서 무단히 부름을 당했으니 해도 슬퍼하고 바람도 슬퍼하며 산이 무너지고 들이 갈라집니다. 구중궁궐에 혀가 굳고 팔도 지방 백성까지 간장이 찢어집니다. 태자 궁전의 봄에 높은 스승의 풍성한 예를 다시 들을 수 없고 임금 처소의 새벽에 어찌 문안드리는 화평한 얼굴을 다시 보리요. 왕위의 큰 보배 전할 수 없어 작은 마음에 슬픔의 끝이 없습니다. 비록 하늘이 영원토록 버리지 않아 내 자식을 장차 보내리라 믿지마는 어찌 부처님께 우러러 큰 구제가 있기를 바라는 마음에 부응치 않겠습니까. 엎드려 바라건대 임금 그릇의

지존함을 아래로 염려하시어 속히 수령 맡은 관원에게 칙령하시고 녹을 관장하는 부서에 급히 명령하소서. 곧 순회 세자의 신령이 다시 학의 수레를 타고 내려와 거듭 중궁의 경사가 나타나고, 다시 왕세자가 되어 종사 국가의 영광이 되게 하소서. 나라 경향 각지에 춤을 추게 하고 노래가 나라 안팎으로 들끓게 하시면 제자들이 감히 황금의 부처님 상을 우러러 공손히 영험의 글을 펴고 더욱 감격의 충심을 더하여 다시 감응의 힘에 감사 하리이다.'

보우는 비탄에 잠겨 있는 대왕대비를 위로할 겸 알현을 요청했다. 자리에 누워 있던 대왕대비가 보우가 당도했다는 연락을 받고 안채에서 건너왔다. 세손을 잃은 슬픔이 얼마나 컸던지 대비의 행색은 많이 수척해 보였다. 나인들의 부축을 받아 걸을 정도로 기력도 많이 쇠잔했다. 유신들의 완고하면서도 집요한 배불의 칼바람을 단호하게 막아내던 무쇠 같은 강단은 찾아 볼 수 없는 병약한 모습이었다.

보우가 도면을 가지고 회암사 중수 계획을 설명하자, 대비는 몸은 허약했지만 정신만은 또렷한 듯 예의 조용하면서도 위엄 있는 목소리로 말을 이었다.

"얼마나 걸릴 것 같습니까?"

"한 2년이면 넉넉할 것 같습니다."

"좀 서둘러 주세요. 지금까지는 대덕하신 판사님 덕택으로 잘 지탱해 왔는데, 진갑을 넘어서니 미령함이 하루가 달라요. 주상의 마음도 그렇고 왕비의 마음을 불가에 의지하게 해야 내가 없어져도 불문 융성을 유지할 수 있을 겁니다."

"무슨 말씀이십니까? 마마께옵서 그간 부처님 전에 공덕을 얼마나 많이 쌓으셨습니까? 하루 빨리 기력을 되찾으시어 앞으로도 무궁 세월을 사시면서 더 많은 중생이 구제될 수 있도록 힘을 주셔야지요."

"덕담은 고맙지만 어디 그게 미약한 인간의 의지만으로 되는 겁니까? 하나 어떻게 해서 얻은 세상입니까? 피바람을 이겨내며 많은 유신들을 처단하고 귀양 보내면서, 지긋지긋한 상소와 장계에 귀를 막으면서 하루도 편할 날이 없이 살아온 세상 아닙니까? 부처님이 보우하시기에 가능한 일들이었습니다. 하나 이제 주상의 강녕을 위해서 그리고 왕비를 통한 왕실의 번영과 새로운 왕세자의 탄생을 기원하는 불사가 마지막 기회가 될 것 같습니다. 회암사 중수가 완성되는 걸 꼭 내 눈으로 보고 싶습니다."

대비의 목소리는 떨리고 있었다. 그만큼 긴박하고 절실하다는 것을 보우는 알았다.

"그러셔야지요. 회암사는 이 나라 가람의 요충이고 육화(六和)로 화합된 스님들의 총림으로 만들 것입니다. 그리하여 주상 전하의 수명을 억만 년으로 축원하는 청정한 사찰로, 부처를 염원하는 염불과 독경으로 온종일 불이 꺼짐 없는 수선도량이 될 겁니다. 그 장경을 친견하시여야지요. 대비마마가 언제라도 오셔서 머물 수 있는 전각도 만들어 놓겠습니다."

"고맙소. 내 낙성식에는 필히 참석하여 동국 제일의 웅대한 가람을 보리다. 그리고 도화서에 이미 400점의 후불탱화도 그리도록 하명하였소. 전국에서 금을 모아 아끼지 말고 부처님의 자비를 드러내도록 하였으니 부처님의 광휘가 한껏 빛날 것입니다."

"나무아미타불 관세음보살."

유신들은 회암사를 중창하는 일이 마뜩하지 못했지만 비운에 쌓인 왕실에 대놓고 반대하지 못했다. 그러면서도 금으로 불화를 도배질해서 나라에 금이 바닥났다고 수근거렸다.

보우는 전국의 승려 기천 명들을 동원하여 밤낮을 온통 회암사 중창에 매달렸다. 이렇게 서둘렀던 이유는 대비의 기력과 옥체가 나날이 수척해 가는 모습이 눈에 보일 정도였기 때문이다. 중창 불사 중간에라도 대비의 옥체에 변고가 있을 경우 유림들의 반대에 부딪쳐 공사가 중단될지도 모른다는 위기감이 일을 서두르게 한 동인이었다.

봉은사 이전 공사, 청평사 중창, 천릉 역사 등을 거치면서 얻게 된 경험이 공기를 줄이는 데 많은 도움이 되었다. 공사에 동원된 역사들 역시 적시에 필요한 나무를 구해 오고, 능숙한 손놀림으로 목재를 깎고, 불상을 만들고, 화려한 단청을 그리는 데 이골이 날 정도의 숙련공들이라 예상했던 2년 정도의 기간을 6개월 앞당겨 마칠 수 있었다.

이렇게 해서 보우는 한꺼번에 3,000명이 머물 수 있는 요사채 39개를 포함하여 보광전, 정청 등 전각이 총 262간에 불상도 15척짜리 7구를 만들었다. 웅장하고 화려하기가 동국 제일로서 중국에서도 흔히 볼 수 없는 아름다운 절이 완성되었다.

절이 거의 완성되어 갈 무렵 왕실에서 연락이 왔다. 낙성식을 겸해 고인이 된 순회 왕세자의 영혼을 천도하고 왕실의 번영을 위해 무차대회(無遮大會)를 열겠다는 것이었다.

무차대회란 집회에 참여하는 승속(僧俗)에 의식(儀式)을 보시(布施)하는 일을 말한다. 성인 범인, 도인 속인, 상하 귀천 구별 없이 일체 평등으로 재물을 보시하고 부처를 공양하는 대법회다.

대회는 4월 초하루부터 열렸다. 찐쌀 수백 석을 마련했다는 소문을 듣고 공사에 참여한 승려뿐 아니라 전국 사찰의 승려 수천 명이 참석하여 법석을 떨었다. 내수사를 통해 보내오는 대비의 보시로 하루 종일 솥에 불을 때고 음식을 만들어 내 그 많은 참석자를 먹였다.

대회가 시작된 지 사흘째 되는 날이었다. 보우는 보광전 구석에 다 헤진 승복을 입은 노승 한 분이 석장을 짚고 눈을 감은 채 염송하고 있는 것을 발견했다. 자세히 보니 지행 스님이 아닌가? 지금까지 살아 계셨다니? 의지할 데 없는 어린 자신을 데려다 키워 수계까지 하게 하여준 은인이지만 보우는 금강산 마하연에 간 이후로 한 번도 스님을 찾아 뵙지 못했다. 보우는 그에게 곧바로 달려가 엎드렸다. 미안해서 차마 고개를 들지 못했다. 아무 말도 못하고 눈물만 뚝뚝 흘렸다. 노승은 그런 보우를 내려다보며 주장자를 짚고 일어섰다. 그리고는 주장자로 땅을 한 번 내려치고는 일갈했다.

"슬프도다. 네가 이 지경에 이를 줄 꿈에도 생각하지 못했구나. 내가 잘못 가르친 탓이야. 다 내 탓이니, 누굴 탓하겠어?"

그리고는 뒤도 돌아다보지 않고 총총 걸음으로 사라져 버렸다. 보우는 자책을 하다가 뒤늦게 일어서서 지행 스님을 찾았지만 스님은 보이지 않았다. 주변에 인상착의를 설명하고 물었으나 그런 스님이 찾아온 적이 없다는 것이었다.

"그럼 내가 헛것을 봤단 말인가?"

보우는 자신의 모습을 내려다보았다. 비단으로 만든 가사에 황금으로 수놓은 장삼. 부끄러웠다. 자신을 휘감고 있는 이 껍데기들이 다 헛것들인데 보우는 이것들을 이용하여 자신의 위엄을 드러내고 권위를 자랑하려 했던 것 아닌가? 불도를 이끄는 통령으로서 지행 스님과 같이 누더기 하나만 걸쳐도 광휘가 빛나 세상 사람들이 우러러볼 것인데 사치스럽게 치장하고 허깨비처럼 살고 있는 자신의 처지가 부끄러웠다.

낙성식이 있은 5일은 화려한 축등과 높은 대나무 가지에 매달린 각양각색의 비단 깃발들이 펄럭였다. 붉은 비단과 채단을 둘러친 제단 위에는 새로운 왕세자의 탄생을 기원하는 염원을 담아 황금으로 된 가마도 마련했다. 삼현육각이 울려 퍼지고 삼정승이하 육조 대신뿐 아니라 나인과 궁녀까지 몰려들어 화려함이 극에 달했다.

보우는 낙성식에서 주상의 만수무강과 왕비 심씨의 현명한 세자 잉태와 선대왕과 대비들의 영가와 국태민안을 위해 '회암사중수경찬소'를 낭독하여 분위기를 한껏 무르익게 했다.

날마다 사람들이 구름처럼 모여들어 가람의 아름다움을 칭송하고 보우의 노고에 감사하며 성공적인 역사를 축하했지만 보우의 마음은 그리 밝지 못했다.

경내를 돌아보던 내수사 제조가 보우를 찾아왔다.

"아주 대단하십니다. 이 정도의 가람이라면 동국 최대일 뿐만 아니라, 과문하지만 청나라 어느 사찰에 비해도 손색이 없는 규모 아닙니까? 찾아온 사람들 모두 판사어른을 칭송하느라 입에 침이 마를 정도입니다."

"다 부처님의 공덕 때문이지요. 소승은 위에서 시키는 대로 한 것뿐이고 역사에 참여한 승도들이 공기를 줄이느라 주야로 고생 많이 했습니다."

"저렇게 사람들이 좋아하는데 어찌하여 대사님께서는 만면에 수심이 가득하십니까?"

"밀성군께서는 이제 도인이 다 되신 듯합니다. 사람의 속마음을 꿰뚫어 보는 신기까지 익히신 걸 보니 말입니다."

"자리가 사람을 만든다 하잖습니까? 내수사라는 곳이 원래 윗사람의 심기를 관리하고 궁내인의 속마음을 읽어내야 하는 자립니다. 헛헛헛."

박한종은 우쭐대며 보란 듯이 웃음을 토해냈다.

"헌데, 대비마마께옵서는 아직도 기침하지 못하시는 것이옵니까?"

"그것 때문 주상께옵서도 걱정이 태산 같사옵니다. 국사를 잃으시어 심신이 쇠약해 지신데다가 낙성식에 정결한 몸으로 참석하시려고 소식(素食)으로 끼니를 때우시다 몸이 많이 상하신 모양이옵니다. 며칠째 병석에 누워 지내십니다."

"낙성식엔 꼭 참석하겠다고 약조하셨는데, 참으로 앞일이 걱정이옵니다."

"이제야 대사님 마음을 알 것 같습니다. 그렇지 않아도 유신들은 왕후마마가 숙환을 얻게 된 것이 다 판사 어른의 탓으로 이야기하고 있습니다. 목욕재계하고 육식을 피하도록 권유한 것이 몸을 쇠약하게 했고 병환이 나게 했다는 거지요."

보우는 이미 짐작하고 각오하고 있었다.

"소승이 욕먹는 것이 어디 어제오늘 일입니까? 그것보다, 커다란 산이 무너져 내리면 16년 쌓아놓은 둑마저 무너질까 두렵습니다."

"근력이 옹골찬 분이시니 곧 쾌차하여 일어나실 것이니 심려 마십시오. 그리고 그 오랜 세월 백성들 마음에 깊이 뿌리 내린 부처님 나라가 하루아침에 어찌될 리 있겠습니까? 그리고 유림들이 아무리 떠들어도 주상전하와 왕비마마가 독실하신 부처님 제자신데 말입니다."

박한종이 보우를 안심시키려고 이리저리 둘러대는 말을 하였지만 보우
는 대비 사후에 전개될 일을 예견하고 있기에 수심은 날이 갈수록 깊어
만 갔다.

그 날 저녁에 태고 보우가 찾아왔다.

"썩을 놈. 그러게 내가 뭐라 했어? 그러니 중놈이 염불엔 마음 없고 젯
밥에만 눈이 멀었단 말이 나오지."

"국사님, 제발 소승을 도와주십시오."

"그 국사란 말 좀 쓰지 말어. 그 자리가 사람을 병들게 하는 걸 몰
라서? 세속의 부귀영화를 다 누렸으니 이제 곧 죽어도 여한이 없겠
구만?"

"어찌 그런 말씀을 하십니까?"

"산꼭대기에 오르면 내려가는 일만 남은 것. 내려가는 길은 험하니 그
모습이 어찌 아름답길 바라겠는가?"

"제 앞길을 두고 하시는 말씀이옵니까?"

"너무 먼 길을 떠나왔으니 돌아가기엔 늦었어. 날은 저물고 산 속은
이미 안개에 잠겼으니 부처님 전에 자비를 구할 수밖에. 조심해서 내
려가게."

태고는 보우의 대꾸도 듣지 않고 사라져 버렸다.

기어코 무차대회 중간에 사단이 났다. 대비가 위독하다는 소식이 전해
지고 한 달 동안 계획했던 무차대회가 6일 만에 중지되었다. 보우는 하
늘을 올려다보며 긴 탄식을 토해냈다. 장차 앞 일이 어찌될 것인가? 하
늘은 속도 모르고 푸르기만 한데 보우의 눈앞은 캄캄해지고 가슴은 천

갈래 만 가닥으로 미어졌다.

대비는 세손을 잃은 뒤 그 슬픔으로 신기가 소상되어 원기가 허약하였
는데 풍질로 인하여 심열이 급증하여 결국 세상을 떠나고 말았다. 돌아
가기 하루 전 문정왕후는 대신들에게 언서유교(諺書遺敎)를 내렸다.

'내가 본디 심열(心熱)이 있었는데 상한(傷寒)에 감기로 풍열증이 겸
해 발작하더니 원기가 점점 허약하여 지탱하기 어렵소. 그래서 내 의
사를 조정에 이르는 바이오. 주상은 지난 해 갑자기 국본(國本)을 잃
고 망극하던 중에 상심하여 심열증이 생겼는데 본래 허약하여 평상시
처럼 회복하지 못하였기에 밤낮으로 우려하였소. 세자가 탄생하기를
날마다 바랐는데 뜻밖에 이 병을 얻어 보전 못하게 되었으니 오직 조
정의 제신들이 주상의 원기를 보양하도록 보살피고 충성을 다하기를
바랄 뿐이오. 또 이 일은 조정에 말하기가 마음에 매우 미안하나 평일
에 품고 있던 바이므로 아울러 말하는 것이오. 석도(釋道)는 이단이기
는 하지만 조종조 이래로부터 다 있어 왔고, 양종(兩宗)은 역시 국가
가 승도들을 통령하기 위하여 설립한 것이므로 조정은 나의 뜻을 체
득하여 의구 보전하여 주기를 바라오.'

대비가 훙서(薨逝)하자 임금은 식음을 전폐했다. 대신들이 죽이라도 들
기를 청했지만 3일 동안 물 한 모금 마시지 않았다. 왕후의 유교에도 원
기를 보양하도록 했으니 종사의 중함을 생각하여 곡기 들기를 간곡하게
청하는 바람에 사흘 만에야 죽을 들었다.

능침은 생전 대비가 원하던 봉은사 신정릉(新靖陵)이 아니었다. 임금은
신정릉은 외강이 보여서 침수가 잦아 자주 보토해야 하고, 중종의 묘를

천장한 뒤로 나라에 좋은 일이 없었고, 3년 안에 세자와 문정왕후의 죽음 등 두 번의 경통(驚慟)의 변고가 있었으니 선릉의 산이 구 정릉보다 특별히 나은 점을 모르겠다 했다. 구리와의 경계가 되는 지점이 길지라는 말을 듣고 능호를 태릉(泰陵)이라 정하고 그 곳에 모셨다. 보우가 심혈을 기우렸던 천릉 역사도 하루아침 도로가 되어 버렸다.

대왕 대비의 상례는 일찍이 수렴 섭정한 사실이 있기 때문 일체 대왕의 상례에 준하여 20일이나 계속되었다.

문정왕후의 죽음으로 배불(排佛)의 급류가 몰아쳤다. 장례 기간 동안 상중에 있는 임금의 처지를 생각하여 말을 아끼던 대신들이 장례가 끝나자 보우를 극형에 처하라고 일제히 들고 일어섰다. 왕후의 죽음은 보우가 회암사 무차대회를 위해 금육 소식하도록 했고 설재(設齋)를 위해 목욕재계를 권해서 감기가 들었고 끝내 종명(終命)하게 되었으니 보우는 역적이라 했다. 잔잔히 숨어서 흐르던 시냇물들이 때맞추어 내린 호우에 수로 아닌 길을 덮으며 온통 물바다를 만들 듯 보우에 대한 비난이 여기저기서 쏟아졌다.

사헌부에서는 보우를 의금부에 내려 법대로 죄를 주라고 아뢰었다.

'적승 보우는 흉패하고 간교한 삶으로 오래도록 승려의 괴수가 되어 죄복(罪福)의 설을 널리 떠벌려서 뭇사람들의 귀를 미혹시켜 온 세상이 휩쓸려 몰려들게 하였는데 거처와 의복의 참람(僭濫)함이 임금에 가까울 뿐만 아니라 모든 일에 이르러서도 스스로 궁금(宮禁)에 바로 아뢴다 하니, 그 방자하고 음흉(陰譎)한 정상은 낱낱이 들 수가 없습니다. 지난 번 회암사에서 재를 설행한 것도 보우가 실로 주장하였는데 불사의 성대함은 오랜 옛날에도 못 듣던 바였고 비용의 사치함은 말로 할 수 없을 정도입니다. 심지어 붉은 비단으로 기를 만들고 황금으로 수레를 꾸미었으며, 기타 의장도 모두 채단을 쓰고 앞뒤로 북을 치고 피리를 불어서 엄엄하기가 마치 임금이 친림(親臨)한 것과 같았습니다. 더구나 외간이 전하는 바에 의하면 '대행대왕 대비의 편치 못하심이 재를 베풀어 소(素)를 행함으로 인하여 망극의 변고에 이르게 했다하니 일국 신민의 아픔이 이에 이르러 더욱 극심한데, 어찌 이 같은 죄인을 하루 인들 천지에 용서할 수 있겠습니까'

임금은 헛소문으로 벌 줄 수 없다고 수차례 버티었다. 그러나 집요하게 지속되는 조야(朝野)의 상소를 견디지 못한 왕은 결국 보우의 승적을 박탈하고 서울 근교의 사찰 출입을 금하게 했다.

사헌부에서도 가만 있지 않았다. 보우는 도량을 화려하게 지음으로써 국가의 저축을 고갈하게 했고 굴혈(窟穴)을 널리 점유하여 그 무리를 모아 승왕(僧王)의 칭호를 편안히 받고 새로 방장을 지어 그 속에 기거하면서 삼성지전(三聖之殿)이라 이름하였으니, 승적만 박탈할 게 아니라 극형에 처해 악을 없애야 한다고 했다.

보우를 참수하라는 소가 두 달이 넘게 양사를 비롯하여 성균관 유생, 지방 유생까지 연일 계속되었다. 성균관에서는 관을 비우고 동맹휴업을 했다. 그리고 궐 앞에는 지방에서 올라온 유생들이 엎드리어 보우를 마땅히 잡아 죽여야 한다고 시위를 했다.

이처럼 사태가 걷잡을 수 없이 파급되자 영의정인 윤원형마저 보우의 죄를 들고 나서며 일국의 공론에 따라 징죄해야 한다고 소를 올렸다.

보우는 문정왕후의 장례에 조문하기 위해 창덕궁으로 갔으나 입구에서 출입을 저지당했다. 저지뿐 아니라 지관이 막지 않았으면 문상하고 있던 유신들이 내던진 술잔에 하마터면 머리가 깨어질 뻔 했다. 문정왕후의 죽음이 보우 탓이라고 생각하고 있는 유림들의 야유가 쏟아지고 몽둥이를 들고 폭행하려는 것을 지관과 호위 승려들이 막아서는 바람에 화를 겨우 면했다.

보우는 하릴없이 봉은사 선불당에 문정왕후의 영정을 모시고 빈소를 마련했다. 그러자 궁 안에 들어갈 수 없는 많은 불신도들이 찾아와 조문했다.

헤아려 보니 봉은사 주지로 부임한 지 17년 세월이었다. 문정왕후가 아니었으면 불가는 핍박 속에 쇄락을 거듭해 깊은 산속 선승들에게서나 겨우 명맥을 유지했을 것이다. 그 긴 세월 동안 부처 같은 왕후가 있었기에 유림들의 반대 속에서도 불가는 왕성하게 번창할 수 있었지 않은가? 왕후는 흥불을 위해서 날마다 고심하고 계획했다. 고마웠다. 부처님이 행사하시는 공덕에 감사하며 왕후의 영혼이 좋은 곳으로 가시라고 불공을 드렸다.

보우는 왕후의 죽음과 함께 자신의 일도 이젠 끝났다고 생각했다.

보우는 양종판사 직은 물론 승적까지 박탈됐다는 말과 함께 사찰의 출입도 금한다는 어명이 내려졌다는 사실을 들었다. 그는 의지할 곳이 없어졌다. 그를 비호해 주던 왕후도 없고 호의를 베풀며 친분을 유지했던 대신들이 등을 돌리고 임금마저 방패막을 걷어버렸다. 그리고 유신들이 자신을 체포하기 위해 행동대를 조직하고 곧 들이닥칠 것이니 빨리 피신하라는 내수사의 비밀스런 전갈을 받았다.

보우는 이런 사실을 종무원에 알리고 앞으로의 추세를 살피면서 각자

신상에 유념할 것을 당부하고 새벽에 길을 떠났다. 발각되면 피차 위험하니 그만두라고 만류했지만 지관은 다섯 명의 호위승과 함께 뒤를 따라왔다.

그들은 말을 타고 하루 종일 달리다 날이 저물자 근처 한계산 설악사로 갔다. 피곤하여 코를 골며 곤히 자는데 날이 밝기도 전에 문 두드리는 소리가 들렸다. 이미 보우를 신고하면 큰 상이 내릴 거라는 거짓 소문이 절까지 났던지 그 곳에 와 먼저 유숙하고 있던 객승이 밤 사이에 신고하러 내려갔다는 것이다. 일행은 다시 말을 몰아 깊은 산속으로 무작정 달렸다.

그러다 함춘역 부근에 이르렀을 때 보우가 탄 말이 기력이 쇄진했는지 병이 들었는지 피식하고 쓰러져 일어나지 않았다.

"이 말까지 나에게 등 돌리는 걸 보니 이제 내 세상은 끝난 것 같구나. 부질없는 짓 그만두고 자네들은 돌아가게. 난 여기서 관원들을 기다리겠네."

보우는 체념 한 듯 일행들을 다독였다.

"종정님, 그 무슨 말씀이시옵니까? 종정님이 안 계시면 부처님이 다 죽습니다. 여기서 가까운 곳에 함춘역이 있는데, 소승이 가서 말을 구해오겠습니다. 잠시만 여기서 기다리십시오."

지관은 호위승 한 명을 데리고 함춘역으로 갔다. 한밤중이라 역원은 잠들어 있었다. 역참에서 제일 쓸 만한 포마(鋪馬: 관용으로 쓰던 말) 한 마리를 꺼내나오는데, 한밤중 외부인의 침입에 놀란 말들이 소리치는 바람에 역원에게 발각되었다.

지관은 호위승이 제지하는 사이 말을 끌고 돌아와서 도피 행각을 계속했다.

　보우를 죽이라는 유신들과 전국 유림들의 끝없이 이어지는 상소가 무려 천백여 통이나 되었지만 임금은 이를 무시하였다. 헌데 젊은 신료 중에서 제일 신뢰하는 이이의 글이 임금의 마음을 움직였다. 이이는 예조좌랑으로 간언의 책임을 맡지 아니 하였지만 보우를 요승이라 칭하고 논리적이면서도 수려한 필치와 겸허한 자세로 벌주기를 청하는 '논요승보우소(論妖僧普雨疏)'를 올렸다.

　　엎드려 생각하오니 벼슬에는 각각으로 그 직책이 있습니다만 정성이 마음에 사무치게 되오면 맡은 바 직분에만 구애될 수 없사오며, 의견을 말씀드리는 것이 반드시 그 때가 있사오니 해로움이 머리에 절박하게 되면 때만을 기다리고 기다릴 수는 없는 것이옵니다.
　　지금 신은 진언할 수 있는 책임을 맡고 있지 않으니 진언할 수 있는 직책도 아니요, 전하께서는 지금 복상 중에 계시니 진언할 만한 때도 아닙니다. 그러나 장사치와 나그네들도 길에서 의논하는 것을 보면 사람이란 직책에 구애 받지 아니하고 정성을 다할 수 있다는 것이며, 여러 관리가 재상의 말을 따르지 않는 것을 보면, 일이란 때를 기다리지 않고 진언을 극진히 할 수 있는 것입니다. 그러므로 어리석은 신은 만번 죽을 것을 무릅쓰고 감히 한 가지 생각한 바를 아뢰오니 바라옵건대 전하께서는 밝은 살피심을 내려 주소서. 지금 보우의 일은 온 나라가 분노를 느끼어 그의 살을 찢어발기고자 하고 있습니다. 그리하여 성균관에서는 항의하는 소를 올리고 양사에서는 번갈아 글을 올리며 옥당에서는 차자(箚子)를 올리는 일이 여러 날을 두고 끊이지 않는 지경에 이르렀으나, 전하께서는 더욱 못들은 체하시니 온 나라의 백성은 놀라고 실망하지 않은 이가 없으며, 모두 말하기를 '전하께서는 온 나라의 공론은 믿지 않으시고 오직 요망한 중만을 옹호 하신다'고 합니다. 신은 전하의 명철하심이 보우로 말미암아 이런 누명을 받으신 것을 통탄스럽게 여깁니다.

대개 보우는 시역(弑逆)의 죄를 지었으니, 전하께서 그 원수를 풀어준 잘못이 있으시다고 말하는 것은 본시 과격한 이론이어서 신은 감히 다 믿지는 않고 있습니다. 그러나 전하께서 보우를 죄가 없는 사람이라 하신데 있어서는 신은 괴탄(怪嘆)하는 바이며 또한 감히 믿고 승복할 수 없습니다. 그러한 전교가 나오자 삼척동자도 속으로 웃으며 위대하신 왕의 말씀은 마땅히 이러하여서는 안 될 것이라고 남몰래 염려하고 있습니다. 궁궐 안의 일은 비록 뜬소문이라 핑계할 수 있다 하더라도, 하늘이 낸 물건을 함부로 없애고 사녀(士女)들을 속이고 현혹시켜 참람되게 승여(乘輿)를 만들고 지존을 욕되게 한 것은 만백성이 눈으로 본 일인데 모두 뜬소문이라 할 수 있겠습니까.

눈썹은 지극히 가까운 데 있어서 보이지 않는 것이니 궁중의 일을 나라 사람들은 다 알지만 전하께서는 아시지 못한 경우가 어찌 없겠습니까만 뭇사람의 노여움을 그치게 할 수 없고 백성의 입은 막을 수가 없는 것인데도 전하께서 굳이 이렇게 까지 거부하시는 것은 어째서 입니까. 또 전하께서는 진실로 보우가 털끝만큼 한 죄가 없다고 여기시는 것입니까. 보우가 제 뜻을 행한 지가 지금 여러 해째로서 죄와 복을 멋대로 베풀어 임금을 속였으며 궁안의 재정을 고갈시켜 백성들에게 환난을 끼쳤으며 교만하고 교활하여 스스로 성인인 체하여 자신을 높여 사치스럽고 참람되게 하고 있습니다. 이 가운데 한 가지만 있다 해도 용서받을 수 없는 죄인데 전하께서는 그래도 무죄하다 하심은 어째서입니까. 전하께서는 총명하시고 강단이 있어 벼슬을 자르고 귀양 보냄에 있어 권세 있는 자나 은총을 받는 자들이라 해도 일찍이 조금도 용서함이 없으셨는데, 한 요망한 중을 처벌함에 있어서는 유달리 어렵게 여기시며 보류하고 계시니 신은 진실로 우매한 탓인지 그 까닭을 알지 못하겠습니다. 어찌 나라 사람들이 모두 죽여 마땅하다고 하는 데도 죄 없는 자일 수 있겠습니까.

그러나 신이 크게 걱정하는 것은 이것 때문이 아닙니다. 왜냐하면 옥당은 전하의 심복이며 대간은 전하의 이목이며 태학의 유생들은 모두 공자를 본받지는 못한다 할지라도, 그 중에 그런 뜻을 지닌 자는 또한 모두 공자의 무리입니다. 전하께서 이미 어진 인재를 골라 심복과 이목의 되는 지위에 앉혀 놓았으니 그들이 직책에 맞는다고 생각하면 그들의 의견을 채용하셔야 할 것이며, 그들이 그 직책에 적합하지 않는다고 생각되신다면 마땅히 그들을 쫓아냈어야 될 것입니다. 임용하고서도 신임하지 않고 의심하면서도 몰아내지 않는 것은 진실로 부당한 처사입니다.

지금 옥당과 양사와 태학의 유생들이 입을 모으고 말을 합쳐 한 중을 죄 줄 것을 요청하였는데 끝내 임금의 마음을 돌리지 못 했으니 비록 전하께서는 심복과 이목에 해당하는 관원과 공자를 본받으려는 무리들에 대한 대우를 모두 한 중보다 못하게 한다 하고 말하더라도 또한 망언이 아닐 것입니다. 어찌 이처럼 임용은 중하게 하시고 대우는 박하게 하십니까. 설사 보우가 털끝만한 죄가 없고 억울한 누명을 쓰고 있는 것이라 하더라도 천하와 후세 사람들이 장차 전하를 어떤 임금으로 보겠습니까. 하물며 지금 보우의 죄는 죽어 마땅하다고 간하는 사람들의 말이 그릇된 것이 아닌 데야 말할 나위 있겠습니까.

이 뒤로부터 아마 나라 사람들은 모두 말하기를 전하께서 보우를 대우하심이 갈수록 더하여 달라짐이 없다고 할 것이며, 중들은 모두 말하기를 전하께서 우리 도를 숭상하시니 간하고 비판한다고 이간될 것은 없다고 할 것입니다. 이로 말미암아 이단의 무리는 뜻을 펴고 선비들의 기개는 더욱 꺾일 것입니다. 조정에 있는 사람들은 모두 말하기를 전하의 목소리와 안색은 천 리 밖에까지도 사람들을 거절한다고 할 것입니다.

이로 인하여 모든 관리들은 해이해지고 간하는 길은 더욱 막히게 될 것입니다. 선비들의 의기가 좌절되어 버리고 간하는 길이 막혀버리면 곧은 선비들은 눈치를 살피며 멀리 가 숨어 살게 되고 간사한 자들만이 틈을 보아 다투어 나오게 될 것입니다. 이로 인하여 조정의 기강은 날로 문란해지고 나라의 명맥은 더욱 상하게 될 것입니다.

전하께서 비록 불교를 배척할 뜻이 있다한들 누가 좋아서 그 일을 돕고 따를 것이며 전하께서 비록 덕을 따르는 총명함이 있다한들 누가 좋아서 흉금을 털어놓고 따로 아뢰겠습니까. 그렇다고 어찌 전하의 뜻을 집집마다 다니며 일러주고 얘기해 줄 수 있겠습니까.

한 가지 일의 실수는 경중을 따질 게 못될 듯하고 한 사람 중의 미미한 존재는 유무를 따질 게 없을 듯하지만 그 피해가 국가에 절실함이 이와 같습니다. 일찍이 전하께선 예지를 지닌 것으로 여겼는데 이것을 살피지 못하였습니까. 의젓하던 선비들의 의기는 또 이로 인하여 좌절되고 트였던 언로는 또 이로 인하여 막히게 되며, 근근이 이어오던 나라의 명맥은 이로 인해 손상되어 재앙이 해독과 함께 닥쳐 구제받을 수 없게 될 것입니다. 그런 뒤에는 비록 보우 같은 자를 백 명을 벤다 한들 어찌 이미 지나간 과실을 보충할 수 있겠습니까.

신은 생각하온대 전하께서는 옥체가 본시 약한데다가 수척한 몸으로 상복을 입으시고 핼쑥한 얼굴로 곡읍(哭泣)을 하고 계시는 즈음이니 번거로이 귀에 거슬리는 말씀을 드리면 전하의 마음이 편치 않을 것 같고 그렇다고 다시 사사로운 걱정과 지나친 생각으로 전하의 마음을 상하게 할 것이 두려워서 그대로 물러난다면 전하의 나라가 편치 않게 될 것 같습니다.

사세가 이렇게 되었는데도 아무런 대처도 하지 않는다면 전하의 마음이 편치 않게 되고 나라도 편치 못하게 되어 마침내는 둘 다 편안치 못하게 될 것입니다.

이것이 신이 밤잠을 못 이루고 천장을 바라보며 눈물을 흘리는 까닭입니다.

신이 어리석은 소견으로 거듭 생각한 끝에 한 가지 방법을 터득하였습니다. 대체로 자전께서 나라를 걱정하신 뜻과 복을 비시는 정성 때문에 보우의 기만 행위를 거절하지 못한 지가 20년이나 되었습니다. 하루아침에 승하했다고 해서 그를 베어 버리면 자성(慈聖)께서 생존해 계실 적의 마음에 어긋나는 일일 것입니다. 또한 전하께서는 살리기를 좋아하시는 어지심으로 상중에 계시니, 어찌 극형으로 사람들에게 가하려 하시겠습니까?

전하께서 주저하시고 참고 계시는 마음은 신으로서도 망령되나마 헤아릴 수 있는 일입니다. 하지만 전하께서 쾌히 공론을 좇아서 극형을 베풀지 못할 형편이라면 어찌하여 먼 변방으로 귀양을 보냄으로 민중과 함께 버리신다는 뜻을 표하지도 않으십니까. 그렇게 하면 온 나라와 백성의 마음을 약간이나마 위로할 수 있게 되고 또 기만하고 미혹시키는 세력들을 어느 정도 감소시킬 수가 있으며 동시에 전하의 살리시기를 좋아하고 죽이시기를 싫어하는 어진 마음에도 걸리는 바가 없게 될 것입니다. 전하께서는 어떻게 생각하십니까?

전하께서는 무죄라고 생각하시는데 신은 멀리 쫓아내자는 요구를 아뢰고 사람들은 지금 시역으로 지목하고 있는데 신은 죄를 감해 주자는 말씀을 올리는 셈이니 진실로 위로는 전하의 뜻을 거스르고 아래로는 사림들의 기대를 저버리는 것이 됩니다.

신의 어리석은 충정으로 꼭 전하의 어진 마음을 보전하고 국가의 원기도 보존하게 되기를 바라고 있습니다. 그래서 비록 위와 아래로 죄를 짓게 되는 한이 있어도 자신에 대해서는 걱정하지 않는 것입니다.

만약 전하께서 단연코 죄가 없다고 하시어 끝내 보우를 내쫓지 않으신다면 이것은 사기가 꺾이고 언로가 막히며 서캐나 이 같은 신의 반딧불같이 미약한 능력이 어찌 일월의 광채를 돕기 바라겠습니까?

만약 신의 말에 조금이라도 받아들일 만한 내용이 있다고 생각하신다면 꼴 베고 나무하는 사람에게도 물어보고 천근(淺近)한 말도 살피는 것은 이 또한 덕을 쌓는 일입니다. 어찌 반드시 그 사람만을 보고 그의 말까지 무시해서야 되겠습니까?

오호라. 국가에 참혹한 화가 오늘날보다도 더욱 심한 시기는 없었으며, 백성들의 여위고 쇠약함이 오늘보다 더한 때가 없었습니다. 참혹한 화를 겪고 있는 때에 연약하고 쇠약한 백성들을 부리면서 거기다 또 선비들의 의기를 꺾고 언로를 막으며 나라의 명맥을 손상시켜 백성들을 몰아붙인다면 반드시 닥쳐올 근심과 헤아릴 수 없는 환난은 장차 차마 말로 표현할 수 없는 정도가 될 것입니다.

시경에 '마치 저 물에 뜬 배가 어디에 닿을지 모를 것 같네. 마음의 시름이여 눈 붙여 볼 겨를도 없구나' 하고 읊었는데 신이 근심이 실로 이와 같습니다.

신은 본래 지극히 어리석고 고루한 자질이나 외람되어 관국빈왕하는 대열에 끼게 되고 다행히도 전하께서 버리지 않으시어 장원으로 뽑아주시니 깊고 중한 성은에 대하여 갚을 길을 알지 못하고 있습니다. 그러므로 나라를 병들게 하는 기틀을 눈으로 보고는 마음에 감격한 정성이 간절하여 감히 침묵을 지키지 못하고 이미 분별없는 소견을 아뢰었습니다. 직책을 뛰어넘은 죄 벌하여 주시기를 청하옵니다.

이율곡은 자신의 직책을 걸고 상소문을 올렸다. 자신이 틀린 말을 했으면 벌을 받겠으며, 임금이 뽑은 신하의 말을 듣지 않으면 사직하겠다는 일종의 엄포였다.

자신도 한때 불교에 심취하였으면서 이처럼 불교를 '이단의 무리들'로 매도한 것은 단지 현실을 중시 여기는 그의 신념과 세계관에서 나온 것인가?

조정에 보우가 말을 탈취했다는 사실이 알려지자 임금은 나라를 좀먹는 적으로 나라가 통분하고 있는데도 조금도 두려워하고 꺼리는 바가 없으며 심지어 조정을 능멸하여 역말까지 뺏어 타는 만행까지 저질렀으니 그를 잡은 뒤에 의금부에서 나장을 보내 멀리 유배하라고 하교했다.

보우는 인제 백담사 주지의 도움으로 설악산 봉정암에 거처를 정했다. 봉정암은 백담사에서도 유심한 계곡과 험한 바위를 타고 25리를 가야 만날 수 있는 깊은 산속에 있는 암자다. 신라 선덕 여왕 때 자장율사가 당나라에서 석가모니의 뇌사리를 모셔와 탑을 만든 국내 유일의 불뇌사리 보탑이 있는 곳이다. 주변은 용아장성으로 바위가 산성처럼 둘러쳐져 있어 범인이 범접하기 어려운 곳이라 지친 몸을 휴양하면서 수행 정진에도 썩 좋은 곳이었다. 보우는 이 곳을 자신의 마지막 안거지로 생각하고 속세에서 묻은 때를 씻어냈다.

그러나 그런 생활도 두 달을 넘기지 못했다. 싱그러운 나무를 목욕이라도 시키듯 며칠 안개가 자욱하던 어느 날, 아침 공양을 막 끝낸 후였다. 허겁지겁 달려온 사미승이 가쁜 숨을 몰아쉬며 보우를 찾았다.

"아니 넌 백담사에서 본 사미 아니더냐?"

숨을 겨우 고르고 난 사미가 보우 앞에 넙죽 엎드리며 다급하게 말했다.

"맞습니다요. 큰스님. 큰일 났습니다요. 어서 몸을 피하십시오. 지금 관원들이 잡으러 오고 있습니다요."

보우는 이미 각오하고 있던 터여서 사미의 당황하는 모습에 오히려 웃음이 나왔다.

"나 때문 괜한 수고했구나. 보아 하니 밤새우며 달려온 모양인데 얼마나 고됐겠느냐? 어서 공양이나 하여라."

이 말을 곁에서 듣고 있던 지관이 걱정스러운 표정으로 입을 열었다.

"제가 떠날 채비하겠습니다."

"관두어라. 날 잡겠다고 그 험한 산길을 타고 여기까지 왔는데 더 이상 어디에 몸을 숨기겠느냐?"

"금강산으로 가십시오. 그 곳에 계시면 제가 청국으로 가는 길을 마련해 놓겠습니다."

"다 부질없는 일이다. 난 이미 지쳤고 할 일은 다 끝냈는데, 늙은 몸뚱이 하나 부지해서 뭘 어쩌자는 말이냐? 난 올해를 넘기지 못하고 열반에 들 것이니 너희들 신변이나 보호하거라."

"그 무슨 말씀입니까? 안 됩니다. 저희들 목숨을 내걸고 끝까지 종정님을 보호할 겁니다."

지관은 진심인 듯 꿇어앉아 울먹이며 말했다.

"세상에 사라지지 않는 것은 없다. 애초에 없었으니 사라지는 것도 없다. 죽음을 두려워하지 마라. 나에게 때가 온 것뿐이다. 난 죄를 지은 일

없다. 내 몸을 빌려 부처님이 역사하신 것이니 잘못한 일이 없다. 그런데 왜 도망 다녀야 하겠느냐? 너희들이나 어서 피신하라."

그 말을 듣던 일행들이 모두 엎드려 통곡했다. 그러자 보우는 다시 그들을 안심시켰다.

"두려워 마라. 이 허깨비는 없어지겠지만 부처님은 죽지 않는다. 아무리 박해가 심하여도 나 하나 죽인다고 불문이 없어지기야 하겠느냐. 부처님은 중생을 널리 사랑하시기에 부처님을 찾는 사람에겐 언제나 응답하실 것이고, 부처님의 말씀은 우리를 영생으로 이끌 것이다."

보우가 일행들을 다독이는데 높은 바위 위에서 보초를 서던 호위승려가 내려와 아뢴다.

"큰스님, 저기를 보십시오."

승려가 가리키는 곳으로 고개를 돌려 쳐다보니, 바위 위에 무장한 관원들이 열병식 하듯 내려다보고 있었다.

결국 두 달여의 도피 행각은 끝이 났다. 보우가 만류하는 바람에 호위승들은 칼 한 번 휘둘러보지 못하고 사로잡히는 신세가 되었다.

왕명에 의하여 보우는 제주로 보내졌다.

제주에 귀양갔지만 보우를 죽여야 한다는 상소는 계속되었다. 임금은 '승려 역시 사람인데 어찌 죽일 수 있겠느냐. 보우는 이미 원찬(遠竄: 먼 고장으로 귀양살이 보냄)을 했으니 다시는 이런 일이 없을 것이다. 이미 벌이 주어졌는데 추론한다는 건 사리에 맞지 않는 일'이라며 끝까지 윤허하지 않았다.

운명을 사랑하라

절에서의 행자 생활은 속세와의 연을 끊는 것부터 시작되었다. 속세에서 입던 옷을 벗고 갈아입으라며 밤색의 승복과 고무신이 주어졌다. 옷을 받아들고 돌아서자 원주 스님은 혹시 몸에 병이 있는지, 죄 짓고 도망 온 건 아닌지 물었다.

아무나 스님이 될 수 있는 것은 아니다. 스님이 되기까지에는 단계가 있다. 우선 수계를 받기까지 5개월 이상을 행자 생활을 해야 한다. 그리고 어느 정도 수련이 되면 큰 절에 가서 합동으로 수계를 받는다. 비로소 사미(여자는 사미니)가 되는 것이다. 이 사미가 되면 외부로는 승려의 신분을 갖지만 승단 내부에선 정식 승려의 자격을 부여하지 않는다. 승적에 이름을 올릴 수 없다는 말이다. 사미가 된 이후에도 일정 기간 강원이나 승가대학에서 교육을 수료한 후에야 삼사칠증(三師七證) 즉 세 사람의 스승과 일곱 사람의 증명법사 앞에서 승가로서 지켜야 할 수많은 계율을 지키겠노라고 서약을 한 후에야 정식으로 승적에 이름을 올리게 되며 이때부터 남자는 비구, 여자는 '비구니' 라고 불린다.

사미가 되기 위해서는 15세 이상 40세 이하인 자로서 고졸 이상의 학력을 가져야 하고 출가한 절에서 5개월 이상 교육을 받아야 하며 사미십계, 초발심자경문을 숙지하여야 하고, 부처님의 생애를 비롯한 불교의 기초적인 교리, 기본적인 불교 예식 등을 숙지하여야 한다.

또한 이혼한 지 6개월 미만인 자, 파렴치범으로 판정된 자, 법률상 자녀 양육권을 포기하지 않은 자, 실질상 세속관계를 끊지 못한 자, 금치산 또는 한정치산자, 파산자로서 복권되지 아니한 자, 형사상 피의자 또는 구금 이상의 형에 처한 자로서 복권되지 아니한 자, 난치병 및 전염성 질환을 앓는 자, 신체조건이 수행하기에 부적당한 자 등은 승려가 될 수 없다.

"머리는 언제 깎습니까?"

"이놈아, 여기가 무료 이발소인 줄 알어? 절 맛을 보고 난 다음에 이야기해. 불목하니 생활이 그리 쉬운 거 아냐. 내가 그만 되었다 할 때까지 기다려. 그 새 도망가면 할 수 없고."

주지 스님이 꿍 하면서 못 마땅한 표정으로 돌아서 나가자, 원주 스님이 달래듯 말했다.

"노스님이 행자가 몹시 마음에 들었나 봅니다. 평상시에 말씀도 없으신데 저리 언성은 높이면서도 만면에 미소 띤 얼굴은 오랜만에 봅니다."

원주 스님은 젊은 스님을 불러 소개했다. 앞으로 수행을 하는데 궁금한 점이 있으면 무엇이든 논의하라 했다. 나이는 어려도 수행을 많이 해서 교리에 대해 해박한 지식을 지니고 있어서 많이 도와 줄 거라 했다. 혜견이란 스님은 동승에서 시작해서 오랜 수행 과정을 거쳤고, 송광사에서 강원까지 마쳐 이제 곧 정식 승려가 된다는 사미였다.

혜견은 경내 구조물에 대해 소개해 주었다. 밥을 짓는 공양간이며, 세탁실, 창고 등 주로 내가 일하게 될 공간들을 설명해 주고 요사채로 가 숙소로 사용할 방을 소개했다.

방은 세면실이 달린 큰 방으로 공용이었다.

옷을 갈아입는 사이, 혜견이 나갔다가 잠시 후 책 두 권을 들고 들어와 절간 생활에 대해 얘기했다.

"행자 생활이 좀 힘들 겁니다. 그걸 이겨내야만 부처님 제자가 될 자격이 주어지는 겁니다. 오계는 아시지요? 살생·도둑질·음행·거짓말·음주를 하지 않겠다는 계율을 꼭 지켜야 합니다. 저녁 9시에 자고 새벽 3시에 일어나지만, 정수를 맡은 행자님은 좀더 일찍 일어나야 합니다. 절 앞에 흐르는 냇가에 가서 부처님 전에 올릴 깨끗한 물을 떠와야 하니까요. 그런 다음 노전스님이 오셔서 단에 향을 꼽고 촛불을 켤 때까지 기다렸다가 노전스님이 도량석을 시작하면 일어나서 세수하고 정결하게 옷을 갈아입고 예불에 참여합니다. 아침 예불이 끝나면 바로 아침 공양 준비를 하고 공양을 끝내면 공양간을 깨끗이 정리하는 것도 행자의 몫입니다. 물론 공양의 지휘는 공양주 보살님이 하실 거니까, 시키는 대로 하면 됩니다. 아침공양을 마치면 맡은 바대로 일을 하는데, 공동으로 울력을 하기도 하고 어떤 일은 개별적으로 수행해야 합니다. 처음 오신 행자님에게 제일 힘든 것을 맡기게 되니 이해하셔야 합니다. 그리고 사시가 되면 부처님께 마지 공양을 올려야 하니 다시 음식을 만들어야 합니다. 그리고 나서 좌선을 하거나 경전을 읽으며 수양에 정진하게 됩니다."

말을 여기까지 마친 혜견은 책 한 권을 내밀었다.

"이 〈초발심자경문〉은 907자로 되어 있는데 고려 시대 보조국사 지눌 스님이 지으신 것으로 승려가 지켜야 할 언어습관과 몸가짐, 그리고 지켜야 할 규약들을 모아놓은 책입니다. 이걸 잘 읽고 몸에 익혀야 사미가 될 수 있습니다."

그리고 수계를 받기 위해서는 반야심경과 천수경은 반드시 암송해야 한다며 《법요의식》 이란 책도 놓고 갔다.

나는 외우는 거라면 자신 있다고 마음 속으로 생각하며 〈초발심자경문〉을 잡고 펼쳐보니 한문 밑에 한글로 음이 달려 있고, 해설이 달려있는데 보는 것만으로 절로 한숨이 나왔다.

夫初心之人은 須遠離惡友하고 親近賢善하야 受五戒十戒等하야
부초심지인은 수원리악우하고 친근현선하야 수오계십계등하야
善知持犯開遮하라. 但依金口聖言이언정 莫順庸流妄說이어다
선지지범개차하라. 단의금구성언이언정 막순용유망설이어다
초심자는 반드시 좋지 않은 스승으로부터 멀리 떠나고 선지식을
친근히 모셔야 하며, 오계 십계 등 계를 받아서,
지키고 어기며, 열고 닫을 줄을 잘 알아야 하느니라.
오직 성인의 금쪽같은 말씀만을 의지할 것이요,
용렬한 이들의 망언은 따르지 말아야 하느니라.

'마하반야바라밀다심경'은 짧았지만 '천수경'은 너무 길어 이걸 언제 다 외우나 싶었다. 그리고 나가면서 밖에서 일하고 있는 행자들을 모이도록 하고 소개했다. 방장이라고 소개한 영필은 이제 곧 수계를 앞두고 있으나 나이는 나보다 어려 보였다.

행자 생활을 하는 사람은 나까지 모두 네 명이었다. 일주일 전 들어왔다는 서른 살쯤 나 보이는 짧은 머리의 재호, 그리고 이미 삭발한 20대 중반의 경상도 사투리를 쓰는 점잖게 보이는 태봉이었다.

어떻게 하루가 지났는지, 정신이 없었다. 부엌엘 가보니 아궁이에 불을 때고 밥을 짓고 있었다. 나는 낯이 설어 가만히 옆에서 구경하다 시키는 대로 땔감을 가져오고 음식을 나르는 등 주로 노역을 담당했다. 나이 지긋한 공양주 보살은 이력이 붙었는지 손놀림이 예사롭지 않았다. 저녁 예불을 마치고 잠자리에 들 준비를 하는데 영필이 행자 모두 해우소로 모이라는 전갈이 왔다.

"졸려 죽겠는데 저 새끼 왜 또 지랄이야."

이부자리를 깔던 재호가 투덜대며 윗옷을 걸쳤다.

"어허, 순명. 벌써 잊으셨습니까? 나무관세음보살."

역시 이부자리를 깔던 태봉이 한 마디 하자 즉각 재호의 욕설이 나왔다.

"까고 있네. 너나 잘해."

영필은 화장실 문을 열고 점검을 하고 있었다.

"김 행자님, 여기 담당이지요? 이리 와 보세요. 이게 청소한 겁니까?"

영필이 화장실 문을 열고 가리키는 곳에는 누군가 변기 옆에다 싼 한 무더기 똥 위에 쉬파리 몇 마리가 웽웽거리고 있었다.

"저녁 공양 후에 분명 깨끗하게 청소했는데, 어떤 짝궁댕이 새끼가 조준도 못하고 염병 지랄 까놨어?"

재호의 말에 일행은 서로를 보며 웃었다.

"어허. 그런 말투는 계율을 어기는 겁니다."

"알았어. 내일 아침 싹 점검해서 치우면 될 거 아냐?"

"자기 전에 자신이 맡은 일과를 점검하라 했지요? 이걸 내일 아침까지 두면 어떻게 됩니까? 똥파리가 안 보이세요? 이게 밥주발 위에 앉는다는 생각 못하세요?"

그러자 재호가 기회라는 듯 대들었다.

"똥을 그렇게 더럽게 보다니 성불하기 멀었구만. 어느 선사님이 부처님을 똥 덩어리라고 한 거 몰라?"

임제종과 쌍벽을 이루던 운문종의 시조 운문(雲門)은 "어떤 것이 부처입니까?" 묻는 어느 승의 물음에 단지 "똥 덩어리" 라 대답했다. 승의 질문은 교리적 설명이 아니라 온몸으로 체험한 살아 있는 부처를 보여 달라는 것이다. 화엄경에 따르면 어떤 것도 부처 아닌 것이 없다. 똥 덩어리도 불신(佛身)이라고 했다. 자신이 우주 자체가 되어야 '개개의 사물 하나하나'가 모두 부처임을 자각한다는 뜻이다. 운문에게는 전 우주가 깨끗하다, 더럽다 등의 온갖 분별이 끼어들 틈이 없는 '똥 덩어리' 인 것이다. 부처는 '거룩하다', '신성하다'는 생각은 말할 것도 없고 부처의 '부'자조차 빼앗아 버린다. 일체를 떨쳐버린 거기에 진짜 부처가 있다는 것이다.

재호는 이 말을 어디서 얻어들었는가 보다. 이 말에 영필은 빙그레 웃으며 말했다.

"그럼, 부처님과 함께 생활해 보실랍니까? 거처를 이 곳으로 옮겨 드려요?"

재호는 두 말도 못하고, 혼자 씨부렁거리며 화장실 끝에 있는 창고로 갔다. 물뿌리개와 똥 막대기를 들고 와 화장실을 청소하면서 아직도 억울한지 퉁퉁 부은 소릴 했다.

"신삥 왔는데 바꿔 줘."

"그러지요. 내일부터 화장실 청소는 김도훈 행자님 담당입니다. 아침 예불 후, 점심, 저녁 공양 후 하루 세 번, 그리고 자기 전에 꼭 확인해야 합니다."

말을 마치고 합장을 하며 영필이 나가자, 나와 태봉은 재호를 도와 화장실 문을 열며 청소를 다시 했다.

"여기서는 모든 게 공동 책임입니다. 한 사람이 잘못하면 모두가 벌을 받습니다."

태봉이 청소를 하면서 내게 말하는데 재호가 듣고 끼어들었다.

"야 하기 싫으면 들어가 자빠져 자. 그리고 새로 들어온 신삥 너 똑바로 해. 여긴 고참 순이야. 나이 많다고 봐 주는 거 없어."

청소를 마치자 재호는 태봉을 돌려보내고 나를 남도록 했다. 해우소의 불을 전부 끄고 재호는 군대 고참병이 신병 군기 잡듯 내게 명령했다.

"야 이놈아, 앞으로 고참의 명령에 절대 복종한다. 알았나?"

어이가 없었다. 그저 웃음만이 나왔다.

"어쭈 고참이 말하는데 웃어."

하면서 발길이 날아오는가 싶더니 어느 새 손바닥이 날아와 내 뺨을 갈겼다. 귀청이 울렸는지 귀가 한동안 웽하고 울렸다.

"왜 대답 못 해. 내말이 말 같지 않아? 너 군대 갔다 왔지? 여기도 짬밥 순이야. 중이 절 싫으면 나가는 게 장땡이야."

순간 난 '이 자식을 통해 부처님이 나를 시험하는 구나.' 생각했다. 그리곤 이것도 도를 닦는 과정이라 생각하고 큰 소리로 대답했다.

"잘 알겠습니다."

"야, 이 새끼야. 도량석 치는 줄 알고 잠자는 스님 다 깨겠다. 기운은 바짝 차리고 소리는 작게 알겠냐?"

"알겠습니다."

난 기가 든 것처럼 차렷 자세로 섰고 목소리는 의도적으로 낮췄다.

"열중 셔. 차려. 어쭈구리 동작 봐라. 군기 싹 빠졌구만. 그것 밖에 못해. 엎드려. 머리 박아."

머리를 땅에 대고 엎드리자 재호가 발로 옆구리를 찼다. 힘 없이 쓰러졌지만 난 재빨리 일어나 다시 땅에 머리를 박았다. 재호는 아까 영필에게 당한 분풀이라도 하듯, 청소하던 똥 막대기를 들고 와서 내 궁둥이를 두들겼다. 난 이를 악물고 버티었다.

"어쭈 깡다구 있구만. 좋아. 일어서. 이걸 물고 오리걸음으로 해우소 한 바퀴를 돌아온다. 실시."

막대기를 깨끗이 씻었다곤 하지만 그걸 차마 물지 못해 잠시 망설였다. 속세와의 연을 끊으려면 속세에서 배운 지식, 모든 인식이나 감정을 버려야 한다는 주지 스님의 말씀이 생각났다.

"임마, 이게 부처님이야. 부처님 모시고 유람 갔다 와. 얼른."

난 눈 딱 감고 막대기를 두 손으로 잡아 물고 뒤뚱거리며 오리걸음을 걸었다.

그렇게 호된 신고식을 치르고 방에 들어와 잠을 자는데, 누군가의 발길질에 다리를 맞아 통증을 느끼며 잠이 깼다. 옆자리 재호였다.

"야 이 새꺄, 너 코에 탱크엔진 달았어? 잠을 못 자겠잖아? 너 밖에 가서 기다리다 우리 다 잠들면 들어와. 알았어?"

하릴없이 베개를 들고 마루로 나왔다. 바닥에 누우니 어머니, 경훈이, 지안, 미주 얼굴이 파노라마처럼 지나갔다. 이러면 안 된다고 생각하며 일어나 합장하고 관세음보살을 외고 다시 자리에 누었다. 바닥이 차기는 했지만 얼마나 피곤했던지 금세 잠이 들었다.

다음 날 새벽. 원주 스님의 도량석 치는 소리에 잠이 깼다. 잠에서 깨어나긴 했지만 머리가 무거웠다. 찬바람 부는 마루에서 잠을 자서 감기가 들었나 보다. 목이 칼칼하고 콧물이 흘렀다. 그래도 동료들과 같이 세수를 하고 법당으로 가서 아침 예불을 드렸다. 백팔 배를 하는데 몸이 휘청거리는 걸 겨우 참았다.

절에 불사가 있기 전날이었다. 원주 스님과 공양주 보살은 아침 공양을 마치자 시장 보러 시내에 갔고, 행자들은 손님맞이 준비에 바빴다. 대웅전 안 청소는 생각한 것보다 복잡했다. 사다리를 놓고 초파일에 달아 놓은 연등과 위패가 놓인 구석구석에 쌓인 먼지며, 불상을 정성스럽게 닦아내고, 좌복의 껍데기를 벗겨 가져다 양잿물에 삶아 말렸다. 그것이 끝나니 둘씩 짝을 지어 뒷산에 가서 음식을 만들 솔잎을 긁어 져 나르고, 햇볕 잘 드는 양지에서 며칠 잘 마른 나무를 크기에 맞춰 도끼로 잘라내 차곡차곡 쌓았다. 그리고 고참 조는 절 앞 공주탕 위 계곡에서 맑은 물을 지어 나르고, 삶아서 데친 산나물들을 날라다 그늘에서 말렸다.

나는 재호와 짝이 되어 뒷산에 솔잎 긁으러 갔다. 한창 부지런히 일하는데 재호가 앉아서 휘파람을 불다 말을 걸어 왔다.

"야, 천천히 쉬면서 해라. 그렇게 빨리 해서 지고 내려 가봤자 알아주는 사람 하나 없다. 내려가면 일은 쌓이고 쌓여 있어 임마. 우린 머슴이야 머슴. 여기 앉아 봐라. 내가 재미있는 얘기 해줄게. 내가 어느 책에서 읽은 얘긴데 이거 진짜다. 그 스님이 직접 목격한 얘기를 쓴 거를 봤으니 믿을 수밖에. 어느 절에 우리 같이 행자 생활을 할 때 얘기다."

난 이마에 맺힌 땀도 말릴 겸 재호 옆에 앉아 그의 얘기를 들었다.

"어느 날 원주 스님이 외방을 나가면서 행자보고 열쇠꾸러미를 주지 스님한테 가져가라고 했단다. 주지 스님은 암자에서 참선을 하며 수행정진하고 있었다. 암자에 올라가 방 앞에 신발이 가지런히 놓인 것을 확인하고 방문 고리를 잡아 다녀 보니 아무도 없더란다. 그런데 방 한가운데 물이 흥건히 고여 있어서 이상하다 생각했지. 어디 해우소에 갔나보다 하고 한참을 기다려도 스님은 나타나지 않는 거라. 그래서 하는 수 없이 열쇠꾸러미를 방안에 던져놓고 암자를 막 벗어나려는데, 뒤에서 소리가 들리는 거야. 돌아보니 주지 스님이 '이놈아 내 뱃속에 열쇠를 놓고 가면 어떻게 하느냐'며 막 야단을 쳤다는 거야. 그때 그 행자가 깨우쳤다는 거지. 참선을 오래하면 저렇게 몸도 물로 변할 수 있는 거로구나. 그것을 보고 그 행자는 토굴을 찾아 들어가서 득도했다는 거야."

여기까지 말을 한 재호가 한숨을 푹 내쉬더니 심각한 표정으로 말을 이었다.

"나도 그냥 토굴이나 찾아 들어갈까 봐. 이 절에선 도저히 분심만 생기고 해탈할 수 없어. 어린 놈의 새끼가 방장이라고 꼴값 떨며 깐깐하게 구는 꼴도 아니꼬워 못 봐주겠고. 다른 절에선 일주일 만 지나면 머리 깎아주는데 난 열흘이 지났는데도 영 소식이 없어. 사람도 인연이 있지만 절도 궁합이 맞아야 되는데 난 이 절하고는 영 아닌가 봐."

난 재호를 위로하려고 한 마디 했다.

"아상이 많아서 그런 것 아닙니까? 저도 불서는 몇 권 읽고 왔는데 아상이 많으면 번뇌가 그칠 수 없다고 하더군요. 모두 비워내지 못하니 그런 것 같습니다."

"너 먹물이지? 어디까지 공부했어?"

"그런 게 무슨 소용입니까? 출가하려는 사람의 과거는 캐지 않는 게 원칙이라 들었습니다."

"이 새끼가 머리에 먹물 좀 들었다고 사람 무시하네?"

"부처님의 제자는 배우나 안 배우나 똑같은 불자일 뿐입니다. 전 행자님을 무시한 적 결코 없습니다."

"이 새끼가. 어디서 퐁당퐁당 말대꾸야? 대가리 박아."

난 시키는 대로 하면서도 재호가 안 되었다고 생각했다. 해탈하려고 몸부림치는 모습이 너무 안타까워서 마음속으로 '관세음보살 나무아미타불'을 되뇌니 갈쿠리 자루로 때리는 매가 하나도 아프지 않았다.

재호는 오늘도 나를 따라다니며 괴롭혔다. 법당에서 불상에 등을 보였다고 등짝을 후려갈기질 않나, 도끼질하는데 행전이 풀렸다고 정강이를 걷어찼다. 그렇게 평소에 해보지 않았던 일을 하고 벌을 받고 저녁이 되니 몸은 말이 아니었다. 콧물은 계속 흐르고, 재채기까지 나오며 몸이 으슬거렸다. 옆에서 지켜보던 태봉이 안쓰럽게 생각했던지 방에 가서 좀 쉬라고 했지만, 난 오기로 버텼다.

"이제 제 몸은 제 몸이 아닙니다. 부처님께 바친 몸이니 저를 도구로 쓰시려면 부처님께서 알아서 하겠지요."

그렇게 참으며 일하는데 지나가던 혜견이 내 상태를 보고 미련하다며 방으로 들여보냈다. 그리고 태봉을 통해서 약까지 보내왔다. 방 안에 들어와 약을 먹고 이부자리 깔고 누웠는데 무심코 책상을 바라보던 난 이상한 낌새를 느끼고 벌떡 일어나 앉았다. 책상 위에 진열했던 책이 없어졌다.

허응당집을 비롯하여 영어콘사이스, 수행에 도움이 될 만한 명상록, 미주 집에서 가져온 시선집까지 절에서 받은 책 빼고는 모조리 없어졌다. 난 재호의 짓이라고 생각했다.

문을 열고 밖으로 나와 재호를 찾았다. 행자들은 법당 한구석에서 잘 마른 좌복 껍데기 속에 보료를 끼워놓고 있었다. 난 눈을 부릅뜨고 재호를 노려보며 말했다.

"내 책 어떻게 했습니까?"

"저 새끼, 아프다더니 헛것이 보이나? 내가 네 책을 어찌했다고 눈 까뒤집으며 지랄이야?"

"책상 위에 있던 책이 없어졌단 말입니다."

"아 그거요?"

실랑이를 말없이 지켜보던 영필이 중재를 하듯 끼어들었다.

"제가 버렸습니다. 속세와의 인연을 끊으려면 책은 오히려 장애가 됩니다. 진리로 가는 길에 가장 큰 걸림돌은 바로 자신을 옭아매는 지식입니다. 그래서 소각장에 갖다 버렸지요."

"아 그 귀중한 책들을……."

재호는 잘 걸렸다는 듯 엄포를 놓았다.

"너 나를 의심해? 이 새끼 고참을 우습게 보고 말야. 두고 봐. 가만 안 둘 거니까."

난 사람을 의심하는 것도 계율을 어기는 것이라는 것을 깜빡 했다. 그까짓 책이 뭔데?

"죄송합니다."

합장을 하는 순간 휘청하더니 속이 빈 마대자루가 흐물거리며 주저앉듯 난 그렇게 쓰러졌다.

얼마나 잤을까? 날은 이미 저물어 밝은 전깃불이 켜졌는데 문밖이 웅성거리는 소리에 눈을 떴다. 신열이 있는지 머리는 아직도 지끈거리는데 밖으로 나가봐야겠다는 생각을 했다.

이불을 제치고 일어서려는데 머리가 빙빙 돌면서 어질어질했다. 벽에 기대어 눈을 질끈 감고 버티니 움직일 만했다. 문을 열고 밖으로 나오니 찬바람이 옷 속을 파고들었다.

영팔은 마루에 누워 울고 있었고, 행자들을 비롯하여 사미들, 원주 스님까지 뺑 둘러서 있었다.

누군가의 입에서 나쁜 놈이란 소리가 들렸다. 둘러선 사람들을 찬찬히 살펴보니 재호가 보이지 않았다. 밖으로 나온 나를 보고 태봉이 말했다.

"행자님이 당할 걸 방장님이 당했습니다."

사연은 이랬다. 재호는 나를 골탕 먹일 심산으로 저녁을 먹고 해우소에 가서 어제처럼 변기 옆에다 똥을 쌌다. 이것을 나중에 들어간 영팔이가 봤고 그걸 따지다가 재호가 주먹을 휘둘러 영팔의 면상을 갈겼다. 면상만이 아니라 쓰러진 영팔을 발로 여러 번 걷어차고 나서 행장을 가지고 절을 떠났다는 것이다. 영팔은 갈비뼈에 이상이 있는지 신음만 할 뿐 움직이지 못했다. 잠시 후 앰뷸런스가 도착해서 영팔은 병원으로 실려 갔다. 내 입에서 절로 '나무관세음보살' 소리가 흘러 나왔다.

삭발식은 물이 흐르는 계곡에서 주지 스님을 비롯한 사부대중이 참여한 가운데 행해졌다. 난 주지인 대각 스님을 은사로 청했다. 자리에 참석한 사람들이 둘러서 경을 읽는 가운데 대각 스님이 가위로 윗머리를 자르고 물러서자 원주 스님이 나머지 머리를 자르고 면도로 깨끗하게 무명초를 밀어냈다.

머리카락이 뭉툭뭉툭 잘릴 때 나도 모르게 눈물이 흘렀다.

"맺고 끊음이 어디 인간 마음대로 되는가? 다 부처님 뜻이네. 이제 속세의 일은 훌훌 털어버리고, 업보의 고리에서 허덕이는 중생 구제에 나서야 하네."

면도를 마친 원주 스님이 덕담을 했다.

"참 머리 곱기도 하네. 맨 처음 절에 들어올 때부터 알아봤지. 아주 대덕 고승이 될 상이야. 부처님의 참된 법을 보고 전하라고 법명은 진관으로 정했네."

주지 스님은 반질반질 빛나는 내 머리를 쓰다듬으며 만족한 듯 핫핫 소리를 내며 웃음을 날렸다. 난 삭발식이 거행되는 내내 합장하고 '옴마니반메훔'을 수도 없이 음송하였다.

'보우 대사님, 이제 마음에 드십니까?'

허깨비의 춤

　적거지에서 관원들을 따라 성안에 도착하니 날은 이미 어두웠다. 보우는 목관아 내 감옥에서 밤을 보냈다. 먼 길을 걸어 온 피곤한 몸이라 주먹밥 한 덩이를 받아먹고는 그냥 쓰러져 잠이 들었다. 한참을 자는데 추워서 잠이 깼다. 희미한 여명을 거느리고 창틀로 스며드는 안개가 옷 속을 파고들어 뼈마디를 훑고 있었다. 보우는 양손을 겨드랑이에 끼고 몸을 웅크리는데 저절로 입술이 떨리며 이빨이 부딪혔다. 이러다 얼어 죽겠다 싶어 벌떡 일어났다. 하늘엔 한가위를 훨씬 지난 가을 달이 을씨년스럽게 혼자 놀다가 구름 속으로 사라졌다. 옷 속으로 집어넣은 손이 무척 차가웠다. 보우는 손을 모아 입가로 가져가 호하고 불어 김을 쏘이며 부볐다. 갑자기 지관이 매일 아침 호위 승들을 가르치던 수박(手搏) 장면이 떠올랐다. 보우는 옥사 문틀에다 손바닥을 마찰하며 두드리다가 자신의 몸 부위를 손바닥으로 때리며 자극을 줬다. 팔이며 가슴이며 복부로 허벅지로 옮겨 가며 두들기니 몸에 냉기가 빠져 나갔다. 팔과 다리를 천천히 허공으로 내뻗으며 운동을 계속하자 숨이 가빠지며 열기가 되살아 났다.

날이 밝자 보우는 관덕정 마당으로 끌려가 꿇어앉았다. 하늘엔 낮게 깔린 구름이 금세 비라도 부릴 기세로 심통을 부리고 있었다. 한 무리의 찬바람이 휙 하고 몰려오더니 마른 낙엽들이 우르르 몰려다닌다. 관청 마루에는 의자만 놓여 있을 뿐 아무도 보이지 않았다. 보우는 눈을 감고 마음 속으로 천수경을 음송하다가 누군가 채찍으로 등짝을 후려갈기는 바람에 파적했다. 등이 따끔거리더니 이내 불이 붙은 것처럼 와직와직 뜨겁게 달아올랐다. 눈을 떠 정면을 바라보니 아전들이 쭉 둘러선 가운데 누군가 보우를 노려보며 노기를 띤 목소리로 고함을 치고 있었다.

"죄인 놈이 고개를 들라고 몇 번 말했는데 왜 그리 굼뜬 거야?"

보우는 고개를 들어 산돼지 울음같이 식식거리는 소리의 주인공을 살펴 보니 변협이 틀림없었다. 승자의 거만하면서도 의기양양한 모습으로 웃음까지 흘리며 변협은 소리치고 있었다.

"똑똑히 보아라. 내가 누군지 모른다곤 않겠지?"

보우는 대꾸하지 않고 고개를 숙이고 살며시 눈을 감았다. 옛날 봉은사에서 일이 불현듯 되살아났다. 백옥 같은 살결에 수줍은 듯 홍조를 띠면서도 살포시 웃는 이연의 얼굴이 떠올랐다. 이윽고 시퍼렇게 멍이 들고 생채기가 나 울고 있는 얼굴로 바뀌더니 능글맞게 낄낄거리던 변협의 얼굴로 다시 바뀌었다.

"흥, 왜 말 못해? 이 요망한 중놈아, 네가 무슨 일을 했는지 뉘우치고는 있는 거냐?"

"소승이 과거 한 일에 대해선 조금도 후회 없소이다."

"뭐라? 후회가 없어? 백성들을 미혹하게 하여 나라의 기풍을 어지럽게 만든 대역 죄인이 무슨 죄를 지었는지 모르겠다? 하 이런 맹랑한 놈. 이건 주상 전하에 대한 항명이야."

"소승은 부처님이 인도하시는 대로 행하였을 뿐이고 백성들에게 부처님 말씀을 설파한 것이 죄라면 죄 값은 달게 받겠습니다."

"넌 나라의 근간인 국시(國是)를 능멸한 놈이야. 궁내의 유신들뿐만 아니라 간교한 혀 놀림으로 임금과 근친들의 눈을 가렸으며, 고려를 패망하게 했던 불교를 중흥시키기 위해서 경향의 유림들을 농락한 죄 죽어 마땅하다고 생각되지 않느냐?"

"소승은 주상전하의 하명을 따를 뿐이오."

"아직도 정황을 분별하지 못하는 모양이구나. 내가 원악도(遠惡島)인 이 섬에 왜 왔는지 모르느냐? 네놈이 여기로 정배되었단 소식을 듣고, 제주목사를 자청하고 왔단 말이야."

보우는 적거지에서 변협의 이름을 들었을 때부터 이미 각오는 하고 있었다. 이 자는 유림들의 공분을 내세우고 있으나 필경 청탁을 거절당한 보복으로 위해를 가할 것이라 진즉 생각한 터였다.

"두고 봐. 넌 이미 죽은 목숨이야."

처음 대면이 상견례를 겸한 문초로 끝났으나, 목사는 보우를 적거지로 돌려보내지 않고 목관아 옥사에 하옥시켰다. 그리고 그의 간계는 하루를 넘지 않은 이슥한 밤에 드러났다.

어둡던 주변이 갑자기 환해지는 환경의 변화를 이상해 하며 높게 달린 창문을 바라보았더니 구름을 헤치고 달빛이 환하게 나타났다. 그렇게 달구경을 하고 있을 무렵 옥사가 시끄럽더니 변협이 들어왔다. 그는 이미 술이 거나하게 취한 듯 얼굴이 벌겋고 몸을 가누지 못할 정도로 비틀거렸다.

"야 이 역적 놈아. 너 어찌 지금까지 목숨 부지하고 있는 거야. 나 같으면 부끄러워서라도 혀를 깨물고 자진하겠다. 이 개새끼야."

말이 끝나기 무섭게 발길질이 날아오는 것을 보우가 잽싸게 피했다. 순간 사또의 몸이 휘청하더니 중심을 잡지 못하고 쓰러졌다.

"어쭈, 네놈이 날 피해?"

변협은 일어서더니 다시 발길질을 해댔다. 보우는 체념했다.

'그래 때리려면 얼마든지 때려라. 내가 맞아서 네 분한 심정이 풀린다면 자비를 베풀 마.'

변협의 발길질은 술 냄새를 뿜어내며 산돼지처럼 씩씩대던 콧소리가 목에 걸릴 때까지 계속됐다. 그의 행패는 보우가 쓰러져 입에서 피를 흘리는 것을 보고서야 만족스러운 웃음을 날리며 끝났다.

"네놈이 그때 내 부탁을 들어주었다면 난 사대문 안 관리가 되어있을 터이고 그랬다면 이렇게 대면하는 일은 없었을 텐데. 자업자득이지 안 그래?"

"…………"

"말해 봐. 너 진정으로 그년 좋아한 거야? 그냥 즐긴 거지?"

"…………"

보우는 갈비뼈가 부러졌는지 숨도 제대로 쉴 수 없을 정도로 아팠다. 그러나 내색하지 않고 일어나 앉아 눈을 감고 마음속으로 천수경을 외었다.

"남의 물건에 손을 대다니…… 우리 형수, 아니 그년 죽은 것이 너 때문이란 거 인정하지?"

"…………"

"왜 말을 못해. 기면 그렇다, 아니면 아니다 말을 하란 말야. 개새꺄."

다시 발길질이 날아와 보우의 면상을 후려 갈겼다. 코가 알싸하다고 생각되었는데 피가 흘러내렸다. 쓰러졌던 보우는 다시 일어나 자세를 바로 했다. 피가 입술 위를 타고 떨어져 가슴께로 흘러내렸다. 그리곤 가사 속으로 파고들어 가슴 아래로 번져갔다. 보우는 눈을 감은 채 염송을 계속했다. 아무런 감각도 느낄 수 없었다.

"이 자식이 나를 놀리는 거지. 왜 아프다고 소리를 안 지르는 거야? 잘 못했다고 왜 말 안해. 살려 달라고 빌어 봐, 이놈아."

변협은 무지막지하게 발길질을 해댔다. 하나 보우는 그 짧은 순간에 느꼈다. 욕망이 있어야 고통도 있다는 것을.

"넌 그 죄 값을 톡톡히 받게 될 거다. 내 손으로 널 반드시 죽이고 만다. 여기 섬에서 일어난 일은 아무도 몰라. 죄인이 병들어 죽었다고 보고하면 끝이란 말이다. 알아? 이 개아들 놈아. 흐흐흐 두고 봐."

변협은 능글맞은 웃음소리를 연신 흘리면서 옥사를 나갔다.

밖으로 난 창틀에서 은행잎 하나가 날아와 보우의 얼굴에 떨어졌다. 가만히 눈을 떠 사방을 살펴보니 온통 은행잎 천지였다. 계를 받기 전 용문사에서의 어린 시절이 생각났다.

바람이 불면 소리를 내며 울던 은행나무, 그 잎사귀가 나라 잃은 슬픔의 눈물이라던 어느 도반의 얘기. 시간 가는 줄 모르고 유난히 굵었던 은행 열매를 줍는데 정신이 팔려 공양 시간을 놓쳐 회초리 맞던 일, 그리고 아연과 처음 대면하던 순간으로 생각이 이어졌다.

보우는 생각을 떨치려는 듯 '옴마니반메훔'을 연송했다. 피는 언제 멎었는지 굳은 핏물이 인중과 입술을 잡아당기고 숨 쉬기가 불편할 정도로 왼쪽 콧구멍을 막고 있었다. 보우는 넓은 은행잎 몇 개를 골라 물을 적셔 핏물을 닦아냈다. 콧구멍이 답답하여 후벼내니 아직 덜 굳은 핏덩이가 줄기처럼 빠져 나왔다. 몸을 움직일 때마다 오른쪽 옆구리가 켕기면서 아팠다.

날은 밝았지만 두터운 구름이 낮게 깔리어 금세 빗방울이라도 뿌릴 듯 사방이 우중충했다. 비장이 오더니 나가서 목관아 주변에 깔린 낙엽을 쓸라고 명령했다. 밖에 나가보니 먼저 온 관노 두 명이 싸리비를 들고 마당을 쓸고 있었다. 그런데 그들의 행동이 수상했다. 마당을 쓰는 게 아니라 보우가 쓸어 모은 낙엽을 가지고 장난을 치고 있었다. 보우는 모른 체 하며 그들이 흩으려 놓은 낙엽들을 다시 쓸어 모았다. 모으면 흩으려 놓고 다시 모으면 어지럽히기를 반복했다. 보우는 안 되겠다 싶어 관덕정 마당으로 발길을 옮기는데 누군가 뒤에서 포대로 보우를 씌웠다. 보우가 포대를 벗겨내려는 순간 다친 옆구리에 둔탁한 무언가 날아들었다. 단말마의 비명을 내며 보우는 쓰러졌다.

그런데 한두 사람의 목소리가 아니었다. 어디서 나타났는지 여러 사람의 갖은 욕설과 함께 발길질과 몽둥이가 머리에서 발끝까지 사정없이 날아들었다.

보우의 입에선 신음 대신 '나무관세음보살' 소리가 나왔다. 온몸이 찢기고 뼈가 부서져 만신창이로 너덜너덜 해지는 순간 아픔도 느낄 수 없었다.

눈을 감으니 많은 사람들의 얼굴이 스쳐 지나갔다. 문정왕후의 위엄 있는 모습과 겹치면서 교분을 쌓았던 많은 관리와 유신들, 승려들이 나타났다 사라졌다. 몸은 고달팠으나 그들 사이에서 부대끼며 살았던 시간들이 행복이라 느껴졌다. 보우는 희미해져 가는 정신줄을 놓지 않으려고 안간힘을 썼다.

비가 내리나 보다. 내린 빗방울은 포대를 뚫고 온몸을 적셨지만 보우는 손가락 하나 까딱 할 수 없었다. 어디선가 새 울음소리가 들리는 것 같았다. 몸은 추위에 떨렸지만 마음 속에선 희열이 마구 피어올랐다. 보우는 이제 다 끝났다는 안도의 한숨을 길게 내쉬며 마음 속으로 염송했다.

'아제아제 바라아제 바라승아제 모지 사바하. 나무아미타불 관세음보살.'

그러자 보우는 몸이 가벼워짐을 느꼈다. 그는 포대를 벗고 일어나 누워 있는 자신의 모습을 보았다. 저게 나의 가면이었구나. 인간 세상에 와서 내가 빌어 쓴 탈이었구나. 홀가분함을 느끼자 갑자기 흥이 났다. 춤을 추고 싶었다. 어디선가 음악이 들려왔다. 덩실덩실 춤을 추었다. 이승에서의 영욕과 떠나는 아쉬움, 피안의 세계에 대한 열망을 담아 부처님께 올리는 의식이었다.

춤을 추는데 태고 스님이 나타났다. 스님은 지금까지와는 사뭇 다른 흡족한 미소로 보우의 장도를 축하했다.

"욕 많이 보셨으니 그만 쉴 때가 됐나 보오. 어때 사바 세계에 향불은 태울 만하던가?"

"그럼요. 함께 춤을 춰요. 이리 훨훨 춤을 추며 저승 갈 사람이 몇이나 되겠습니까?"

"그렇군. 하나 우린 부처의 유혹에 걸려 든 거야. 그렇게 고생 안 해도 얼마든지 편안히 살 수 있었는데 말이야."

"일체유심조라. 비록 냄새나는 진흙탕에서 일을 하더라도 거기서 만족을 느낀다면 그건 고행이 아니라 행복이지요. 인간 세상에 나온 것이 이미 선택을 받은 거구요, 부처님 세상 위해 일을 할 수 있다는 건 축복이지요. 부처님 품 속에 사는 게 유혹이라면 정말 달콤하고 위대한 유혹 아닙니까?"

"그려. 자네는 이승에서 덕을 많이 쌓았으니 좋은 세상이 기다리고 있을 걸세. 어서 가시게 내가 안내하겠네."

보우는 하늘을 보고 소리쳤다.

"불타여 나의 임무는 끝난 것입니까? 제가 한 일이 마음에 드셨습니까? 절 도구로 써 주심에 감사드리고 함께 해서 정말 행복했습니다."

보우는 태고와 함께 춤을 추며 노래를 불렀다.

　　　　허깨비로 와서 허깨비 마을에 들어왔네
　　　　오십여 년 세월 희롱하는 미치광이가 되어
　　　　인간세상 영화롭고 욕된 일 희롱삼아 다하고
　　　　중이라는 허수아비 탈 벗고 푸른 하늘 오르네.

봉은사에 내리는 눈

　보우 대사의 지난했던 생애에 절로 머리가 숙여졌다. 나는 보우 대사의
오도송을 읊조리며 의자에서 일어났다. 날씨가 갑자기 추워졌다고 생각
하고 달력을 봤더니 한로(寒露)가 지나 상강(霜降)이 멀지 않았다. 산사
에는 계절이 일찍 지나간다. 창가에 서리꽃이 핀 지는 오래 되었다.

　문을 열고 밖으로 나와 보니 온 세상이 하얗다. 아직 해가 뜨기 전인데
도 서리의 하얀 기운이 어둠을 밝히고 있었다. 입을 오므려 호오 하고
입김을 내어뿜으니 담배 연기처럼 하얀 색채가 또렷했다.

　하필 가는 날이 장날이라고 절의 창시자인 정혜 조사의 기일에 봉은사
에서 보우 스님 법회가 겹쳤다. 많은 불자들이 절을 찾는 날이어서 염불
도 해야 하기에 절을 비우고 법회에 참석하겠다고 말을 할 수 없어서 포
기하고 있었다. 헌데 주지 스님이 어찌 아셨는지 어제 나를 부르더니 다
녀오라는 것 아닌가? 생각해 보니 주지 스님은 예전에 내가 보우 스님에
대해 관심을 표명하면서 그의 일대기를 쓰겠다는 말을 기억하고 있다가,

불교신문에 난 법회 광고를 보고는 내 마음을 꿰뚫은 것이었다.

내 기쁨은 허응당 보우 스님의 사상 선양을 위한 법회 때문이기도 했지만 전국에 뿔뿔이 흩어져 수행정진하고 있는 많은 도반들을 만날 수 있다는 기대가 더 컸다.

송광사 강원에서 근대 불교 사상을 연구하는 도법, 혜진을 만났고 그들을 통하여 자신이 알지 못했던 많은 기록과 연구물들을 접했다. 오늘 불자들에게 존경을 받는 고승 원학 대사의 설법이 있고 난 후 도법이 '현실사회와 보우사상실천' 이라는 주제로 강연이 있다.

나는 너무 고맙기도 하고 마음이 설레어서 간밤 잠마저 설쳤다. 뒤척이다 어느 결에 잠들었는가 했는데 누군가 석장으로 방바닥을 치며 나를 깨웠다.

"네가 날 불렀느냐?"

일어나 살피니 예전 꿈 속에서 보았던 그 스님이었다.

"보우 스님? 허응당 스님 맞지요?"

"그 허깨비를 왜 찾아?"

"그렇잖아도 한 번 뵙고 싶었습니다."

"왜 나를 죽이려고?"

"아니요. 대사님이 남기신 족적을 찾아 중생들에게 부처님이 현신하신 모습을 증거하려 합니다."

스님은 껄껄 웃고 나더니 일갈했다.

"다 헛되고 헛된 것이야. 부처를 만나면 부처를 죽이고, 조사를 만나면 조사를 죽이라는 말의 뜻을 알겠느냐?"

"일체의 속박에서 벗어나야 완전한 해탈을 얻을 수 있다는 말 아닙니까?"

"옳거니. 과거에 얽매이지 마라. 난 이미 한 줌 먼지로 사라졌으니 나 또한 없는 것이다."

"그렇지 않습니다. 그건 세상을 이어가는 끈과 같은 겁니다. 부처님이 계셨기에 대사님이 있었고, 대사님 덕분에 불법이 오늘에 이어져 많은 중생들이 부처님 세상을 알았지 않습니까? 대사님이 안 계셨다면 제가 어찌 절밥 먹으며 목탁을 두드렸겠습니까? 대사님은 제 부처이십니다."

"입으로 좇지 말고 마음으로 봐라. 아미타불과 지장보살은 늘 함께 있으니 선택은 중생의 몫이지. 네가 할 일은 나를 좇는 일이 아니라 중생들이 업을 끊고 육도윤회에서 벗어나도록 구제하는 일이야."

"그리하겠습니다. 헌데 한 가지 묻고 싶습니다. 대사님 사바 세계의 여행은 힘드셨을 텐데. 정말로 만족하십니까?"

"유림의 숲 속에 길을 내는 일은 누군가 해야 하는 일이었고, 내가 낙점 받은 것뿐이야. 심신이야 피곤하고 힘들긴 했어도 그 속에 즐거움도 있으니 그게 사는 낙 아니던가? 헌데 어려울 때마다 늘 부처님한테 의지했으니 난 한 일이 없어. 불만이 없으니 만족이란 것도 애초에 없지."

그러면서 보우 대사는 껄껄 웃었다.

"허나 사부대중들은 대사님의 순교의 뜻을 따르고자 합니다. 대사님이 없었으면 오늘날 저 같은 불승은 깊은 산 속에서 나오지 못했을 테고 도심에서 부처님 음성을 들을 수도 없었을 겁니다. 오늘 저는 대사님을 만나러 갑니다. 자리에 함께 하실 거죠?"

"나 때문에 부처님께 코 꿰었다고 원망이나 마라."

대사는 호탕하게 웃으면서 사라졌다.

아침 공양을 끝내자 산 아래 마을로 내려가 정시마다 하나씩 오는 버스를 기다려 타고 서울로 향했다.

봉은사에 들어서니 감회가 깊었다. 나를 불가에 귀의하게 한 화두를 준 그때가 생각났다. 경내도 많이 달라져 있었다. 서점에 들러 시계를 보니 법회 시간이 한 시간이나 남아 있었다. 신라 시대 원효 대사의 일대기를 다룬 소설 한 권과 경허 스님과 만공 스님을 소재로 한 《길 없는 길》이란 소설집을 사고 서점에서 나왔다. 길가로 나오니 마주친 불자들과 비구승들이 합장 반배 인사하며 총총 걸음으로 법왕루 쪽으로 걸어갔다. 법회에 참석하는 사람들인 것 같았다. 맞은편에 예전에 보지 못했던 보우 대사의 동상이 서 있었다. 눈 떠 있어도 마음이 없으면 보이지 않는다. 동상은 예전 그대로인데 발견하지 못한 것이라 생각했다.

동상 앞에서 합장을 한 후에 경내를 둘러볼 요량으로 보우당 앞을 지나 판전(版殿)으로 향하는 야트막한 언덕을 올랐다.

비각 앞을 지나려는데 한참을 꼼짝 않고 서서 비석을 뚫어져라 바라보고 있는 작달막한 스님이 눈에 들어왔다. 차림이나 맵시로 봐서 바구니였다.

인기척을 느꼈는지 그 바구니가 돌아서며 합장하고 인사를 했다. 얼굴을 마주치는 순간 난 감전이 된 듯 꼼짝 할 수 없었다. 털벙거지를 쓰고 목도리를 둘렀지만 내려 깐 눈매와 오똑한 콧등은 분명 지안이었다.

지안도 놀란 듯 흠칫 하더니 다시 고개를 들어 나를 찬찬히 살폈다. 이게 몇 년 만인가?

내 머릿속이 복잡해지며 무슨 말을 해야 할 것 같은데 적당한 말이 생각나지 않았다.

"스님. 혹시 우리 전에 만난 적이 있던가요?"

지안이 나를 의아스럽게 바라보며 먼저 입을 열었다. 내가 설마 출가했으리라곤 상상도 못했을 것이다. 난 대답 대신 '나무관세음보살' 하며 고개를 숙였다.

"스님 결례인 줄 아옵니다만 법명을 알고 싶습니다."

나는 우물쭈물하다 겨우 말문을 열었다.

"진관이라 하옵니다."

"스님도 전생에 업이 많았던가 봅니다. 부디 성불하십시오. 옴마니반메훔."

지안은 합장하고 고개를 숙이더니 흘러내린 바랑을 어깨 위로 걸치면서 종종 걸음으로 법왕루로 내려갔다.

난 합장한 채 우두커니 서서 뒷모습을 지켜보았다. 뒤돌아보면 다가가 말을 걸리라. 하나 지안은 앞만 보며 걷다가 끝내 길모퉁이로 사라졌다.

난 잠시 설레었던 자신을 책하며 '인연이란 억지로 만들 수 있는 것도 아니고……. 이게 다 부처님 조화겠지.' 생각하며 눈을 감았다.

"옴마니반메훔."

세상에 대한 내 의문은 계속되고 있다. 수도자는 늘 고해의 의미를 찾아 깨달음을 얻는다. 중이 되었다고 번뇌와 망상에서 완전히 벗어난 것은 아니다. 내가 출가해서 안 것 중 하나가 번뇌와 망상은 마음에서 만들어 진 것이고, 마음을 다스릴 줄 알면 이미 몸 속에 와 있는 부처를 만나고 있다는 것이다.

운명을 거부하지 않고 사랑하면 고행 속에서도 참 자유와 평화를 느낄 수 있다는 것도 알았다. 그래서 보우 대사도 그랬지만, 나도 내 운명을 사랑한다.

얼굴에 차가운 것이 닿는 느낌에 놀라 눈을 떠 보니 하늘에서 나풀나풀 춤을 추며 눈이 내리고 있었다.

내가 맞는 첫눈이다.

※

강준 長篇小說

붓다,
유혹하다

초판 발행 2014년 11월 24일
초판 2 쇄 2015년 2월 17일

지은이 강준
펴낸이 노승택
펴낸곳 다트앤

등록   1998년 9월 25일
등록번호   제22-1421호

주소 서울시 종로구 삼일대로30길 21 낙원동 종로오피스텔 1214호
전화 02-582-3696
팩스 02-3672-1944

값 12,000원
ISBN 978-89-6070-572-2